U0143016

英語教學法

廖曉青　著

五南圖書出版公司 印行

前　言

　　英語教學法是研究英語教學規律的科學。英語教學的歷史源遠流長。幾百年來，語言學家和教育工作者一直在孜孜不倦地探索有效教學英語的方法，而且這種探索從未停止。到了上個世紀末，隨著普通教育學、心理學、應用語言和第二語言習得理論等的迅速發展，各種教學法相繼湧現，可謂百花爭妍。

　　本書所介紹的教學法囊括了從最古老的文法翻譯法到當今的溝通教學法等二十三種教學法，包括 19 世紀的直接教學法，20 世紀 70 年代的全身反應教學法和默示教學法等人文主義教學法，80 年代產生和發展的各種溝通教學法，如內容導向語言教學法、專案教學法和任務型語言教學法，以及 90 年代的詞彙教學法。本書第三版增加了語言經驗教學法、學習策略教學法、參與教學法、專案教學法和文本教學法。此外，外語教學界對神經語言程式教學法是否為一種教學法目前還沒有統一的意見，所以本書在此不進行介紹。

　　本書以單一的分析模式貫串每一種教學法，檢視其語言本質、教學觀點、大綱、教學目的、師生角色、母語使用、對待語誤、教材作用、教學活動和教學步驟，並提供教學實例。本書還對每種教學法做出評價，辨析利與弊，並提出教學上的啟示。

　　本書共二十七章。第一章對英語教學法的多種分析模式進行探討並提出本書所確立的四層次分析模式，即理論基礎、教學大綱、方法設計和課堂實踐。第二章至第二十四章使用這種固定的分析模式，分別介紹了二十三種教學法。第二十五章至第二十六章簡單介紹對教學法的整體認識，以及教學法的發展簡史。本書最後一章在探討如何借鑑教學方法，提高教學品質等問題後，提出了綜合教學法。綜合教學法體現了根據具體教學環境，綜合使用各種教學法的折衷教學思想。

本書旨在拋磚引玉，讓更多從事教育工作的同仁熟悉並掌握英語教學法的基本理論知識，瞭解最新英語教學動向，提高英語教學理論水準，加強對教學實踐的指導，跟上英語教學改革的時代步伐，博採眾長，為我所用。

本書受作者水準之限，雖經再三勘校，恐仍有疏漏和欠妥之處，懇請廣大讀者和有關專家學者不吝指正，提出寶貴意見和建議。

廖曉青
2018 年 8 月於紐西蘭奧克蘭

目　錄

第一章

教學法的分析模式
Models of Analysing Methodologies

關鍵字

理論、大綱、設計、實踐

theory, syllabus, design, practice

在外語〔注〕教學史上，語言學家對探索理想和有效的教學法從未停止，新舊教學法的轉換也從未間斷過。大約在 20 世紀 50 年代前，語言學家探索由單一理論支持的、具有固定課堂教學技巧的，並能被大眾所接受的方法（method），比如文法翻譯法、直接教學法和聽說教學法等。但這種現象在 20 世紀後期幾乎消失，取而代之的是探索一種指導性和啟發性的教學途徑（approach），以便創造出為某個環境、某種教學目的和某一類學生服務的溝通性和互動性的方法，比如功能—意念教學法、詞彙教學法和內容導向教學法等。與此同時，語言學家還深入探討教學法分析模式，試圖回答什麼是教學法？教學法的組成部分又是什麼？為了便於簡明介紹本書所採用的教學法分析模式，現將 20 世紀 60 年代以後具有代表性的教學法分析模式列述如下。

✿第一節　Anthony的分析模式

美國語言學家 Edward Anthony 在 1963 年提出了一種教學法分析模式：教學法（method）是位於三層次結構框架中的中間部分（圖 1-1）。

圖1-1　Anthony 的三層次結構框架

Approach（途徑）是指一整套關於語言本質和教學觀點的理論；Method（教學法）是根據教學理論而提出的系統地教授語言的整體規劃；Technique（技巧）是依據教學理論和教學法而設計的課堂教學活動。途徑、方法和技巧須保持一致，互無矛盾。它們是從教學理論發展到教學方法，再到具體的教學技巧的層次性關係。Anthony（1963: 63-7）指出：

途徑、方法和技巧具有層次性。其組成的關鍵是：技巧源自於方法，而方法又必須與途徑保持一致。

途徑就是闡明語言教學性質的一組相關論點。途徑具有理論性的特點，描述教學的主題性質。

方法是語言材料循序呈現的全盤規劃，其組成部分之間不能自相矛盾，而且它們所有的依據皆在於途徑上。所以途徑屬於理論性（axiomatic）範疇，而方法則屬於過程性（procedural）範疇，同一種途徑可能有多種方法。

技巧屬於工具性（implementational）範疇，是真正在課堂中所實行的具體活動，是用來完成教學目標的特定技巧和策略。技巧與方法一脈相承，相互呼應。

第二節　Richards & Rodgers的分析模式

二十多年後，世界著名的語言學家 Jack C. Richards & Theodore Rodgers 兩人在〈教學法：途徑、設計和過程〉（Method: Approach, Design, Procedure）（1982）一文和《語言教學的途徑和方法》（*Approaches and Methods in Language Teaching*）（1986, 2001, 2014）一書中，對教學法重新定義。Anthony 的途徑、方法和技巧分別被途徑（approach）、設計（design）和步驟（procedure）所代替，用教學法（method）來總括（圖 1-2）。

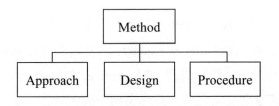

圖1-2　Richards & Rodgers 的四要素結構框架

在此框架中，教學法（method）是一套教學理論以及基於該理論的教學設計和課堂教學過程的總和。根據 Richards & Rodgers（2014: 22），「途徑」是關於語言和教學的理論和信念；「設計」是把理論應用於大綱、教材和課堂活動的教學規劃；「過程」是來自理論和設計的課堂教學活動和教學步驟。Anthony 和 Richards & Rodgers 的兩種模式比較如下（表1-1）。

表1-1　Anthony 和 Richards & Rodgers 兩種分析模式的比較

Anthony的分析模式	Richards & Rodgers的分析模式	
（1）Approach（途徑）	（1）Approach（途徑）	
（2）Method（教學法）	（2）Design（設計）	Method（教學法）
（3）Technique（技巧）	（3）Procedure（過程）	

由此可見，在 Richards & Rodgers 的框架中，「途徑」與 Anthony 的相同，但是「設計」取代了「教學法」，「過程」代替了「技巧」，這三個要素用 Method（教學法）來總括。此外，在設計方面，Richards & Rodgers 拓展了 Anthony 的 method 範圍，包括教學目的、大綱、活動類型、學生角色、教師角色和教材作用六個成分。同時，「過程」除具體的教學步驟外，還包括教師使用的教學資源（如時間、空間和設備）、課堂中師生互動（interaction）形式和教學策略。

第三節　Brown的分析模式

美國語言學家 Brown（2000: 170）在對 Richards & Rodgers 的分析模式做出評價時指出，Richards & Rodgers 的分析模式比 Anthony 的模式具有更為豐富的內涵和外延。同時，Richards & Rodgers 指明了教學設計中的六個成分，其概念在此之前一直都模糊不清。

但是，Brown 也對 Richards & Rodgers 使用 method 來稱教學法提

出了批評，認為 Richards & Rodgers 的 method 不如改稱 methodology 更為恰當，這樣可以避免稱為 method 的教學法（如 Direct Method）與稱為 approach 的教學法（如 Cooperative Approach）相混淆。在 Richards & Rodgers 的結構框架中，Method 涵蓋了 Approach、Design 和 Procedure 三個並列的要素，因此 Method 和 Approach 是上下級的關係。但是，在他們的 *Approaches and Methods in Language Teaching* 這個書名中，Method 和 Approach 是並列關係，因此這兩個 Approach 容易讓人產生混淆（圖1-3）。

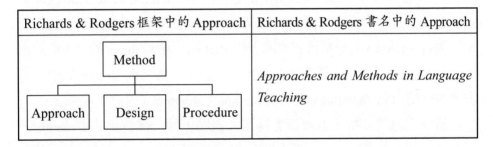

Richards & Rodgers 框架中的 Approach	Richards & Rodgers 書名中的 Approach
Method（Approach、Design、Procedure）	*Approaches and Methods in Language Teaching*

圖1-3　Approach 在框架和書名中不同地位之比較

實際上，同一個 Approach 有兩種涵義：圖 1-3 書名中的 Approach 是指教學法，而在框架中的 Approach 指的是語言和教學理論。但為了避免混淆，可使用 Methodology 一詞來概括 Approach 和 Method，如果書名為 Methodologies in Language Teaching 就更恰當。

Brown 接著提出他的教學法分析模式（圖 1-4）如下：

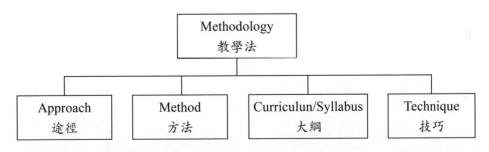

圖1-4　Brown 的五要素結構框架（2000: 17）

根據 Brown 的觀點，Methodology 指教學法理論和實踐的總和，涵蓋途徑、方法、大綱和技巧。其中的途徑、方法和技巧的內容與 Richards & Rodgers 框架中的途徑、設計和過程的內容基本相同，只不過 Brown 特別強調大綱的作用，所以把「大綱」另立一項，與途徑、方法和技巧並列。

第四節　本書採用的教學法分析模式

綜上所述，Anthony 的教學法分析模式已被 Richards、Rodgers、Brown 等語言學家和廣大教師所接受。此外，Richards & Rodgers 對 Anthony 模式的內容加以擴充，特別是進一步豐富了 Anthony 的 method 中的內容。Brown 的分析模式實際上與 Richards & Rodgers 的分析形式相同，只是把「大綱」這個要素獨立於「設計」之外。但 Brown 的最大可取之處是使用 methodology 來涵蓋 method 和 approach 這兩種教學法。

基於上述的分析，本書作者採用此觀點，即一種教學法由 theory、syllabus、design 和 practice 四要素組成：第一要素 theory 指的是教學法的「理論基礎」，不用 approach 的原因是避免 approach 歧義現象；第二要素 syllabus 是指「教學大綱」；第三要素 design 是指「教學設計」，包括「母語使用」和「對待語誤」等六個成分；第四要素 practice 指的是「課堂實踐」，包括活動（activity）和步驟（step）（圖 1-5）。

以下進一步分析其理論基礎（第五節）、教學大綱（第六節）、教學設計（第七節）和課堂實踐（第八節）。

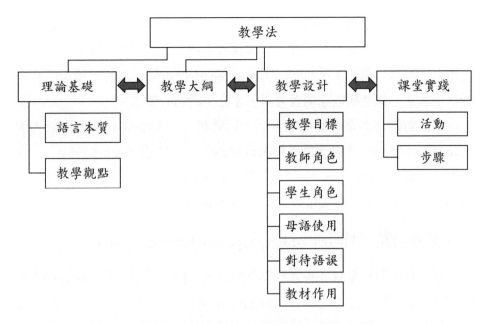

圖1-5　本書採用的教學法結構框架

第五節　教學法的理論基礎

理論基礎包括對語言本質的認識和語言教學的觀點。

一、語言本質（nature of language）

語言本質是關於語言學方面對語言的看法，回答「語言是什麼」的問題。例如：溝通教學（Communicative Language Teaching）的倡導者們堅持語言的功能觀（functional view），把語言看作是表達功能意義和意念的工具。根據這種功能觀，他們於 20 世紀 80 年代設計出功能—意念教學法（參見本書第十五章）。

根據人們在溝通情景中如何使用語言來表達意願，語言可以劃分成各種功能，如請求（Can you please...?）、提供（Shall I...?）、建議（Try this one...）、命令（Give me the book）等。所謂「意念」，是一種抽象

概念，如時間、數量、地點、頻率、順序、比較、人際關係、情感思緒等。功能和意念兩個要素在運用語言敘述事情和表達思想的溝通過程中，互相緊密聯繫。例如：Is there a library nearby? 詢問是功能，圖書館和附近都是意念。意念和觀念兩者兼備，才合乎溝通的要求。

其他對語言本質的看法還包括：結構觀（structural view）、認知觀（cognitive view）、詞彙觀（lexical view）、文本觀（genre view）、互動觀（interactional view）、技能觀（skill view）、整體語言觀（whole language view）、社會文化觀（sociocultural view）等。

二、教學觀點（Theory of language teaching/learning）

語言教學觀點是關於語言教與學的原則，回答「語言是如何教和學」的問題。試舉行為主義心理學（behaviourism）為例，行為主義是以「刺激—反應論」為理論基礎，其主要觀點是人們透過制約的作用，建立刺激與反應間的連結，透過一系列的反應來學會複雜的行為。20 世紀 50 年代以前的一段時期，語言學習論受其影響甚大。在英語教學中，行為主義心理學派認為，語言是一種行為，語言行為和人類其他行為一樣，是透過反覆刺激和反應，反覆練習而逐步養成習慣的過程。某些語言學家利用心理學上的這種刺激—反應理論，強調在教學中要強化練習，最終形成自動化的習慣，達到脫口而出，從而學會語言的目的。行為主義心理學是聽說教學法的理論基礎，20 世紀 60 年代比較有名的《英語九百句》（*English 900*）就是按聽說教學法的理論編寫的。

其他語言教學觀點還包括：教育學、心理學、人文主義心理學（humanistic psychology）、第二語言（簡稱「二語」）習得理論（second language acquisition theory）、輸入與互動假設（input and interactional hypothesis）、合作學習論（cooperative learning theory）、社會建構理論（social constructivist theory）、學習策略論（learning strategies theory）等。

語言本質和教學觀點分別對教學設計和課堂實踐產生指導性作用。教學觀點與語言本質的和諧統一可作為一種教學法的理論基礎，以下是一些

教學法與相對應的語言本質和教學觀點的關係（表1-2）：

表1-2　教學法與語言本質和教學觀點的關係

語言本質	教學觀點	教學法
結構觀	行為主義心理學	聽說教學法
功能觀	技能學習理論	功能—意念教學法
結構觀	認知心理學	認知教學法
互動觀	合作學習論	合作語言教學法
互動觀	輸入與互動假設	任務型語言教學法

第六節　教學大綱

　　大綱（syllabus）是規定英語課程教學目標、內容、順序等的公開性和指導性的文件。大綱回答「語言要教什麼和／或如何教」的問題。大綱中所列的內容包括：語音、文法、功能、意念、主題、話題和任務等。White（1988: 46）認為，大綱可分為內容、技能和方法三種。

一、基於內容的大綱

　　基於內容的大綱是以語言為中心的，包括結構大綱、情景大綱、話題大綱、功能—意念大綱、詞彙大綱、文本大綱、科目和語言融合教學大綱。這種內容大綱被大多數教學法所採用，如聽說教學法、情景教學法、功能—意念教學法、內容導向教學法、詞彙教學法等，重點是培養語言能力。

二、基於技能的大綱

　　基於技能的大綱是以技能為中心，包括側重聽、說、讀、寫的語言大綱和側重能力培養的學習大綱。這種大綱被能力導向教學法所採用，重點是培養學生應付社會生活的能力。

三、基於方法的大綱

基於方法的大綱是以學習為中心，關注的是語言是如何教的，這種大綱也稱為任務型大綱（task-based syllabus），大綱上所列的不是語言內容，而是各種任務。這種大綱被任務型語言教學法所採用。

顯然，基於內容和技能的大綱都是以語言專案為出發點，重視語言知識和技能的掌握，屬於綜合性大綱（synthetic syllabus）；而基於方法的大綱則是以完成任務為出發點，重視學習的過程，屬於分析性大綱（analytic syllabus）。

第七節　教學設計

教學設計是關於在理論基礎和教學大綱指導下如何進行教學的方案，設計教學目的、教師角色、學生角色、母語使用、對待語誤和教材作用六方面。

一、教學目的（teaching objectives）

教學目的是教師預計學生經過教與學的歷程後，所預期要達成的學習成果。它回答「為什麼要教和學語言」的問題。在大、中、小學中，英語通常作為一門學科來教學（learning English as an academic subject），如同歷史、地理等科目一樣，學生要學習英語並透過考試，以達到國際和個人兩大目標。根據 Cook（2008: 208-12）的觀點，國際目標和個人目標各自包括不同的小目標：

1. 國際目標（international goals）

- 尋求英語國家的職業（careers that require a second language）
- 尋求英語國家的高等教育（higher education）
- 獲取英語科技文獻資料（access to research and information）

- 國際旅行（travel）

2. 個人目標（individual goals）

- 瞭解外國文化（understanding of foreign cultures）：培養學生能夠透過與英語本族語者的溝通，瞭解他們的國家和文化，並學會與他們和睦相處；
- 理解語言本身（understanding language itself）：培養學生瞭解作為人類和社會的重要組成部分的語言功能；
- 發展認知能力（cognitive training）：訓練學生發展邏輯思維和推理的能力；
- 具有教育價值（general educational values）：培養學生成為具有高尚道德品質的良好公民；
- 作為社會變革的工具（L2 learning as social change）：培養學生具有批判精神、具有創造力，能促進社會變化。

二、教師角色（role of teacher）

角色是指教師和學生在課堂中所產生的作用，角色回答的問題是「如何看待課堂上教師和學生行為以及他們互動的形式？」Richards & Rodgers（2014: 33）指出，教師的角色表現在：（1）教師所產生的作用，如是否擔任指導者或示範者；（2）教師對學習過程的控制程度；（3）教師對教學內容的控制程度；（4）教師與學生互動的形式。

三、學生角色（role of learner）

同樣的，學生角色也表現在：（1）學生所產生的作用，如是否擔任模仿者、問題解決者等；（2）學生對學習過程和活動的控制程度；（3）學生對學習內容的影響程度；（3）學生與教師互動的形式。

從教師與學生互動的形式來看，教師和學生角色緊密相關，兩者為誰

是主動者或誰是被動者的關係。在以教師為中心的教學環境中，教師是主動者，學生是被動者。傳統教學法強調知識的傳授，因此，課堂教學以教師為中心。教師是指導者或示範者，講解文法規則、解釋課文、帶領學生朗讀單字、課文或者演練句型。課堂上或者是教師的一言堂，或者是教師問學生答。學生的任務是認真聽講做筆記，按照教師的要求完成課堂和課後作業。

例如：在文法翻譯法的課堂上教師是知識講解者，學生是知識接受者。在聽說教學法中，教師是刺激提供者，學生是刺激反應者。在全身反應教學法中，教師口頭發號施令，學生身體動作回應。

相反的，在以學生為中心的教學環境中，學生是主動者，教師是被動者。在有些教學法，特別是溝通教學法中，教師和學生的角色與傳統教學法的角色有較大區別。這些教學法要求教師和學生扮演新的角色——教師不再是課堂的中心，也不是課堂的主人，而是「助長者」或「助學者」（facilitator）。教師不再扮演傳授知識的權威者角色，而是以平等態度對待學生，以助長者、引導者、活動催化者的角色來協助學生。

例如：在默示教學法的課堂中，學生是說話者，教師是沉默者。在語言經驗教學法中，學生是自己的經歷介紹者，教師是記錄者。在參與教學法中，學生是問題解決者，教師是問題提出者。在任務型語言教學法中，學生是任務的完成者，教師是協助者。

四、母語使用（use of mother tongue）

母語使用涉及「在學習外語過程中要不要使用學生的母語」和「如何使用母語」兩個問題。在要不要使用母語的問題上，由於對母語在外語學習中的作用看法不同，目前有三種傾向：

1. 使用母語

有些教學法，特別是以認知心理學為理論基礎的教學法（如文法翻譯法和認知教學法），認為母語具促進作用因而贊同使用母語。

2. 排斥母語

有些教學法，特別是以行為主義心理學為理論基礎的教學法（如直接教學法），認為母語產生干擾作用因而排斥母語。

3. 利用母語

有些教學法（如當代的溝通教學方法）贊同使用，但強調適當利用母語。這種傾向實際上是上述兩種的折衷方案。

上述三種傾向源於它們對母語作用與反作用的認識。由於學習者在開始學習外語時大部分都已掌握了母語，因此母語對外語學習必然產生一定影響，有著「正遷移」（positive transfer）或「負遷移」（negative transfer）作用。「遷移」最初由行為主義心理學家提出，是指在學習新知識的過程中，對已有的知識進行潛意識自動的利用過程。

「使用母語」倡導者認為，在英語學習中遷移現象確實存在，無論在語言的形式上還是功能上，母語和英語之間有著許多有趣的相似處。作為語言學習者，只有全面掌握這些特點，才能有效地利用正遷移加快英語學習的速度。文法翻譯法和認知教學法等都強調利用母語的正遷移作用，加快英語學習的速度。

「排斥母語」者認為，負遷移也非常廣泛。隨著年齡的增大，母語的使用加深了其固化的過程，加上母語與外語的差異性甚大，因此，努力克服母語的干擾作用，對外語的提高會有極大的促進作用。直接教學法和情景教學法等都排斥使用母語，讓學生完全忘掉母語。

「利用母語」者認為，上述兩種傾向都不利於外語學習，因而採用折衷方法。很多時候，條件不允許教師在掌握外語的過程中絕對不使用母語，特別是如果教師偶爾使用母語的目的，是為了增加理解度，而不是為了使用母語翻譯的方式來學習外語，對母語的使用會增加學習效率和效果。「利用母語」者關心的問題正是如何建立外語思維，和如何避免母語

的干擾，在這個過程中，當然可以使用母語來幫助學生掌握外語。但是，用母語進行教學，培養不出用外語理解和表達思想的能力。外語教學只有盡量用外語進行思維，用外語進行外語教學，以增加外語的實踐活動，才能加速培養出用外語理解和表達思想的能力。「盡量使用外語，適當利用母語」，就成了溝通教學的一條重要原則。

五、對待語誤（dealing with errors and mistakes）

在外語學習過程中，學生必然發生語言錯誤。對待語誤涉及「要不要改」的問題，對此外語教學中有兩種針鋒相對的觀點：

1. 有錯必改

學習外語一開始就應掌握正確的標準語音，錯了不立刻改正，就會形成錯誤習慣，一旦養成錯誤習慣並定型，就難以改正。改正已形成習慣的錯誤，只能是事倍功半。預防錯誤，消滅錯誤於萌芽狀態，就能獲得事半功倍的效果。傳統的教學法（如文法翻譯法、直接教學法和聽說教學法）都主張要嚴防錯誤，有錯必改。

2. 容忍語誤

學生犯錯誤是自然現象。就像小孩習得母語過程一樣，存在著一個「中介語」（interlanguage）階段。在這個階段中產生語言錯誤是不可避免的。但以後經過不斷模仿、假設、摸索、分析、類比等實踐，逐步掌握了外語體系，錯誤就會逐步自然消失，語言趨於完善。經常糾錯，打斷學生思路，只會影響學生的積極性。因此，為了鼓勵和促進學生積極參與語言演練和交流活動，並在言語練習和交流活動中不斷完善語言，不能苛求糾正語言錯誤。

「容忍語誤」並非不改。教師要分析出現的各種語誤，區分偏誤（error）和失誤（mistake）。偏誤是由於缺乏語言知識而引起的，對交流有影響，對此要加以糾正。失誤是因疏忽、緊張或者不熟練而產生的操

作錯誤，有時是口誤（slip of tongue），不必進行過多的糾正或只須加以指點，學習者可以自己意識並糾正。過多的糾正容易使學生感到無所適從，產生怕出錯的心理，甚至失去學習的信心。溝通教學法流派大都持此觀點。

六、教材作用（role of instructional materials）

教材是方法設計中最後一個組成部分，回答如下幾個問題：

1. 什麼是教材？

一般來說，教材是指教科書、教學參考書、教學掛圖／圖冊、影像教材和教學軟體等。在語言經驗教學法中，教材不是上述的教科書，而是來自學生口述內容的書面記錄。教師以學生本身的語言經歷為主題，透過教師與學生的互動，鼓勵學生說出。教師和學生將口述的內容記錄下來，編成故事，作為語言學習及閱讀教材。

2. 教材如何編寫或製作？

教材是根據教學大綱和目的，而編寫或製作的。大綱所規定的教學內容、教學活動以及教學目的等，都可以在教材中得到體現。一般來說，教學大綱或是教學目標，多半是原則性的、概括性的、或抽象性的，只有透過教材才能將之具體化，把學科知識和技能排列成便於教學的順序，或轉化成具體的教學內容、活動。

3. 教材在教學中具什麼作用？

教材在教學上占有重要的地位。如果沒有教材，教學往往就無法有效進行。教材可說是教師教學、學生學習最主要的依據與憑藉。即使在沒有大綱的情況下，教材也可以規定教學內容、分配教學時間、提出注意事項，以及完成活動的要求等。有時教材可能被用作教學大綱，教師按照教材中的內容教學而無須教學大綱。

4. 教學法與教材的關係如何？

不同的教學法要求不同的教材。與教學大綱一樣，教材可分為內容是語言重點和內容是活動計畫兩大類。大多數教學法所採用的教材都是提供語言重點，如語音、詞彙、課文和文法等，教師使用該教材就可以把這些語言重點教給學生，以培養他們的語言能力（linguistic competence）。相反的，有的教材主要是提供各種活動和任務（也提供語言重點），比如任務型教學法所採用的教材提供各種任務計畫和操作方式，學生在教師的指導下完成各種任務，以培養溝通能力（communicative competence）。

第八節　課堂實踐

教學法最後一個因素是「課堂實踐」，它是指課堂中所能觀察到的各種教學活動和步驟。

一、活動

教學目標是透過教學活動並由課堂上的師生與教材的相互作用而實現的。教學法的理論基礎的差異性，決定了課堂上教與學的活動類型。注重文法正確性的活動（練習），顯然不同於那些專注於溝通技能的活動（任務）。有些活動的設計專注於語言學習中心理發展的過程，它們也不同於那些演練文法以獲得語言能力的活動。以下是某些教學法所採取的不同教學活動（表 1-3）：

表 1-3　教學法與課堂活動類型

教學法	活動類型
聽說教學法	對話、句型演練
默示教學法	用特製圖表和彩色棒來組織學習的活動
功能—意念教學法	功能性交流活動和社交活動

（續）

教學法	活動類型
任務型語言教學法	任務
多維智力教學法	各種發展智力活動
語言經驗教學法	學生講述自己語言經歷的活動
專案教學法	專案

按照活動的組織方式，課堂活動可劃分為雙人活動（pair work）、小組活動（group work）和全班活動（class work）。雙人活動把學生每兩人分為一組展開活動。教師巡視，隨時予以必要的幫助，在雙人活動中學生可以共同閱讀一篇課文，研究語言或者參加「資訊鴻溝」（information gap）活動。學生也可以寫出對話的書面形式，預測閱讀文章的內容，或交換聽、讀的資訊。

小組活動是把班級分成幾個人為一組進行的活動，學生可以完成雙人活動所不能完成的任務，比如學生可以（1）寫一個小組故事，並進行五、六人的角色扮演；（2）準備、呈現和討論一個大的問題，並做出決定；（3）介紹一首詩歌中的幾行詩，然後把它們重新組成那首詩。

全班活動顧名思義是指教師站在講臺上授課，面對的是一排排坐著的學生。這種教學活動常常被批評為「教師一言堂」。雖然它有許多不足之處，但有些傳統的教學法（如文法翻譯法）常採取全班活動方式，因為這有利於知識的傳授。與此相對的是，溝通教學法（如功能一意念教學法、合作教學法和任務型教學法）則多採取雙人活動和小組活動，以便學生具有更多使用語言的機會。

二、步驟

步驟是課堂教與學活動的安排順序，涉及「活動的順序是什麼」。步驟用公式表達就是：活動 1 + 活動 2 + 活動 3 …… = 教學步驟。「教學法包含教學步驟，而步驟又包含活動」（Harmer, 2015: 55）。最常見的是

「PPP 教學步驟」，其順序如下（圖 1-6）：

圖1-6 PPP 教學的三個步驟

在 PPP 步驟中，教師先呈現語言重點（如文法結構和／或功能等），然後指導學生對其進行練習，最後讓學生用其進行表達。

PPP 是一種萬能教學步驟，在語言教學中，它被廣泛運用。文法翻譯法用它來呈現和練習文法結構；詞彙教學法用它來呈現和練習詞彙；功能─意念教學法也用它來呈現和練習語言的功能和意念。甚至其他許多學習模式也使用它。Spratt（1985）指出，「PPP 步驟也可用於教如何開車：教練先解釋某個動作，然後讓學員單獨練習，最後學員把這個動作與其他已掌握的動作聯繫起來進行演練。」由此可見，PPP 步驟可用來教學不同的內容。

與 PPP 步驟相反的是 PPP 步驟的顛倒模式，Willis（1996）稱它為「PPP 顛倒步驟」（PPP upside down）。即教師要求學生先練習和表達，然後觀察學生的表現，最後呈現學生在表達中出現的語言困難點並加以解決。這好比教練先叫學員開車，然後觀察學員開車過程中出現的問題，最後提出該問題和解決方法（圖 1-7）。

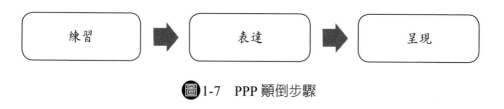

圖1-7 PPP 顛倒步驟

任務型教學法使用這種步驟，即前任務階段（pre-task）、任務階段（during-task）和後任務階段（post-task）。教學一開始（前任務階段），

教師就要求學生進行活動，然後在最後階段（後任務階段）才進行講解。

須指出的是，不同的步驟基於不同的教學理論。PPP 教學步驟與 PPP 顛倒步驟具有完全相反的順序，這是由於 PPP 步驟的理論基礎（即行為主義心理學）強調學生先理解後表達；而 PPP 顛倒步驟的理論基礎是輸入和互動理論，即強調表達先於理解。總之，這兩種步驟的不同處是由於不同的理論基礎所導致的。

🐝 第九節　結束語

每種教學法都涵蓋理論、大綱、設計和實踐四要素。理論涵蓋教學法的語言本質和教學觀點；設計又蘊含教學目標、教師角色、學生角色、母語的使用、對待語誤的態度和教學作用等；實踐則包括課堂教學活動和步驟。

對於這種結構框架有兩點須指出：

一、「從理論到實踐」和「從實踐上升到理論」的兩種發展過程

理論、大綱、設計和實踐，是一種相互依賴和相互影響的關係。這種關係產生了「從理論到實踐」和「從實踐上升到理論」的教學法發展兩種過程。一是先有理論，並根據該理論進行設計，最後產生課堂實踐的過程。大部分教學法都是以這種方式產生的。例如：自然教學法，其倡導者是 Tracy Terrell 和 Steven Krashen。Terrell 是美國加州的西班牙語教師，他根據 Krashen（1982）的第二語言習得理論中有關自然主義原則的理論，結合自己的西班牙語教學實踐，在 1983 年與 Krashen 一起提出了自然教學法。

二是「先有實踐後歸納理論」。有些教學法發展順序是，先有課堂實踐，後來經過證明是可行的，然後才進行教學設計，最後再歸納其理論，比如默示教學法就是這種從實踐上升到理論而發展的教學法。比利時教育家 George Cuisenaire 在教數學時使用積木作為輔助，使學生更容易瞭解教

師所教授的東西。默示教學法的發明者 Gattegno 觀摩了 Cuisenaire 的教學後，便引發運用於語言教學的念頭。之後 Gattegno 在 1962 年，才開始歸納總結默示教學法的理論基礎。再比如文法翻譯法，其倡導者們最初只是考慮如何把文法講解和大量的翻譯練習結合起來進行教學，還沒有考慮其理論基礎，因此當時被批評為理論基礎最薄弱的教學法。文法翻譯法的理論是後來被總結出來的，從實踐到有理論經歷了很長一段時間。

二、四要素的內容並不均勻

雖然每種教學法都具有理論、大綱、設計和實踐四要素，但在一種教學法中，每個要素並非都具有均勻的內容，表現在如下方面：（1）有些教學法（如自然教學法）具有強大和創新的理論基礎（即 Krashen 第二語言習得理論），但其教學設計卻相當薄弱，而且課堂活動大都借用其他教學法的活動，沒有任何創新之處。（2）一些教學法（如文法翻譯法）則缺乏豐富和明確的理論基礎，但卻有獨特的課堂教學技巧——文法講解和母語／外語互譯訓練，這些技巧至今仍被許多學校所使用，藉以增強文法知識和培養翻譯能力。

把握教學法的結構框架及其四大要素具有重要意義。這不僅有利於我們明確理解教學法體系的性質，也更有利於教學法體系的實施。從下一章開始，每種教學法都以上述的結構框架進行詳述和分析。各個教學法基本上按該法產生的年代順序編排，共二十三種教學法（第二章至第二十四章）。

在介紹各種教學法後，從第二十五章開始到最後一章筆者還探討了與教學法有關的一些問題：教學法發展簡史、教學法比較分類、教學法探索特點、各種教學法之間的互動性、教學法的未來發展趨勢，以及綜合使用教學法的設想。

〔注〕

　本書中的外語（foreign language）、目標語（target language）、第二語言（second language 或 L2）與英語通用，都是教師所教、學生所學的目標語。這些術語與母語（mother tongue）、第一語言（first language 或 L1）和本族語（native language）相對應，母語、第一語言或本族語是一個人最早接觸、學習並掌握的語言。本書中的「本族語者」（native speaker of English）是指「以英語為母語並掌握了該語言的人士」。

　英語作為目標語包括「作為外語的英語」（English as a foreign language）和作為「第二語言的英語」（English as a second language），前者是指在母語不是英語的環境下學習英語，後者是指在母語為英語的環境下學習英語（如外國人在美國學英語）。

參考文獻

Anthony, E. (1963). Approach, method and techniques. *English Language Teaching, 17*, 63-67.

Brown, H. (2000). *Principles of Language Learning and Teaching*. (4th edition). White Plains, NY: Longman, Pearson Education.

Cook, V. (2008). *Second language learning and language teaching*. (4th edition). Hodder Education.

Gattegno, C. (1963). *Teaching Foreign Languages in Schools: The Silent Way*. (1st edition). Reading, UK: Educational Explorers.

Harmer, J. (2015). *The Practice of English Language Teaching*. (5th edition). Harlow: Longman.

Johnson, K. (1983). Syllabus design: possible future trends. In Johnson, K. & Porter, D. (eds.). *Perspectives in Communicative Language Teaching*. (pp. 47-58). London: Academic Press.

Krashen, S. (1982). *Principles and Practices in Second Language Acquisition*.

Oxford: Pergamon.

Richards, J. & Rodgers, T. (1982). Method: approaches, design and procedure. *TESOL Quarterly, 16*, 153-168.

Richards, J. & Rodgers, T. (1986). *Approaches and Methods in Language Teaching: A Description and Analysis*. Cambridge: Cambridge University Press.

Richards, J. & Rodgers, T. (2014). *Approaches and Methods in Language Teaching*. (3rd edition). Cambridge: Cambridge University Press.

Spratt, M. (1985). The presentation stage, the practice stage, the production stage. In A. Matthews; M. Spratt & L. Dangerfield. (eds.). *At the Chalkface: Practical Techniques in Language Teaching*. (pp.5-7). London: Edward Arnold.

White, R. (1988). *The ELT Curriculum: Design, Innovation and Management*. Basil Blackwell.

Willis, J. (1996). *A Framework for Task-Based Learning*. Harlow, Essex: Longman.

第二章

文法翻譯法
Grammar-Translation Method

關鍵字

文法、翻譯、思維訓練

grammar, translation, mental discipline

Once rules are learned, let translation begin!

文法規則學完後，讓我們開始做翻譯練習吧！

🐾 第一節　文法翻譯法的背景簡介

一、基本概念

　　文法翻譯法是最古老的外語教學法。顧名思義，它是以系統的文法知識教學為綱，依靠母語，透過翻譯手段，主要培養外語讀寫能力的教學法。其特點是用文法講解加翻譯練習的方式來教所學外語，在教學過程中母語與外語經常並用和互譯，所以它是所有教學法中母語使用最頻繁的教學法。

　　Celce-Murcia（2014: 5）總結了文法翻譯法教學特點：（1）教師使用學生的母語授課；（2）幾乎不使用外語進行溝通；（3）教學重點放在文法和詞彙上；（4）學生很早就開始閱讀艱深的課文；（5）練習通常是「外語—母語」的雙向翻譯；（6）其最終結果導致學生無法使用外語進行溝通；（7）教師無須精通外語就能施教。

二、時代背景

　　文法翻譯法源於西歐，主要倡導者是德國的 Johann Seidenstucker（1763-1817）、Karl Plots（1819-1881）、Heinrich Ollendorff（1803-1865）和 Johann Meidinger（1756-1822）等人。文法翻譯法的源流可追溯到 15、16 世紀。原先它是用來教拉丁文和希臘文，後來在 19 世紀末和 20 世紀初用來教英語、德語、法語、義大利語等「現代」語言。雖然文法和翻譯的教學在文法翻譯法產生前已經進行了好幾個世紀，但文法講解與翻譯練習兩者結合起來成為一種教學法是在 18 世紀末才出現。最著名的文法教學例子刊載於 Johann Meidinger 在 1783 年出版的《實用的法語

文法》（*Praktische Franzosische Grammatik*）書中（Stern, 1983: 453）。

　　18 世紀 40 年代 Ollendorff 在語言課程中，把簡單的呈現文法和大量的翻譯練習結合起來進行教學。後來 Ollendorff 所使用的教學步驟「成為標準的課堂教學步驟，即先呈現文法規則，然後是詞彙和翻譯練習，最後進行文章翻譯」（Kelly, 1969: 52）。這種教學方法在當時被認為是「積極的、簡單的和有效的方法，因為只要文法規則一經呈現，它就用於供翻譯練習用的句子中」（Stern, 1983: 453）。在課本編寫方面，Seidenstucker 和 Franz Ahn（1796-1865）則把文法規則、詞彙、課文和句子結合在一起，以此作為文法翻譯法的典型教材學。在 19 世紀中葉，Karl Plots 在學校中採用了 Seidenstucker 的法語課本，從此文法翻譯法逐漸被許多學校所接受。從 19 世紀中葉到 20 世紀 40 年代，文法翻譯法是歐洲外語界的主要教學方法。

第二節　文法翻譯法的理論基礎

一、語言本質

1. 一切語言起源於一種語言

　　文法翻譯法的語言學基礎是比較語言學（comparative linguistics）。比較語言學是把有關各種語言放在一起加以同時比較，或把同一種語言的歷史發展的各個不同階段進行歷時比較，以找出它們之間在語音、符號、詞彙、文法上的異同與對應關係的一門學科。比較語言學認為，一切語言起源於一種語言，語言與思維是同一的，由於人類有共同的思維規律，因而各種語言的文法也是共同的。各種語言的詞彙所表達的概念、意義和詞的搭配也是一樣的，各種語言詞彙的差異僅僅只是詞的發音和書寫形式不同而已。正由於不同語言有著共同的詞彙和文法結構，因此，外語教學需要透過母語作為中介翻譯，講解詞彙和文法才能有效達到閱讀理解原著。

2. 語言是一套文法系統

語言要受規律制約（rule-governed），這種系統和規律就是文法。教學應有系統性，組織教學應以語言系統為主線。實際運用中的語言雜亂無章，必須依嚴謹的文法規則加以安排才能系統化。「外語主要是體現在課文和句子中的文法規則系統，並與第一語言的文法規則和意義緊密相連」（Stern, 1983: 454）。因此，教授一門外語，尤其在初學階段，必須以文法為基礎。

3. 文學語言優於口語

文學語言是語言的重點，聽說和語音都是次要的。因此，學生主要是學習書面語言，閱讀和寫作是學生要掌握的主要技能。

二、教學觀點

語言學習是促進心智發展的思維訓練活動。Hadley（2001: 106）指出，文法翻譯法是基於官能心理學（faculty psychology）進行「思維訓練」（mental discipline）的教學法。官能心理學是心理學上古老的觀念，源於西方古代的希臘，盛行於 18 世紀，直到現代仍可發現此一古老觀念留傳下來的影響。根據官能心理學的基本觀點，人類的心智（mind）由許多官能所組成，諸如意識、感情、知覺、想像、記憶、推理、意志、注意等，均屬人心中的重要官能。各種官能本來是分立的，如經訓練，數種官能彼此配合即產生各種心理活動。這一觀念之後被教育家所運用，認為學校教材不必重視實用價值，只須重視配合訓練官能的形式即可。因此，學習外語應為學生提供進行思維訓練的活動，幫助他們發展心智。這些活動就是學習和記憶與母語有關的文法規則，並進行大量的翻譯。在活動中大量使用母語，作為外語練習的主要參考系統。透過母語和外語的對比，發展思維能力。

第三節 文法翻譯法的教學大綱

文法翻譯法採用的是古老的文法大綱。文法結構根據難易程度、時間安排和預期教學目標先選擇出來，然後再根據難度進行分級，最後把文法結構從易到難進行排列（Jaworski, 1998）。以下是 Ollendorff 在 1885 年發表於斯德哥爾摩（Stockholm）的文法大綱（表 2-1）：

表 2-1 Ollendorff 的文法大綱片段

第一課	定冠詞 the
第二課	It, hot 29 個新詞彙 例：Have you the worsted stocking? Now, I have it not.
第三課	Something, anything, nothing. Are you（hungry）? I am.... I am not.... This/that book.
第四課	所有格（1）mine, yours. （其餘的所有格和 wh- 開頭的詞如 what, why, when 和 where 等在第五至七課介紹）
第八課	複數形式加 -s，包括例外的複數形式，如 mice, oxen, swine 等。 Our(s), their(s)
第九課	These/those
第十課	Some, any, no. What? 例：What bread has the baker? He has some good bread.
第十一課	不定冠詞 a/an One(s)） How much/many? Much, many, (a) little, too much/many, enough, a few, a great deal of, a good many 數詞

資料來源：Howatt, 1984: 143-144.

第四節 文法翻譯法的教學設計

一、教學目的

文法翻譯法具有雙重教學目的，即培養學生（1）透過翻譯來掌握閱讀文學作品的能力；（2）磨練學生的智慧，正如 Hadley（2001: 106）所指出，文法翻譯法鼓勵學生「探討文學作品深層涵義」，透過培養閱讀文學作品的能力，進而擴充知識，增加智慧和發展思維能力。由於側重讀寫，文法翻譯法對聽說能力不加重視。

二、教師角色

1. 權威和主導者：教學是教師向學生灌輸知識的單向行為。

2. 知識的呈現者：教師是知識的呈現者和文法的講解者。在教學中，教師以文法為主講授課文，並強調語言的準確性。

3. 教學的監控者：在學習過程中教師督促學生專心學習文法、詞彙，並要求學生精確無誤地翻譯文章，最終透過翻譯檢查教學品質。

三、學生角色

當教師是呈現知識的主動者時，學生必然是知識的被動接受者。學生必須全盤接受教師系統傳授的外語語言知識。學生很少提問，學生之間交流更少。

四、母語使用

教師大量使用學生的母語授課，學生透過對照母語的意思來認識新的詞彙和文法，幾乎不使用外語進行溝通。翻譯練習通常是外語和母語的互譯。

五、對待語誤

文法翻譯法主張要嚴防錯誤，有錯必改。學習外語一開始就應掌握正確的標準外語，錯了不立刻改正，就會形成錯誤習慣。一旦養成錯誤習慣，就難以改正。改正已形成習慣的錯誤，只能是事倍功半。預防錯誤，消滅錯誤於萌芽狀態，就能獲得事半功倍的效果。

六、教材作用

在教材中教學內容包括文法、語言重點（language point）、課文、翻譯和語言重點練習。其典型的教材安排如下：

1. 文法規則：即用母語解釋的重要語言重點和文法規則；
2. 閱讀文章：主要是取自於文學著作（特別是古典文學作品）或翻譯者編寫的文章；
3. 詞彙表：列明單字、片語及其意義；
4. 練習：包括翻譯和語言重點練習，翻譯題通常是「外語—母語」的雙向互譯；而語言重點則包括文法和詞彙的練習。

第五節　文法翻譯法的課堂實踐

一、教學活動

文法翻譯法的課堂活動包括：翻譯文學作品（translation of a literary passage）、閱讀理解題（reading comprehension questions）、在閱讀文章中尋找某個單字的同義詞或反義詞（antonyms/synonyms）、同源詞（cognates）、文法規則應用練習（deductive application rules）、填空練習（fill-in-the blanks exercise）、背誦記憶（memorization）、用生字造句（use words in sentences）以及作文（composition）等（Larsen-Freeman, 2011: 21-2）。

在活動中，母語及外語不斷地進行比較並雙向互譯，必要時可使用字

典。在課堂上除了大聲朗讀外，聽說練習的機會很少。由於注重閱讀和翻譯的能力，在課堂上教師多專注於文法和課文的教學，所以學生很少有使用語言進行溝通的機會。

二、教學步驟

文法翻譯法教學以文法為綱。文法講解採用演繹法，先講清楚規則，後舉例說明，再要求背誦規則、例句，然後練習。具體教學步驟如下：

1. 複習：學生默寫單字，背誦課文段落。

2. 教授新詞：在黑板上列出新課文的單字、音標及其母語意義，並逐一講解。學生跟著教師朗讀單字。教師說出母語，學生說出英語單字。

3. 講授文法：講解文法及其相關規則，在黑板上列出課文中的相關詞彙，學生按文法規則進行轉換練習（如單數變複數等）。

4. 講解課文：教師逐句講解課文，分析文法與譯成母語。

5. 鞏固新課文：學生跟著教師逐句朗讀課文。教師依據課文提問，學生按課文回答。

6. 理解測試：透過雙語翻譯，教師測試學生是否理解了文法規則和文章大意。假如學生翻譯得很好，就證明他們掌握了所學的內容。

7. 安排作業：拼寫單字、句子填空、背誦課文等。

三、教學實例

Larsen-Freeman（2011: 14-7）觀察了哥倫比亞（Colombia）某所大學的一位英語教師如何教授中級英語。本課教學內容是 Mark Twain 名著 *Life on the Mississippi* 中的一個節選 "The Boys' Ambition"。其教學步驟如下：

1. 教師要求學生閱讀這篇文章的前幾個段落，閱讀完畢後學生把段落譯成西班牙語，教師在旁幫助學生。

2. 教師要求學生回答文章後面的理解題。問題是用英語提問的，學生也用英語回答。

3. 學生還要回答另外兩種問題。一是推理題，如 Do you think the boy was ambitious? Why or why not? 二是關於學生自己經歷的問題，如 Have you ever thought about running away from home?

4. 半小時後，教師使用西班牙語叫學生檢查答案。學生逐個念出自己的問題和答案；如果答案有錯，教師可叫另一個學生提供正確答案。

5. 教師要求學生翻譯課後的詞彙表，然後教師比較英語與西班牙語的不同詞彙形式，找出異同點。

6. 文法講解，如教師講解 "John put it away." 是對的，而 "John put away it." 是錯的。最後，學生使用 turn up, wake up 等動詞片語來做填空練習。

§本課教學評論

這堂課主要是課文教學，其步驟包括：用母語介紹課文內容、逐字逐句翻譯課文、文法講解、用翻譯鞏固課文；同時使用推理題來訓練學生的推理能力。本課的特點歸納起來就是：使用母語和翻譯、重視文學作品、講解文法、培養推理能力等。從這節課中我們也看到，這樣的課程相當容易施教，不需要什麼教具和設備，班級也易於管理，課堂教學過程也比較好控制。

第六節　對文法翻譯法的評價

一、優點分析

一般認為，文法翻譯法具有以下一些優點：

1. 創建了外語教學中利用母語進行教學的理論，在教學實踐中同時把翻譯當成教學目的和教學手段。

2. 重視文法知識的傳授以及學生智慧的磨練，並以使用母語講解作為課堂教學技巧。

3. 主張透過閱讀外語名著學習外語，進而培養學生閱讀外語的能力。

4. 使用方便，不需要什麼教具和設備，只要教師掌握了外語的基本知識，就可以拿著外語課本教外語。

二、缺點分析

根據當代的語言學和心理學理論與教學實踐來看，文法翻譯法存在不少缺點：

1. 過分強調母語講解和翻譯，減少了學生接觸外語的機會。學生雖然學了大量的文法規則，但由於不重視口語表達的訓練，所以一旦進行口頭交談，便會頻頻出現錯誤。

2. 過分強調語言知識的傳授，忽視語言技能的培養，語音、文法、詞彙與課文的閱讀教學脫節。

3. 過分強調使用翻譯手段進行教學，容易養成學生在使用外語時依靠翻譯的習慣，這不利於培養學生用外語進行溝通的能力。

4. 強調死記硬背，教學方式單一，不易引起學生的興趣。

因此，文法翻譯法不是教語言而是教有關語言知識的教學法（not to teach language but to teach about language）。由於文法翻譯法具有上述缺點，青少年初學外語時，不宜經常使用這一教學法，正如 Hadley（2001）所言：「溝通能力不能得到培養是文法翻譯法最大的缺失。即使文法翻譯法在過去常被使用，但它對於初學者似乎是不合適的。」

✿ 第七節　文法翻譯法的教學啓示

早在 19 世紀末期，文法翻譯法就因上述缺點受到人們的抨擊——它是「無生命力的語言教學法，是外語教學的敗筆」（Stern, 1983: 454）。

儘管從它誕生以來一直受到批評，但很顯然文法翻譯法延續使用了幾個世紀，而且時至今日仍被採用。文法翻譯法及其一些改革模式在許多學校外語課上仍然相當普遍。其原因總結如下：

1. 如果在某個學校的外語教學目的主要是培養學生的閱讀和翻譯能力，那麼文法翻譯法是最佳選擇。Steinberg（1993: 239）指出，「如果只是希望其學生提高外語科技資料的閱讀和翻譯水準，就必須注重透過閱讀獲得知識，在這種情況下採用文法翻譯法是非常適當的。」

2. 文法翻譯法採用母語上課，這對教師的外語水準要求不高，所以教師無須流利地講外語也能上課。教師一般只要按照課文，逐詞逐句地進行翻譯講解，用母語解釋清楚所學語言的準確意思即可。此外，班級易於管理，課堂教學過程也比較好控制。

3. 成人學習外語喜歡瞭解文法規則，總愛問個為什麼。如果不理解某個語言現象，就感到不踏實。這種學習策略有時會迫使教師不得不把教學重點放在文法的解釋上。

4. 文法和翻譯的考試很容易操作，編制試題（主要考查文法知識和翻譯）又相對較容易，評分也具客觀性。

文法翻譯法對目前英語教學的啟示之一是，教師應該仍然重視文法教學，不可放棄，並採取一些行之有效的教學技巧。由於目前外語教學界普遍認同溝通語言教學，許多教師誤認為，溝通教學必須排斥文法教學。實際上，溝通能力的涵義包括文法能力，即語言、文法、詞彙等語言形式的能力。語言學家對語言能力的定義都沒有排斥文法能力。實踐也證明，如果學生在文法、語音和詞彙上不正確，將導致「混雜語言」，達不到有效溝通的目的，所以文法也是語言教學的一部分。

所謂混雜語言或皮欽語（pidgin language），是指一種變了形的外語。它是在沒有共同語言而又急於進行交流的人群中產生的一種混合語言，屬於不同語言人群的聯繫語言。最著名的中式混雜語言當為「洋涇濱英語」（Chinese Pidgin English）。它是 19 世紀中外商人使用的混雜語

言，只有口頭形式，沒有統一的書面形式，變體很多。它是英語與上海話結合的產物。該語言流行於當時的上海洋涇濱周邊地區，故由此得名。「洋涇濱英語」的特點一是不講文法，比如時間片語前置「I tomorrow go to Japan.」（我明天要去日本）；二是按中文逐字地轉成英語，比如「I'll give you some color to see see.」（我要給你點顏色看看）。可見，「洋涇濱英語」是一種中式英語（Chinglish），應當避免。

雖然文法也是語言教學的重要內容，但是，教師不能熱衷於「滿堂灌」，採取「填鴨式／灌輸式」（mug and jug model），形成一個「教師講→學生聽→教師寫→學生抄→教師考→學生背」的教學模式。這種死記硬背的單一教學方式，課堂氣氛沉悶，不易激起學生學習興趣，學生的溝通能力得不到應有的提升。因此，文法教學應採取一些行之有效的教學方法，而並非要運用文法翻譯法。

🐝 第八節　結束語

文法翻譯法是外語教學中，歷史最久的一種教學方法。翻譯作為教學手段，在外語教學中運用已有幾百年的歷史，只是在近代才從理論上進行概括和說明，成為一種有系統的教學方法體系。

文法翻譯法的產生是外語教學發展的必然，它培養了符合當時社會需要掌握閱讀外語能力的人才。文法翻譯法幾乎統治了歐洲外語教學長達數百年之久。文法翻譯法創建了在外語教學中利用母語的理論，它的出現為建立外語教學法作為一門獨立的科學體系奠定了基礎。

《思考題》

1. 文法翻譯法是如何看待語言的？

2. 請簡述文法翻譯法的基本教學特點。

3. 爲什麼青少年初學外語時，不宜經常使用文法翻譯法？

4. 當今人們對文法翻譯法評價褒貶不一，你又如何評價和運用文法翻譯法？

5. 根據當代的語言學、心理學理論和教學實踐來看，文法翻譯法存在不少缺點，因此也是比較落後的。但爲什麼文法翻譯法及其一些改革模式至今在某些學校仍然受歡迎？

參考文獻

Celce-Murcia, M. (2014). Language teaching approaches: An overview. In Celce-Murcia, M (ed.). *Teaching English as a Second or Foreign Language*. (4th edition). Boston: Heinle & Heinle.

Hadley, A. (2001). *Teaching Language in Context*. (3rd edition). Boston, Mass.: Heinle & Heinle.

Howatt, A. (1984). *A History of English Language Teaching*. Oxford: Oxford University Press.

Jaworski, A. (1998). Grammatical Syllabus. In K. Johnson & H. Johnson. (eds.). *Encyclopedic Dictionary of Applied Linguistics: A Handbook for Language Teaching*. (pp. 154-157). Oxford: Blackwell Publishers.

Kelly, L. (1969). *25 Centuries of Language Teaching*. Rowley, Mass.: Newbury House Publishers.

Larsen-Freeman, D. (2011). *Techniques and Principles in Language Teaching*. (3rd edition). Oxford: Oxford University Press.

Stern, H. (1983). *Fundamental Concepts of Language Teaching*. Oxford: Oxford University Press.

第三章

直接教學法
The Direct Method

關鍵字

直接、自然學習、Berlitz 外語學校

directness, natural learning, Berlitz school

The qualification of "directness" implies an immediate contact between the learner and the foreign language without either the intermediary of the learner's own language or any grammatical theory. (Titone, 1968: 100)

「直接」的特徵是，學生和外語之間不用母語和文法作為聯繫。

第一節　直接教學法的背景簡介

一、基本概念

直接教學法是一種旨在單字和短語同事物之間，建立直接聯繫的教學方法。該法主張外語教學仿照幼兒學習母語的自然方法，用外語直接進行會話、交談，排除母語翻譯和文法規則講解。由於排除用母語作為中介，主張用外語與客觀事物建立直接聯繫，直接教學法由此得名。

所謂「直接」，指的是新詞與意義和事物之間在不經翻譯和使用母語解釋的情況下的直接聯繫。「直接」包含三個方面的意思：直接學習、直接理解、直接應用。顯然直接教學法走到了文法翻譯法的對立面。由於直接教學法對翻譯法進行針鋒相對的抨擊，提出完全相對立的主張，所以直接教學法又叫改革法（The Reform Method）。

二、時代背景

文法翻譯法原本是教授歐洲貴族子弟學習古典語言（古希臘文、古拉丁文）的一種古老方法，而古希臘文和古拉丁文已成了不能實際運用的「死語言」（dead language）。後來，中小學普及，學校開始開設如英語、德語、法語等「活語言」（living language）的現代外語課。由於「活語言」和「死語言」之間不存在共同教學規律，現代外語教學畢竟具有自身獨特的教學規律，而教學古代語言的文法翻譯法難以全面適應和反映現代語言教學的規律，在某些方面甚至還背道而馳。例如：現代語言首先是

一種有聲的溝通工具，特別是口頭溝通；說話是文字的基礎；口語既是外語教學的重要目標之一，又是外語教學的一種重要手段。而文法翻譯法既未把口語訓練作為外語教學的一種主要教學手段，也未把掌握口語作為外語教學的主要目標。所有這些無法達到現代語言的教學目標。

19 世紀下半葉，西歐各國的資本主義有了進一步的發展。為了發展自己的經濟，吸取別國的科技成果，國與國之間的交流越來越頻繁，語言不通也就成為各國之間人們直接交流的障礙。在這種社會的需求下，對外語教學提出了三項新要求：（1）外語應當全面普及，而不應只是過去少數封建貴族子弟的專利品；（2）不僅學校應普遍開設外語，而且應開辦許多能短期見效的各種現代外語訓練班；（3）外語教學中，口語應成為教學的主要目的。而原有的文法翻譯法在這種新的社會需求面前，顯得完全無能為力了。

在這種形勢下，語言學界（特別是在歐洲）興起了一股對文法翻譯法進行改革的浪潮。其中最具影響力的改革者之一，是法國外語教育家 Francois Gouin。他在《外語學習和研究的藝術》（*The Art of Learning and Studying Foreign Languages*）（1880）一書中提出了理論改革。Sweet（1964: 2-3）在《語言的實際研究》（*The Practical Study of Language*）一書中解釋了這場改革運動的特點：「雖然在學術界具有相當強的保守勢力，比如保留舊課本、對語音有偏見等，但人們也顯示出對這些方法的不滿，導致對新穎教學法進行探索」（引自 Stern, 1983: 459）。

Gouin 根據他對幼兒學習母語的觀察研究，提出了系列教學法（The Series Method）的設想，但當時沒有受到應有的重視。到了 19 世紀 80 年代，一些語言學家（英國的 Sweet，德國的 Viētor）開始運用語言學理論抨擊文法翻譯法，並提出外語教學的新觀點和一系列教學原則。這些理論和原則為直接教學法奠定了理論基礎。此外，語音學、語言學、心理學、教育學等外語教學法的鄰近科學都有了長足的進步，為新方法的產生提供了理論基礎。這些學科的發展使人們對外語教學有了新的認識。其中最重要的是語音學——直接教學法的發展主要應歸功於在教學中，引入了語音

學。

直接教學法的倡導者們首先在法國和德國介紹了直接教學法，然後開始在 Charles Berlitz 開辦的私立學校裡廣泛使用。Berlitz 是德國人，他不是外語教學法專家，而是聞名全球的實幹家。他於 1878 年在美國 Rhode Island 開設了第一所語言學校。雖然他不是直接教學法的發明者，但卻透過開辦學校把直接教學法推廣到歐洲和美洲。在第一次世界大戰前十年中，他的事業達到顛峰。到了 1914 年他一共擁有 200 所學校，其中大部分在德國 63 所、英國 27 所。到了 20 世紀初，直接教學法已經是人人皆知了。當今 Berlitz 語言學校已遍布全世界（Brown, 2000: 45）。

Berlitz 學校所倡導的教學原則至今仍被採用：

1. 不要翻譯：要示範（Never translate: demonstrate）

2. 不要解釋：要動作（Never explain: act）

3. 不要講述：要提問（Never make a speech: ask questions）

4. 不要模仿語誤：要更正（Never imitate mistakes: correct）

5. 不要用單個詞講話：要用句子（Never speak with single words: use sentences）

6. 不要講得太多：要讓學生多講（Never speak too much: make students speak much）

7. 不要使用課本：要使用教學計畫（Never use the book: use your lesson plan）

8. 不要任意授課：要遵循備課計畫（Never jump around: follow your plan）

9. 教學進度不要太快：要與學生的學習程度同步（Never go too fast: keep the pace of the student）

10. 不要說得太慢：要用正常語速說話（Never speak too slowly: speak normally）

11. 不要說得太快：要自然地說（Never speak too quickly: speak naturally）

12. 不要大聲說：要自然地說（Never speak too loudly: speak naturally）

13. 不要缺乏耐心：要放鬆（Never be impatient: take it easy）

資料來源：Richards & Rodgers, 2014: 12.

第二節　直接教學法的理論基礎

一、語言本質

1. 語言主要是口語，而非書面語言

　　從語言文字產生和發展的歷史來看，人類是先有口語，後有文字的。文字只是在口語語言的基礎上才產生的。口語是第一級的，根本的；而書面語言則是第二級的、衍生的。前者無後者能獨立存在，而後者則必須依賴前者，並以前者為基礎才能存在。因此，直接教學法認為，外語教學也必須以口語為基礎，在口語基礎上發展書面語言。只有這樣，才能抓住學習外語的關鍵。而文法翻譯法從文字符號著手，是本末倒置。因此，直接教學法強調在入門階段口語教學是主要手段和目的，學生應學習常見的日常用語，從口語著手，發展書面語言。就聽、說、讀、寫的學習順序而言，聽說能力應先於讀寫能力得到培養，其順序是：聽→說→讀→寫。

2. 語言的基本單位是句子

　　句子是語言溝通的最小使用單位。有許多單字，特別是多義常用詞的具體意義，只有在句子中才能得到確定。單字的用法也只有在句子中才能得到體現。學習句子，實際上也就等於學了組成這個句子的各個單字。學會句子，單字自然也就能學會。語音、語調也都體現在作為溝通單位的句子之中。透過句子學語音，更易學得道地、純正和自然。因此，直接教學法強調「句單位教學」，即應從句子著手，以句子為單位，整句進、整句出，不應以單字為教學單位。學會句子，單字自然也就能學會。須注意的是，應從句子著手的教學並不意味著可以不教單字和單音，而是主張不要

單獨教單字和語音規則，認為詞和音都應放在句子中教。

二、教學觀點

直接教學法的基本教學觀基於「幼兒學語論」，是仿照幼兒自然學習母語的過程和方法，來設計外語教學的基本過程和教學方法。

1. 直接聯繫的原則

直接教學法中最基本的原則是建立語言與外界經驗相聯繫。根據「幼兒學語論」，語言學習等同於幼兒學習母語的過程，幼兒透過情境來瞭解句意，然後運用其所記得的句型開口講話。這種自然習得母語的現象也可以應用於外語教學。學生透過直接使用外語，可以自然地學會外語。在外語教學中，每一個詞語同它所代表的事物或意義應直接聯繫。因此，「直接教學法注重語音，以及語音與環境的事物和人物直接聯繫，這些環境包括教室、花園和街道等」（Stern, 1983: 459）。

在直接教學法看來，如果有翻譯教學手段作為中介，外語形式和客觀表象之間的聯繫便成為間接聯繫。間接聯繫助長學生依賴「心譯」中介的習慣，所謂「心譯」（mental translation），是指學習者在理解外語單詞和句子時，透過母語的翻譯來理解這些單詞和句子。而實際的言語溝通，特別是口頭溝通，外語語言形式總是與客觀表象直接聯繫的，溝通時如果有一方時時都須依靠「心譯」，那麼他在表達和理解上所用的時間就會增加，因此也永遠趕不上溝通的正常速度。直接教學法認為，貫徹不經過母語翻譯這條原則，有利於培養學生用外語直接思維的能力和不經過「心譯」過程進行口頭溝通的能力。這與文法翻譯法的重母語翻譯規則，並將其置於教學的首位，形成強烈的對照。

2. 以模仿為主的原則

語言是一種技能和習慣。技能和習慣的養成，主要靠大量的重複練習和模仿。幼兒學語是透過各種模仿手段重複所學的句子，養成習慣而達到

自動化地步。幼兒不是先學習文法規則，再於規則的指導下說話的。語言是一種技能而不是科學。精通一項技能，全在於刻苦多練。

使用直接教學法進行外語教學的途徑一般為：言語→語言→言語。也就是說從外語進行聽、說、讀、寫四種言語活動著手，以學習言語的單位（句子）開始，實際掌握外語，然後再透過歸納學習一些語言理論知識，以進一步指導今後的語言實踐，即語言的實際使用，也就是言語。這與文法翻譯法的重文法規則，並將其置於教學的首位，成為強烈的對照。

3. 用聯想加強記憶的原則

聯想是記憶的基礎。聯想心理學認為，人的大腦極易產生聯想。這一規律用在外語教學上可加深記憶效果。例如：學習英語單字 hand，就可以聯想到人體各部分的名詞：arm, shoulder, foot, leg, eye, ear, face, nose, mouth, head 等；學習到 bike 這個單字，又聯想到交通類的名詞 bus, car, taxi, train, plane, ship, boat 等。這樣進行有機的聯繫，可以達到舉一反三、觸類旁通、聞一而知十的效果。學習單字是如此，學習句子亦然。把句子放在一定的上下文語境中來學，比在單獨的單句中學習要容易得多，記憶也牢固得多。因此，教師不能簡單地、機械地重複學生已學的語言教材，而是將它們重新組合，用在新的上下文語境之中，使學生在大腦皮層中已建立和剛建立的記憶處於頻繁、多元的聯繫之中。同時，廣泛採用各種直觀手段，必然會引起學生眾多的聯想和猜想。聯想越多，記得越牢，經過自己動腦筋猜想所得的結果，也更能長久保留在記憶之中。

🌿 第三節 直接教學法的教學大綱

從教學目標而言，直接教學法使用結構人綱，列明所要教的語音、口語、詞彙、句子等。這些教學內容根據難度進行分級，最後從易到難的順序進行排列。比如情態動詞要比時態容易學，因此在大綱中前者排在後者前面，如表 3-1 所示。

表3-1 Cambridge ESOL KET 考試的文法大綱片段

Modals （情態 動詞）	• can (ability; requests; permission) • could (ability; polite; requests) • would (polite requests) • will (future) • shall (suggestion; offer) • should (advice) • may (possibility) • have (got) to (obligation) • must (obligation) • mustn't (prohibition) • need (necessity) • don't have to (lack of necessity)
Tenses （時態）	• Present simple: states, habits, systems, processes and with future meaning • Present continuous: present actions and future meaning • Present perfect simple: recent past with just, indefinite past with yet, already, never, ever; unfinished past with for and since • Past simple: past events • Future with going to • Future with will and shall: offers, promises, predictions, etc.

資料來源：Ur, 2012: 187.

第四節　直接教學法的教學設計

一、教學目的

直接教學法的教學目的主要是培養學生：

1. 具有純正的外語口音。

2. 掌握口頭運用外語的能力。直接教學法特別注重培養學生的聽、

說能力。以口語為基礎，發展書面語言能力。

3. 使用外語進行思維的能力。

4. 掌握基本的句子（以介紹日常生活用語為主）。

二、教師角色

1. 課堂的主角

直接教學法的教學以教師為中心，教師仍是課堂的主角，控制課堂活動。但與文法翻譯法相比，直接教學法中的學生角色較為主動。這樣師生在教學中是夥伴（partner）關係。師生的交流是雙向式的，即從教師到學生，或從學生到教師的交流。同時，學生之間也有交流的關係。基於這樣的角色，問題的答案可同時來自教師和學生：某個學生有疑問時，教師可以選擇自己回答（teacher-to-student interaction）或把問題丟給其他學生來回答（student-to-student interaction）。

2. 語言示範者

教師是外語唯一的示範者，所以教學時一律不用學生的母語講解，而必須運用身體語言和輔助教具來傳授語言知識，使學生能用初級程度的外語來瞭解所學的語言，並學會用口語來表達。若碰到新的詞彙或句型，教師不會直接加以翻譯說明，而是利用教具輔助說明，或引導學生運用已知事物來推斷聯想，得出正確意義。

3. 教學創造者

由於禁止使用母語，教師必須進行創造性的教學。創造性教學技巧包括：使用課文作為語言學習基礎、圖片和實物的展示、強調問答、口語敘述、聽力、模仿和一系列新型的文法練習等。在學生有疑問時，教師也儘量以示範代替解釋或翻譯。這意味著教師要有極佳的創意、豐富的想像力、表達能力、臉部表情和肢體動作，更要有足夠的活力在課堂教學並隨

時應付學生的疑問。

三、學生角色

學生在課堂上處於被動的地位：他們是語言知識和技能的被動接受者，不能建議或控制教學內容和進度。

四、母語使用

在外語課上排斥或禁止使用母語，不使用母語不借助於翻譯。直接教學法把學習外語和學習母語的過程等同起來，認為外語要在自然的環境或情境中習得。要求在外語和客觀事物之間建立直接聯繫，直接用外語思維。

五、對待語誤

直接教學法強調有錯必糾，不容許出現語言錯誤。

六、教材作用

Berlitz 的教材課本主要有兩種：一是供成人使用的課本兩冊，二是《幼兒看圖學語課本》。與上述課本相配合，還編有一整套掛圖和課外讀物「Berlitz 叢書」。叢書內容生動有趣，語言難度循序漸進，與主課本進度相適應。Berlitz 課本的特點之一，是課本內容從學生的學習生活開始，從周圍環境取材，嚴格貫徹由具體到抽象、由近及遠、由易到難、由已知到未知等教學原則。

🌿第五節　直接教學法的課堂實踐

一、教學活動

課堂教學活動形式包括：大聲朗讀（read aloud）、問答練習

（questions and answers）、學生自行糾正語誤（getting students to self-correct）、會話練習（conversation practice）、填空練習（fill-in-the-blanks exercise）、聽寫（dictation）、畫圖練習（map drawing）和段落寫作（paragraph writing）等（Larsen-Freeman, 2011: 32-33）。

Berlitz 學校採用的教學活動具有如下幾個特點（Rivers, 1981: 31-35）：

1. 語言教學應切合實際，所以教師應使用課堂裡的物品或身體動作配合。當學生學到足夠的語言後，教學應使用普通的情景；

2. 教學活動經常根據外語所處的國家的生活使用圖片展開，這些圖片可作說明且教師免除翻譯。對意義的解釋通常用外語進行，或透過動作和物品進行；

3. 一開始上課，學生可能會聽到完整和有意義的句子，這些句子常是疑問句（要求回答）；

4. 語音正確是最重要的考慮。教學一開始，重點就放在純正語音的培養上；

5. 對文法不進行詳細解釋，文法只是透過練習而掌握；

6. 閱讀也是透過直接理解課文的方式進行，不能使用字典或者翻譯。教學技巧包括：用實物來教具體詞語；用聯想來教抽象詞語；用實例和練習來教文法等。

二、教學步驟

根據 Kelly（1969: 312），直接教學法的五個教學步驟是：

1. 準備（preparation）：複習舊課之內容；

2. 呈現（presentation）：引入新課之內容；

3. 聯繫（association）：新課文和舊課文內容相聯繫；

4. 系統化（systematization）：在情景中使新內容系統化；

5. 應用（application）：練習和鞏固所學內容。

三、教學實例

Larsen-Freeman（2011: 26-28）觀摩了義大利一所中學的一節英語課。

1. 開始上課時，教師把一張美國全國大地圖放在教室前方。他叫學生打開書翻到 Looking at a map 一課，教師叫學生念課文：We are looking at a map of the United States. Canada is the country to the north of the United States, and Mexico is the country to the south of the United States. Between Canada and the United States are the Great lakes. Between Mexico and the United States is the Trio Grande River. On the East is the Atlantic Oceans and on the West Coast is the Pacific Ocean. In the East is a mountain range called the Appalachian Mountains. In the West are the Rocky Mountains.

2. 學生讀完課文後，教師回答學生的問題。有一個學生問什麼是 mountain range（山脈）。教師轉向黑板，畫出「山脈」予以解釋。

3. 所有的問題都回答完畢，教師自己提出問題讓學生回答，如：

T: Class, are we looked at a map of Italy?

S: No.

教師提醒學生應用整句回答：

T: Are we looked at a map of the United States?

S: Yes, We are looking at the map of the United States.……

4. 教師要求學生提問。學生紛紛舉手。一個學生提問，其他同學回答。有一個學生問：Where are the Appalachian Mountains? 在全班學生回答前，教師立即指出那位學生把 Appalachian 的音念錯了，並給予糾正。另一個學生問 What is the ocean in the West Coast? 教師又插進去說：What is the ocean in the West Coast?……or on the West Coast？學生猶豫一下，然後說 On the West Coast.

5. 教師叫學生翻到課後的練習，做填空練習。他們一邊大聲朗讀，一邊把詞填入空格裡。

6. 最後，教師叫學生拿出筆記本做聽寫練習，內容是課文中有關各

國地理知識的一個段落……

§ 本課教學評論

> 　　本課的教學目的是課文理解。教具是美國地圖，教師畫出「山脈」，把它與 mountain range 直接作聯繫。教學活動包括：提問練習、填空練習、發音練習、聽寫練習等，體現了用外語直接進行會話，排除母語翻譯和文法規則講解的原則。

第六節　對直接教學法的評價

一、優點分析

　　與文法翻譯法相比，直接教學法的優點不言而喻：（1）有利於培養學生的語音、語調，特別是在培養學生的聽說能力方面效果明顯；（2）採用各種直觀教具，廣泛運用接近實際生活的教學方式，激發學生的學習興趣，積極參與課堂教學活動；（3）強調直接學習和應用外語，促進學生使用所學的語言在課內外廣泛展開交流；（4）注重實踐練習，培養語言習慣。

二、缺點分析

　　直接教學法比起文法翻譯法是教學法史上一大進步，成為以後的聽說教學法、功能－意念教學法等現代改革派的發端，但它是完全針對文法翻譯法的弊端提出的，本身難免有它的局限性和片面性的地方。直接教學法有三個問題還沒有解決好：

　　1. 如何在不透過翻譯的情況下做到意義的表達，即沒有透過母語如何保證外語的單字、結構和句子等不被誤解，以及如何節省使用外語來解釋複雜的語言現象的時間。

2. 如何在高年級的學生中使用直接教學法。直接教學法較適用於初級水準的學生，而相對地較難適應高水準的學生。直接教學法在規模較小的私立學校使用得非常成功，但在公立學校中的成效卻不盡理想。這是因為私立學校的班級人數少而且學生的學習動機較高，所以當教師用外語進行教學時可以照顧到每個學生的反映與需要。

3. 直接教學法可能導致學生使用混雜語言（pidgin English）的習慣。Rivers（1981）指出：

「直接教學法充其量只是經由活動來提供一個語言學習過程中，令人興奮及有趣的教學方法。如果教師不注意的話，學生容易因為太早在沒有文法正確的情況下自由地使用新語言，而導致沒有正確性的流利性（fluency without accuracy）。假如這種混雜語言使用很久成為習慣，日後將很難根除。」

第七節　直接教學法的教學啓示

一、使用英語授課

直接教學法提倡，課堂上教師應使用英語授課，如果用母語上課，就對學習外語不利。這種直接用外語上課的原則值得借鑑。用英語組織課堂教學，現已成為英語教學界的共識。

學習外語必須身處在語言的環境中，當然能到講英語的國家去是再好不過了。但是，目前學生學習英語的主要手段只有課堂教學，家庭和社會很少具備這種語言環境。如果課堂上教師再不自覺地充分利用英語授課，那就意味學生沒有任何學習英語所必要的語言環境，更不用說要身處在英語之中了。在這種情況下，要使學生真正掌握比較道地的英語是不可想像的。教學實踐證明，採用直觀教具和面部表情、表演等方法，少用或不用

母語是可行的。只要教師教法得當並反覆出現，學生聽懂是沒問題的。

　　在課堂教學過程中所用的英語，大體上包括四個部分：（1）課堂用語（classroom English）；（2）講授用語（instruction English）；（3）師生交流用語（teacher-student interaction）；（4）教師回饋用語（teacher feedback English）。教師應儘量使用這些英語授課。

二、不完全排除使用母語

　　我們不能像直接教學法那樣完全排除使用母語授課，適當利用母語可使教學收到事半功倍之效。當學到一個詞、句子或一種語言現象，教師用學生學過的英語和設立情景卻還是難以解釋清楚時，可以適當使用母語。這樣可節省時間來做其他必要的練習。

　　現代外語教學極其重視母語在外語教學中，正遷移（positive transfer）和負遷移（negative transfer）的作用。透過中文和英語比較，找出相同點，教師只要稍加提示，學生便可將已知的中文知識和技能迅速遷移到未知的英語學習過程中。例如：英語的 verb. + -er 相當於中文的「動詞＋者」，如 work → worker, teach → teacher 等。如此種種，如果教師經常進行歸納，不僅能產生幫助學習英語的作用，收到事半功倍之效，而且有助於培養學生對比、觀察、分析、歸納、綜合的能力。

　　透過對比找出不同之處，也可以防止或減少負遷移的發生。英語和中文在語音、單字、文法上具有許多相似但不相同的地方，如中文同一個「開」字，英語卻有多種表達法，如「開門」是 open the door；但是「開會」是 have a meeting、「開車」是 drive a car、「開課」是 begin a lesson。學生在學習時，中文語言習慣產生干擾作用。找出不同之處，也可以防止出現錯誤。此外，為英語所特有，而中文所缺乏的東西，如英語名詞複數加 -s，動詞過去式加 -ed 等，學生學起來往往感到困難。這些都成了教學的重點和困難點，因此應盡力將負遷移轉變為正遷移，以防止學生用中文習慣套用英語，出現混雜語言的弊病。

　　最後須強調指出，利用母語不是目的而是手段，是透過兩種語言的互

譯和對比的方法，確實地掌握英語。因此使用母語應持謹慎態度，不可過多或過濫。通常的原則是，使用英語授課但不排除中文。

🌸第八節 結束語

直接教學法在教學法歷史上，占有重要的地位。

1.「直接教學法是第一種這樣的教學法──其創建動機來自實驗者的創造力，即來自 Sweet 和 Viëtor 這幾位語言學家對語言本質和教學觀點的批判性和理論性的思考」（Stern, 1983: 457）。因此，直接教學法的產生，使外語教學科學進入百家爭鳴的學術思想空前活躍的新時期。直接教學法提出一套與文法翻譯法理念截然不同，甚至表面上看也相互對立的原理和原則，使人們對外語教學的規律有了新的認識。直接教學法重視語音教學，也是推動語音學發展的動力之一。直接教學法在外語教學歷史上，產生了積極的促進作用。

2. 直接教學法倡導者們是「第一次進行這樣嶄新的嘗試──使語言學習成為語言使用，並訓練學生放棄用母語和文法作為學習工具的學習方式」（Stern, 1983: 457）。直接教學法進行了大量研究，制定了一整套行之有效的具體講練方式，特別是口語練習體系。現代外語教學法中常用的各種非翻譯練習方式（特別是各種直觀方式），幾乎都出自於直接教學法之手。直接教學法始終在努力探求促使教學過程積極化的各種具體方式和手段，並取得了很多積極成果。

3. 直接教學法的出現，給文法翻譯法樹立了一個對立面。直接教學法對文法翻譯法弊端的抨擊，促使文法翻譯法不斷採取措施改進自身的弱點，從而推動了文法翻譯法的進步和現代化，正如章兼中（2016：46）所言，「如果說文法翻譯法是一種傳統法，是以後認知法等流派的本源的話，那麼，直接教學法作為改革法，則首開以後情境教學法、聽說教學法、功能─意念教學法等流派的先河。」

《思考題》

1. 簡述直接教學法的「直接」教學原則。

2. 你如何理解這一種說法——「運用直接教學法的教師，最好不懂得學生的母語」？

3. 直接教學法和文法翻譯法的不同之處表現在哪裡？請舉例說明。

4. 直接教學法有哪些合理因素可為我們所用？

5. 在教學中教師會遇到這種情況：需要解釋意義較為抽象的單字和句子，例如：解釋動詞think的意義。一種觀點認為，直接用中文翻譯，說出一個字「想」或兩個字「思考」即可。但另一種觀點認為，雖然用英語解釋比用中文翻譯的方法費事、費時，但從長遠看是有意義的。如果用英語解釋，就複雜得多，得用不少熟語作引導，最後得出"think"的意義：I see with my eyes. I hear with my ears. I speak with my mouth. I walk with my legs. I think with my head. 儘管這樣費事、費時，但從長遠的意義看，還是有好處的。你對這兩種不同觀點的看法如何？什麼情況下使用翻譯？什麼情況下使用英語解釋？

參考文獻

Brown, H. (2000). *Principles of Language Learning and Teaching*. (4th edition). White Plains, NY: Longman, Pearson Education.

Larsen-Freeman, D. & Anderson M. (2011). *Techniques and Principles in Language Teaching*. (3rd edition). Oxford: Oxford University Press.

Richards, J. & Rodgers, T. (2014). *Approaches and Methods in Language Teaching*. (3rd edition). Cambridge: Cambridge University Press.

Rivers, W. (1981). *Teaching Foreign Language Skills*. (2nd edition). Chicago: University of Chicago Press.

Stern, H. (1983). *Fundamental Concepts of Language Teaching*. Oxford: Oxford University Press.

Sweet, H. (1964). *The Practical Study of Languages: A Guide for Teachers and Learners*. London: Dent.

Titone, R. (1968). *Teaching Foreign Languages: An Historical Sketch*. Washington, D.C.: Georgetown University Press.

Ur, P. (2012). *A course in English language teaching.* (2nd edition). Cambridge University Press.

章兼中（2016）。國外外語主要教學法流派。福州：福建教育出版社。

第四章

聽說教學法
The Audiolingual Method

關鍵字

結構、刺激—反應、PPP 教學步驟

structure, stimulus-response, PPP teaching procedure

Practice makes perfect.

熟能生巧。

第一節　聽說教學法的背景簡介

一、基本概念

聽說教學法的特點是把聽說放在首位，主張先聽後說，經過反覆口頭練習，最終能自動運用所學語言教材，進而達到活用目標語的教學方法。在課堂上教師利用大量的句型練習，讓學生在學習過程中，不假思索地以外語回答問題。學生以會話為主的教學，透過不斷的重複練習，掌握新的生字及句型。

聽說教學法與直接教學法有部分相近之處。這兩種教學法都主張教師應該避免使用學生的母語、避免講解文法，而應該直接用所要學的目標語來教學生。但直接教學法重視詞彙的教學，而聽說教學法則重視句型教學。聽說教學法較重視教師藉由充分的練習，使學生學會如何自動自發地使用特定的文法結構。

美國普林斯頓大學 Christine Mohrmann 教授（1961）在《1930-1961年歐美語言學動向》（*Trends in European and American Linguistics,* 1930-1961）中，提出聽說教學法的五點教學原則：

1. 語言是說的話，不是寫下來的文字（Language is speech, not writing）。

2. 語言是一套習慣（A language is a set of habits）。

3. 教語言本身，而不是教有關語言的知識（Teach the language, not about the language）。

4. 語言是使用這種語言國家的人實際所說的話，而不是某個人認為他們應該怎麼說的話（A language is what its native speakers say, not what

someone thinks they ought to say）。

　　5. 各種語言都不相同（Languages are different）。

　　Rivers（1981: 43）指出，所謂「語言是不同的」，是指結構語言學排斥所有語言都有普遍文法的看法，而認為應使用對比分析的方法來選擇語言教學的困難點。

二、時代背景

　　文法翻譯法和直接教學法都產生於歐洲，但聽說教學法誕生於美國。第二次世界大戰對美國境內的語言教育有著極大的影響。日本偷襲珍珠港事件發生後，美國正捲入世界範圍的戰爭衝突中，戰爭形勢的發展急需精通盟國和敵國語言的專業人才。美國政府於 1942 年制定了「軍隊專業培訓專案」（Army Specialized Training Program），簡稱「軍隊教學法」（Army Method）。其教學特點包括大量的語音訓練和對話練習，排斥了傳統教學的文法學習和翻譯練習。為此美國軍隊、學校開辦和各種外語學習班在短期內為軍隊培養了大批掌握外語口語的人才，滿足了戰爭的需要。在此期間，美國結構主義語言學家 Charles Fries 和 Robert Lado 等一方面研究了美國人學習外語的問題，另一方面又研究了外國人學習英語的問題，在總結了 20 世紀 40 年代以來美國外語教學的基礎上提出了聽說教學法。

　　聽說教學法首先在美國國防語言學院使用，很快地獲得成功，這重新燃起美國教育機構對學習外語的興趣，而紛紛採用這種新方法。聽說教學法在教學實踐中取得了良好效果。聽說教學法培養了大批掌握外語口語的人才，滿足了當時社會的需要。比如，戰時美國軍隊開辦了二十七種外語短訓班，其中日語教學效果最好。對歐美人來說，日語是最難學的外語之一。因為，日語除文法複雜難以掌握之外，還要學會二千多個常用日語中的漢字。既然最難學的日語用聽說教學法都能獲取良好的教學效果，那麼學習其他外語則更容易見效。20 世紀 60 年代是聽說教學法發展的全盛時期，幾乎成了外語教學界占支配地位的一種外語教學法。聽說教學法以結

構主義語言學和行為主義心理學為理論基礎，因此當時曾有人讚揚它把語言教學的藝術變為科學，在世界上享有盛譽。

🐝第二節　聽說教學法的理論基礎

一、語言本質

1. 語言是一套結構系統

聽說教學法是以美國結構主義語言學（structuralist linguistics）為基礎來看待語言本質的。語言是由語音、詞彙、句型等語言小單位，根據文法規則組合的結構系統。Richards & Rodgers（2014: 62-63）指出「結構」的涵義：

（1）語言是根據文法結構而產生的。

（2）語言的句子可完全按照任何語言單位加以說明。

（3）語言的層次被認為是一種金字塔結構，音素系統上面是詞素系統，然後上面依序是高一層的短語、從句和句子等。語言學習就是要掌握這些語言成分，並學習組合這些成分的規則，其學習順序是：音素→詞素→單字→短語→句子。因此，學習語言就意味著掌握從音素到句子的語言基本單位以及它們的組合規則。

（4）句型是典型的句子模式、語言的基本結構。因此，聽說教學法以句型結構練習為中心。句型教學主要透過外語與母語句子結構對比，根據由易到難的順序進行安排，以突顯句型的重點和困難點。

2. 語言的核心是口語

結構主義語言學的另一個觀點是，「語言首先是口語，其次才是書面語言」（Brooks, 1964）。語言的核心就是口語；而口語是活的語言。許多語言沒有書面語言，但卻有口語。即使有書面語言，人們在學會寫作之前卻會聽和說。有聲語言、口語是語言的本質特徵，是第一級的。語音是

語言的物質外殼。書面語言是口語的文字記錄，是第二級的。

　　這種新觀點顯然與當時流行的觀點不同，那時人們大多認為語言首先以在紙上書寫的符號而存在，而口語是這些符號的不完整的體現。因此，學習外語不論其目的是什麼，口語教學應占主要地位；而且教學的順序應當是先聽說、後讀寫，在聽和說的基礎上再進行讀和寫教學，採用「聽說領先、讀寫跟上」的順序。

二、教學觀點

1. 行為主義心理學（behaviourism）

　　早在 1921 年 Palmer 就提出後來被稱為行為主義的理論（Palmer, 1921）。不過在 1957 年 Skinner 於《語言行為》一書中，才對行為主義提供了完整的理論。Skinner（1957: 10）指出：「我們沒有理由認為語言行為與非語言行為具有本質上的差異。」行為主義心理學家根據觀察、分析動物和人的心理結果，認為人和動物的行為有一個共同的因素：刺激和反應，語言習慣習得的過程猶如動物的行為一樣，是一種刺激—反應的過程。在進一步的研究基礎上，他們指出語言教學就是教師對學生進行聲音刺激，而學生對聲音刺激進行反應的過程，因此語言學習是一種行為技能的掌握。學生接到刺激（如句型練習中的提示）就做出行為反應（如提供正確答案），這種行為經過合適的強化（reinforcement），最終形成習慣。因此，學習一門外語，就要按照「刺激—反應—強化」這一模式對語言反覆進行練習，直至熟練掌握並形成習慣。「刺激—反應—強化」的關係如圖 4-1 所示。

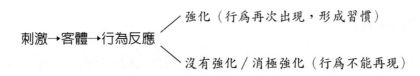

圖4-1　刺激—反應—強化之關係

資料來源：Richards & Rodgers, 2014: 64.

2. 學習法則

聽說教學法建立在科學的學習法則上，所以它被認為是科學的教學法。美國語言學家 Lado（1964）在《語言教學：一種科學方法》一書中，總結了作為聽說教學法基礎的「學習實證法則」：

（1）連接法則：當兩種經驗同時發生時，一個經驗的回歸將引起或重新產生另一種經驗；

（2）練習法則：練習做得越頻繁，學生學得越好，記得越久；

（3）密集法則：練習做得越密集，學生學得越好，記得越久；

（4）同化法則：每種新的刺激會激發與以往相同的刺激情況有聯繫的反應；

（5）作用法則：當練習伴隨（或跟隨）一種滿意情緒時，這種練習將被強化。當練習伴隨一種不滿情緒時，它就被排斥（Lado, 1964: 37）。

第三節　聽說教學法的教學大綱

聽說教學法使用結構大綱，內容包括句型、語音、詞法和句法等主要語言項目〔注〕，按照教學的順序編排。這種編排順序主要根據「最小對比分析單位」的標準來確認，這是因為學生學習外語的困難主要是由於母語與目標語的差異引起的，差異越大，學習的困難就越大。這樣，簡單的結構項目都排在前面，而複雜的項目則排在後面。

第四節　聽說教學法的教學設計

一、教學目的

Brocks（1964）指出，聽說教學法有短期和長期兩種教學目標。短期目標訓練聽力理解、準確的發音、識別和寫作等；長期目標是像本族語者一樣，在聽和說的能力上有如母語般的熟練。但聽說教學法對讀和寫也沒

有完全忽視，只不過在教學順序上先聽說、後讀寫。

二、教師角色

　　聽說教學法的課堂教學以教師為中心，教師是語言的示範者，是學生語言的輸入者，和課堂活動的管理者。Brooks（1964: 143）列出教師的具體角色：（1）教師按照聽、說、讀、寫的順序進行訓練；（2）教師是語言的示範者；（3）教師以對話形式進行口語教學；（4）教師透過句型練習進行結構教學；（5）教師指導學生選擇和學習詞彙；（6）教師向學生展示詞與意義是如何互相聯繫的；（7）教師鼓勵學生大膽實踐，強化其正確的反應。

三、學生角色

　　1. 學習者被看作是可以透過訓練達到正確反應的被動者。根據行為主義學習理論，學習是學生外部的表現，而非內部的過程，因此學習者只須對外部刺激做出反應，無須對學習內容、進度和方式做出選擇，這一切都由教師來決定。

　　2. 學生是語言的模仿者和接受者，被看作是「空罐子」（Knight, 2001: 151）。

　　3. 學生是活動的參與者，遵循教師的指令，做出既準確又快速的反應。

四、母語的使用

　　限制使用母語但不排斥母語的作用。聽說教學法儘量不用母語，只有在不得已的情況下可以把翻譯當作釋義和理解的手段。課堂教學中用母語進行翻譯和講解有兩個主要弊病：一是減少運用外語的機會；二是阻礙學生排除母語為中介直接用外語理解和表達思想能力的發展。因此，外語教學要排除母語的干擾作用。在聽說教學法教學中，只有在學生可能遇到困難、或會受到母語干擾的情況下，教師進行母語和目標語的對比分析，找

出語誤所在。例如：教師依據學生的母語，判斷學生發音困難原因，對犯錯或已犯錯的語音加強練習，直到學生掌握正確的發音為止。教師也不會直接教學文法規則，鼓勵學生由教師的舉例中自行理解文法規則，這一點是與直接教學法相同的做法。

五、對待語誤

教師及時糾正錯誤，培養正確的語言習慣。根據刺激－反應理論，學生從學習外語的第一天起，無論是學習語音、詞彙或句型，都要求學生確切理解、準確模仿、正確表達，不放過任何性質的語言錯誤。一旦發現錯誤便及時糾正，以便使學生養成正確運用外語的習慣。否則，錯誤一旦形成，就難以糾正。

六、教材作用

Chastain（1976: 113-124）指出，聽說教學法的課文通常有三個部分：對話、句型練習和應用活動。每篇課文內幾乎沒有文法解釋。如果有的話，通常是放在句型練習後面。

聽說教學法在教學中充分利用圖片、錄音和錄影等設備，來加強視聽效果。錄音和錄影可以提供標準純正的語音。此外，語言實驗室是實現口語優先原則的一種重要工具。

第五節　　聽說教學法的課堂實踐

一、教學活動

Hadley（2001: 11-112）指出，聽說教學法有三個活動類型。

1. 對話（dialogue）

聽說教學法十分注重對話作為語言的輸入教材，使用各種錄音和錄影等設備，把所要學的對話呈現給學生，作為句型練習和活動應用。

2. 句型練習（pattern drills）

句型練習是培養語言習慣的主要手段，主要有重複練習和轉換練習兩類。重複練習是句型毫無變化，學生只是重複而已。轉換練習是句型稍做變化，學生練習完畢，教師親自或使用答錄機進行強化。轉換練習的類型包括：人物替換、句型反應練習、單複數轉換、時態轉換和提示性反應等（見表4-1）。

表4-1　句型練習的類型

類型	特點	示例
重複 （repetition）	學生聽到一個句子後立即複述一遍。複述時，學生不能看書。	• This is the seventh month. → This is the seventh month.
屈折 （inflection）	原句中的某個詞，在重複時有所變化。	• I bought the *ticket*. → I bought the *tickets*. • *He* bought the candy. → *She* bought the candy.
替換 （replacement）	原句中的詞，在重複時被替換。	• He bought *this house* cheap. → He bought *it* cheap. • *Helen* left it early. → *She* left early.
轉述 （restatement）	學生根據聽到的話，重新組織句子。	• Tell him to wait for you. → Wait for me. • Ask her how old she is. → How old are you? • Ask John when he began. → John, when did you begin?
完成句子 （completion）	學生補上句子中的空缺詞	• I'll go my way and you go... → I'll go my way and you go *yours*. • We all have... own troubles. → We all have *our* own troubles.

（續）

類型	特點	示例
移位 （transposition）	在句中添加單字，但須改變語序。	• *I'm* hungry. (so). → So *am* I. • *I'll* never do it again.(neither). → Neither *will* I ...
擴展 （expansion）	在原句中，插進某個單字。	• I know him. (hardly). → I *hardly* know him. • I know him. (well). → I know him *well*.
壓縮 （contraction）	用單個詞代替短語或從句。	• Put your hand *on the table*. → Put your hand *there*. • They believe *that the earth is flat*. → They believe *it* ...
轉換 （transformation）	對句子進行否定、疑問、時態、情態或語態等方面的轉換。	• He knows my address. → He doesn't know my address. → Does he know my address？ → He used to know my address. →—If he had known my address....
合併 （integration）	把兩個單獨的句子合併成一句。	• They must be honest. This is important. → It is important that they be honest. • I know that man. He is looking for you. → I know the man who is looking for you.
回答 （rejoinder）	學生根據提示，對某個句子做出恰當的回答。	（1）用 Be polite 的方式回答： • Thank you. → You are welcome. • May I take one？→ Certainly. （2）回答下面問題： • What is your name？→ My name is Smith. • Where did it happen？→ In the middle of the street.

（續）

類型	特點	示例
連詞成句（restoration）	學生將一組詞根據其基本意義，恢復成一個完整的句子。	• students / waiting / bus → The students are waiting for the bus. • boys / build / house / tree → The boys build a house in a tree.

資料來源：*Brooks, 1964: 156-61.*

3. 活動應用（application activities）

　　活動應用就是對話應用，包括公開或封閉性的反應練習、口頭表達（學生使用學過的語言表達個人觀點）和對話刺激活動（類似於半控制性的角色扮演）等。在這些活動中，學生主要使用教師在上課開始時呈現的對話教材進行重複應用，以達到少量的溝通需要。

二、教學步驟

　　在課堂教學中，聽說教學法採用 PPP 教學步驟：呈現→練習→表達。這三個步驟的作用分別是：

1. 認知（recognition）

　　教師提供語言重點，主要是對話中的句型，同時透過直觀方式或上下文等方法說明其意思，學生對此加以認知和理解。

2. 模仿（imitate）

　　當學生理解了新的語言重點後，學生跟著模仿，教師要糾正學生的錯誤，學生再模仿。學生不斷重複所學的語言重點，直到能牢記為止。

3. 運用（application）

　　學生選擇某些詞彙、短語和句型，用來描述特定的場所、情景或事

件，即運用學過的語言重點進行溝通。

上述三個步驟和作用，可歸納如表 4-2：

表4-2　聽說教學法三個教學步驟

步驟	教師角色	學生角色	活動類型
第一步	呈現語言	認知語言	對話
第二步	指導學生練習	模仿語言	句型練習
第三步	指導學生表達	運用語言	活動應用

三、教學實例

Davis, Roberts & Rossner（1975: 6-7）描述了一個教學實例：

1. 認知

聽力練習：教師清晰地連續幾次重複語言結構和單字，至少一次是慢速，如 Where...is...the...pen？

2. 模仿

（1）模仿：全班或小組齊聲模仿教師所說的話。教師可透過說 Repeat 或 Everybody 之類的指令或手勢，讓學生配合。

（2）個別模仿：教師讓幾個學生重複例句，以檢查他們的發音。

（3）單獨練習：教師將學生有困難的音、詞或片語，根據上述步驟單獨進行練習。

3. 運用

（1）引進新句型：教師讓學生運用已知的句型進行回答練習，以引進新的句型。

（2）教師利用手勢或提示詞讓學生回答問題、發表論述，或根據句型造句。

（3）替換練習：教師利用提示詞，讓學生練習新句型。

（4）回答問題：教師讓學生們以一問一答方式進行，直到大部分學生都有機會回答問題。

（5）糾正語誤：教師透過搖頭、重複語誤等方式指出語誤，讓學生本人或其他學生對其進行糾正。

§本課教學評論

本課的教學重點是 *Where...is...the...pen*？等句型。教師先從聽力練習開始，然後讓學生模仿。句型練習的方式包括：單獨練習、句型造句、替換練習和回答問題等。對待語誤，教師透過搖頭方式讓學生本人或其他學生對其進行糾正。

第六節　對聽說教學法的評價

一、優點分析

聽說教學法的優點包括：（1）以口語為中心，進而培養聽說能力為主；（2）強調句型的訓練，創造了一套透過句型練習進行聽、說、讀、寫的基本訓練方法；（3）透過母語和外語對比，確立教學重點和困難點；（4）運用現代化視聽方式進行教學。

二、缺點分析

聽說教學法在心理學上的根據以行為主義為主，而行為主義的中心主張之一，即是「刺激─反應─鞏固」理論。該理論把人和動物等量齊觀，

把外語學習看成如同訓練動物的過程。這樣，便否認了意識的能動作用和智力在外語學習中的作用。在這種理論指導下聽說教學法過分重視機械性訓練，忽視掌握語言基礎知識和活用語言能力的培養，因而不利於學生實踐掌握外語。比如，有些學生能把句型、對話背得滾瓜爛熟，但在溝通活動中不會活用，或用得不恰當，甚至出錯。對此 Brown（2000: 75）提出批評：（1）語言並非依靠一系列的習慣形式和過度學習（over leaning）才能掌握。（2）過分重視機械性訓練，忽視掌握語言基礎知識和活用語言能力的培養。（3）過分重視語言的結構形式，忽視語言的內容和意義。

🦋第七節　聽說教學法的教學啓示

聽說教學法第一次把語言實驗室（language laboratory）引進外語教學中，為學生提供大量的聽說機會。語言實驗室是一種裝有錄音系統和其他電子視聽教學輔助（electric audiovisual aids），供語言教學使用的教室。由於語言實驗室已發展為不限於語言教學的視聽教室，所以現在也常稱為學習實驗室（learning laboratory）。

語言實驗室一般分為以下四種：

1. 聽音型（audio-passive LL）：學生用耳機收聽錄音教材，是一種僅有單向語音傳輸功能的語言實驗室，也稱聽音室。

2. 聽說型（audio-active LL）：師生均有耳機和傳聲器，因而是一種能進行問答對話、具有雙向語音傳輸功能的語言實驗室，一般還設有隔音座位。

3. 聽說對比型（audio-active comparative LL）：除師生對話外，學生尚可錄製教師播放的錄音教材和自己的口頭練習，以進行比對。有的聽說對比型語言實驗室，教師還可以遙控學生的答錄機或監聽、監錄學生的作業。

4. 視聽型（audio-visual LL）：可同時播放投影片、電影、錄影等視覺形象，以創造真實、生動的語言情景。視聽型語言實驗室也適用於多種

學科的教學。

語言實驗室在教學過程中的主要作用是：

1. 對學生進行聽力、口語或翻譯訓練，以提高語音獨立學習的能力。

2. 有助於多種教學形式（全班、分組、個別教學等）的最優結合。

3. 可使全班學生在教師控制下同時獨立工作，並使能力不同、水準各異的學生都能得到有效的學習，便於因材施教。

4. 在自然條件下，正確地掌握學生的練習與反應情況，對教學效果能及時提供判斷和評價的資訊。

5. 累積學生學習情況的資料，作為以後改進教材教法和科研工作的依據。

❀ 第八節　結束語

聽說教學法的出現在外語教學法發展史上，具有劃時代的意義。聽說教學法對外語教學的貢獻是：

1. 第一次把語言實驗室引進外語教學中。語言實驗室在教學過程中對學生進行聽力、口語或翻譯訓練，以提高語音獨立學習的能力並產生重要作用。

2. 聽說教學法把結構主義語言學和行為主義心理學應用於外語教學中，使外語教學法有史以來第一次建立在科學基礎上。在外語教學史上，聽說教學法是一種理論基礎非常雄厚的教學法流派，它把結構主義理論和行為主義理論應用到外語教學中，使外語教學建立在當代科學研究成果的基礎上。聽說教學法的出現成為外語教學法發展史上的一個里程碑，在理論和實踐兩個方面都促進了語言教學法的發展。

20 世紀 60 年代的後期，Noam Chomsky 的轉換生成語言學，Jean Piaget 和 J. Carrol 的認知心理學已成為語言學界頗具影響的學派。社會語

言學的出現，也使外語教學別開生面。在認知心理學和社會語言學理論的影響和啟迪下，一些語言學家和外語教學工作者對聽說教學法進行了抨擊和挑戰。於是，語言學家開始探索新的外語教學法，聽說教學法從此走向沒落。

儘管如此，聽說教學法至今仍在世界一些地方使用。根據聽說教學法的教學原則編寫的諸如 Lado 英語系列課本和《英語 900 句》的連續再版，說明聽說教學法並沒有完全消失，聽說教學法訓練學生聽說的語言實驗室仍在世界各地的學校和語言教研機構繼續使用。

《思考題》

1. 如何理解「教語言本身，而不是教有關語言的知識」？
2. 聽說教學法基於行為主義理論。你同意「熟能生巧」和「習慣養成」嗎？你認為聽說教學法走向沒落是必然的嗎？
3. 請舉例說明句型練習的類型。
4. 聽說教學法對我們的教學有什麼啟示？
5. 請看下面一段對話，你認為要教的結構是什麼？假如你綜合運用文法翻譯法和聽說教學法，你是如何解釋這個結構並進行句型練習？

   A: Tom's going to go to college next year.

   B: Where is he going to go?

   A: He's going to go to Harvard University.

   B: What is he going to study?

   A: Education. He's going to be a teacher.

〔注〕

本書中的語言項目（language item）是指所學的目標語的語言內容，包括音素、詞素、語音、詞彙、功能、意念、句子、文本、文法等。

參考文獻

Brooks, H. (1964). *Language and Language Learning: Theory and Practice*. (2nd edition). New York: Harcourt, Brace & World.

Brown, H. (2000). *Principles of Language Learning and Teaching*. (4th edition). White Plains, NY: Longman, Pearson Education.

Chastain, K. (1976). *Developing Second Language Skills: Theory and Practice*. (2nd edition). Chicago: Rand McNally.

Davis, P., J. Roberts & R. Rossner. (1975). *Situational Lesson Plans: A Handbook for Teachers of English*. London: Macmillan.

Hadley, A. (2001). *Teaching Language in Context*. (3rd edition). Boston, Mass.: Heinle & Heinle.

Knight, P. (2001). The Development of EFL Methodology. In C. Candlin & N. Mercer. (eds.). *English Language Teaching in its Social Context: A Reader*. (pp. 147-166). London: Routledge.

Lado, R. (1964). *Language Teaching, a Scientific Approach*. New York: McGraw-Hill.

Mohrmann, C. (1961). *Trends in European and American Linguistics, 1930-1960*. The University of Michigan.

Palmer, H. (1921). *The Oral Method in Teaching Languages*. Cambridge: Heffer.

Richards, J. & Rodgers, T. (2014). *Approaches and Methods in Language Teaching*. (3rd edition). Cambridge: Cambridge University Press.

Rivers, W. (1981). *Teaching Foreign Language Skills*. (2nd edition). Chicago: University of Chicago Press.

Skinner, B. (1957). *Verbal Behavior*. New York: Appleton-Century-Crofts.

Stern, H. (1983). *Fundamental Concepts of Language Teaching*. Oxford: Oxford University Press.

第五章

情景教學法
Situational Language Teaching, SLT

關鍵字

情景、口語、結構主義語言學

situation, spoken language, structural linguistics

When we acquire our primary language, we do so by learning how to behave in situations, not by learning rules about what to say.（Halliday, McIntosh & Strevens, 1964: 179）

我們是透過學習如何在情景中待人接物，而不是透過學習語言的規則來掌握母語。

第一節　情景教學法的背景簡介

一、基本概念

情景教學法就是透過設計出一些真實性和準真實性的具體場合的情形和景象進行語言教學，從而達到教學目的之一種教學方法。

所謂「情景」，是指使用語言進行交流資訊的環境。在人類的交流活動中，語言環境對語言來說是必不可少的。語言功能的掌握，依賴於真實情景。情景有兩種，一是日常生活中的真實情景，二是課堂上創設和模擬的情景。課堂情景或多或少具有人為因素；真實情景是學生生活中的實際情景。在真實的生活情景中運用語言要比在類比的情景中更重要，所以應儘量利用和加強在真實的社會語言情景中教與學。因此，在課堂上教師應儘量去設計日常生活中的情景，比如店員和顧客對話：Is it a watch? No, it isn't. 必須在情景中進行教學（Davies, Roberts & Rossner, 975: 2）。

創設情景不僅為訓練學生語言創造條件，而且也能有效地促進學生思維能力以及其他品質的協調發展。它透過再現教材的或新創設的情景，引導學生理解和運用，在模擬真實或者說更加接近真實的環境中實現對於能力的培養。既然具體的語言都是在一定情景下使用的，那麼情景的創設就必然有助於學生在真實的場景中使用。

二、時代背景

情景教學法由英國應用語言學家 Palmer, Hornby 和 Sweet 等在直接教學法和聽說教學法的基礎上所創建，在 20 世紀 30 至 60 年代十分盛行。直接教學法和聽說教學法到了 20 年代暴露了最致命的弱點：鸚鵡學舌式的機械句型練習。脫離情景，獨自進行句型練習，妨礙學生有效地掌握外語。情景教學法全面分析了直接教學法和聽說教學法的優缺點，取其精華並進一步發展和形成了課堂上的語言、對話和練習與真實情景相結合的方法體系。情景教學法倡導者們認為，情景的生動性與形象性，有助於學生把知識融於生動的情景之中，有助於學生理解所傳遞的資訊，觸景生情、啟動思維，提高學生的學習興趣，改變以往英語教學枯燥無味的局面，提高教學品質。

❀第二節　情景教學法的理論基礎

一、語言本質

情景教學法的語言理論是英國結構主義理論。

1. 語言是一種結構，而不是一套傳統文法的系統。結構由句型和結構片語組成。如在 That's a book 句型中，book 是可以被替換的詞，而 that's 是結構詞，可以出現在許多句型中。

2. 口語是語言的基礎，結構是說話能力的核心。語言是有聲語言，書面語言是文字記錄，在語言發展史過程中口語始終處於首位。口語歷來是最完美的語言形式。對話最能體現口語的特性。對語言句子結構的描寫，歸納出句型進行教學，也是教學的重要部分。因此，語言技能的掌握先從口語開始，然後過渡到書面語言。其教學順序是：聽→說→讀→寫。

二、教學觀點

1. 語言必須在情景中教與學

　　情景是外語教學過程中極為重要的因素。學習外語只有在一定的情景中才能理解和表達意義。語言結構和使用語言的情景有密切的關聯性，情景是使用語言的社會情景，是揭示語言所表述意義的基本因素之一。語言是在情景中表達其意義的。脫離了情景，語言就難以恰當地表述意義。即使是一個單字，它也是客觀世界現實情景的反映。英語單字 pen 的產生和存在，就是因為在客觀世界和現實生活中存在著「筆」這一實物。用於實際的單字、句子、文本（text 又譯作「語篇」）等，都是客觀世界現實情景的具體反映。詞、句、篇只是客觀現實情景的聲音和文字符號。因此，情景需要語言，語言應在情景中教學。

　　情景產生直觀教學，這可以使抽象的知識具體化、形象化，有助於學生感性知識的形成。情景教學法使學生身臨其境或如臨其境，透過給學生展示鮮明具體的形象（包括直接的和間接的），使學生從形象的感知達到抽象的理性思維和頓悟。因此，語言教學的根本出發點是透過引入各種情景理解和掌握語言所含的意義。詞彙和結構必須在合適的意義情景下進行介紹，而不能透過講解的方式來引進。

　　語言結構的用法和涵義，並非靠母語或目標語的解釋，而是透過在情景中反覆使用歸納出來的。也就是說，情景教學法鼓勵學生不僅要從結構使用的諸多語境或情景中推測和總結結構的意義，而且透過例句學會把結構的使用推廣到新的情景，推廣到課堂以外的社會實景之中，推廣到實際生活的交流之中。

2. 行為主義心理學

　　情景教學法明顯受到了行為主義心理學的影響。其特點包括：

　　（1）語言學習是一種形成習慣的過程，而習慣是在有情景的學習過程中形成的。正如 Frisby（1957: 136）所言：「在語言教學中有三個過程：

接受知識或語言教材；透過重複練習將其牢記；最後在真實的情景中練習和使用，直至這些知識或語言教材成為個人的技能。」

（2）語誤可以形成習慣，必須加以矯正。

（3）「語言類比」比「語言分析」更能使學生掌握語言。語言類比（analogy）或類推，是一種認知過程。類比透過比較學生母語和外語，清楚揭示兩者之間的相似點，並將已知母語的特點，推演到未知的外語中。語言分析（linguistic analysis）指的是學習外語採用的一種方法，著重從形式或結構方面分析外語的特點。

第三節　情景教學法的教學大綱

情景教學法採用情景大綱（Brown, 1995: 8），它涉及情景和語言教材的排列方法。

一、情景排列方法

由於語言是在不同情境中出現的，因此情景大綱圍繞著情景（比如參加聚會、在機場、搭計程車、在餐館）等來組織編排語言。情景的選擇通常基於學生在目標語國家中可能會遇到的情景，而情景的排序依學生可以遇到的情景前後順序而定。比如學生到了某個新的國家，他們所處的情景順序可以安排如下：到機場、乘坐公共汽車、住旅館、在餐館用餐和參加舞會等。Brinton & Newman（1982）在其教材中選擇了以下幾個情景：（1）Introductions（相互介紹）；（2）Getting acquainted（相互認識）；（3）At the housing office（在住房介紹辦公室）；（4）Deciding to live together（決定居住在一起）；（5）Let's have coffee（讓我們喝杯咖啡吧）；（6）Looking for an apartment（尋找公寓）（引自 Brown, 1995: 8）。

二、語言教材排列方法

情景大綱對語言結構和詞彙的排列經歷三個階段：（1）選擇所教的結

構和詞彙；（2）評估其難易程度；（3）根據難易的順序呈現語言（例子見表 5-1）。

表5-1 情景大綱片段──語言教材的排列

	句型	單字
第一課	This is ... That is ...	book, pencil, ruler, desk
第二課	These are... Those are...	chair, picture, door, window
第三課	Is this ...? Yes, it is. Is that ...? Yes, it is.	watch, box, pen, blackboard

資料來源：Frisby, 1957: 134.

第四節　情景教學法的教學設計

一、教學目的

情景教學法的教學目標是培養學生獲得本族語者所擁有的能力（Davies, Roberts & Rossner, 1975: 4），這包括兩個方面：（1）培養聽、說、讀、寫的技能，但順序是「聽說領先、讀寫跟上」。「聽說」是外語能力的基礎，所以在發展「讀寫」能力之前，必須先學會句型和詞彙等口語表達能力；（2）在情景中能夠正確和快速使用語言做出反應的能力。

二、教師角色

在情景教學法的課堂上，教師具有主導作用，一切教學活動以教師為中心，由教師決定教學進度和內容，教師指導學生進行各種練習。應用情景教學法教學需要大量的準備工作。由於情景教學強調情景，所以教師得做大量的教具，為創設情景做準備。

根據 Davies, Roberts & Rossner（1975: 3），教師角色包括：

1. 情景創設者

　　教師在課堂教學中要設法結合學生的生活實際，創造語言實踐的情景，使他們積極參與語言實踐活動。教師應利用一切可以利用的條件和設備，為學生創造良好的英語學習環境，將枯燥的、抽象的內容，寓於有趣的、生動的、使人探索的情景之中。

2. 示範者

　　教師在情景中演示語言結構所使用的情景並提供例句讓學生模仿，但不能透過文法講解來示範。教師配合教學內容，營造相關之情境，讓學生感受到其所學皆為現實生活中實用語。之後，教師像個樂團指揮一般引導學生回答問題、造句，或依照指示來進行活動。

3. 指揮者

　　教師就像一個樂隊的指揮，透過提問、提示等方式讓學生正確地回答問題。

4. 督促者

　　在學生練習過程當中，教師留意學生的文法和結構錯誤，以便在以後的課堂中作為講解的要點。

三、學生角色

　　學生角色是被動的，在教師的帶領下進行模仿和造句等活動。在學習的開始階段，學生只要求聆聽與重複教師所說的話，並且回答問題和指令。學生無法控制教學進度和學習內容。

四、母語使用

　　情景教學法大致類似於直接教學法和聽說教學法，不使用母語。教師

通常用外語授課，並透過實物、圖畫、身體動作等視覺方式呈現詞彙或句型中常見的情景，以便讓學生瞭解，並製造讓學生練習說英語的機會，而不做句意翻譯。

五、對待語誤

只要有可能，教師儘量不親自糾正語誤，讓學生糾正語誤的方式可以鼓勵他們認真聽別人講話。

六、教材作用

情景教學法對教材和視覺輔助物的依賴性很強。教材是根據教學目的而選擇來自生活實際的各個主題，用於培養學生在真實情景中進行聽說的能力，日常生活情景對話是教學的中心。情景教學法是以二、三人之間，進行的日常生活情景對話為中心進行教學的。真切的語言內容和生活情景呈現，讓學生置身於真實又自然的情景語言溝通環境之中。這樣，對話便成了培養學生運用外語進行交流活動的先決條件。情景對話是教學的出發點，因此教材的主要部分由對話、句型和課文組成。

第五節　情景教學法的課堂實踐

一、教學活動

情景教學法的教學活動大致類似於聽說教學法，如經常採用句型替換練習、聽寫和小組口語練習等，但情景教學法更突顯情景的使用，以達到直觀效果和真實氣氛的目的。所有單字和句子都要在真實的或模仿的情景中進行教學。這樣，單字的意義就與其所處的情景相聯繫。比如，book 這個單字的意義不是透過查字典，而是透過情景來學的。學生聽教師的指令來瞭解詞義：Open the book. Close the book. Read the book. 在文法方面，不對文法現象做直接的說明，而鼓勵學生透過情境來理解歸納出正確的意

義和使用方法。

二、教學步驟

教學過程有以下五個步驟（Richards & Rodgers, 2014: 37）：

1. 呈現（presentation）：介紹並呈現新的語言結構。

2. 控制性練習（controlled practice）：在教師的指導和控制下，學習者對語言結構進行密集練習。

3. 自由練習（free practice）：學生在沒有任何教師控制的情況下，練習使用該結構。

4. 檢查（checking）：老師引用新結構來檢查學生是否已經學到，並掌握該結構。

5. 進一步練習（further practice）：在新的情景中，該結構與其他結構組合進行綜合使用。

三、教學實例

Harmer（2001: 80-82）舉例說明一個初級英語教學課堂如何使用 PPP 步驟，來教一般現在進行式的句型。

1. 呈現

教師出示一張許多人正在度假（游泳）的圖片，並詢問學生圖中的人物是在工作還是在度假，然後指出他們是在度假。教師指著圖中的游泳者說：What's he doing, anybody? 學生回答說：He's swimming. 然後教師說 He's swimming 是要學習的新句型。

2. 練習

教師指導學生對 He's swimming. 進行練習。個別學生重複了句型，但說得不夠準確，教師就給予糾正。然後再叫學生看圖，並引出 Mary's reading a book. Paul and Sarah are playing cards. 等句子。接下來教師進行

自由練習。

　　教師：Can anyone tell me...? Mary? Yes, Sergio.

　　學生（Sergio）：She's reading a book.

　　教師：Good....

3. 表達

　　教學要求學生使用現在進行式的句型進行表達。學生想像他們現在都在一個度假勝地，並說出他們正在做什麼，如 Sergio's reading a book. Juana's sunbathing. 最後教師還要求學生寫一段短文，使用 It's great here. The sun's shining. Paul and Sarah are playing football. 等句子。

§ 本課教學評論

> 　　本課的教學目的是一般現在進行式句型。教師所設立的情景是人們正在度假（游泳）。教師使用 PPP 步驟來完成教學。首先，教師透過圖片呈現 be + verb-ing 的句型，然後教師指導學生對句型進行練習，最後，學生使用所學句型進行表達──寫一段短文。教學過程從聽說開始，再到寫作，達到鞏固生字及句型的目的。

第六節　情景教學法與文法翻譯法的對比

　　透過比較情景教學法與文法翻譯法的異同，可以看出情景教學法重視情景和口語教學等特點（見表 5-2）。

表5-2　文法翻譯法和情景教學法的異同點

文法翻譯法	情景教學法
（1）以書面語言為主	（1）把口語放在第一位
（2）重視閱讀能力	（2）以聽說帶動讀寫
（3）重翻譯，用母語講課	（3）盡可能不用母語，用外語講課
（4）重視文學語言	（4）重視日常生活語言
（5）用演繹法講授文法	（5）用歸納法教授文法

第七節　對情景教學法的評價

一、優點分析

1. 內容呈現和句型練習等活動都在情景中進行，強調語言結構和使用語言的情景兩者之間的密切結合。利用實物、圖片、簡單筆劃等進行教學有助於清楚地把所要教的單字、短語或句子及其概念建立最直接的聯繫，有利於訓練學生「用英語思維」，避免不必要的翻譯。直觀可以使抽象的知識具體化、形象化，有助於學生感性知識的形成。

2. 在教學過程中，引入或創設的情景主要是由教師以教學內容為中心，根據學生的發展水準來進行。這不僅會激發學生學習英語的興趣，刺激其學習積極性，而且還會使學生在輕鬆、興奮、歡樂的氣氛中學習、理解知識，正確扎實地掌握知識並形成語言技能。

二、缺點分析

情景教學法強調以情景為線索來選擇和安排語言教材，但由於情景的設計常常是虛構的，因而情景中的話語並不能完全最大限度地滿足學生言語溝通的實際需要。同時，語言使用的得體性（appropriateness）沒有給予足夠的重視，導致不得體地使用語言的現象，也使學生缺乏對語言本身的認識，導致在使用語言時出現語誤。Howatt（1984: 280）指出：

「到了 20 世紀 60 年代末期，情景教學法顯然已經山窮水盡。
繼續根據情景使用語言毫無前途可言。取而代之的是對語言本
身的精確研究，並回歸到傳統的觀念，即語言本身具有意義，
並表達說話者和寫作者的意義與意願。語言不是一套結構和習
慣，也不是一套敏感於情景的句子（如 Can I help you? 或 How
do you do?），語言是一種理解和表達意願，或者意念的工具。」

🦋第八節　情景教學法的教學啓示

語言離不開情景，情景和語言有著密不可分的關係，所以在教學中
盡可能要創造情景。使用情景教學能使課堂生動，提高學生學習英語的興
趣，有利於培養學生的實際語言運用能力和學生自主學習的能力。情景設
計有如下幾種方法：

一、透過實物設計情景

借用物品創設情景是最常用的、較方便的情景設計方式。借用實物
創設情景，不僅大量的名詞可以透過實物來呈現，一些方位介系詞、聯繫
動詞也可藉助物體使之表達簡潔、明瞭。如學習動詞 look, seem, be, taste,
smell 等時，可以帶一些花、糖、麵包、堅果、香料等。

二、透過簡單筆劃設計情景

對於一些不便帶入課堂的事物，可以利用簡單筆劃進行展示。巧妙地
運用簡單筆劃，表達一定的情景和一連串的情節，增強直觀性、趣味性，
學生很容易理解，又能讓學生逐步養成用英語思維的良好習慣。如：學習
What's he doing?，可在黑板上畫孩子唱歌、游泳、跑步等。學生很快地
表達出：He is singing/swimming/running.

三、運用英語歌曲來設計情景

運用英語歌曲不僅能渲染和烘托教學氣氛，而且也能穩定學生情緒，調整課堂節奏。比如，學到動詞過去式時，就播放 "Yesterday Once More" 這一經典名曲，這樣不僅加深了這一時態，又使同學們懂得昨日不會重現，懂得珍惜時間，有一舉兩得之效。

四、運用肢體設計情景

動作情景是教動詞時最簡單有效的教學手段。如教 drop 和 pick up 兩詞時，教師把鉛筆從手中滑落，說：“You see, I dropped my pen.” 接著對一個學生說：“Can you pick it up for me?”，這樣學生對這兩個詞的意義、用法就一目了然了。

五、透過教學設備設計情景

現代教育技術和媒體的介入，極大地豐富了英語課堂的方式和結構，使現代英語課堂教學具有了一支粉筆、一塊黑板的傳統教學無法比擬的優越性。外語教學充分利用投影機、影音視聽教具以建立外語情景，排除母語為中介，建立外語與客觀事物的直接聯繫。

第九節　結束語

情景教學法是聽說教學法的發展，它吸取和繼承了聽說教學法的精華，避免其缺點，並在它的基礎上進一步發展了情景的視覺感受成分，從而創造了它獨特的教學方法體系。從日常生活情景需要出發，選擇、安排語言教材，較之過去的翻譯法、直接教學法、聽說教學法更能符合學生言語溝通的需要。

雖然情景教學法受到了批評，但體現在情景中教學外語的原則的教科書在語言學校仍然非常普遍，如《*Streamline English*》（Hartley & Viney, 1979）、《*Access to English*》（Coles & Lord, 1975）和《*New Concept*

English》（Alexander, 1967）等教科書，都體現了情景教學的基本原則。

《思考題》

1. 爲什麼情景教學法強調語言必須在情景中介紹？
2. 情景大綱如何組織語言重點？
3. 情景教學法的優點是在課堂上設計了情景，但同時課堂情景又可能脫離實際。你認爲如何解決這個問題？
4. 英語中there＋be句型表示「某處有某物」，你是如何教下面的句子？
   - There is a pen on the table.
   - There is a ball under the table.
   - There is a student beside the table.
5. 情景教學法的情景教學原則至今還很流行，爲什麼？

參考文獻

Brown, J. (1995). *The Elements of Language Curriculum: A Systematic Approach to Program Development*. Boston: Heinle & Heinle Publishers.

Davis, P., J. Roberts & R. Rossner. (1975). *Situational Lesson Plans: A Handbook for Teachers of English*. London: Macmillan.

Frisby, A. (1957). *Teaching English: Notes and Comments on Teaching English Overseas*. London: Longman.

Halliday, M., McIntosh, A. & Strevens, P. (1964). *The Linguistic Sciences and Language Teaching*. London: Longman.

Harmer, J. (2001). *The Practice of English Language Teaching*. (3rd edition). Harlow: Longman.

Howatt, A. (1984). *A History of English Language Teaching*. Oxford: Oxford University Press.

Richards, J. & Rodgers, T. (2014). *Approaches and Methods in Language Teaching*. (3rd edition). Cambridge: Cambridge University Press.

第六章

認知教學法
Cognitive Approach

關鍵字

認知、理解、轉換生成文法

cognition, comprehension, transformational-

generative grammar

Learning a language is a process of acquiring conscious control of the phonological, grammatical, and lexical patterns of the second language, largely through study and analysis of these patterns as a body of knowledge（Carroll, 1966: 102）.

語言學習是有意識地掌握外語的語音、文法和詞彙的過程，它也是透過學習和分析這些語言重點以獲得知識的過程。

第一節　認知教學法的背景簡介

一、基本概念

認知教學法是按照認知規律，調整學習者學力潛能，努力去發現和掌握語言規則，創造性地使用語言的一種教學法。由於主張在教學中發揮學生的認知分析作用，反對過分依賴機械性的重複練習，注重對語言規則的理解和創造性的運用，著眼於培養實際而又全面地運用語言能力，所以認知教學法又稱認知─符號法（cognitive-code approach）。

在認知心理上，「認知」（cognitive）就是感覺輸入的轉換、減少、解釋、貯存、恢復和使用的過程。Rivers（1983: 4）指出，

> 「所有涉及心靈的過程都是認知。感知一個語音或單字；模仿一個語音或片語；對一個句子進行分析和歸類、劃分句子成分，並透過類比造出一個相同結構的句子；進行推理；對別人說的話做出精確重複，並把它應用於新情景等──這些都涉及認知過程。」

認知教學法的「認知」概念與聽說教學法的「刺激─反應」形成了鮮明的對照。「認知」是有意識地去感知和理解語言規則，並強調有意義的練習，在有意義的情景中練習和使用語言，把學習看成是心靈的活動。相

反的，「刺激—反應」把人看作動物，強調機械性練習句型，不對文法規則進行解釋，把學習看成習慣形成的活動。

二、時代背景

20 世紀 60 年代科學技術快速發展，國際間的政治、經濟、軍事、科技各個領域的激烈競爭，要求大量能夠直接進行國際間科技文化交流的高水準人才。當時盛行的以培養口語能力為主的聽說教學法，已不適應這種形勢的發展。時代要求探索新的外語教學法。外語教學界要求用新的方法代替聽說教學法的呼聲越來越高。為了適應時代的需要，美國哈佛大學認知心理學家 John B. Carroll 於 1966 年在〈心理學理論與教育研究對外語教學的貢獻〉一文中，首先提出了認知教學法。此時，美國的心理學、教育學、語言學等基礎理論學科也有了很大的發展，此為創立新的外語教學法體系提供了堅實的基礎。認知教學法有意識地把語言作為一種有意義的系統來學習，並以認知心理學和轉換生成文法作為理論基礎。因此，認知教學法是跨領域的教學方法，但認知教學法與多種領域所共用的焦點在於「人的思維」（mind）（Fotos, 2001: 267）。

認知教學法是作為聽說教學法對立面產生的，兩者的對立表現在下列幾方面（表 6-1）：

表6-1　認知教學法和聽說教學法的比較

認知教學法主張	聽說教學法主張
語言是受規則支配的創造性活動。	語言是一套習慣。
重視對語言規則，特別重視對文法規則的講解，主張在理解規則基礎上進行語言活動。	重視句型學習與反覆練習，重視背誦、模仿和記憶。
在學習聲音的同時學習文字，四種語言技能從學習外語一開始就同時進行訓練。	從聲音到文字，保持學習語言的自然順序。
必要時可利用母語。	排斥母語，採用直接授意的方法。
依靠分析進行學習。	依靠類推進行學習。

資料來源：章兼中，2016：159。

認知教學法批評聽說教學法的缺點，為文法翻譯法和直接教學法正名，因而被稱為「經過改革的現代文法翻譯法」（Carrol, 1966: 102）。

第二節　認知教學法的理論基礎

一、語言本質

認知教學法排斥行為主義結構語言學，而吸收了轉換生成文法理論。Chomsky（1965）在《句法理論的若干問題》（*Aspects of Theory of Syntax*）一書中，提出「能力」（competence）概念。其主要論點是，人類擁有與生俱來的語言系統的知識（包括文法、詞彙及造句的能力）。因此，只要接觸足夠的語言環境和語料，學習者自然會歸納並製造無數正確的句子。根據 Chomsky 的理論，幼兒一出生就具備天生的語言學習能力，即一種由「假設測試」控制的「語言習得機制」。「假設測試」是指幼兒對接觸到的文法形式所設立的一個假設，它與大腦中的天生文法知識進行比較，這些知識是普通文法的抽象原則，而這些文法能夠產生幼兒所接觸的語言中眾多各自不同的語言重點。這樣，個人的語言能力，即母語的文法的內在知識就建立起來了。語言使用，即表現（performance），就是在文法指導下的行為，這種行為使說話者創造與他們的內在原則相一致的新句子。

根據 Chomsky 的理論，語言本質表現在如下四個方面：

1. 創造性

語言是規則指導的；語言是可創造的。一種活的語言具有在規則指導下的創造性的特點（A living language is characterized by rule-governed creativity）。語言再也不是一套任意的語言符號系統。相反地，語言是有規則支配的，具有創造性；而且規則與創造是相連的。只有當人們熟悉了語言規則時，他們才會創造性地使用語言。

2. 真實性

文法規則具有心理學上的真實性（The rules of grammar are psychologically real）。語言使用者如果能夠自動化（automatic）使用文法規則，就證明他們瞭解並遵循這些文法規則。不過，自動地使用文法規則並不意味著他們必須用自動化的方式學習規則。也就是說，掌握外語的技能可以是思考式（deliberate）的學習；透過反覆使用，這種技能就會水到渠成。

3. 先天性

學習語言是人類的特性。任何人都具有天生的習得語言能力（Man is specially equipped to learn language）。學習語言是人類生物所固有的機制。學習語言可在人的一生中任何時候和在有意義的使用語言的情景中進行。這是學習者的自身活動，而不僅僅是外界強加給他們的。此外，語言學習並不限於幼兒。幼兒學習語言的能力往往被誇大了，而成年人的能力又被過分縮小了。母語是在母語自然環境中自然習得的，學習外語則不然，不僅要求理解語言知識、規則，而且還要具有正確使用語言的能力。因此，外語的語言能力是透過有意識、有組織的練習獲得的。

4. 工具性

語言是人類用來思維的工具（A living language is a language in which we can think）（1978: 34）。語言和思維緊緊相連。學習語言涉及如何使用那種語言進行思維，有意義的練習而不是機械性練習，是人們使用語言進行思維的唯一方法。

基於這種語言觀，認知教學法強調：（1）發展學生的語言能力，使學生能夠運用有限的語言規則創造性地理解和生成無限的句子；（2）語言學習是有意識的行為；（3）注重理解，在理解語言知識和規則的基礎上進行練習，反對機械性的死記硬背；（3）透過提供學生足夠的句型和練習，啟

動學生與生俱來的語言學習機制，達成學習的任務。

二、教學觀點

1. 基於認知心理學（cognitive psychology）

認知心理學強調知覺與理解在學習中的重要性，認為真正的學習重點在於學生是否能理解情境中各項因素之間的關係，從而獲得深刻的認知。學習不是盲目的嘗試錯誤，而是由預期或認知結構所引導的有目的行為。學習強調的是心智及探索人類的思考過程。Jerome Bruner 曾經指出：學習任何一門學科，都有一連串的新知識，每個知識的學習都要經過獲得、轉化和評價這三個認知學習過程。同時他又強調說：「不論我們選教什麼學科，務必使學生理解該學科的基本結構。」

Bruner 認為，學習過程包括三個幾乎同時發生的過程：

（1）獲得新資訊（acquisition of new information）：這種新資訊常常是與一個人已有資訊相異的，或是已有資訊的一種替代，或者是已有資訊的提煉。

（2）轉換（transformation）：這是一種處理知識，以便使其適應新任務的過程。人們可以透過外推（extrapolation）、內插（interpolation）或變換（conversion）等方法，把知識整理成另一種形式，以便超越所給予的資訊。

（3）評價（evaluation）：這是檢查我們處理資訊的方式是否適合於這項任務，如概括是否合適？推理是否恰當？運用是否正確，如此等等。Bruner 由此認為，學生不是被動的知識接受者，而是積極的資訊加工者。

總之，學習的實質在於主動地形成認知結構。最佳學習經驗就是把教師要教的知識轉變成學生主動探求的東西，並且按照學生自己選擇的方法去學習他們想要得到的東西。使學生既獲得知識，又掌握獲得知識的方法。

2. 強調有組織、有意識的學習

外語學習過程有自己的特點，它不同於母語學習過程。認知教學法反對把成年人學習外語與幼兒學習母語等同的觀點。母語學習（圖6-1）和外語學習（圖6-2）的區別如下：

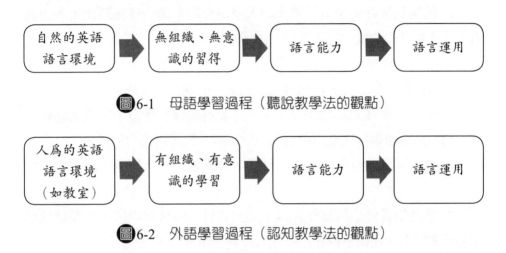

圖6-1　母語學習過程（聽說教學法的觀點）

圖6-2　外語學習過程（認知教學法的觀點）

由此可見，母語學習和外語學習的區別在於：（1）成年人缺乏幼兒學習母語的自然語言環境，是在人為的語言環境（教室）中學習的；（2）成年人是在掌握了母語的基礎上學習外語的；（3）成年人學習是自覺的、有意識、有組織的。因此，對成年人學習外語，要考慮英語作為外語的學習過程的特點。認知教學法強調：（1）語言是有意識的學習過程，注重有意識地教授文法和語言規則，要求學生理解語言系統；（2）反對語言的自然地掌握和密集型句型練習而形成習慣的做法；（3）母語是學生已有的經驗，因而也是學生學習外語的基礎。

🦿第三節　認知教學法的教學大綱

認知教學法採用與文法翻譯法相類似的文法大綱，目前還缺乏與該理論原則相適應的配套大綱。

第四節 認知教學法的教學設計

一、教學目的

教學目的可歸納如下（章兼中，2016：151）：

1. 能達到接近所學語言國家的人運用母語水準一樣實際使用外語能力，即在真實的情境中使用外語的溝通能力。

2. 能透過理解、有意義性練習和運用知識，掌握外語語言能力。外語能力是指轉換生成文法理論內化了文法規則或普遍文法。

3. 既不片面強調聽說能力，又不片面追求讀寫能力，主張透過聽、說、讀、寫全面訓練，全面發展聽、說、讀、寫運用外語的能力。

4. 適當運用已有母語能力的優勢，發展翻譯和母語與外語對比的能力。

5. 強調學習外語的認知過程，反對盲目、機械性模仿，旨在發展學生的認知能力、邏輯思維和創造性思維等智慧能力。

二、教師角色

認知教學法強調以學生為中心，要求在研究「學」的基礎上研究「教」的問題，把注意力轉移到研究學生如何學，真正使教和學有機地結合起來。教師的角色是：

1. 講解者：教授文法和語言規則。

2. 激發者：激發學生的學習動機和興趣，指導學生從言語實踐中發現規則，並為學生提供創造性地活用規則的機會和情景，從而使學生掌握規則。

3. 協助者：協助學生獲取語言知識，並加以使用。

4. 提供者：給學生提供真實的情境，促進學生對語言的創造性使用，讓學生透過大量的語言活動掌握運用外語的能力。

三、學生角色

1. 接受者：文法和語言規則的知識接受者。

2. 參與者：重視理解語言的規則，而不是死記硬背。要瞭解該語言的規則系統，就應該在課堂上參加有關知識的討論。

3. 使用者：學習應該總是有意義的，學生應該嘗試不同的學習方法，並加以靈活使用。

四、母語使用

認知教學法從 Chomsky（1957）的轉換生成文法得到啟示，認為各種語言的文法具有一定的普遍性、共同性，其區別只是表達形式不同而已。學生學習外語時，母語的文法知識、概念、規則必然會轉移到學習外語中，產生「正遷移」的作用，從而促進外語的學習，因此進行外語教學利用母語是理所當然的。教師可適當地使用學生的母語，透過兩種語言的對比確定困難點和重點，用學生的母語解釋一些比較抽象的語言現象，以便於理解。在初級階段，學生的母語使用得多一些，允許必要和適當的翻譯。

認知教學法雖然主張利用母語，但要恰到好處、不可濫用。母語多用於講解語言現象，隨著教學的發展，母語的作用逐漸削弱。

五、對待語誤

認知教學法容忍學生的語言錯誤，語言習得是依「假設（hypothesis）→驗證（testing）→糾正（correct）」的過程進行的，因而出現錯誤是在所難免的。主張對錯誤進行分析、疏導，只改主要錯誤，反對有錯必糾。過多的糾正容易使學生感到無所適從，產生怕出錯的心理，甚至失去學習的信心。

六、教材作用

教材給學生提供創造性使用語言的資料，讓學生能夠把他們學到的現有知識應用在溝通上。教材的編寫必須由深到淺，搭配有意義的學習與練習及其應用。每一個語言技能與課程密切配合。新教材配合學生現有的認知結構而加以調整。

🐾 第五節　認知教學法的課堂實踐

一、教學活動

認知教學法強調聽、說、讀、寫四項技能齊頭並進、全面發展，語音與文字結合、口筆語相互促進。各種感覺器官同時綜合運用，以求收到最佳效果。語音教學應適可而止，重視閱讀和詞彙量的擴大。在聽、說、讀、寫的活動中，認知教學法提倡演繹法的教學原則，強調學生理解和掌握規則，啟發學生發現語言規則，反對機械性模仿，提倡有意義的練習。

二、教學步驟

根據外語學習過程的特點，課堂教學過程分為三個步驟：

1. 語言理解（comprehension）

Chastain（1976）指出，語言理解階段的特點是利用「已知的舊知識」去理解「未知的新知識」。教師在講解新知識前，先複習舊知識，即以舊引新。透過言簡意賅的講解，讓學生理解所學語言規則的意義、構成和用法，並啟發和引導學生不斷總結語言規則。

2. 能力培養（competence）

能力培養階段的目的是透過各種練習，培養學生運用語言知識的能力。練習可分兩種類型：一類是檢查語言知識的練習，如識別性練習、多

項選擇、是非題、文法分析、挑選圖片、句型轉換、句子合併等。另一類是運用語言知識的練習，如造句、翻譯、表演、看圖說話、遊戲、複述課文、描述情景等。這個階段的練習多半是為了鞏固課文中出現的語言知識，因此，練習主要是圍繞課文進行的。

3. 語言運用（performance）

語言運用的教學任務主要是培養學生運用已學過的語言知識進行聽、說、讀、寫的能力，特別注意培養創造性運用已學過的語言教材進行真實溝通的能力。活動的類型包括交流資訊、討論、辯論、演講、報告、寫作等溝通性活動。這個階段的練習，多半是脫離課文進行的。

三、教學實例

Hadley（1993: 102-103）記錄了一個法語，作為第二語言的教學實例。在這一節課中，教師把結構大綱和認知教學法結合起來，並使用多種溝通活動和教學技巧。Hadley 強調指出，由於現有多種認知教學法模式存在，因此這位教師的教學法只是其中的一種。

1. 語言理解

教師以呈現和描繪與個性有關的生字開始新課程。學生看著課本中的四個學生參加各種活動的幾張圖畫。教師用目標語解釋圖畫中每個人物的不同個性特徵：（1）Paul 是一個積極參與政治活動的學生，他對政治是 active（積極的）、involved（參與的）和 enthusiastic（熱情的）。（2）Geoyes 是 quiet（文靜的）的學生，他是 timid（害羞的）、gentle（文雅的）和 agreeable（隨和的）。（3）Murie-Teanne 是 artistic（藝術家性格的）、bizarre（奇異的）和 nonconformist（有個性的）女生。（4）Murie-Teanne 的室友 Friderique 卻是 arrogant（傲慢的）、traditional（傳統的）和 conservative（保守的）。學生在課文提供的情景中學習這些生字，他們跟著教師朗讀這些單字，並使用它們來造簡單的句子，同時回答教師的

提問。

　　教師用法語解釋形容詞的構成方式，並使用圖畫和教室裡的學生作為情景來幫助解釋。對文法的解釋使用母語。以後當學生有了更多的可用語言時，教師解釋文法主要是用法語進行。在這個教學階段中，教師建立了學生的認知基礎，使學生的語言技能可得到發展。

2. 能力培養

　　學生在情景中進行多種與個性單字有關的練習。他們理解形容詞的用法，根據教師提供的一張有關個性的形容詞表，描述自己、其他同學和著名人物的個性。這種練習是控制性的，教師向學生提供示範，學生必須意識地選擇單字來說話。練習是關於詞語搭配、同義詞或反義詞的搭配，和詞彙的分類。學生以兩人小組（pair work）或團體小組（group work）進行活動。活動持續五至七分鐘，之後教師進行全班活動，學生們共用他們所做出的描述內容。

3. 語言運用

　　學生使用新句子和新單字進行自我表達。教師把學生分為三人一組，並發給三張會話卡。其中兩張會話卡上各有四、五句用母語寫的問題，這些問題是用剛學到的結構和詞彙提出來的。第三張會話卡上有用法語寫的，與第一張和第二張的問題相同。一個學生手持第三張會話卡來監測其他兩個學生提出的問題，當需要的時候就說明他們提出形式正確的問題。學生根據會話卡上母語提供的線索互相提問，並以個性化的、不受控制的語言形式來回答。教師巡視各組，並在需要時提供說明。活動進行了十分鐘，之後學生進行全班集體活動，並提供在活動中蒐集到的資訊。教師要求學生寫一篇對話，以作為第二天上課使用。

§ 本課教學評論

　　Hadley（1993: 103）認為，認知教學法的教學活動有助於英語能力的培養，並注重培養語言的正確性。以下是用 Hadley 對該教學實例所做的評論：

「在這節課上，教學活動大多有助於能力的培養，因爲在
五十分鐘裡學生都是在情景中使用語言，學生大部分時間都
在練習說話，並透過會話和其他活動來創造性地使用語言。
同時，這節課也注重語言的正確性，教學內容主要是理解文
法規則在實際中的應用，監控對問題的回答，以及提供正確
的回饋。隨著學習技能的提高，更多的課堂時間將用於溝通
和創造性活動，而沒有過多地依靠課本資料。」

第六節　對認知教學法的評價

一、優點分析

　　1. 克服文法翻譯法的單純強調培養閱讀能力、依靠母語，不重視培養外語溝通能力的極端片面性。

　　2. 重視學生的認知潛力，激勵學生積極思維，創造性地進行溝通活動。

　　3. 重視調整學生的積極主動性，激發學生學習動機，掌握科學學習方法，養成良好的學習習慣，積極參加外語溝通活動。

二、缺點分析

　　對認知教學法的批評者認為：（1）認知教學法是傳統翻譯法的翻版，

是舊調重彈；（2）過分強調要在認知文法規則基礎上進行外語教學的觀點未必科學。

🐝 第七節　認知教學法的教學啓示

認知教學法與聽說教學法各有優缺點，不應互相排斥，應當互相取長補短。這兩種方法，不是勢不兩立，而是共存的。其中一種方法往往以自己的教學法為基礎，取對方之長、補自己之短，從而發揚自己的優勢。認知教學法出現後，並沒有使聽說教學法退出舞臺，相比之下，兩種方法都有可取之處。如聽說教學法強調句型練習、培養語言習慣；認知教學法強調理解，主張有意義的學習和練習。提倡折衷原則的教學法專家認為，這兩種方法結合起來可稱之為「認知—習慣」教學法（cognitive-habitual approach）（章兼中，2016：160）。

在提到認知教學法缺點時，Stern（1983: 471）指出，「認知教學法完全忽視了聽說教學法的長處，並沒有從理論和實踐上在這兩種方法之間取得平衡」。因此，在教學法的運用和選擇上可採取折衷的原則，要避免片面性、絕對化、極端化的做法。比如，文法翻譯法重視語言知識，輕視言語實踐能力，這是其主要的缺點；聽說教學法在糾正此缺點時，則走向重視實踐、輕視理論的另一個極端。Hadley（2001）提醒說，在提倡認知教學法時要切忌重犯文法翻譯法的老毛病。當使用認知教學法時，在文法的解釋上應避免花太多時間，尤其是在用母語所進行的文法解釋上。認知教學法讓學生對文法有透澈的瞭解，但不應花費大部分時間進行解釋。學生應透過情景化的練習活動，並在活動中不斷地使用新的語言結構來瞭解文法規則。

🐾 第八節　結束語

一、認知教學法的歷史意義

　　認知教學法是以轉換生成文法、當代心理學的最新成果「認知心理學」等作為理論基礎，首創了對學習者的研究，使外語教學法建立在更加科學的基礎之上，對外語教學做出了貢獻。提出認知教學法、倡導認知教學法，從理論上闡述認知教學法的幾乎都是心理學家，以往的教學法都忽略對學習者心理的研究，正因為認知教學法的倡導者們是心理學家，所以認知教學法才把外語教學法建立在心理學理論（主要是認知學習理論）基礎上，正如章兼中（2016）所指出：

　　「認知學習理論，即認知心理學是當代心理學的一個重要學派。它吸取了大腦生理學、資訊理論、語言學的最新科學成果，認知心理學作為認知教學法的理論基礎，無疑使外語教學法建立在更加科學的基礎之上。從心理學（其中包括教育心理學、語言心理學、掌握外語心理學）理論論述外語教學問題，這是認知教學法對外語教學法的最大貢獻。」

二、關於「鐘擺現象」

　　文法翻譯法是以系統的文法知識教學為綱，依靠母語，透過翻譯方式，主要培養外語讀寫能力的教學法，但是由於無法滿足口語人才的社會需求而走向沒落。直接教學法對文法翻譯法進行針鋒相對的抨擊，提出完全相對立的主張——不講文法、拒絕翻譯、排斥母語。但是，直接教學法風行於 20 世紀 20 年代後也開始走向沒落。到了 50 年代，直接教學法被聽說教學法（美國）和情景教學法（英國）所取代。這兩種教學法基於行為主義心理學，認為語言學習是習慣形成的行為，不必講解文法規則。

到了 60 年代，認知教學法誕生，與聽說教學法針鋒相對，又強調文法規則。這就是所謂的「鐘擺現象」（swinging of pendulum）（Celce-Murica, 2014: 5），是「重視文法→排斥文法→重視文法」的發展過程（圖 6-3）。

| 重視文法，依靠母語（文法翻譯法） | → | 排斥文法和母語，強調直接教學（直接教學法） | → | 排斥文法，強調習慣形成（聽說教學法和情景教學法） | → | 重視文法，強調認知理解（認知教學法） |

圖6-3　語言教學的鐘擺現象

　　雖然認知教學法來源於文法翻譯法，而且兩者都強調文法規則；但是，認知教學法的產生並不意味著重新回到文法翻譯法的原點。它不是文法翻譯法的機械性重複，而是有所發展和提高。它把當代心理學的最新成果「認知學理論」運用到語言教學研究中，強調學習者認知心理在學習過程中的作用，使文法翻譯法得到了升級或更新（表 6-2）。

表6-2　文法翻譯法和認知教學法的比較

	文法翻譯法	認知教學法
文法規則	強調文法規則，但直接講解和舉例。	強調文法規則，但要求學生理解，在理解和掌握文法規則的指導下創造出無數句子來進行溝通。
聽、說、讀、寫	側重書面語言和文學作品。	聽、說、讀、寫齊頭並進，口語與書面語言同步發展。
教學方式	以教師為中心，學生是知識的接受者。	以學生為中心，充分激發學生的學習動機，調整學生學習的積極主動性。
培養學習方法	無	引導學生掌握科學的學習方法，養成良好的學習習慣和獨立學習能力。
母語和翻譯的使用	使用母語和翻譯方式作為重要教學手段。	利用母語，適當對比母語和外語，防止母語的干擾；不使用翻譯作為主要教學方式。

三、教學法的發展模式

外語教學法有一個產生和發展的歷史進程，其產生和發展有如下三種模式：

1. 繼承模式

上述的「鐘擺現象」就是一種繼承模式。在語言教學歷史上，一種新的教學法的產生並非回到老的教學法原點，而是在繼承中不斷發揚老的教學法的長處，發展和創造性地建立了新的方法。除了認知教學法，聽說教學法也繼承和發展了直接教學法。像直接教學法一樣，聽說教學法也主張教師應該避免使用學生的母語、避免講解文法，而應該直接用所要學的目標語來教學生。但與直接教學法相比，它具有創新或更新的成分——它不僅重視詞彙的教學，也重視句型教學，並強調透過充分的練習，使學生學會運用語言的能力。

2. 對立模式

有些教學法是在對舊的教學法進行針鋒相對的抨擊中改革和創建新的教學法的，如直接教學法是在反對翻譯法中創建自身的體系。當時文法翻譯法既未把口語訓練作為外語教學的一種主要教學手段，也未把掌握口語作為外語教學的主要目標。所有這些無法達到現代語言的教學目標，導致直接教學法的產生。

3. 綜合模式

有些教學法則兼具各家之長，整合、優化、創建更為合理的外語教學法體系，如功能－意念教學法等溝通教學方法。

《思考題》

1. 為什麼說認知教學法是文法翻譯法的現代形式？

2. 認知教學法在語言本質上與聽說教學法完全不同，表現在哪裡？

3. 試以對立模式來分析直接教學法是如何在反對文法翻譯法中創建自身體系的？兩者的對立表現在哪些方面？

4. 認知教學法要求學生對文法有透澈的瞭解，你的看法如何？

5. 認知教學法有哪些可借鑑之處？如何把它的優點更好地運用到教學之中？

參考文獻

Bruner, J. S. (1957). *Going beyond the information given*. New York: Norton.

Bruner, J. S. (1960). *The Process of education*. Cambridge, Mass.: Harvard University Press.

Bruner, J. S. (1966). *Toward a theory of instruction*. Cambridge, Mass.: Belkapp Press.

Bruner, J. S. (1973). *The relevance of education*. New York: Norton.

Carrol, J. (1966). The contributions of psychological theory and educational research to the teaching of foreign language. *Modern Language Journal, 49*, 273-281.

Celce-Murcia, M. (2014). An overview of language teaching methods and approaches. In Celce-Murcia, M; Brinton, D. & Snow, M. (Eds.), *Teaching English as a second or foreign language* (4th edition) (pp. 2-14). Boston, MA: National Geographic Learning.

Chastain, K. (1976). *Developing Second Language Skills: Theory and Practice*. (2nd edition). Chicago: Rand McNally.

Chomsky, N. (1957). *Syntactic Structures*. 's-Gravenhage: Mouton.

Chomsky, N. (1965). *Aspects of the Theory of Syntax*. Cambridge: M.I.T. Press.

Fotos, S. (2001). Cognitive Approaches to grammar instruction. In Celce-Murcia, M. (ed.). *Teaching English as a Second or Foreign Language*. (pp. 267-283). (3rd edition).

Hadley, A. (1993.). *Teaching Language in Context*. (2nd edition). Boston, Mass.: Heinle & Heinle.

Hadley, A. (2001). *Teaching Language in Context*. (3rd edition). Boston, Mass.: Heinle & Heinle.

Rivers, W. (1983). *Communicating Naturally in a Second Language: Theory and Practice in Language teaching*. Cambridge: Cambridge University Press.

Stern, H. (1983). *Fundamental Concepts of Language Teaching*. Oxford: Oxford University Press.

章兼中（2016）。國外外語教學法主要流派。福州：福建教育出版社。

第七章

全身反應教學法
Total Physical Response, TPR

關鍵字

理解、動作、反應

comprehension, action, response

Do not attempt to force speaking from students.（Asher, 1982: 4）
不要急著教學生說。

🦋 第一節　全身反應教學法的背景簡介

一、基本概念

全身反應教學法是一種透過身體的活動，來進行教學的教學法。它把
語言和行為聯繫在一起，透過身體動作教授語言，這種方法使學習者可以
水到渠成地完成從聽到說的學習過程。

所謂「全身反應」，就是指教師用外語下達指令，學生則利用身體動
作來回應，也就是「教師口頭發號施令，學生身體動作回應。」教師不強
求學生立即用外語說話，鼓勵學生掌握語言基礎後再用外語說，其目的就
是要減低學習外語的壓力，提高學習效率。

二、時代背景

全身反應教學法是美國加州（California）San Jose 州立大學心理學
教授 James Asher 於 20 世紀 60 年代創立的。Asher 並非「動作教學法」
的最早倡導者，因為早在 1925 年代 Harold Palmer 和他的女兒 Dorothee
Palmer 在《透過動作學英語》（*English Through Actions*）一書中就提出，
對語言刺激做出動作反應是所有語言活動中最簡單和最原始的刺激、反應
形式。此書 1925 年在日本東京出版，之後 1959 年於英國倫敦再版。

透過動作學英語的理論基礎是，語言學習的最佳途徑就是理解要先於
表達。Asher（1982: 4）認為：

1. 兒童在增進說話能力之前，先發展聽力。雖然兒童在早期有時能
聽懂複雜的句子，但不可能講出來，Asher 推測在聽話的階段，也許在他
們的腦海中已繪成該語言的「認知圖」（cognitive map），將來可加以利

用來開口說話；

2. 兒童聽力的培養是來自他們用身體動作，去反應父母口頭指令的結果；

3. 兒童一旦建立了聽力的基礎，就能自然而然地學會講話。

因此，理解口語的能力要在說話之前發展（Asher, 1982: 4）。只有進行充分的理解性的聽，才能自然地轉移到說。同時進行聽和說兩種技能的訓練，只會給學生造成壓力，因為缺乏理解的聽，學生沒有做好說話的準備，很容易說錯。

全身反應教學法屬於理解型教學流派（comprehension approach）。該流派認為，聽力是說、讀、寫的基礎。學習應從多聽有意義的言語開始，然後才進行表達語言。學習者在沒有把握之前不該說話，這樣就可以產生標準的口音。正如 Blair（1991: 38）指出的：「理想的語言教學應該是提供大量的可理解性輸入，而學生沒有任何抵觸心理，以便把所有的輸入變成可接受的吸收（intake），然後轉化為輸出（output）。」

🐾第二節　全身反應教學法的理論基礎

一、語言本質

1. 結構主義的語言觀

語言是由文法和詞彙（如祈使句中的動詞和具體名詞）所組成，因為兒童學習母語時所接觸的句子很多都是祈使句，所以 Asher（1977: 4）指出，「大部分文法結構和單字可以透過祈使句來掌握」。祈使句（imperative sentence）分為單字祈使句（如 Go！）與多詞祈使句（如 Look at the blackboard.）。祈使句是語言的核心內容，語言學習和使用都應圍繞它展開。教學應以祈使句為資料，著眼於語言和動作的有機結合，Asher（1982: 4）指出，「學生可以透過教師熟練地向他們發出祈使句，

來掌握大部分的文法結構和詞彙。」

2. 語言—身體對話（language-body conversation）

言語和動作是和諧一致的（synchronization of language with body）。Asher（1982: 19）指出，人的大腦有一種生物機制用來獲得任何語言，包括聾啞人的符號語言。這種獲得語言的過程可以透過幼兒學習母語來觀察。在幼兒和父母之間通常進行一種特殊的「會話」。例如：父母對幼兒說 Look at Daddy. 幼兒就把頭轉向聲音發出的方向，這時父親說：Smile for Mommy. 此時幼兒就開始微笑。Asher 把這種對話稱為「語言—身體對話」。雖然幼兒在這段時間內並不會說話，但他們的大腦裡刻下了語言的烙印，即所謂的「認知圖」，以供將來開口說話時使用。當他們在內化（internalize）語音和語言形式，能夠解碼（decode）足夠的語言後，就會開始說話了。儘管幼兒的話並不完美，但他們說話的能力開始逐漸地接近本族語者的水準。因此，兒童學習母語的過程是言語和動作高度和諧一致的過程。

二、教學觀點

Asher 認同行為主義「刺激－反應」理論，即學習語言等於養成一套習慣，堅持透過教師的指令（刺激）和學生的動作（反應），使學生形成語言習慣，進而掌握語言。但 Asher 的獨到之處是在此基礎上解釋了促進或阻礙學習外語的因素，並提出了與此相關的三個學習觀點：

1. 母語和外語的學習過程是相同的

全身反應教學法把外語學習看作是與母語學習相類似的過程，認為完全可以像兒童學習母語那樣去學習外語，按照學習母語的方式去設計外語教學模式，突顯外語教學過程中語言和動作的統一。語言學習中的記憶和背誦不是主要的學習方法。Asher 指出：幼兒沒有透過背誦而學到語言，為什麼兒童和成年人學語言要去背誦呢？（Babies don't learn by memorizing lists; why should children or adults?）同樣地，語言學習中的講述或解釋也不是主要的學習方法。Asher（1982: 17）引用心理學家 Jean Piaget 關於「建構現實」（constructing reality）的理論，來說明幼兒不必透過講述或解釋來理解語言：

> 「大人向幼兒講述或解釋真實世界的事，此對學習語言是不夠的。向幼兒翻譯也產生不了作用。幼兒必須透過第一手經驗來建構真實的世界。對殘疾兒童來說，觀察語言對別人行為的影響，也足以瞭解和內化語言所表達的意義。」

2. 藉助身體動作可提高學習效果

透過動作學習語言是一種有效的學習方法。人的大腦區域化（brain lateralization）決定了左右腦的不同功能，說話通常由左腦負責，而動作則由右腦負責。Asher（1982: 24）認為，兒童透過手勢和身體動作的輔助來學習語言，成年人學外語也應該藉助右腦負責的身體活動來學習外語，做到左右腦功能的密切配合。

3. 緊張情緒越低，學習效果越好

Asher 認為，學生的緊張情緒會直接影響學習行為和效果。學習語言的一個重要條件就是學生沒有壓力感（stress-free environment）。如果學生專心用動作體會意思而不專注於學習抽象的文法，就不會感到緊張和壓力，就能專心投入學習。減低學習壓力有兩種方法，一是讓學生先聽後說，否則會讓他們感到不安。二是盡可能增加學習的趣味性，如教師對學生下滑稽的指令，或讓學生演喜劇等。

第三節　全身反應教學法的教學大綱

全身反應教學法使用以句型為主的結構大綱。就一個完整的活動而言，指令應按時間先後順序排列。下面是教師帶領學生到銀行所使用的指令順序（Asher, 1982: 139）：

1. Go to the bank.
2. Open the door and go in.
3. Walk to the window.
4. Wait in line.
5. Move up again.
6. Go to the window.
7. Give a check to the teller.
8. Say, " Please cash this check for me."
9. Walk to the door.
10. Open the door and walk to your car.

第四節　全身反應教學法的教學設計

一、教學目的

相對於書面語言而言，全身反應教學法比較注重聽力和口語訓練。在初始階段側重訓練學生的口語能力，而聽力理解則是達到這個目的的重要手段。

全身反應教學法也以文法和詞彙為教學目標，但不像以文法或結構為中心的教學法那樣重視語言形式，它更重視語言意義。因此，文法是採用歸納法來教。全身反應教學法建議每次應教一定數量的內容，以便學生辨別和吸收。

二、教師角色

教師是教學的主動者。Asher（1977: 43）認為，「教師是舞臺劇的導演，學生是演員。」教師的角色包括：

1. 教師是發號施令者。

2. 教師決定教學內容。

3. 教師給學生提供適合他們水準的語言。教師應掌握學生所要學的教材內容，提供學生在腦海裡繪製「認知圖」所需之語言，並讓學生依其自然速度培養口語能力。

4. 教師給學生提供回饋。教師應仿效父母給子女回饋的方式（Asher, 1982: 36）。

三、學生角色

學生是教學的被動者。其角色包括：

1. 反應者

學生必須認真聽每個指令，並準確做出身體反應。教學內容由教師根據以祈使句為基本模式的課程計畫所決定，學生對教學內容幾乎沒有影響力。

2. 理解者

學生應理解新句子並予以反應。Asher（1982: 43）指出，所謂「新句子」，是指使用舊句子中的單字造出與舊句子不同的句子。比如，舊句子是 Walk to the table. 和 Sit on the chair. 而新句子則是 Sit on the table！學生應理解並造出這樣的新句子。

3. 指令發出者

在學生具備說話能力時，師生就交換角色，即學生發出指令，教師和

其他學生執行指令。如教師說：Pick up the box of rice and hand it to Mary and ask Mary to read the price.

四、母語使用

教師不用母語翻譯。對教師的指令，學生可直接用外語思考並透過動作表達，因此，教師不需要翻譯就能教會學生動詞及動詞片語。

五、對待語誤

教師應仿效父母教子女習得母語的方式教學語言。這表現在如下三方面：

1. 父母很少刻意去糾正孩子的錯誤；同樣，教師在學生學習語言的早期，對學生的語誤也不要進行太多糾正。隨著學生外語水準的提高和教師介入的增多，學生的語言會變得越來越準確。

2. 學生一開始說話時，教師不應要求他們一定要說出正確無誤的句子，這樣就可減低學習壓力。

3. 教師在早期不要對語誤糾正太多，不應為糾正語誤而打斷學生講話，因為這會妨害學生說話的流利性。

六、教材作用

全身反應教學法通常沒有教材，對完全是初學者而言，上課可免用教材，因為教師的指令、動作和手勢就足夠做教學活動之用。但在學習後期，教材漸趨重要，教師可利用教室中的實物（如書、鉛筆、紙等）進行教學。隨著課程的不斷深入，教師需蒐集、編制輔助教材，並製作教具（如圖畫、投影片、單字卡等）來增強教學效果。

❧第五節　全身反應教學法的課堂活動

一、教學活動

　　課堂活動的原則就是使用命令來指導行為（Use commands to direct behavior）。學生透過祈使句練習來學習語言（Asher, Kusudo & de la Torre, 1983: 59）。祈使句練習的順序安排大致如下：（1）教師說出指令並做示範動作，學生邊聽邊觀察。（2）教師說出指令並做示範動作，然後請學生跟著做。（3）教師說出指令，不示範動作，請學生按照教師的指令去做。（4）教師說出指令，不示範動作，要求學生複述指令、完成動作。（5）請一位學生說出指令，教師和其他學生一起執行指令。

二、教學步驟

　　Asher（1982: 65-140）把教學過程分為四個步驟：

　　1. 複習（review）。學生對已學的指令進行快速反應。

　　2. 新指令（new commands）。教師提出新指令，學生理解並做出反應。

　　3. 角色交換（role reversal）。學生發出指令，教師和其他學生對此作出反應。

　　4. 閱讀和寫作（reading and writing）。

三、教學實例

　　Asher（1982）提供了一個教學實例，教學步驟是：複習、新指令、角色交換與閱讀和寫作。

1. 複習

　　學生對下列指令進行快速反應：

* Pablo, drive your car around Miako and honk your horn.

- Jeffe, throw the red flower to Maria.
- Maria, scream.
- Rita, pick up the knife and spoon and put them in the cup.
- Eduardo, take a drink of water and give the cup to Elaine.

2. 新指令

教師引入以下動詞和指令：

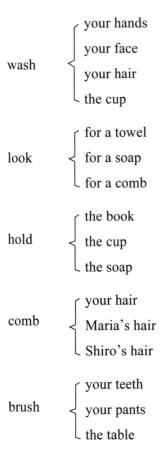

wash
- your hands
- your face
- your hair
- the cup

look
- for a towel
- for a soap
- for a comb

hold
- the book
- the cup
- the soap

comb
- your hair
- Maria's hair
- Shiro's hair

brush
- your teeth
- your pants
- the table

其他新內容包括：

Triangle
$\begin{cases} \text{Pick up the triangle from the table and give it to me.} \\ \text{Catch the triangle and put it next to the rectangle.} \end{cases}$

Quickly
$\begin{cases} \text{Walk quickly to the door and hit it.} \\ \text{Quickly, run to the table and touch the square.} \\ \text{Sit down quickly and laugh.} \end{cases}$

Slowly
$\begin{cases} \text{Walk slowly to the window and jump.} \\ \text{Slowly, stand up.} \\ \text{Slowly walk to me and hit me on the arm.} \end{cases}$

Toothpaste
$\begin{cases} \text{Look for the toothpaste.} \\ \text{Throw the toothpaste to Wing.} \\ \text{Wing, unscrew the top of the toothpaste.} \end{cases}$

接下來，教師向學生提問一些能用手勢回答的問題，例如：

• Where is the towel? [Eduardo, point to the towel!]

• Where is the toothbrush? [Miako, point to the toothbrush!]

• Where is Dolores?

3. 角色交換

學生發出指令，教師和其他學生做出反應。

4. 閱讀和寫作

教師在黑板上寫下生字並用一個句子示範，然後教師讀出每一句話並用動作示範一遍，學生聽教師讀，並做筆記。

§本課教學評論

> 這節課的教學目的是透過動作學習祈使句。採用典型的教學步驟：複習→新指令→角色交換→閱讀和寫作，達到了理解先於表達，消除學習緊張情緒的目的。

第六節　對全身反應教學法的評價

一、優點分析

1. 強調理解先於表達，這與學習母語的方法是相同的。

2. 全身反應教學法認為，協調學生的左、右腦功能，有助於學生的左腦發展以及語言學習的成效。學生透過聽覺來吸收資訊，是由左腦來完成的，而將這些資訊用肢體動作表達出來是透過右腦來完成的。

3. 消除學習的緊張情緒。Hadley（2001: 119）歸納了全身反應教學法的優點如下：

> 「全身反應教學法在對情感的處理方面具有吸引力。課堂氣氛熱烈並受到歡迎，這讓學生創造性地嘗試他們的語言技能。在教學初期，教學側重於聽力，可讓學生在不感到焦躁的情景中學習新語言。對所理解的語言進行表演，可保證學生理解了新語言。」

二、缺點分析

1. 比較抽象的單字和句子，是很難利用全身反應教學法來達到理解、運用的目的。

2. 所教的語言範疇太窄，沒有重視教學其他句型，也幾乎沒有涉及到社會交流的情景，所以學生可能缺乏溝通能力。Blair（1991: 27）指出，全身反應教學法所教的語言範疇太窄，沒有訓練學生如何表達諸如打招呼、問路和訂餐等生活能力。

3. 全身反應教學法只適用於語言學習的初級階段，其動作及言語大都是簡單的動作，不可能靠它學習較深的內容。

第七節　全身反應教學法的教學啓示

在實際教學中，全身反應教學法所扮演的角色卻經常遭到誤解。對全身反應教學法要注意的事項，包括以下幾點：

1. 一般認為，全身反應教學法只適用於語言學習的初級階段，其動作及言語大都是簡單的動作，不可能單靠它學習較深的內容。但是，全身反應教學法只能用於兒童語言教學的看法卻是錯誤的。從 Larsen-Freeman 所製作的 Language Teaching Methods（1990）錄影和教學資料來看，全身反應教學法也可應用於成人語言教學，並取得相當大的教學成效。實際上，全身反應教學法既能用於兒童語言教學，也能用於成人語言教學，但其前提是，教學內容多是祈使句。況且，大多數成人學英語並不像兒童那樣喜歡長久地使用身體動作反應來學習外語；成人擅長用思維方式來學習語言。

2. 不論是對兒童還是對成人教學，教師應把「發號施令」的「特權」多多下放到學生身上，相信學生透過這樣的語言練習，一定可以達到更有效的教學目的。

3. 全身反應教學法在教學裡常被局限在給予零碎的指令以期學生完成簡單的動作，但當學生已經累積更多的單字及短語時，教師應該做到靈活地串聯所學，編造出更多有意義的連續動作。

❀第八節　結束語

　　單從「學生利用身體動作回應」這點上看，「口頭發號施令，身體動作回應」實際上是如同聽寫般的一種教學技巧。在聽寫過程中，教師說→學生寫；而在全身反應教學法教學中，教師說→學生用動作來反應，因此「寫」和「動作」都是對刺激的反應。但是，「寫」的難度比「動作」要高，所以用動作來反應能夠消除學生的緊張情緒，提高學習效率。這是全身反應教學法對語言教學法的一大貢獻。

　　全身反應教學法作為一種簡單、操作性強、生動直觀的教學方法，在教學實踐中是值得嘗試的。但是，語言教學並不意味著只採用祈使句進行教學，所以它通常只作為一種供聽力輸入和身體反應的教學活動融入其他的教學法，這樣才能達到事半功倍的效果。Asher（1977: 28）也同意這種觀點——「我們並不提倡只採用一種學習策略。為保持學生的學習興趣，教學法的變換至關重要。祈使句教學是學習語言的有效方法，但它必須與其他教學技巧結合起來運用。」

《思考題》

1. Asher提到「語言—身體對話」，這種「對話」是什麼意思？
2. 全身反應教學法和直接教學法都強調自然學習法（natural learning），什麼是自然學習法？
3. 請簡述全身反應教學法的適用範圍。
4. 請簡述理解型教學流派的基本觀點。
5. 在上一章中，我們提到認知教學法強調有組織、有意識的學習，反對把成年人學習外語與幼兒學習母語等同的觀點。但是，全身反應教學法卻強調母語和外語的學習過程是相同的，認為成年人完全可以像兒童學習母語那樣去學習外語。為什麼會產生這兩種完全對立的觀點？它們的理論根據是什麼？

參考文獻

Asher, J., Kusudo, J., & de la Torre, R. (1983). Learning a second language through commands: the second field test. In Oller, J. & Richard-Amato, P. (eds.) *Methods That Work: A Smorgasbord of Ideas for Language Teachers.* (pp. 59-71). Rowley, Mass.: Newbury House Publishers.

Asher, J. (1965). The strategy of the total physical response: an application to learning Russian. *International Review of Applied Linguistics, 3,* 291-300.

Asher, J. (1969). The total physical response approach to second language learning. *Modern Language Journal, 53,* 3-17.

Asher. J. (1982). *Learning Another Language Through Actions: the Complete Teacher's Guide Book.* (2nd ed.). Los Gatos, California: Sky Oaks Productions.

Blair, R. (1991). Innovative Approaches. In Celce-Murcia, M (ed.). *Teaching English as a Second or Foreign Language.* (2nd edition). Boston, Mass.: Newbury House.

Hadley, A. (2001). *Teaching Language in Context.* (3rd edition). Boston, Mass.: Heinle & Heinle.

Palmer, H. & Palmer, D. (1959). *English Through Actions.* London: Longman. [first published in 1925.]

第八章

默示教學法
The Silent Way

Subordinate teaching to learning.（Gattegno, 1971）

教從屬於學（學重於教）。

第一節　默示教學法的背景簡介

一、基本概念

　　默示教學法主張教師在課堂上應儘量保持緘默，而只用彩色棒等教具引導學生做口頭表達，以達到說明學生自由表達的目的。教師精於演示、組織、監測、啟發和誘導，讓學生積極參與語言表達活動。

　　「沉默」（silence）不是指教師在一節課都不說話，而是指教師少說、讓學生多說。教師講話的時間不超過一節課的 10%（Bowen, Madsen & Hilferty, 1985: 44）。「沉默」的理由有三：（1）如果教師講得太多，學生說話的時間就必然減少；（2）教師沉默，可以傾聽學生說話；（3）提供進行認知活動的機會。在認知過程中，學生運用既有的經驗和知識，透過教具的輔助來推論印證語言規則。這是探索、發現與解決問題的過程。學生在領悟出規則之後，透過一系列的活動，內化這些規則。因此學生進行專注的心智活動，而教師也避免主動的示範、解釋或糾正語誤，並扮演著協助思考的角色。

　　上述關於「沉默」的觀點與全身反應法的觀點完全不同。全身反應法是讓學生「先聽後說」，而默示教學法則是讓學生「先說後聽」。因此，默示教學法屬於表達型教學流派（production approach），該流派認為在學生理解之前教師先鼓勵他們進行口語活動。

二、時代背景

　　默示教學法由美國教育家 Galeb Gattegno（1911-1988）在 20 世紀 60 年代首創。1963 年他的重要著作《學校外語教學：默示教學法》

（*Teaching Foreign Language in Schools: The Silent Way*）發表後，默示教學法立即成為一種重要的外語教學法受到西方外語教學界的青睞。Gettegno 認為，外語教學需要人為學習方法（artificial learning），而不是自然的學習方法（natural learning）。這種人為方法就是使用獨特的彩色棒（Cuisenaire rods）。這種彩色棒由一位比利時教育家 George Cuisenaire（1891-1976）所研發。他將彩色棒應用在數學教學上，其學生在學數學時因有了彩色棒的輔助，更容易瞭解教師所教授的東西，並能在此種教學法中得到樂趣。Gattegno 觀摩了 Cuisenaire 的教學後，便引發轉用於語言教學的念頭。Gattegno 使用這些教具的目的是，在學生學習語言時提供發音、詞彙和結構的說明，並讓學生自己去探索和使用。這使得語言學習充滿樂趣及創造性，刺激語言學習者有系統地憑藉自己能力使用新語言。默示教學法也因為教師在課堂上使用特殊教具且保持沉默而得名。

　　默示教學法採用以學生為中心的教學方式，其核心是「教從屬於學」——教師儘量少說話，學生多活動。隨著學生水準的提高，教師講話越來越少，保持沉默，而學生說話活動越來越多。

第二節　默示教學法的理論基礎

一、語言本質

　　語言是一套結構系統，也是「脫離社會環境」（separate from its social context）的一套獨立系統（Richards &Rodgers, 2014: 290）。語言應從在人為的環境中教給學生。這種人為的環境由彩色棒所設立。在這環境中，學生使用詞彙，透過語調來表達意義（Gattegno, 1972: 8）。詞彙是語言的重要組成部分，這是因為少量的詞就可創造大量的句子，因此詞彙選擇被視為關鍵環節。Gattegno（1972: 53）把詞彙分為三大類：

　　1. 半專業詞（semi-luxury vocabulary），包括衣、食、住、行等日常生活用語；

2. 專業詞（luxury vocabulary），包括政治和哲學等方面的專業詞彙；
3. 功能詞（functional vocabulary），包括連接詞和助動詞等。

在上述的三類中，功能詞是理解語言的關鍵。因為這些詞在母語中不易找到對應詞，所以 Gattegno 稱功能詞為語言的「精粹」。為了迅速擴大詞彙量，要強調先學習功能詞，再學習日常生活用語，最後學習專業詞彙。

二、教學觀點

默示教學法教學理論強調「教從屬於學」和非自然的學習方式。

1. 強調教從屬於學

默示教學法認為學習並不是全靠模仿而成，例如：幼兒會爬不是模仿大人的結果。因此，教師教、學生模仿不是基本的學習方式。教師應讓學生主動地去觀察、摸索及解決問題。教師不必多遍地重述教學內容，但須要求學生專心主動地去觀察、摸索出目標語的各種特點。學生自己去觀察、發現和創造，其學習效果將遠遠勝過複述和記憶。Gattegno（1972: 80）指出：「複述浪費時間，並分散學生的注意力。相反地，教師不重複教學內容可使學生聚精會神，這樣學生大量表達、提高效率，並節省時間。」

常規教學模式通常可分為講述模式（expository mode）和假設模式（hypothetical mode）。在講述模式中，所有的教學內容和進度皆由教師全權掌控；但在假設模式中，教學則讓學生在實驗、摸索、嘗試中參與學習，既可加強學習強度，又會增進內在的自信與成就感。

Gattegno 認為，假設模式體現了「教從屬於學」的原則。假設模式是「自我學習」（learning through self-reliance）的方法，其特點是獨立性、自主性和負責性（Gattegno, 1976: 45）。也就是說，每個學習者都必須利用自己的內部資源（即現有的認知結構、經驗、感情和外界知識等）從環境裡吸收知識。除了這些資源外，學習者沒有其他的資源可以依賴，因此

要對自己的學習負起全部責任，而教師的角色只是在學習者不停地進行假設測試的過程中具指導作用。學習者若能自己去察覺（examine）、發現（discover）及創造（create），將遠比複誦（repeat）和背熟（remember）來得好。

2. 強調非自然的學習方式

Gattegno 認為，外語學習與母語習得是截然不同的兩碼事。由於學習者已掌握了母語，學習外語的過程根本不能等同於母語習得。直接教學法提倡的自然學習方法，不會有任何學習功效。Gattegno（1972: 12）指出：

> 「人們經常談論自然和直接學習，認為這與幼兒學習母語的方法相同。我認為，如果我們繼續進行這樣的施教，我們絕不會取得成功，因為外語學習者與母語學習者的情況在總體上是不同的。」

幼兒習得母語和成年人學習外語的不同之處在於：幼兒學習母語是無意識的，並不知語言的功能；而學習外語是有意識的，學生已學會了母語，已知語言的功能和作用。學生在學習外語時，會有意識地將獲得的母語知識、經驗遷移至外語學習。學習外語的過程始終受母語知識和學習經驗的啟示和促進。Gattegno（1972: 12）指出：

> 「幼兒習得母語時沒有任何有助於理解單字意義的線索，而成年學習者已經掌握了母語，並知道語言的作用。成年學習者通常會在學習中有意或無意地帶入諸如語言和環境、結構和意義、語調和詞彙等資料」（Gattegno, 1972: 12）。

有鑑於此，外語應該在非自然的環境下學習。其特點有二：一是在課堂上教師保持沉默，嚴格控制教學過程，指導學生積極嘗試，使學生投入

到語言學習中去。二是使用特殊的教具，幫助學生學習和記憶。

第三節　默示教學法的教學大綱

　　默示教學法的教學大綱基本上根據文法專案和相關詞彙編排，屬於結構大綱。語言專案是依其複雜難度和與先前所教內容的關係來排列的。通常情況下，祈使句是先呈現的結構，因為行為動詞往往容易透過教具向學生演示。新的內容，如名詞的複數，常透過句子來呈現。Richards & Rodgers（2014: 294-295）提供了美國和平志願團人員在泰國使用默示教學法大綱的節選部分，其中斜體字可以用相同功用的詞來代替（見表8-1）。

表8-1　默示教學法的教學大綱

課文	詞彙
1. Wood color *red.*	wood, red, green, yellow, brown, pink, white, orange, black, color
2. Using the numbers 1-10	one, two...ten
3. Wood color *red* two pieces.	
4. Take (pick up) wood color *red* two pieces	Take (pick up)
5. Take wood color red two pieces give *him*	give, object pronouns
6. Wood *red* where? Wood *red* on table.	where, on, under, near, far over, next to, here, there
7. Wood color *red* on table, *is it*? Yes, on. Not on.	Question-forming rules. Yes. No.
8. Wood color *red long.* Wood color *green longer.* Wood color *orange longest.*	adjectives on comparison.

（續）

課文	詞彙
9. Wood color *green taller*. 　　Wood color *red*, is it?	
10. Review. Students use structures taught in new situation, such as comparing the heights of students in the class.	

資料來源：Richards & Rodgers, 2014: 294-295.

🌿 第四節　默示教學法的教學設計

一、教學目的

　　默示教學法旨在培養學生初級的聽力和口語能力，加強發音、語調的正確性，並使學生學得實用的文法觀念以及學習外語的正確方法。儘管聽、說、讀、寫技能都須練習，但教學一開始，首先需要透過彩色棒等直觀方式培養學生聽說能力，特別是用完整的語音、語調即席說話的能力，隨後才培養學生讀寫能力。

　　依據學生學習的不同階段，默示教學法將目標分成初級階段、中級階段和高級階段三個階段。

1. 第一階段：初級階段

　　Gattegno（1972: 83）認為，初學者應達到以下幾點：

　　（1）講話口音正確，接近本族語者的口音；

　　（2）能夠使用所學的詞彙進行輕鬆的對話；

　　（3）能夠使用所學的詞彙進行寫作；

　　（4）具有使用語言表達某些功能的能力，如描述某一事件、問路、訂餐等。

2. 第二階段：中級階段

默示教學法也強調培養學生的獨立學習能力，因此，默示教學法的中程目標是使學生獲得所學語言的基本實用文法知識，如此學生就有了獨立學習的基礎。

（1）獲得所學語言文法知識；
（2）具有獨立學習的基本能力。

3. 第三階段：高級階段

透過語言基本要素的訓練培養初學者聽和說能力，並能達到本族語者的流利水準，強調正確的發音與精通所學語言的韻律（Gattegno, 1972: 14）。

（1）透過語言基本訓練，發展聽和說的能力；
（2）掌握正確的語言發音和韻律；
（3）達到說本族語者的流利水準。

二、教師角色

1. 教師儘量保持沉默，觀察、不主動干預的態度。教學時儘量以教具代替大量的文字敘述與說明，創造一個學生可以放膽嘗試、修正的學習環境。

2. 教師可在適當的時候說話，但目的不是提供語言示範，而是把學生的注意力引導在學習上。

3. 教師端正學習思想，幫助學生放棄先前不正確的學習方法。教師也要幫助膽小害怕的學生，讓他們揚長避短。對學習進步不大的學生，教師更應提供指導。

4. 教師用直觀教具示範新語音、詞語和句子，並讓學生模仿學習。

5. 教師在意思澄清方面只站在輔助立場，意思主要依靠學生的理解。必要時，教師給予提示。

三、學生角色

1. 學生應該培養自我獨立意識，自主能力和責任心。Gattegno 把語言學習視為一種透過自我意識和自我挑戰的個人成長過程。學生在最初的學習階段可能會有點摸不著頭緒，但漸漸地透過實驗和自我修正，最後可以達到自發學習的成功效果。在學習過程中，學生不僅要意識到自己的學習狀態，同時也要和同學互相討論修正、建議或解決問題。

2. 學生必須在學習上互相切磋，而不是彼此競爭。

3. 學生的角色是多種多樣的，有時作為一個獨立的學習者；有時作為小組活動的一個成員。學習者有時還要扮演教師、陪練、解決問題和自我評估者等角色。

四、母語使用

默示教學法遵循直觀性的教學原則。教師除了示範新學的語音、詞彙和句子讓學生模仿之外，很少用外語說話，也不用母語說話。學生母語的使用皆在給予指示、改進發音或用於回饋階段，例如：教師利用母語和外語間相似的發音方法來教語音。語言的意義不經翻譯，而是透過觀察法，利用其獨特的教具、實物、動作、手勢等方法排除母語進行外語教學。

五、對待語誤

在學習過程中，學生發生語誤是無可避免的，每個學生自己都能糾正語言錯誤。教師改錯沒有多大必要，教師的主要任務是幫助學生建立自己內在的正確標準，從而憑藉內在標準改正自己和別人的語言錯誤。因此，學生自我糾正占絕對重要的位置。當學生需要自我糾正時，教師就做出「自我糾正手勢」（self-correction gestures）。

六、教材作用

默示教學法使用如下五種獨特的教具：

1. 彩色棒（Cuisenaire rods）

這是由木材或塑膠製成的木條，長度介於一公分到十公分之間，兩頭的面積是一平方公分。長度相等的木條都是相同的顏色，它們用來創造明確的環境，使學生明白如何用語言來表達不同的概念。由於這些環境，學生能夠對語言的用法進行「判斷和鑑定」，同時也知道句子的確切意義。例如：教顏色、樹木、長短、位置（A red rod is on the table）、動作（Hold up two long rods）。又如，This is a blue rod, it is standing upright at the end of a blue rod, which is lying next to an orange rod 等。

2. 長方形圖表（rectangle chart）

這種圖表是由許多不同顏色的長方形組成的，每一種顏色代表語言中的一個音。這種圖表可使學生準確地學習語音中的差別，也可幫助學生在音調和節奏上提高語音水準。有了這種語音水準，學生可以自己發音，並引導自己能夠理解口語。音色對應圖表分上下兩部：上半部為母音、下半部為子音。每個音都有特定顏色，學生同時連結聲音、符號與顏色三者，印象更深刻。例如：[o] 音為白色，[p] 音為咖啡色等。

3. 單字圖表（word charts）

單字圖表也是彩色印刷的，其字母顏色與長方形圖表相似。詞彙表共有十二張，表中大約包括五百個結構詞，如代名詞、冠詞、介系詞、常見的形容詞和副詞、連接詞、助動詞，以及一些普通動詞和少量的名詞。使用表中的顏色，便於學生直接讀出不同的字母或字元並發音正確。例如：利用拼字發音對應表，學生可自行拼讀。字母和顏色都與上述兩表對應，例如：藍色發 [b] 音的字母 b + 紅色發 [i] 音的字母 i + 灰色發 [g] 音的字母 g，形成三色的 big 單字。

4. 拼字發音對照表（fidel charts）

拼寫發音對照表分為母音（或母音組合）與子音（或子音組合）兩大

部分。使用與同長方形圖表相同的顏色，代表每個語音的所有可能的拼寫形式。這種圖表特別用於學生不理解的外語符號（比如，英語與日語），或用於相同的符號卻具有不同的發音（比如，英語與法語），或用於許多不規則的拼寫形式。例如：學生利用音色對應圖表上學得的母音和子音，來練習拼讀。同類的母音拼讀組合，或同類的子音拼讀組合，用同樣的顏色呈現。例如：[u] 音有可能為字母組合 oo, ue 等的讀音，這些字母全為綠色。

5. 默示教學法圖片（silent way pictures）

這種圖片呈現了日常生活環境，讓學生運用想像力自由地表達和解釋，其作用為：

（1）引入常見的詞彙。例如：①超級市場的水果、蔬菜和其他食品的名稱；人物如推銷員、顧客等；以及如買、賣、花費等動詞。②父母、兄弟姐妹等家庭成員，以及服裝、玩具等。③臥室的家具或其他物品的名稱。

（2）引入比較句，例如：The girl on right is taller than the one on the left.

（3）供學生進行討論和講故事，例如：A Couple Picnicking under Tree. A Man in a Rocking-chair. A Woman Looking out of a Window.

🍇第五節　默示教學法的課堂實踐

一、教學活動

課堂活動主要是學生對祈使句、問句和視覺提示等做出反應。活動的特點是：學生不必透過教師的直接口頭講授或不必要的示範，就能進行口頭回應。

二、教學步驟

　　默示教學法有一套標準的課堂教學步驟。課堂的前半部分是發音教學，主要透過圖表等教具讓學生理解和練習單字、片語和句子的發音、重音和語調等。語音教學結束後，緊接著就練習句型，進行結構和詞彙的練習。教師先說出一個句子，然後透過彩色棒進行直觀演示，接著讓學生試著進行練習。

三、教學實例

　　Richards & Rodgers（2014: 299）記錄了由 Joel Wiskin 提供的一份用默示教學法進行泰語教學實例，所教內容是泰語的第一課。

　　1. 教師將彩色棒堆放在講臺上。

　　2. 教師拿起兩、三根不同顏色的彩色棒，每當拿起每支彩色棒後就說：mai（意思是「棒」）。

　　3. 教師拿起一支任何顏色的彩色棒，並示意某一學生回答。學生說：mai。如果該學生答錯，教師請另一個學生為其糾正。

　　4. 然後教師拿起一支紅色棒說：mai sii daeng。

　　5. 教師拿起一支綠色棒說：mai sii khiaw。

　　6. 教師拿起紅色或綠色棒，示意某學生回應，如果講的不對，就重複步驟 3（請另外一位學生做示範）。

　　7. 教師以同樣方式介紹兩、三種其他顏色的彩色棒。

　　8. 教師展示剛教過的彩色棒中的任何一種，請學生回答。改正錯誤的技巧由學生示範，教師也可協助學生找出錯誤自行改正。

　　9. 學生掌握後，教師拿起一支紅色棒並說：mai sii daeng nuag an。

　　10. 然後教師拿起兩支紅色棒並說：mai daeng song an。

　　11. 教師拿起兩支綠色棒說：mai sii khiaw song an。

　　12. 教師拿起兩支不同顏色的彩色棒讓學生回答。

　　13. 教師根據學生實際情況介紹其他的數字和顏色。

14. 把彩色棒堆在一起。教師用自己的動作表示彩色棒應該拿起，並說出正確的語句。同組的學生都拿起彩色棒，也開口說話。教師鼓勵同組的學生彼此改正。

15. 然後教師說：kep mai sii daeng song an。

16. 教師示意某一學生遞給他（她）所要的彩色棒，也叫別的學生遞給他（她）所要的彩色棒。這一切都透過教師明確的動作用目標語進行。

17. 教師將彩色棒交給學生使用，教師表示讓學生彼此之間索取彩色棒。

18. 鼓勵學生進行嘗試。只有學生無法自己糾正錯誤時，教師才開口說話。

§ 本課教學評論

本課教師使用多種彩色棒進行聽說教學。教師演示、組織、監測、啟發和誘導學生說話，並保持沉默，只有學生無法自己糾正錯誤時教師才開口說話，體現了教師沉默是為了讓學生積極參與言語活動的教學原則。

第六節　對默示教學法的評價

一、優點分析

1. 默示教學法強調教師盡可能少講、少占用課堂教學時間，以便騰出更多時間讓學生多練習，體現了「精講多練」的原則。

2. 默示教學法對學生賦予相當大的自主性，強調認知過程的獨立自主和自我負責，而非被動的模仿、複誦和記憶。

二、缺點分析

1. 儘管默示教學法以學習者為中心，然而學生必須專注於那些獨特的教具，再加上有限的教材和溝通活動，實際上限制了學生創造力的發揮。

2. 在學生與教師之間、學生與學生之間，都缺少雙向互動。課堂教學較難形成團體意識（sense of community），易造成疏離感，教學脫離社會環境。正如 Hadley（2001: 127）所言：

「至少在教學的早期，學習者沒有學到真實的，以文化為基礎的語言資料，或沒有聽到真實的本族語者的語言。假如學生想發展語言表達功能的能力，他們需要充分的機會來傾聽本族語者在真實的交流中如何使用語言，並練習使用語言來應付他們在外語環境中會遇到的日常環境。」

3. 由於教學脫離社會環境，默示教學法所培養的學生缺乏社會交流的能力。雖然學生能夠準確、流利地說話，但是由於所教的語言脫離社會環境，學生學到的語言毫無用處。學生可能只會描述彩色棒的組合結構，但無法有效地使用語言進行社會交流。

第七節　默示教學法的教學啓示

課堂教學活動包括講解和練習兩部分。適當的講解有助於練習，但講解不能過分。這是因為語言是練會的而不是講會的，過分講解必然減少練習，就會以教代學、以講代練。由於少講，學生常常開口說話而發生錯誤，而這時卻被批評為：不注意聽講、不認真學習。事實上，錯誤在於教師多講、學生少練。它提醒教師在課堂上應該「精講多練」（silent teacher, talking students）。當然，我們借鑑的是默示教學法的教學原則，

而不是它使用彩色棒的教學方法。除了彩色棒，還有更好的方法能做到精講多練，這包括學生進行社交活動（如提問題、表演、敘述、討論、辯論、完成與課題相關的任務），以及教師講話時間控制在一節課的 30% 左右等。

第八節　結束語

在認知教學法的章節中，我們提到教學法的發展模式——對立模式。默示教學法與其他教學法的對立又是一個例子。

一、理解型與表達型（默示教學法與全身反應教學法的對立）

全身反應教學法是教師說、讓學生聽；而默示教學法則是教師保持沉默，讓學生說。兩者的對立表現在語言是先理解，還是先表達的對立上。

另一個問題是：理解型和表達型，哪一種較好？一般來說，母語習得的順序是先聽後說，因此全身反應教學法提倡的教學方式是符合母語學習規律的。但從另一方面考量，表達型也有可取之處。如果學生沒有說話的機會或者說話的機會太少，語言教學就不成功。默示教學法規定的教師說話時間就對學生說話產生保證作用，它的「精講多練」原則值得借鑑。

二、自然學習與人為學習方式（直接教學法與默示教學法的對立）

默示教學法反對直接教學法所強調的幼兒學習母語的自然方法，主張人為的教學方式。兩者的對立核心就是要不要像幼兒學習母語那樣學習外語。直接教學法主張的「直接」原則（直接學習、直接理解、直接應用），仍然是現今普遍採用的教學原則。

默示教學法關於「外語學習不同於母語學習」理論，也許是正確的，但它的教學方法卻是極端的。在外語教學界中，現在很少有人再提倡人為學習方式。溝通教學的倡導者們反對課堂教學脫離實際的生活環境，因為

這無法培養學生得體的（appropriately）使用語言進行溝通的能力。默示教學法不能應用於所有教學環節和所有年級。我們要借鑑的是它有益的教學原則，而不是人為的教學方法。

由此就產生另一個話題——如何綜合使用各種教學法？像默示教學法這樣的教學法，雖然不能應用於所有教學環節和所有年級，但是其教學作用不容忽視，教師們只有把不同的教學方法巧妙結合起來，才能取得最佳的教學效果。默示教學法的一些觀點和做法很值得我們去思考。我們可以有選擇的把默示教學法應用到教學中，並與其他教學法結合使用，發展教學理論並深化教學實踐。有鑑於此，針對直接教學法、全身反應教學法和默示教學法所採取的綜合方式就是：根據自然教學的原則，在課堂上採用「動作教學」，同時做到「精講多練」，這就是折衷思想和方法的體現。

《思考題》

1. 簡述默示教學法的教學觀點。
2. 默示教學法使用哪些特殊的教具？
3. 不用母語，也少用外語，而是透過彩色棒等直觀方式進行外語教學，而意思的澄清則依靠學生的理解。你認為這種教法可行嗎？為什麼？
4. 默示教學法的理論基礎是正確的，但它的教學方法是極端的。你同意這個觀點嗎？為什麼？
5. 針對直接教學法、全身反應教學法和默示教學法所採取的綜合方式，就是根據自然教學原則，在課堂上採用「動作教學」，同時做到「精講多練」。你對此有何評論？

參考文獻

Blair, R. (1991). Innovative Approaches. In Celce-Murcia, M (ed.). *Teaching English as a Second or Foreign Language*. (2nd edition). Boston, Mass.: Newbury House.

Bowen, J., Madsen, H. & Hilferty, A. (1985). *TESOL Techniques and Procedures*. Cambridge, Mass.: Newbury House Publishers.

Gattegno, C. (1963). *Teaching Foreign Languages in Schools: The Silent Way* (1st edition). Reading, UK: Educational Explorers.

Gattegno, C. (1971). What we Owe Children: the Subordination of Teaching to Learning. London: Routledge & Paul.

Gattegno, C. (1976). *The Common Sense of Teaching Foreign Languages*. New York: Educational Solutions.

第九章

社團語言教學法
Community Language Learning, CLL

關鍵字

心理諮詢、社團、人文主義教學流派

counseling, community, humanistic approach

Learning is persons.

學習是人們的學習。

第一節　社團語言教學法的背景簡介

一、基本概念

社團語言教學法的突出特點是，教師在輔導學生學習外語、面對學生恐懼不安的情緒時，要考慮如何克服學習的障礙，而使學生進入正面肯定發揮潛力的學習狀態。

所謂「社團」，可以理解為教學過程中採用小組集體學習的形式。在教室裡，一組學生坐成一個圓圈，教師站在圈外。一位學生用母語輕聲地向教師傳遞一個資訊，教師將此翻譯成外語，學生用外語將資訊再重複一遍並錄音。然後，學生在教師幫助下繼續用外語表述更多的資訊，並在十分安全的狀態下對課程和學習經驗進行反思，逐步拓展和完善自己的外語。

二、時代背景

社團語言教學法是 20 世紀 60 年代初期，由美國芝加哥 Loyola 大學的心理學教授 Charles Curran 發明的。Curran 把心理學中有關心理諮詢的理論應用於語言教學，目的是透過情意因素的處理，促進語言學習。Curran 認為，傳統語言學習環境容易引起學生的焦慮，這種焦慮來自學生與教師之間、學生與學生之間的互動。前者具有批判性，後者具有競爭性。這兩種互動會導致疏離感與自卑感，影響學生自我意識的形成，以及學習動機與效果。要減低學生負面情緒，應從學生與學習環境著手向學生提供心理支援與尊重，使其全心參與學習活動。同時將課堂上教師和學生當成一個團體，相互之間建立良好的關係，互相幫助、互相支持，共同解決問題。

　　Curran（1972）認為，若希望除去學生的恐懼，教師本身必須先成為一個語言輔導者，這樣才能瞭解學生所面對的學習困難，進一步有技巧地幫助學生，將消極的感覺轉化為積極的力量，使語言的學習更為有效。這樣，Curran 重新定義了教師與學生的角色，使之成為一種類似心理諮詢時輔導員（counselor）與諮詢者（clients）之間的關係。輔導員和諮詢者的關係與教師和學習者的對應關係比較，如表 9-1 所示。

表9-1　諮詢者／輔導員與學習者／教師的比較

諮詢者與輔導員的關係	學習者與教師的關係
諮詢者向輔導員進行諮詢。	學習者向教師提出要學習語言。
諮詢者用情感語言陳述自己的遭遇。	學習者用母語向教師敘述其欲向其他人表達的資訊。
輔導員仔細傾聽。	教師和其他學習者傾聽。
輔導員以認同的語氣，重複諮詢者的遭遇。	教師以外語重述學習者所說的內容。
諮詢者評估輔導員對自己問題複述的正確度。	學習者用外語向第三者複述其內容。
諮詢者回顧在諮詢中的交流過程。	學習者重新播放錄音或者透過回憶，回顧課堂上的資訊交換過程。

資料來源：Richards & Rodgers, 2011: 304.

　　社團語言教學法常被稱為人文主義教學法流派（humanistic approach）的典型代表。該流派反對行為主義的觀點，主張要以正常人的需要為研究對象，重視動機、情感、欲望、價值、責任等複雜的心理因素。學習過程以學生為中心，教師從旁協助。師生之間關係和諧，教師尊重學生。在教學過程中，教師扮演輔導者、協助者、觀察者和朋友等角色。

🐝 第二節　社團語言教學法的理論基礎

一、語言本質

La Forge（Curran 的學生）對社團語言教學法的理論基礎做了許多闡述。在語言觀方面，他認同語言結構觀和互動觀。

1. 結構觀

La Forge（1983: 4）認為，語言的三個基本要素是語音、句子和文法。學生的任務是理解語音系統，瞭解句子的基本意義並根據文法建構句子。顯然，這種語言觀與傳統的語言結構觀點極其相似。

2. 互動觀

La Forge（1983: 1）認為，語言是「社會過程」（language as social process），這個過程完全不同於傳統的「語言是資訊傳遞過程」（information transmission）（圖 9-1）。

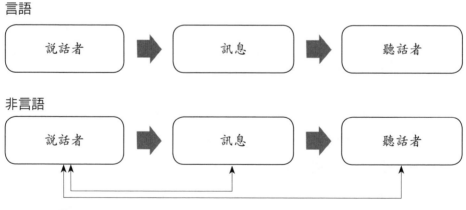

圖9-1　資訊傳遞模式（上）與社會過程模式（下）的比較

資料來源：Richards & Rodgers, 2014: 305.

　　在資訊傳遞過程中，說話者向聽話者做資訊單向傳輸，沒有聽話者的回應，雙方也沒有交流。但在社會過程的模式中，說話者和聽話者雙方在資訊傳輸過程中還涉及非言語成分──雙方互動和交流資訊，因此這是個溝通的過程。La Forge（1983: 3）指出，

　　「溝通不僅是資訊從說話者傳至聽話者而已，說話者同時也是他所傳達的資訊的主體和客體。溝通不僅僅是資訊單向地傳播至聽話者，也是說話者與諸多聽話者彼此建立關係的過程。溝通是一種交流過程，若無資訊的回應，溝通便不算完整。」

　　La Forge（1983: 9）根據心理學觀點補充說明語言溝通的特徵：語言是人們的語言（language is persons）。語言不是獨立的語言，而是人與人之間的溝通工具。語言是兩人或多人之間的觀點和資訊的交流，不是個人的獨白。它是雙向式的互動，而不是演說或廣播等單向式的資訊溝通。

二、教學觀點

　　社團語言教學法基於「諮詢學習理論」（counselling-learning theory）。

1. 完整人學習（whole person learning）

　　所謂「完整人學習」，是指完整的整體性學習，如同兒童個人發展的自然的過程。這既是認知又是情感的過程。教師如同父母般地對學生給予愛護和支援，並提供舒適的學習環境，使學生得以學習與成長。學生在舒適的學習環境中諮詢、反思、辨別，使思維和情感需要兩方面取得協調一致，產生學習的最佳效果。

　　完整人學習分為五個階段（La Forge, 1983: 45-46）：

　　（1）出生階段（embryonic stage）：學習者建立安全和歸屬感；

　　（2）自立階段（self-assertion stage）：隨著能力的提高，學習者像

兒童一樣開始逐漸獲得獨立能力，開始脫離依賴教師，逐步獲得一些獨立學習的能力；

（3）反向階段（reversal stage）：學習者開始獨立說話，為證實自己的能力，經常拒絕一些不必要的建議；

（4）少年階段（adolescence stage）：學習者已具備充分的認知能力，同時也能接受外部的批評；

（5）獨立階段（independent stage）：學習者幾乎可以獨立地進行彼此之間或學習者與教師之間的自由對話。

2. 學習是人們的學習（learning is persons）

學習不是個人獨自或與他人競爭的行為，而是一個信任、支援和合作的統一過程。這樣信任、支持和合作的學習方法，才能真正體現人們學習的真諦。Curran 指出，「真正的學習需要自己與別人的投入，也需要真正的人際關係以及共同參與的精神」。

在學習過程中，「同感效應」（consensual validation）產生關鍵性作用（La Forge, 1983: 17）。它是指在師生之間發展和保持一種溫暖、理解和正面評估他人的關係。要保持這種關係，學習者須具備六個心理素質，用縮寫詞 SARD 來代表（Curran, 1976: 6）。

S 代表共同安全感（security）：學習者只有在感受到愛護和關懷的環境下，才能進行成功的學習。

A 代表注意力（attention）：學生若在安全和愉快、有趣的環境下學習，必然會高度集中注意力。注意力的喪失是因為學生缺乏參與意識。如果教學能做到多樣化，那麼學習者就會集中注意力，並提升學習效果。

A 還代表進取心（aggression）：學生在學會一些知識後就具有成就感，這時便會自我表現、自我肯定。

R 代表記憶（retention）：如果學生全心地投入學習過程，所記憶的內容就會被內化成為他們的外語知識。

R 還代表反思（reflection）：反思是對以前學過的內容進行反思，並

對目前所處的學習階段和將來的學習目標進行評估。

　　D 代表辨別或區別（discrimination）：學生對學到的資訊進行分類、區別和整理，找出它們之間的相互關係。如果這一區別逐漸成熟，學生最終就能在課堂外使用語言進行溝通。

❀ 第三節　社團語言教學法的教學大綱

　　社團語言教學法沒有傳統意義上的大綱，也沒有事先設計好要教的文法、詞彙和其他的語言專案以及教學的順序等。學習內容則是透過師生彼此的交流而產生的。

　　依照 Curran 的建議，課程的內容是圍繞話題進行的，如學生建議要談論的內容和向其他學習者傳達的資訊等。教師的責任是提供與學生水準相當的表達這些話題的方式。

❀ 第四節　社團語言教學法的教學設計

一、教學目的

　　社團語言教學法未制定具體的教學目標。該教學法認為，教學不須特定的目標，是如母語自然習得的結果。教師可以將自己的外語知識成功地傳授給學習者，這意味著獲得近似本族語者的語言水準，就是該方法的教學目標。

二、教師角色

　　1. 輔導員：在心理諮詢領域中，諮詢者通常面臨某種程度的心理問題。在心理諮詢過程中，諮詢者經常向輔導員描述他們的問題，輔導員則平靜地協助諮詢者瞭解問題的關鍵所在，為其梳理問題並給予解答。在課堂上，教師扮演著類似這種輔導員的角色。

2. 支持者：在最初的學習階段中，教師扮演支持者的角色，給學生提供對應的外語和供他們模仿的語言。其後，在學生進行交流中，教師監督他們的話語，需要時提供說明。

3. 糾正者：一旦學生有了進步，而且也能接受批評時，教師則直接介入學生的學習，糾正所犯之語誤，提供語言範例和文法細則等建議。

教師最初的角色就好比哺育子女的雙親，隨著學生的逐漸成長，雙方的關係慢慢地變成有點像教師反過來依靠學生的那種關係。在學習的後期階段，教師的另一個作用是提供一個學習和成長的安全環境。

三、學生角色

學生是團體中成員，透過與其他成員的交流來學習外語。學習不是個人而是集體努力的過程。在學習中，學習者必須認真聽教師講述，自由表達意見，向社團中的其他成員提供支援，向他們報告自己的內心感受，或作為其他成員的輔導員等。

在不同階段中學生有不同的角色，隨著課程的進度而調整。學生的角色如下：

1. 完全依賴教師學習語言；
2. 開始自我肯定並建立獨立性；
3. 開始直接理解別人的外語；
4. 獨立工作（雖然外語知識仍然處於初級階段）；
5. 進一步理解語言，使用文法正確的句子，並可能成為低水準學生的輔導員。

四、母語使用

社團語言教學法十分注重和依靠學生的母語，逐漸由學生的母語過渡到外語，這在語言學中稱為「語碼轉換」（code-switching）。其做法是，學生先用母語說出想學習的外語內容，教師將其翻譯為外語後，學生再一

邊將所聽到的外語念出來給同學聽，一邊將它錄在錄音筆中。

五、對待語誤

　　學生在出現文法和發音錯誤時，教師會給予糾正，同時要讓學生感到安全感。

六、教材作用

　　社團語言教學法沒有特定的課本。由於課程源於社團成員的交流，所以教材不是那麼必要。如果教材有了既定的內容和進度，反而會阻礙教師與學生的交流。教材可由教師隨著課程的進展而設計，包括：（1）寫在黑板上的學習內容概要；（2）透過投影機放出的對話語言重點；（3）列印的會話資料；（4）作為小組合作學習的教材，如對話資料和小型戲劇文本等。

第五節　社團語言教學法的課堂實踐

一、教學活動

　　與其他大多數教學法一樣，社團語言教學法既綜合了其他傳統的方法，又與本身獨創的方法相結合。這些方法包括如下八種（Richards & Rodgers, 2014: 309）：

　　1. 翻譯（translation）：學生圍成一圈，其中一位學生低聲說出他（她）要表達的意思，教師將其翻譯成外語，學生重複教師所翻譯的外語。

　　2. 小組活動（group work）：小組活動包括討論一個話題、準備一段對話、準備一則講給教師和其他同學聽的故事等。

　　3. 錄音（recording）：學生所說的外語用錄音機錄下來，進行練習或進行形式分析。

　　4. 寫（transcript）：學生根據錄音把對話寫成文字，以便對語言重

點進行練習和分析。

5. 分析（analysis）：學生分析和研究寫下來的外語句子，並注意詞彙的特別用法或者是某些文法規則的應用方法。

6. 反思和觀察（reflection and observation）：學生對課堂學習經驗進行反思，並在課堂上或小組裡做彙報。學生需要反思自己在學習過程產生的矛盾、情感、觀感、反應等其他情緒狀態。

7. 聽（listening）：學生聆聽教師翻譯成的外語和課堂交流中的話語。

8. 自由對話（free conversation）：自由對話是指學生和教師，或學生之間進行自由對話。交談內容可以包括在課堂上學習到的內容（如敘述、講故事、話題討論等）或者對這一階段學習經驗的感觸等。

二、教學步驟

社團語言教學法的基本步驟是：一群學生在教室裡圍坐成一個圓圈，教師站在圈外，其中一個學生用母語輕聲傳達一個資訊；教師將此譯成外語；學生用外語重複一遍並用錄音機錄下；學生在教師的幫助下用外語傳達更多的資訊；學生然後對自己的感覺進行反思。

在開始階段，學生中會出現迷惑不解、混淆的情況，但是在教師的幫助下，會慢慢好轉，開始用外語說一個詞、一個短語，不用翻譯。這是學生由完全依賴教師到獨立學習的第一個標誌。隨著學生對外語的逐漸熟悉，直接用外語交流就會發生，教師的指導便會減少。數月之後，學生就會用外語進行流利的交流。

三、教學實例

Larsen-Freeman（2011: 86-0）提供了一個使用社團語言教學法的實例，這是在印尼一所私立語言學校裡的一節英語課。上課前，學生圍坐在桌子前，桌子上有一臺錄音機。教師向學生問好後開始上課。

1. 教師首先自我介紹，並要求學生逐一介紹自己。

2. 宣布教學目標，即學生在教師的幫助下進行英語會話。對話將被

錄音，然後再寫成文字。

3. 教師說出教學方式：「當你們想說話時，請舉手，我會走到你們的背後。但我不會參與你們的會話，只是幫助你們說英語。請先用印尼語說，然後我給你們譯成英語。」

4. 一位女生舉手，教師走過去站在她的背後，這位女生說了印尼語，教師譯成 Good……經過學生幾次練習以及教師的幫助，學生終於把 Good evening. 這句話錄到錄音機裡。

5. 以基本相同的方法，幾個學生在教師的指導下，學到了 Good evening! What's your name? How are you? 等。

6. 對話結束後，教師坐在學生中間，並用印尼語詢問他們對這次對話的感覺。有些學生說記不住單字；教師回答說他們只是參與會話，不一定要記住每個單字……

7. 接下來教師要求學生們坐成一個半圓形，觀看教師把對話寫在黑板上。教師要求學生們注意每個單字，但不必把每個句子都抄下來。教師還把它們譯成印尼語。

8. 教師又要求學生們坐成一個圓形，並放鬆心情。教師開始念英語句子。

9. 接下來是一個稱為「人類電腦」（human computer）的活動。教師在十分鐘的時間裡扮演「人類電腦」的角色。學生有問題就舉手，教師會走到他們的背後。學生透過這個「電腦」來練習發音。有位學生說了錄音中的一句話：What do you do? 教師走到他的背後幫助練習這句話。

10. 學生分成三人一組進行活動。學生根據錄音學說新句子，並把句子錄下來……

11. 最後的十分鐘裡，教師要求學生們就這節課所學的英語和學習過程談談自己的學習經驗。當學生發表意見時，教師仔細地聽，並予以回饋，以表明教師聽懂了學生的話。大多數的學生對這次學習感到滿意。其中有位學生說：「我想我現在能學會英語了。」

§ 本課教學評論

> 這節課的教學目的是培養學生基礎對話能力。在教學過程中學生坐成一個圓圈,教師站在圈外。一位學生輕聲地向教師傳遞一個資訊,教師將此翻譯成外語,學生用外語將資訊再重複一遍,並錄音。然後,教師站在學生中間用母語詢問他們對這次對話的感受。最後的環節是學生對課堂經驗進行反思,他們都認為是學有所得。

第六節 對社團語言教學法的評價

一、優點分析

1. 強調團體式溫暖氣氛的人文主義環境

社團語言教學法將營造安全的學習情境放在首位。教師理解學生並能帶領他們克服畏懼心理。教師不僅教給學生語言,還會顧及到他們在學習過程中的感受與情緒。

2. 開展小組學習活動

社團語言教學法將學生和教師組成社團小組,每個學生成為社團的一員,透過社團成員之間的交流學習外語。學習不是一種個人行為和成就,而是一種集體行為和成功。社團成員互相提供支持,交流內心感受和經驗,互相促進提升。

二、缺點分析

1. 課堂缺乏真實的社會文化環境

Hadlley(2001: 125)指出:「教學過程沒有提供適應外語文化的必要

環境。因為內容是由小組參與者所決定的，而他們不一定懂得將來在外語文化中會遇到什麼問題，所以社會生活技能會被忽視。」

2. 缺乏明確的目標

由於初學者須自行發展談話內容，社團語言教學法無法程序性地引進文法和詞彙等語言重點，也無法循序漸進地做好語言重點的教學工作。

3. 依靠翻譯作為教學的手段

翻譯並不是一件容易的事。Brown（2000: 104）指出：「社團語言教學法的成功與否依賴輔導員的翻譯水準。翻譯是一種複雜的技能，說來容易、做起來難。假如語言的關鍵部分被翻譯錯了，那麼外語的理解就不正確了。」

4. 需要精通雙語的教師

翻譯和數碼轉換需要精通雙語的教師才能進行，這就排除了只懂英語的單語教師擔任教學工作。

5. 需要心理諮詢方面知識的教師

社團語言教學法有一個「反應」教學環節，即要求學生就所經歷過的學習經驗談自己的看法，而教師則給予回饋，以表示理解這些學習經驗，這對學生剛開始學習時特別重要。但是，教師須經過專門的心理諮詢方面的培訓才能做好這個環節。

🐝 第七節　社團語言教學法的教學啓示

社團語言教學法的創新之處在於，重視學生的情感，學習在安全的環境中進行。我們可借鑑這條教學原則，因此在備課時要考慮學生的情感因素。此外，教師在教室裡也可張貼一些有關人文主義的標語：

1. No language but the language of the heart.（意思是：沒有語言，只有心靈的語言。）

2. Love is, above all, the gift of one self.（意思是：愛首先是一個人的恩賜。）

3. While we live, let us live.（意思是：當我們活著時，讓我們活下去。）

4. Touch the heart, find the friend.（意思是：觸及心靈就能找到朋友。）

5. Accept me as I am, so I can learn what I can.（意思是：請接受我的感情，這樣我才能學到語言。）

第八節　結束語

社團語言教學法重視學生的情感，是典型的人文主義教學法。人文主義教學原則應該可以觸動每一位語言教師的心。當然，我們借鑑社團語言教學法，並不是要採用語碼轉換等技巧，而是借鑑它所宣導的人文主義教學原則。這體現在教學中我們應顧及到學生在學習過程中的感覺與情緒，並在師生之間建立良好的關係，在學生之間互相幫助、互相支持，共同解決問題。

《思考題》

1. 社團語言教學法是如何看待學習理論的？

2. 社團語言教學法認為，學習是一套從兒時成長到自我獨立的社會過程，這個過程分為哪幾個階段？

3. 社團語言教學法對我們的教學有什麼啟示？

4. 「學習是人們的學習」（learning is persons），強調學習不是個人獨自或與他人競爭的行為，而是一個信任、支援和合作的統一過程。你的看法如何？

5. SARD代表六個因素。有些因素在教學實例中有所體現。例如：
「教師要求學生們坐成一個圓形，並放鬆心情」，這是提供安全感
的方式。請儘量找出能體現SARD的其他例子。

參考文獻

Curran, C. (1972). *Counseling-Learning: A Whole-Personal Model for Education*. New York: Grune & Stratton.

Curran, C. (1976). *Counseling-Learning in Second Languages*. Apple River, Ill.: Apple River Press.

Curran, C. (1982). Community Language Learning. [First presented to the Menninger Forum, February, 1960]. In R. Blair. (ed.). *Innovative Approaches to Language Teaching*. (pp. 118-133). Rowley, Mass.: Newbury House.

La Forge, P. G. (1983). *Counseling and Culture in Second Language Acquisition*. Oxford: Pergamon.

Larsen-Freeman, D. & Anderson M. (2011). *Techniques and Principles in Language Teaching*. (3rd edition). Oxford: Oxford University Press.

Richards, J. & Rodgers, T. (2014). *Approaches and Methods in Language Teaching*. (3rd edition). Cambridge: Cambridge University Press.

第十章

暗示教學法
Suggestopedia

關鍵字

暗示、放鬆式專注、音樂會

suggestion, relaxed attention, concert

Above all, do not harm.

最重要的是，不要傷害學生的感情。

第一節 暗示教學法的背景簡介

一、基本概念

暗示教學法是指運用暗示方式，激發個人的心理潛力，提高學習效果的教學方法。暗示教學法認為，溫馨環境及專心致志有助於學習者潛意識的運作，創造出高度的動機，以便有效地完成學習任務。語言學習成效不彰的原因，主要是學生有心理障礙，擔心表現不佳，因此必須擺脫這些阻礙潛力開發的因素，提升學生學習效率。

在 Suggestopedia 詞中，Suggesto- 來自拉丁語動詞 suggero、suggesti、suggestum，意為「放置、鼓勵和建議」；-pedia 指「教學法」，因此，暗示教學法是暗示學的一些原則應用於教學中的一種教學法。暗示學（suggestology）是有關暗示各方面的綜合科學，主要研究如何透過暗示來開發人心身潛能，促進人及其多方面才能和諧發展與自我控制。Lozanov 給暗示教學法下的定義是：「創造高度的動機，建立激發個人潛力的心理傾向，從學生是一個完整的個體這個角度出發，在學習交流過程中，力求把各種無意識結合起來。」

二、時代背景

暗示教學法 20 世紀 70 年代起源於保加利亞（Bulgaria），為精神病療法心理醫生 Georgi Lozanov 首創。Lozanov 深受暗示學的影響。Lozanov（1978）在《暗示學與暗示教學法綱要》（*Suggestology and Outlines of Suggestopedy*）中指出，人們只開發到自己的 5-10% 的潛力。為了能夠開發其餘的大部分潛力，人們就得擺脫影響潛力的各種因素，比

如失落感、恐懼心理、害怕失敗等。有鑑於此，在暗示教學法給予各種有利於開發潛力的暗示的同時，也必須擺脫這些阻礙潛力開發的因素。

Lozanov 強調設計溫馨環境、自由氛圍、舒暢心情、優雅音樂、舒適沙發、柔和光線、和諧氣氛，配以身體動作、臉部表情的特定情境，學生安靜享受、聆聽播放富有節奏、韻律的外語錄音，抑或進行言語交流活動，以激發學生超意識潛能、超記憶能力，提升學生學習效率。

由於採用加速方法進行外語教學，暗示教學法被稱為是一種「開發人類智慧，加速學習進程」的教學方法，所以它也稱為「暗示─加速教學法」（Suggestive-accelerative Learning and Teaching）（Dipamo & Job, 1991）。

🐝第二節　暗示教學法的理論基礎

一、語言本質

語言是一套結構系統。語言主要由詞彙組成。在語言運用過程中，詞彙比文法更重要。此外，語言也是一種溝通工具。學生應在有意義的整篇課文中接觸語言資料。教師「指導學生不僅要記憶詞彙和形成語言習慣，也要進行交流活動」（Lozanov, 1978: 109）。

交流具有兩個層面：一是如何提供語言資料，比如教師朗讀一段對話，這是有意識的注重語言本身的交流；二是考慮對影響語言交流的各種因素，比如教師在朗讀時搭配音樂為背景，讓學生感到學習是愉快和容易的，這是非意識的層面。這兩個層面的結合有利於促進學習，取得更大學習成果。

二、教學觀點

暗示教學法是以暗示學為理論基礎。Lozanov（1978: 1）指出，「暗示的目的在提供或建議，即像自然界那樣向自己提供適合自己個性的多種

選擇，而非限制這種選擇。要想拓展人的個性選擇，就須使人的思維處於有意識與無意識的積極過程中，並形成有利於發展潛能的狀態。」因此，暗示是一個溝通因素，它的意思就是提供或建議，應由個性做出自己的選擇，透過理智、直覺等選擇，並根據其結構、配置，從經過複雜聯繫、壓縮、編碼、符號化和放大的複合訊號中、存在廣泛可能性中做出選擇。這種選擇建立在外部與內部刺激和諧結合的基礎之上。這個過程不僅存在於有限的意識（consciousness）領域之中，同時更充分地存在於多種多樣的超意識（para consciousness）層面之中」（章兼中，2016：297）。

Lozanov 認為，暗示是指用含蓄、間接的方式，對別人的心理和行為產生影響。暗示與催眠術不同。催眠術僅有少量專注（attention），缺乏「暗示的作用」，達不到「透過放鬆式專注來發揮個人潛力的目的」（1978: 267）。這裡的「放鬆式專注」（relaxed attention）是指人們在快樂和不緊張的情況下專注於學習。Lozanov 認為，學生都可以透過暗示教學獲得學習上的成功。學生在課外花不花時間學習沒多大關係，但必須放鬆地專注學習這樣才能取得最大成效。

Lozanov（1978: 185-200）闡述了暗示的幾種方式：

1. 權威性（authority）

由於人們往往對權威人物或機構的資訊最容易記住，Lozanov 提出了一系列使學生感覺到學校和教師權威性的因素和作法，如學校的聲譽、教師的威信、教師與學生的關係、教師表演才能和教學態度，以及使用某一教學法的信心等都能增加學校和教師的權威性。運用這種權威的影響力，使人能樂於受教，易於接受暗示，增強學習能力。權威無疑要求教師不僅對學生要嚴格要求，還要關心愛護、平等相待；不僅專業知識精深，且知識結構廣博。

2. 幼稚化（infantilization）

幼稚化是指對釋放各種潛能信心的一種控制狀態。如果學習者處在

兒童的角色中參加扮演、遊戲、唱歌等活動，他們就會找回兒童所具有的那種自信心、自發性和接受能力。Lozanov（1978: 197）指出：「對兒童來說，記憶新的東西輕而易舉，而且不必承受壓力，也不須花費太大功夫。」因此，透過創造積極的課堂氛圍以及教師高超的教學藝術來達到幼稚化，對於引發輕鬆的學習氣氛、消除壓力和恐懼具有重要的意義。

3. 雙重交流（double-planeness）

雙重交流是指來自環境的無意識刺激（如教室的裝飾）和教師的教學特色（表情、手勢等），對學生無意識心理的刺激。也就是說，學習不僅受教師和教學的直接影響，還受教學環境的間接影響。由於這些刺激對學生學習的能力具有重要影響，因此暗示教學法注重教學情境的布置，同時教師應保持愉快、熱情、自豪、飽滿的精神狀態。

4. 語調（intonation）和節奏（rhythm）

在呈現語言資料時，如果教師能變換語調和說話節奏，就可以幫助避免因重複而產生的單調性，而且會使語言資料戲劇化、感情化，還會賦予語言資料新的涵義。在授課中，如果採用各種不同的語調，學習的效果，特別是記憶效果會大大提高。Lozanov 認為，節奏有助於潛意識反應的產生，使大腦能吸收，保持並回顧更多所學的東西。如果再有意識地應用節奏，這些句子讀起來就更加琅琅口上、動聽優美，在學生的腦海裡留下深刻印象。

5. 音樂場景中假消極狀態（concert pseudo-passiveness）

這是指對話和課文教學時使用音樂加以伴奏，以便幫助引發出一種放鬆的學習狀態，這是最理想的學習狀態。在此狀態下憂慮和緊張會消除，對新資料的集中力也會提高。當學生頭腦具備高度接受能力時，很容易感受和吸收在音樂場景中音樂伴奏下所學的內容。學生在音樂場景中享受音樂的同時，輕鬆愉快地記住新的語言資料，這是假消極狀態下產生的效

果。這種效果維持著一種心理氣氛，而這種心理氣氛又同時導致安寧、休憩，信賴和內在創造性學習過程的高效能。這種安寧、休憩的心理上假消極狀態，僅僅是錯覺，僅僅是表面的反常現象。在這種表面的假象下，卻展示著一種超級記憶能力和超效能的創造性學習過程；心情振奮、思維積極展開、自由聯想網絡縱橫交織，人腦潛力充分發揮。

第三節　暗示教學法的教學大綱

暗示教學法強調語言資料的輸入，並主張適當的文法和詞彙學習，但不能花太多的時間和精力去學習文法和詞彙，因為學習內容還包括整篇課文。每一期課程一般約三十天左右。每期十個單元，每天四個課時，每週六天。每單元的重點內容是對話以及相應的詞彙表和文法注釋。對話根據詞彙和文法的難度分級和排列。整個課程和每個單元的安排，都有具體的規定。每一單元須時三天，第一天上課半天；第二天全天；第三天也是半天。

在第一天的教學中，教師討論該單元中的對話內容，然後發給學生對話及其譯文。對話的編排是：左邊是母語，右邊有相對應的外語。教師朗讀對話，並回答學生有關對話的問題，然後用不同的語調和節奏再朗讀對話。

在第二天和第三天，教師就對話進行講解，講解分兩階段進行。在第一階段講解中，教師指導學生進行模仿、問答、閱讀等活動以及對一百五十個生字的練習。在第二階段講解中，教師鼓勵學生模仿對話內容編寫新對話、朗讀和角色扮演等。

第四節　暗示教學法的教學設計

一、教學目的

暗示教學法旨在短期內加速培養學生的日常會話能力。因為學習的障

礙在於學生難以對所學內容記憶，達到自動化掌握的目的，因此這種會話基於大量的語言資料，特別是詞彙的記憶和掌握（Lozanov, 1978: 251）。

二、教師角色

教師是課堂上的權威，對學生極具影響力。Lozanov 認為「教師不僅在語言上暗示學生，而且在語調、面部表情、行為動作，以及對學生的態度上影響學生」（1978: 2），因此教師應該做到以下幾點：

1. 對暗示教學法表現出絕對的信心；
2. 言談舉止一絲不苟；
3. 精心組織教學過程，包括音樂的選擇和播放的時間；
4. 在教學時保持莊嚴（solemn）的態度；
5. 進行測試並有策略地對待學生；
6. 視教學資料為有意義的整體；
7. 保持中肯的熱情（Lozanov, 1978: 275-6）。

三、學生角色

1. 認同教師：學生必須如幼兒般地認同教師。教師是權威，這樣學生才能克服心理障礙，全心地投入到教師所帶領的教學活動中。

2. 專注於學習：由於學生的心理態度對成功至關重要，因而學生要去除一些雜念，以便集中注意力，全神貫注地學習。

3. 保持被動的狀態：學生不得對教學資料做任何的分析或安排，必須保持一種被動的狀態吸收資料，形成記憶。

四、母語使用

教師在學習過程中可藉助母語翻譯，並對比兩種語言的異同，開發學生的潛力。母語翻譯被用來澄清會話的意思；必要時，教師也會在課堂上使用學生的母語，但隨著課程的繼續，教師越來越少使用母語。Lozanov 認為，上課開始時，教師就將課文的母語翻譯教材發給學生粗略地瀏覽，

然後收回來，這樣教學就成為自然的過程。但這種做法並不長久，隨著課程的深入，教師很快就轉向沒有翻譯的教學階段。

五、對待語誤

教師要糾正學生的語言錯誤，但必須用溫和的語氣進行。

六、教材作用

暗示教學法使用的教學資料主要是具有對話的課文和錄音。課文由十個單元組成，每個單元有一個中心思想和多個主題。課本應具有感情力量、文學品質和有趣的故事人物。語言絕不能使學生感到焦慮或分心，如創傷主題和令人不愉快的教材力求避免（Lozanov, 1978: 278）。

第五節　暗示教學法的課堂實踐

一、教學活動

除了使用常規的模仿、問題解答和角色扮演等活動外，暗示教學法還使用一種選擇新身分（choosing a new identity）的特殊活動。學生選擇一個外語名字和一個新的職業名稱。隨著課程的進展，學生寫出自己虛構的個人簡歷，並根據這個簡歷就他們的家鄉、兒童時期和家庭等話題進行談話和寫作。

二、教學步驟

一個完整的課堂教學包含以下四個基本步驟：

1. 複習（revision）

教師使用新語言來複習舊資料，方法包括遊戲和短劇，但避免機械式練習。

2. 呈現（presentation）

　　教師在情景中呈現新的會話資料，學生先聽錄音以放鬆心情。會話呈現外語文化中所遇到的普通情境。在整個課程中，會話在場景和情節上都是連續的。

3. 鞏固（consolidation）

　　教師鞏固所教的內容。這在兩個「音樂會」（concert）中進行。在第一個音樂會中，教師藉助手勢和表情等用外語或母語介紹課文的情景和新教的內容。教師朗讀對話，學生邊聽音樂、邊看對話。教師的聲音隨著音樂而抑揚頓挫，例如：第一行時大聲、第二行輕語、第三行用一般的聲音。語調也隨著對話內容而變化。學生聽會話時要練習呼吸的技巧，以使自己專心。在第二個音樂會中，教師隨著優美動聽的交響樂旋律和節奏，帶著生動的表情和濃厚的感情朗讀課文，而學生則看著課文，輕聲跟著教師模仿。

　　上述這兩個音樂會是暗示教學法不同於其他教學法的最大特點——其他教學法在課堂上沒有採用如此的教學步驟。Lozanov 認為，在音樂環境中，欣賞優美的音樂、跟著音樂的節奏，學生以輕鬆愉快的心情聆聽教師配樂、朗讀課文或錄音。這樣可以產生有意或無意認知能力和超級記憶能力，並在不知不覺中吸收和鞏固新資料。

4. 啟動（activation）

　　學生透過角色扮演及活動，來運用他們所學過的資料。當需要文法解釋時，教師就會以母語提供。語言知識只有透過運用，才能變成口語、書面語言的溝通能力。

三、教學實例

　　Larsen-Freeman（2011: 71-5）觀摩一節在埃及（Egypt）一所大學初

級水準的英語課。當 Larsen-Freeman 進入教室時,發現教室布置得與她先前觀察到的其他教室明顯不同。教室明亮,色彩鮮豔。牆上掛著多幅英國旅遊風景畫和幾幅文法畫,講臺上有一些樂器、帽子、面具和其他的道具。

1. 教師用阿拉伯語向全班學生問好,並宣布開始上課。

2. 教師出示一張寫有男女學生姓名的紙張,讓學生選擇英語名字和職業,如飛行員、木匠、歌唱家和藝術家等。教師透過默劇幫助學生理解這些職業的名稱。

3. 教師發給學生每人一份二十頁的講義,講義上包括一個較長的對話,題目是 To want to is to be able to。這個對話是英語與阿拉伯語對照的,還有用阿拉伯語對英語詞彙和文法結構的解釋。

4. 教師用英語和阿拉伯語,以及肢體語言等方式呈現這個對話,然後告訴學生她將用英語讀對話,並讓學生有充足的時間看英語和阿拉伯語的對照譯文。教師強調說:課文僅作欣賞。

5. 教師播放莫札特的小提琴獨奏曲(Mozart's Violin Concerto in A)。教師的朗讀隨著音樂而變換語調和節奏。學生跟隨著教師的速度默讀對話,並作筆記。教師經常間斷兩分鐘時間讓學生聽音樂,學生跟著教師唱。

6. 音樂暫停,學生休息一段時間。當學生返回教室時,發現教室裡掛著一張能使人安靜的圖畫。

7. 教師重新朗讀對話,但要求學生只聽不看。然後教師再以正常的語速朗讀。教師換播放 Handel 的 Water Music 樂曲。樂曲播放完畢,這堂課也就結束了。教師沒有安排家庭作業,但建議學生在睡前或者第二天起床前看一下那份對話課文。

第二天上課時,教師讓學生拿出對話文稿,並且透過表演對話中的人物和情節說明讓學生理解,然後就會話內容提問並做英語和阿拉伯語的雙向互譯。教師努力營造課堂輕鬆活潑的氣氛。接下來,教師教全班學生唱歌,期間教師隨著歌曲節奏拍手。最後學生起立圍成一個圓圈,教師拿出

一個球，扔向某個學生，那個學生就說出自己的名字和職業。這節課結束了，教師沒有安排作業。

§ 本課教學評論

> 　　這節課的教學目的是日常普通用語，其最大的教學特點是把教室布置得優雅別緻、氣氛愉快。此外，教師還使用音樂來教文章，藉此使學生放鬆；學生背靠沙發椅聽教師念文章，教師使學生在放鬆而又注意力集中的心理狀態下進行有效的學習。教師沒有給學生安排作業，是不想增加學生的學習壓力。

第六節　對暗示教學法的評價

一、優點分析

Blair（1991: 42）指出，Lozanov 最重要的貢獻是增強了我們對語言教學的認識：

1. 語言教學研究必須涉及如何操作學習環境的外部因素。過去我們對語言學習環境中的極其重要的心理和文化因素還沒有完全瞭解，現在應加以研究。

2. 暗示教學法為處理學習者的心理障礙的方法，提供了嶄新的觀點和方法。現在越來越多的人已經接受了 Krashen 的情感過濾假設（參見第十六章自然教學法），並認識到降低情感指數的重要性。

二、缺點分析

1. 暗示教學法要求的教學條件過高。把教室布置得像音樂會那樣優雅，並在古典音樂伴奏下給學生講解課文，這在現實生活中是不可能辦到的。

2. 暗示教學法要求的教師能力過高。教師應該技術全面，即使有些具有藝術才能和多才多藝的教師，有時也不懂得如何使用暗示教學技巧。此外，教師還必須對暗示學有深刻的瞭解，否則不能激起學生取得學習成功所需要的自信心。

第七節　暗示教學法的教學啟示

暗示教學法十分強調課堂環境的布置。它的環境是柔和的燈光、優美的音樂、愉悅的教室布置、舒服的座椅，以及教師戲劇化地呈現教材。這些都是為了要讓學生放鬆，讓他們敞開心胸在沒有阻礙的環境中學習。總之，良好教室情境的營造可以創造有利的學習氣氛，使教室成為最佳的學習場所，提高學生的學習興趣。此外，音樂在教學中具有一定的作用。音樂能建立與維持人際關係；透過音樂表演獲得自我滿足並增加自尊感；利用節奏獨特的潛力帶來活力和秩序。

第八節　結束語

暗示教學法是所有教學法中爭議性最大的教學法。一方面，暗示教學法倡導者們認為它是一種創造高度動機，建立激發個人潛力的心理傾向，力求把各種無意識和超意識相結合以提高外語教學品質。另一方面，人們對它的批評力度也最大，直指它的理論基礎是偽科學的。例如：暗示教學的某些實驗成果顯示學生每天能牢記一百個詞彙，或能在一年內學到一般要兩年才能學完的課程。對此，Scovel（1979: 256）在權威雜誌《英語教學季刊》發表文章表示懷疑，並指出其「成功性」只是「自我安慰（placebo）。」Scovel 還特別注意到 Lozanov 在學術文章中的引用技巧、專業術語、實驗資料等方面的錯誤，並指出《暗示學與暗示教學法綱要》書中多數內容是偽科學的」（1979: 257），此書是「偽科學的官樣文章」（pseudoscientific gobbledygook）（1979: 258）。Scovel 總結說：「如果

我們學了 20 世紀 70 年代很多東西，我們能從偽科學的暗示學上學到的很少。」

對於這場學術上的是非爭論，我們應採取什麼態度？Richards & Rodgers（2014: 326）指出，「也許我們再去探討科學與非科學的問題並沒有建設性，我們應做的是，識別和驗證暗示教學法中那些有效的教學技巧（比如關注節奏和語調），並把它們與語言教學中其他成功的教學技巧結合起來使用。」

因此，我們在借鑑暗示教學法時，也應持慎重態度，既不能過分誇大暗示教學的效果，也不必一概否定。從心理學依據的角度而言，暗示教學法所宣導的關注學生無意識心理傾向，透過積極的心理暗示，激發學生的自信和學習動機，關注學生非理性因素在教學中的意義等，對於克服學生在學習中的恐懼心理，提升學生對自身的學習期望，發掘學習潛力等方面，還是具有積極的借鑑意義的。但是，在英語課堂上全面實施暗示教學法是不容易的，也沒有重要價值。儘管如此，暗示教學法所提倡的使用音樂和教室布置值得借鑑：

1. 使用音樂：音樂當今也在教學中經常使用，因為音樂在教學中有著一定的作用。當然教師沒有必要採用「音樂會」的教學形式，也沒必要採用在音樂伴奏下講解課文的方式。

2. 教室布置：將教室布置得輕鬆、舒適和整潔；座位安排合理。因為在清新愉快的學習環境中，對視覺的刺激能從潛意識方面增進學習效果。

3. 利用黑板和牆壁書寫或懸掛一些與教材有關的字詞、句型等，使學生可自然地學習。如牆上可張貼引人注目的有趣圖片和標語。

4. 在教室內可建立一個小「圖書館」，收藏英語書籍，以培養學生閱讀的樂趣。

《思考題》

1. 暗示教學法有哪些暗示的方式？

2. 你如何看待暗示教學法「音樂會」的作用？

3. 音樂方式和課堂布置會產生良好的教學效果，你同意這個觀點嗎？

4. 實施暗示教學法有哪些困難？

5. 實施暗示教學法可加速外語學習過程，你同意嗎？爲什麼？

參考文獻

Blair, (1991). Innovative Approaches. In Celce-Murcia, M (ed.). *Teaching English as a Second or Foreign Language*. (2nd edition). Boston, Mass.: Newbury House.

Dipamo, B. & Job, R. (1991). A methodological review of studies of SALT (Suggestive-accelerative learning and teaching) techniques. In *Australian Journal of Educational Technology, 7*(2).

Larsen-Freeman, D. & Anderson M. (2011). *Techniques and Principles in Language Teaching*. (3rd edition). Oxford: Oxford University Press.

Lozanov, G. (1978). *Suggestology and Outlines of Suggestopedy*. New York: Gordon & Breach.

Scovel, T. (1979). Review of Suggestology and Outlines of Suggestopedy. *TESOL Quarterly, 13*, 255-266.

第十一章

學習策略教學法
Learning Strategy Instruction, LSI

關鍵字
優秀的語言學習者、策略能力、自助技能
good language learner, strategic competence, self-help
skill

Training students in the use of learning strategies in order to improve their learning effectiveness.（Larsen-Freeman, 2011: 182）

訓練學生使用學習策略，以提高學習效率。

第一節　學習策略教學法的背景簡介

一、基本概念

學習策略教學法是一種融合語言教學和學習策略於一體的教學法。它不僅教授語言，還教導學生如何掌握良好的學習策略來獲取知識，並訓練他們即使離開學校後，仍能具備有效求知的自助技能（self-help skills）。由於該法把學習策略融入語言教學過程中，所以又稱為「融合策略教學法」（Integrated Strategy Instruction）。

所謂「學習策略」，是指學生為了有效地調整語言學習和使用所具有的思維，所採取的行為（Purpura, 2014: 532）。舉例來說，猜測是一種認知策略。學習者利用原先獲得的語言或概念知識來對新的語言形式、語意或說話者意圖進行推測理解，如透過關鍵字、圖表、上下文、交流場所、話題、語域等猜測詞義等。如在 He kept the money safely in a locked drawer of the desk. 這個句子中，學生可以透過 locked 和 drawer 的語言關係來猜測 drawer 的意義。

一般來說，語言學習策略可分為後設認知策略、認知策略和社交／情意策略，這三種策略構成了個人的「策略能力」（strategic competence）（圖 11-1）。

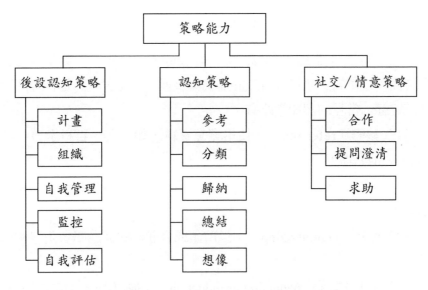

圖 11-1　學習策略能力結構圖

　　下面對上述的三種策略能力，做一簡單介紹：

1. 後設認知策略（metacognitive strategies）

　　後設認知策略是學生如何有效地調節語言學習和使用的想法及行為（thinks actions）。常見的後設認知策略有：

　　（1）計畫（planning）：計畫使用的學習方法；確定要學習的資料和學習順序；

　　（2）組織（organizing）：組織包括時間和地點的學習計畫；

　　（3）自我管理（self-management）：管理學習計畫和活動；

　　（4）監控（monitoring）：在閱讀和聆聽語言期間檢查理解力（comprehension）；在演講和寫作過程中檢查表達力（production）；

　　（5）自我評估（self-assessment）：透過諸如寫日記、反思和檢查等方式，來檢查學習方式。

2. 認知策略（cognitive strategies）

認知策略是學習者加工資訊的行為（doing actions）。其基本功能有兩個方面：一是對資訊進行有效的加工與整理；二是對資訊進行分門別類的系統貯存。常見的認知策略有：

（1）參考（referring）：使用資源資料，如字典、百科全書、字牆（word walls）等；

（2）分類（classifying）：將知識或概念分組，以便將相似的資料組織起來；

（3）總結（summarizing）：以口頭或書面形式回顧學習內容和學習經驗；

（4）演繹或歸納（deduction or induction）：從前提得出結論的推理，由一系列具體的事實概括出一般原理；

（5）想像（imaging）：利用繪畫圖片來理解和記憶新的語言資訊。

3. 社交／情意策略 （social/affective strategies）

社交／情意策略是指學生在缺乏語言資源或遇到語言困難的情況下，尋求別人的幫助來提高學習效果。常見的有：

（1）合作（cooperation）：與同學一起學習、解決問題，匯總各自獲得的知識和資訊，相互檢查筆記或獲取學習活動的回饋意見等；

（2）提問澄清（questioning for clarification）：澄清問題是指從教師或同學那裡，引導進一步的解釋、解題方法和舉例說明等；

（3）求助（questioning for help）：學習中遇到困難時，有效地尋求幫助。

二、時代背景

1. 個體差異的研究

一般來說，第二語言（以下簡稱「二語」）習得研究可以分為兩大部

分：一是尋找共性的研究；二是尋找個體差異的研究。

（1）共性研究：研究者試圖發現學習者習得二語的共同點和他們發展語言過程的規律。偏誤分析、語言習得順序研究和二語的語用特點等，都屬於這一範疇。對於外語教學來說，對二語習得共性的研究可對課程設置、大綱設計、語言素材的選擇以及對語言教學發揮指導性作用。

（2）個體差異研究（individual differences）：研究者試圖發現學習者個體差異的內在規律。他們發現，即使在學習環境相同的情況下，學習者的語言發展速度以及最終達到的語言水準仍然參差不齊。針對這一現象，研究者試圖回答三個基本問題：①學習者在哪些方面，以何種方式存在著差異？②這些差異對語言學習的結果產生什麼樣的影響？③學習者差異是如何影響二語習得過程的？對於外語教學來說，個體差異研究可幫助尋找針對不同學習者的特點所採取的不同教學方法。

世界著名二語習得理論專家 Rod Ellis（1994: 473）提出了個體差異研究的框架，該框架由三組相互聯繫和相互影響的變數構成，如圖 11-2 所示。

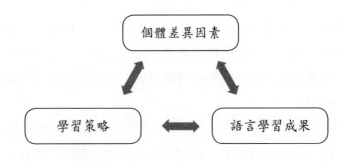

圖11-2　個體差異的研究框架（Rod Ellis, 1994: 473）

第一組變數是個體差異因素，也是個體差異研究中的主要部分和影響語言學習的主要因素。這類差異包括學習者的年齡、性別、學習動機、學習者的性格等。第二組變數包括學習者在學習二語時使用的各種學習策略。第三組變數是學習者的語言學習成果，包括二語的整體水準和語言習

得的速度。這三組變數透過語言學習過程（learning process）和語言習得機制（learning mechanisms），相互聯繫和相互作用。

在「個體差異→學習策略→學習結果」這種關係上，學習策略明顯受到個體差異因素的影響，同時學習策略又影響學習結果。下面我們先探討個體差異對學習策略的影響，然後探討學習策略對學習結果的影響。

2. 個體差異對學習策略的影響

在進行學習策略教學之前，有必要瞭解接受訓練的學習者的個體差異以及他們偏好哪些學習策略，這樣才能因材施教。影響語言學習策略的因素包括以下幾種（Ellis, 1994）：

（1）年齡因素（age）：人在不同的年齡階段上，其認知水準、學習態度、學習動機以及在學習優勢的體現上都有所不同。年齡也是制約學習者選擇和使用外語學習策略的重要生理因素。年紀小的學習者記憶力好、模仿力強，在記憶學習方面具有明顯的優勢；年紀大的學習者閱歷廣，認知能力和邏輯分析能力比較強，在分析學習中具有明顯的優勢。

（2）學習風格（style）：學習策略的選擇經常受到學習者學習風格的制約。例如：分析型的學習者多採用對比分析、規則學習、分析詞彙和短語等語言學習策略；而綜合型學習者多採用猜測、查找、預測等策略來瞭解大概，在遇到生字時，他們還喜歡用已知詞彙解釋未知詞彙或用手勢表達自己的意圖。

（3）性別差異（gender）：女性學習者比男性學習者使用更多的社交／情意策略，而且使用頻繁。儘管女性學習者比男性學習者更多、更頻繁地使用學習策略，但經過策略訓練男性學習者會表現出相當的策略使用優勢。如果教師能在策略教學中考慮性別因素，將男生和女生區別對待，那麼策略教學會取得更好的效果。

（4）學習動機（motivation）：動機影響到學習者願意為語言學習付出多大的努力，影響到他們在完成一項學習任務時會獲得怎樣的滿足感和成就感。學習動機強的學習者比學習動機弱的學習者使用更多的學習策

略，而且不同的語言學習動機也會影響學習者選擇不同的學習策略。

（5）性格特徵（personality）：學習者的性格因素在外語學習中，具有重要作用。內向、外向、冒險性、歧義容忍度、移情、自尊等個性特徵變數，都對外語的學習效果有不同程度的影響。性格外向的學習者會採用更多的情意策略和視覺策略。情感型的學習者會比思考型學習者使用更多的語言學習策略。

3. 學習策略對學習結果的影響

對個體差異研究的同時，也促進了學習策略對學習結果影響的研究。學習策略的研究起源於 Rubin 和 Stern 等研究者，對「優秀語言學習者」（good language learner）所做的研究。他們試圖回答：優秀的語言學習者使用哪些學習策略？為什麼有些學習者比另一些學習者學得好？Rubin 和 Stern 在 1975 年於美國和加拿大分別做了研究，結果都顯示：優秀的語言學習者都使用基本相同的學習策略。他們的研究成果分別發表在美國的《英語教學季刊》（*TESOL Quarterly*）和加拿大《現代語言評論》（*Canadian Modern Language Review*）雜誌上。

Rubin 和 Stern 的實證性研究在加拿大的安大略教育研究學院（Ontario Institute for Studies in Education）進行，對象是三十四位具有良好學習習慣的外語學生。研究結果與 Rubin 和 Stern 之前的研究結果基本一樣。研究發現，優秀的語言學習者採用的策略有如下六種：

- 具有適當的學習方式（find an appropriate style of learning）
- 參與語言學習過程（involve themselves in the language-learning process）
- 培養語言作為一種系統和作為溝通的意識（develop an awareness of language as both system and communication）
- 不斷擴大他們的語言知識（pay constant attention to expanding their language knowledge）
- 將第二語言作為一個獨立系統來學習（develop the second language

as a separate system）

- 考慮第二語言學習所須的條件（take into account the demands that second language learning imposes）

對學習策略多項調查結果說明，學習成績好的學生往往在學習策略方面有共同的規律，即他們一般都能有意識地採取適合自己的策略且有效地學習。而學習成效不理想的學生也常有一個共同的特點，即他們沒有意識到學習語言應有一定的策略，因而在遇到困難時不能自我調節；或採用了不適合自己的策略而導致事倍功半。例如：有些學生語言能力不一定很弱，但是在學習的某階段由於遇到挫折而產生了心理障礙，就可能影響學習成效，甚至半途而廢。

四十多年來研究者們不停地對學習策略進行了多項實證性研究，其結果都說明，如果學習者都能有效地使用學習策略，就能取得較好的學習效果（Gu, 2012: 319）。因此學習策略是提高學習效率，發展自主（self-directed）學習能力的保證。

早期二語習得研究的重點，只放在找出這些優秀者所採用的學習策略上。不久以後，語言教育研究者就提出這樣的研究還不夠，為了讓學習者，特別是非優秀者能發揮自己的潛力，並且學會自主學習，就必須對他們進行學習策略的訓練。Wenden（1985）的研究結果顯示，對語言學習者來說，教師訓練學生掌握學習策略與教他們學語言同樣重要。類似的報告結果使得學習策略訓練的觀念逐漸形成，教師也逐步開始訓練學生如何運用學習策略，以提高學習成效。總之，20 世紀 70 年代以來有關第二語言學習模式的研究不僅包含了對學習策略的探討和分析，而且將學習策略提高到影響第二語言學習成敗的重要地位。

🦚 第二節　學習策略教學法的理論基礎

一、語言本質

語言和學習策略是一種目標與方法的關係。要學習和使用語言，學生就必須使用良好的學習策略。比如根據需要制定外語學習計畫；根據需要進行預習，學習時集中注意力，積極思考，善於記要點等；評價自己的學習效果；學習中遇到困難時知道如何獲得幫助；能與教師或同學交流學習外語的體會和經驗等，都是有助於提高語言學習成果。

二、教學觀點

學習策略教學法認為，學生在校學習，知識的掌握是方式，而學會學習、掌握學習策略，進而生成自己的學習策略才是目的。學習者一旦掌握並生成自己的學習策略，學習過程就變成一個積極的、主動的探索過程。在外語學習中，如果學生能有效地使用學習策略，不僅將有利於他們把握學習的方向、採用科學的途徑提高學習效率，而且還有助於他們形成自主學習能力，為學生的終身學習打下基礎。從某種意義上而言，教會學生掌握學習知識的策略比教會學生掌握知識本身更重要。

🦚 第三節　學習策略教學法的教學大綱

策略教學的大綱列明認知策略、後設認知策略和社交／情意策略三方面的具體學習策略，下面是初級英語策略教學的大綱例子（表 11-1）。

表11-1　英語策略教學大綱

策略類別	目標描述
後設認知策略	（1）制定簡單的英語學習計畫；（2）把握學習的主要內容；（3）注意瞭解和反思自己學習英語中的進步與不足；（4）積極探索適合自己的英語學習方法；（5）積極參與課內外英語學習活動。
認知策略	（1）根據需要進行預習；（2）學習時集中注意力；（3）積極思考；（4）善於記要點；（5）善於利用圖畫等非語言資訊理解主題；（6）藉助聯想學習和記憶詞語；（7）對所學內容能主動複習並加以整理和歸納；（8）注意發現語言的規律，並能運用規律舉一反三；（9）在使用英語時，能意識到錯誤並進行適當的糾正。
社交／情意策略	（1）在課內外學習活動中，能夠用英語與他人交流；（2）善於抓住用英語交流的機會；（3）在交流中，必要時藉助手勢、表情等進行交流；（4）在交流中，注意中外交流習俗的差異；（5）經常與教師和同學交流學習體會。

第四節　學習策略教學法的教學設計

一、教學目標

學習策略教學法的教學目標主要是：

1. 傳授學習策略

教師幫助學生形成適合自己的學習策略，有效地使用學習策略，並具有不斷調整自己的學習策略的能力。

2. 培養學生自主運用策略的意識

根據 Deshler and Schumaker（1988），策略運用的方法包括：（1）要

求學生將課堂上學到的策略，盡可能運用到平常的各種作業中；（2）採用靈活的方式，給學生提供一些與原訓練內容不同的任務，讓他們進行練習；（3）教給學生如何自學這些策略及如何自我檢查；（4）在教學活動一開始，就教給學生應在何時、何地使用這些策略。

二、教師角色

1. 診斷者（diagnostician）：教師幫助學生確定當前應學的策略和學習方式。

2. 語言學習者（language learner）：教師分享自己學習和使用策略的經歷與思考過程。

3. 培訓者（learner trainer）：教師培訓學生如何使用學習策略。

4. 協調員（coordinator）：教師監督學生的學習計畫，並幫助學生克服困難。

5. 教練（coach）：教師提供關於對策略進行學習的進度的指導。根據學生的具體進展給予適當形式的輔導，逐漸使學生熟練掌握所教策略。

三、學生角色

1. 策略學習者：學生主要是策略的學習者。

2. 參與制定者：參與制定階段性策略學習目標以及實現目標的方法。

3. 自我評價：在學習過程中進行自我評價，並根據需要調整自己的學習目標和學習策略。

4. 自我反思：透過寫學習日記和召開學習經驗交流會，對當天或某一階段的學習情況進行回顧、評價、反思和總結。

四、母語使用

教師可使用母語講解學習策略。

五、對待語誤

教師在進行策略訓練中，對學生的語誤要進行糾正。

六、教材作用

學習策略教學法採用不同的教材，教師根據具體情況和需要，使用合適的教材。

第五節　學習策略教學法的課堂實踐

一、教學活動

教學活動主要是教師講解良好的學習策略。例如：講解「SQ3R 閱讀策略」時，教師解釋 SQ3R（即 SQRRR）的使用方法和步驟：

1. 概覽（survey）：也就是對整個資料做約略的閱讀，比如章節要點、概要、學習目的清單、序言、結語等，瞭解整個資料的總體概況。

2. 提出問題（question）：在正式開始詳細閱讀資料之前，提出明確而簡潔的問題，並寫下來。這些問題能夠幫助學生在閱讀的時候，集中於章節的關鍵部分。

3. 詳讀（read）：認真而帶著批判性的眼光詳細閱讀資料。在閱讀的過程中試著找出所列問題的答案，細想所閱讀資料的涵義，思考可能的例外和矛盾之處，檢驗書中的假定等。

4. 敘述（recite）：學生給自己或者學習夥伴重述或者解釋所閱讀的資料，回答自己早些時候提出的各類問題。這個過程能夠幫助學習者，加深對所閱讀資料的理解和掌握程度。

5. 溫習（review）：記住自己所學的資料。對前面幾個步驟進行重新回顧和反思，讓自己注意到資料的不同部分是如何整合的，這也有助於學習者瞭解全部內容。

二、教學步驟

根據 Chamor（2005），教師可採用如下步驟：

1. 準備（preparation）：在這個階段，教師利用學生當前已掌握的學習策略進行已熟悉的活動，例如：讓學生使用策略去回憶他們先前的知識，預覽將要學習的課文中關鍵字彙和概念。

2. 介紹（presentation）：教師解釋新策略的概念和名稱，並詢問學生是否知道這個策略以及如何使用它。

3. 練習（practice）：學生練習新的策略。學生檢查語言運用，設計口頭或書面報告，進行分類的策略，形成獨立使用策略的能力。

4. 測試（evaluation）：學生在練習後立即評估自己的策略使用情況，透過總結或自我對話（self-talk）來確定自己學習的有效性。評估可以合作或單獨進行。

5. 擴張（expansion）：在這個階段，學生將學到的策略轉移到新的學習活動中，將各種策略進行組合，優先選擇自己喜歡的策略，並將它們融入到現有的知識框架中。

6. 評估（assessment）：在這個階段，教師評估學生對學習策略的使用情況，以及所學策略對語言運用的影響。

三、教學實例

Larsen-Freeman（2011: 182-5）記錄了一堂相關的策略訓練課程。這是日本某中學的上課情形。上課之前，教師已經讀過學生的學習日記，也與他們面談過。學生常抱怨的問題是回家閱讀的文章太長。另外，文章的生字很多，他們要花很長的時間才能把所有的單字查完。教師決定針對學生的問題，教授「先行組織策略」（advance organization）來說明學生預測和推斷文章的內容。

1. 教師先向學生介紹什麼叫「先行組織策略」。他告訴學生，為了提升閱讀能力，他們要學習如何預覽與瀏覽、如何抓住文章的大意。教師

告訴學生學會這種策略可以提高他們的理解力，並加快他們的閱讀速度。
教師先示範這種策略，他發給學生一篇文章，然後說：

> 「我先看文章的題目，試著瞭解文章主要寫什麼。如果文章有
> 小標題及圖片的話，我也會看看。我問自己題目是什麼意思，
> 有沒有任何問題。接著，我開始看第一段。我不是每個字都
> 看，只是瀏覽大致內容，我只看那些我認為是重點的字。我特
> 別注意有意義的字，如名詞與動詞等。」

2. 教師念出第一段裡他覺得是重要的字，然後說：「透過上面的這
幾個步驟，我知道這篇文章是關於野馬的。雖然我不是很瞭解這個主題，
但是瀏覽過第一段之後，我的初步印象是，這篇文章主要是探討捕捉與馴
服野馬時所遇到的困難。」

教師接著說：「我現在只要你們能進行這樣的練習就夠了。現在我
要發給你們一篇新文章。拿到文章時，請將背面朝上，先不要看。記得，
等一下要練習我剛才教你們的策略。準備好了嗎？請翻到正面！稍微看一
下。現在請馬上再將反面朝上。你知道這篇文章大概的內容是什麼嗎？誰
可以猜猜看？」

3. 有一名學生說他認為應該是有關鯨魚的文章。教師問他：「你為
什麼這麼想？」學生說他是從「拯救世界上最大的哺乳類動物」這個題目
所做的猜測。教師問班上其他同學：「你們知道哪些關於鯨魚的事？」一
名學生說鯨魚的種類很多，另一名學生說鯨魚可以長距離游動，還有一名
學生說鯨魚很聰明。教師又問：「rescue 這個字是什麼意思？」沒有學生
知道答案，於是教師要求學生在往下讀時一邊看文章，一邊想這個問題。

「請翻回文章的正面，很快讀第一段，不要每個字都讀，不知道什麼
意思的字就跳過。不要用字典。」教師給學生兩分鐘的時間看完第一段。

4. 兩分鐘後，教師問學生：「誰能告訴我，這段文章的大意是什
麼？」一名學生回答，主要是關於某些已瀕臨絕種的鯨魚。另一名學生立

刻舉手發問：「endangered 是什麼意思？」教師要他猜。教師問他：「這段你們懂哪些？你認為這段對文章中的鯨魚有什麼意義？」學生停頓了一下，想了想，說：「鯨魚正在消失嗎？」

「沒錯」，教師回答，「科學家擔心，如果狀況不改善的話，鯨魚會慢慢消失。很好。現在你們知道 rescue 是什麼意思了嗎？」

學生都點了點頭，一位學生說：「就是救援的意思」。教師接著說：「好，現在有沒有人想猜猜看第二段的大意是什麼？」

有幾名學生大膽地猜測，第二段的內容可能與鯨魚生存的不利條件有關。

「猜得很好」，教師說，「我們來看看你們猜得對不對。現在請閱讀第二段。這次，我只給你們一分半鐘的時間。」

教師一直用這種方式訓練學生。當學生看到第四段的時候，教師只給他們半分鐘的時間瀏覽。

5. 教師安排作業。教師說：「你們今天晚上就要開始訓練。今天的家庭作業是，選一些你們想看的文章，報紙或雜誌都可以，要運用今天我教的新策略。不要從第一行開始看，要先看看標題或題目去獲取資訊，也看看有沒有附加說明的圖片。你真正開始看文章的時候，請從第一段開始。如果遇到不認識的字，就跳過去往下看。試試看這樣能不能讀出文章的大意，然後請把這個過程記錄在你們的學習日記上。」

§ 本課教學評論

> 本課的教學目的是讓學生學會如何進行有效的閱讀。為了提升閱讀能力，教師向學生介紹了「預測和推斷」的學習策略。教師先示範這種策略，然後讓學生練習使用概括式推理來猜測文章的大意，透過關鍵字、關鍵結構和上下文等猜測詞義（如 endangered、rescue 等）。整節課中，教師重點傳授學習策略，而沒有對文章中的句子逐一講解，也沒有對文法和詞彙進行重點講解。教師安排的作業也是讓學生選一些報紙或雜誌，來複習和使用其所教的新策略來閱讀新文章。

🐝 第六節　對學習策略教學法的評價

學習策略教學法的優點是：

1. 教學以學生「學會學習」為核心，強調學生不但要學，還要會學。

2. 教師不能只顧「怎樣教」的問題，而應該重視學生「怎樣學」的問題。

🐝 第七節　學習策略教學法的教學啓示

近年來，對學生的學習策略進行實驗研究、實踐探索和教育訓練受到了認知心理學家、教育心理學家和語言教育學家的共同關注。學習策略教學法也因此受到了外語教學界的極大重視。人們逐漸發現學習策略對語言學習成效有極為重要的影響，有時甚至是決定性的影響。教師的職責不只是教學生語言，而且還要教他們如何學。學生養成良好的學習習慣和形成有效的學習策略，是英語課程的重要任務之一。

🐝 第八節　結束語

上面我們討論的都是如何把策略教學融入語言教學中。此外，對學習策略的教學方式還有另外兩種：（1）單獨講授法：教師單獨有系統講解和闡述教學策略，其優點是資訊容量大，便於學生有系統學習；（2）觀察模仿法：教師有目的來引導學生觀察教師和同伴，在問題情景中運用策略的過程，從而學到策略，並在隨後的類似情景中模仿他人的方法和步驟。

學習策略教學法是所有教學法中很獨特的教學法，表現在教學內容和評估方法兩方面。

一、教學內容

從本章的教學實例中可以發現，整堂課的教學內容主要是學習策略，

這顯然與本書介紹的其他所有教學法有所不同。其他教學法的教學內容主要是語言本身；而學習策略教學法則主要是學習策略的傳授。這可從它們不同的語言觀點來觀察（表 11-2）。

表11-2　教學法與語言本質的關係

教學法	語言的多面性本質	教學內容
其他教學法	語言是一套文法規則（文法翻譯法）	文法
	語言是一套結構系統（聽說教學法）	結構
	語言是一套詞彙系統（詞彙教學法）	詞彙
	語言是聽、說、讀、寫的一套技能（認知教學法）	聽、說、讀、寫
	語言是表達功能意義的工具（功能—意念教學法）	功能和意念
學習策略教學法	語言本身與學習策略是一種目標與方式的關係	語言內容與學習策略結合起來教學，並側重學習策略的傳授。

二、評估方法

在評估方法上，其他所有教學法是對學生所掌握的語言知識和能力進行評估，採用傳統的考試題，比如閱讀考試題，上面是一篇短文、下面是閱讀理解，來測試閱讀能力。但這種考試題無法測試學生是否已經掌握了學習策略。因此，學習策略教學法採用的是學生自我評估的方法（表 11-3）來促進學生掌握學習策略。

表11-3　學習策略自我評估表

學習策略自我評估表

Student's Name：_____

Learning Strategy：_____

Each time you use a learning strategy, place an X on the continuum to show how well you think you used it.

⟵――――――――――――――――――――――――⟶

Poorly	OK	Well
I did not follow the steps well.	I did follow the steps. I didn't give it my full attention.	I followed the steps and was successful.

Strategies used this week:	Subject area:	Effectiveness (please tick one)
_____	_____	1　2　3　4　5
_____	_____	1　2　3　4　5
_____	_____	1　2　3　4　5
_____	_____	1　2　3　4　5

資料來源：Herrell & Jordan, 2012: 230.

《思考題》

1. 你認為優秀的學習者使用哪些學習策略？
2. 學習策略是如何影響學習成果的？
3. 你在外語學習過程中採用哪些學習策略？請列出十項學習策略。
4. 每一種教學法都有缺點，但學習策略教學法似乎是一個例外，你認為學習策略教學法有缺點嗎？為什麼？
5. 閱讀一篇陌生的文章時，每位讀者都面對著挑戰，或許會因為文章

中出現的生字而犯難。這種情況下，學生會進行推斷——他們可以根據上下文推測生字的意思，也可以查（雙語）詞典獲悉生字的詞義，同時／或者和同學們一起想辦法弄清楚詞義。這些都是在閱讀中解決生字問題時，可以分開或結合採用的學習策略。當然這些只是推測生字的部分策略，請簡述其他推測生字的策略。

參考文獻

Chamot, U. (2005). Language learning strategy instruction: Current issues and research. *Annual Review of Applied Linguistics*, *25*, 111-130.

Gu, Y. (2012). Language learning strategies: an EIL Perspective. In Alsagoff, L., Mckay S., Hu, G., Renandya, W. (ed.). *Principles and Practices for Teaching English as an International Language*. New York: Routledge.

Herrell, A. & Jordan, M. (2012). *50 Strategies for Teaching English Language Learners*(4th edition). Pearson Education.

Larsen-Freeman, D. & Anderson, M. (2011). *Techniques and Principles in Language Teaching*. (3rd edition). Oxford: Oxford University Press.

Purpura, J. (2014). *Language Learner Strategies and Styles.* In Celce-Murcia, M (ed.). *Teaching English as a Second or Foreign Language*. (4th edition). Boston: Heinle & Heinle.

Rod, E. (1994). *The Study of Second Language Acquisition.* Oxford University Press.

Rubin, J. (1975). What the 'good language learner' can teach us. *TESOL Quarterly 9* (1): 41-51.

Stern, H. (March 1975). "What Can We Learn from the Good Language Learner?". *Canadian Modern Language Review*. *31* (4): 304-318.

Wenden, A. (1985). Learner strategies. *TESOL Newsletter* 19/1: 45, 7.

第十二章

語言經驗教學法
Language Experience Approach, LEA

關鍵字

經驗、經驗之塔、支架式教學

experience, Cone of Experience, scaffolding

instruction

Materials are learner-generated.（Hall, 1970）

教材源於學生。

第一節　語言經驗教學法的背景簡介

一、基本概念

語言經驗教學法是以學生本身的語言經歷為主題，透過教師與學生的互動，鼓勵學生說出，教師將口述的內容記錄下來並編成故事，作為閱讀教材的一種教學方法。在學生將他們的個人經歷轉化為書面文字的過程中，他們對如何進行寫作和閱讀，以及口語是如何進步到書面語言將有更深入的瞭解。

雖然使用語言經驗教學法的教師在實際教學中採用不同的教學方法，但該法的基本特徵是：（1）教材源於學生；（2）所有聽、說、讀、寫的溝通技能融為一體；（3）詞彙和文法困難點取決於學生自己的語言運用；（4）教與學個體化、交流化、創造化（Hall, 1970）。

語言經驗教學法是透過運用個人經歷和口頭語言，促進讀寫的一種整體語言教學方法（請參見整體語言教學法一章）。

二、時代背景

經驗教學法是從對小學生的母語教學中發展出來的。實際上，語言經驗教學法並不是現代的教學觀點。Huey（1908）和 Smith（1967）指出，早在 20 世紀初就有人提出使用學生的作品作為教材的觀點。這種教學觀發展成培養小學生閱讀能力的教學方法。

在外語教學界，語言經驗教學法的發展始於 20 世紀 70 年代，它被外語教師所採用。其基本的理念是：

1. 挖掘和發展學生的學習經驗

　　成人學習者進入外語課程學習前，都有豐富的生活經驗。這種語言和經歷的寶貴資源，可以透過使用語言經驗教學法來挖掘和發展。語言經驗教學法可以幫助學生在一個很自然的過程中由口頭語言進步到書面語言，並培養他們的聽、說、讀、寫能力。

2. 口語與書寫有機地結合起來

　　口語和書寫是語言的兩個技能。教師可讓學生不斷地透過口述途徑將說話內容轉寫成文字，透過此過程，學生可深刻地感受到口語和閱讀之間的直接關係。從說故事的活動，經由書寫方式，擴展學生的創造力。

3. 尋找適合學生的閱讀資料

　　Krashen & Terrell（1983）提出，閱讀資料是否適合學生，有兩個標準：一是難度適中；二是內容有趣。源於學生經歷的閱讀資料符合上述兩個標準，因為難度取決於學生自己的語言，內容與學生個人興趣相關。這兩個標準在成人初級外語課程中特別重要，因為許多初級閱讀資料都是以簡易英語書寫成的，而且不是取材於成人的生活經歷，因此太無趣，不適合作為成人的教材。

4. 激發學生的學習興趣和求知欲

　　學生的學習興趣和求知欲是語言學習的成功保證。但是，語言教學課程應建立在學習者已具備的經驗基礎之上，充分運用學生的興趣、愛好和經驗感受，這樣才能喚起學生的求知欲，吸引學生積極參與課堂活動，並鼓勵學生發揮主動性及創造力。因此，請學生談一談自己的生活經歷和興趣愛好，然後編成故事寫下來，作為外語學習的閱讀資料。這樣，語言學習就是一種快樂且有意義的活動。

✤第二節　語言經驗教學法的理論基礎

一、語言本質

語言經驗教學法不僅把語言看作是交流和生存的工具，還把它看成是表達感情和相關經驗的工具。語言是在社會和文化環境中產生的，它的功用就是交流，而交流的目的就是生存和表達情感。

二、教學觀點

1. 經驗之塔的理論

1946 年美國教育家 Edgar Dale 提出了「經驗之塔」（Cone of Experience）的理論（圖 12-1）。

保存率：		學習結果（技能）：
10% 讀過的	1. 閱讀	定義（define）、列表（list）、描述（describe）、解釋（explain）
20% 聽過的	2. 聆聽	
30% 看過的	3. 看圖	演示（demonstrate）、應用（apply）、練習（practice）
	4. 看影像	
50% 聽和看過的	5. 參觀展覽	
	6. 看演示	
70% 讀和寫過的	7. 現場演講	分析（analyse）、設計（design）、創造（create）、評估（evaluate）
	8. 寫報告	
90% 說和做過的	9. 講給別人聽	
	10. 動手做、親身體驗	

圖12-1　經驗之塔（Edgar Dale, 1946）

以語言學習為例，在初次學習兩個星期後，閱讀能夠記住學習內容的 10%；聆聽能夠記住學習內容的 20%；看圖、看影像能夠記住 30%；看展覽、看演示能夠記住 50%；現場演講和寫報告能夠記住 70%；講給別人聽、動手做、親身體驗能夠記住 90%。「經驗之塔」提供了由具體到抽象的十層學習途徑。學習效果在 30% 以下的幾種傳統方式，都是個人學習或被動學習；而學習效果在 50% 以上的，都是團隊學習、主動學習和參與式學習。

雖然當前的學習途徑比經驗之塔時代多許多，但是它提出的學習規律對當今仍有指導作用。如果語言學習的基礎能建構在學生自己的經驗上，並且讓學生參與學習過程，那麼學習效果就會比較好，這是因為學習者本身的經驗可以幫助他們取得較好的學習成果。因此，透過學生的經歷進行聽、說、讀、寫的訓練是最佳的教學方法。

2. 支架式教學理論（scaffolding instruction）

Herrell & Jordan（2012: 165）指出，「學習者最大的挑戰是掌握寫作能力。要幫助學生克服這個困難，教師要進行支架式教學，並在學生學習寫作過程中給予監督和鼓勵。」支架式教學是基於建構主義學習理論提出的一種以學習者為中心，以培養學生的問題解決能力和自主學習能力為目標的教學方法。該法是指一步一步地為學生的學習提供適當的、小步調的線索或提示（支架），讓學生透過這些支架一步一步的攀升，逐漸發現和解決學習中的問題，掌握所要學習的知識，提高問題解決能力，成長為一個成功和獨立的學習者。

在語言經驗教學法教學過程中，教師利用學生的親身經歷作為寫作活動的起點，這是因為親身經歷是最容易寫的素材；然後教師提供適當的幫助和監督，如學生在單字、文法和句子上說的有錯，教師就說出正確的句子讓學生採用。在整個寫作過程中教師給予鼓勵，支持學生不斷地向上攀升，獲得寫作能力上的增長。

Vygotsky（1978）認為，在兒童智力活動中，對於所要解決的問題和

原有能力之間可能存在差異，透過教學，兒童在教師幫助下可以消除這種差異，這個差異就是「近側發展區」（zone of proximal development）。換句話說，近側發展區定義為，兒童獨立解決問題時的實際發展水準（第一個發展水準）和教師指導下解決問題時的潛在發展水準（第二個發展水準）之間的距離。可見兒童的第一個發展水準與第二個發展水準之間的狀態是由教學決定的，即教學可以創造近側發展區。語言經驗教學法強調，教學絕不應消極地適應學生語言能力發展的已有水準，而應當走在發展的前面，不停頓地把他們的語言能力從一個水準引導到另一個新的、更高的水準。

第三節 語言經驗教學法的教學大綱

語言經驗教學法沒有固定的教學大綱，教學內容來自根據學生的經歷而編寫的資料。

第四節 語言經驗教學法的教學設計

一、教學目標

語言經驗教學法的目標，主要是培養學生的聽、說、讀、寫能力。

二、教師角色

1. 教師是撰寫者，把學生口述的內容記錄下來。
2. 教師是指導者，在寫作過程中具備指導作用。

三、學生角色

學生是口述者，也是寫作者。

四、母語使用

語言經驗教學法沒有強調使用母語來幫助寫作。

五、對待語誤

與其他教學方法相比，在語言經驗教學過程中學生發生的語誤是最多的。學生說出的句子大都是教師沒有教過的，因此必定有錯，而且有時錯誤數量眾多。如何對待語誤是教師要考慮的重要問題。目前有兩種對待語誤的方法，一是照錄不誤，以後再糾；二是有錯馬上糾正。

1. 照錄不誤，以後再糾

「照錄不誤，以後再糾」是指對待語誤有兩個階段。「照錄不誤」是第一個階段。教師在口述轉錄時沒有就文法、詞彙、句型等進行糾正，而是一字不差地把學生所說連同語誤寫下來，學生也看到了自己的語誤。之所以這樣做是因為：（1）學生的語誤是自然的，是語言發展的一個特點，表明學生的口語水準，並提供了隨著時間的推移學習者語言成長的具體證據；（2）將學生的注意力集中在內容表達上，而不是語言形式上；（3）教師不打斷學生的思路，消除恐懼心理，促進其勇敢表達。「以後再糾」是第二個階段。在編寫完成後，教師再組織學生對各個錯誤進行修改和編輯，使學生對自己的錯誤有深刻的認識，避免以後再犯同樣錯誤。總之，照錄不誤，並不是不糾，而是以後再糾。

2. 有錯馬上糾正

另一種對待語誤的態度是，假如教師把語誤寫出來，可能會強化學生的記憶而形成習慣，以致今後還會出錯。因此，應有錯馬上就糾，不讓學生見到自己的語誤。通常是採取以下兩種方法：

（1）啟發（elicitation）：一旦學生出現語誤，教師啟發學生自己改錯：How else could we say it? Can you correct that? Can you say it in another way?

（2）複述（repetition）：對於學生的錯句，教師用正確的句子複述一遍。

例 1　學生：I study English tomorrow.

　　　教師：That's a good thought. I will study English tomorrow.

例 2　學生：We no have enough time.

　　　教師：We surely didn't. We didn't have enough time.

例 3　學生：I go shopping yesterday.

　　　教師：I often go shopping. And yesterday I went shopping.

例 4　學生：We goed to post office.

　　　教師：Yes, that's right. We went to the post office.

在複述過程中，教師不僅改正了學生的語誤，又照顧了學生的情緒。教師先肯定學生的想法和說法，然後基於學生的原句說出文法正確的句子，最後教師把正確的句子寫在黑板上，並帶讀。

六、教材作用

學生講述自己的經歷，然後編成教材。這種資料可以是計畫性（planned）或即席性（spontaneous）。「計畫性」是指根據之前實地考察、參觀活動、科學實驗等經歷編成教材；「即席性」是指突發事件，例如：上學路上突然下雨、交通事故、午餐時間的衝突等。無論是有計畫的還是突發的，語言都來自學生，教師提供聽、說、讀、寫方面的支援。

第五節　語言經驗教學法的課堂實踐

一、教學活動

教學活動主要有兩個類型，即個人經歷（personal experience）和小組經歷（group experience）。兩者的區別見以下「教學步驟」。

二、教學步驟

1. 個人經歷活動

個人經歷活動是語言經驗教學法的最初教學方式。其基本的作法如下：請一位學生把自己的經歷說出來，讓教師寫下來，作為閱讀資料。

2. 小組經歷活動

小組經歷活動是指一組學生集體參與一種活動，之後在教師的指導下編寫其經歷。其具體做法如下：

（1）選擇題目（chose a topic）：學生根據興趣和經歷選擇或決定題目。

（2）組織活動（organize the experience）：學生制定計畫，計畫應包括活動設計和所需資料。

（3）執行活動（conduct the experience）：學生根據計畫完成該活動。

（4）討論活動（discuss the experience）：學生討論活動的心得體會。

（5）編寫故事（compose the language experience story）：學生一起編寫故事，如學生講，教師在黑板上寫下來。

（6）讀故事（read the story）：故事編出來後，學生可一起閱讀。如遇到困難，教師給予講解（如關鍵字、片語等）。

（7）後續活動（extending the experience）：每當小組完成了語言經驗活動之後，教師可以請學生到講臺前做表演，或者讓學生相互交換閱讀他們寫的故事。教師也可以把學生的寫作張貼在教室內外的壁報上，或蒐集起來合編成冊，歡迎其他班級的同學前來借閱，從而讓學生體驗到一份成就感和自豪感，提高學習外語的自信心。

三、教學實例

Herrell & Jordan（2012, 166-168）提供個人經歷活動的教學實例。

　　情景：在早上去學校的路上，學生被雨淋了。針對這一突發事件，教師要求學生把被雨淋的經歷説出來。

教師：	Carlos, I notice that you and Maria got wet on the way to school this morning. Tell me what happened.
Carlos:	It rain.
教師：	Oh, it was raining. Was it raining when you started to school?
Maria:	It rain when we walk.
教師：	Let's write about what happened. Was it raining when you left home?
Maria:	It no rain when we walk first.
教師：	我可以這樣寫嗎？—"It wasn't raining when we started walking to school?"
Maria:	Yes, no rain.
教師：	教師邊寫邊說：*It wasn't raining when we started walking to school.* 然後帶讀（請跟我說）
教師：	What happened then?
Carlos:	Rain come hard.
教師：	Yes, it started to rain. 我可以這樣寫嗎？— Then it started to rain。請跟我說 Then it started to rain.（全班跟讀）。Carlos 也說了 "it rained very hard". 所以我們也寫下來。（教師邊說邊寫句子）。現在請跟我說： *It wasn't raining when we started walking to school.* *Then it started to rain. It rained very hard.*
教師：	What did you do?
Maria:	We run.
教師：	Why did you run?

Maria:	We no get wet.
教師：	我可以這樣寫嗎？—"We ran so we wouldn't get wet?"
Maria:	Yes, we no get wet.
教師：	We ran so we wouldn't get wet.（邊寫邊說）Let's read this sentence together.（全部跟讀）
教師：	Now let's read our whole story.

It wasn't raining when we started walking to school.

Then it started to rain. It rained very hard.

We ran so we wouldn't get wet.

教師：	Carlos, would you and Maria like to draw a picture on our story?
Carlos:	Use markers?
教師：	Yes, you may use the markers.

§ 本課教學評論

本課是個人經歷的教學模式，是臨時決定上的內容。早上去學校的路上，學生們被雨淋了。針對這一突發事件，教師決定讓學生把這個過程說出來。對於學生的語誤，教師透過「有錯馬上糾正」的方式給予正確的句子：

1. It rain. → It was raining.
2. It no rain when we walk first. → It wasn't raining when we started walking to school.
3. Rain come hard. → It rained very hard.
4. We run. We no get wet. → We ran so we wouldn't get wet.

最後形成了短文供學生閱讀：It wasn't raining when we started walking to school. Then it started to rain. It rained very hard. We ran so we wouldn't get wet.

這節課彙集口語、寫作和閱讀語言，透過寫作擴展了學習者在講故事方面的創造力。由於文章是由教師改過的而且被教師所接受，這樣學生對自己的口述文章能夠得到認同也會感到高興。總之，這節課體現語言教學建立在學習者的經歷之上這一教學原則。

第六節　對語言經驗教學法的評價

一、優點分析

1. 利用學生自己的生活經驗當作初級閱讀教材，使得學生容易看懂且覺得有趣

2. 教師讓學生透過一個完整的經驗、完整的文學故事，或者一個與他人互動的完整資訊來建構知識，使他們積極參與在有意義的溝通情境裡。

3. 鼓勵學習者自我表達，且不斷的經由口述途徑將說話內容轉寫成文字，透過此過程可以讓學生深刻地感受到口語和閱讀之間的直接關係，再加上這些故事題材是由學習者所提供，不但可增加其對於文字的親切感，也有助於提升學習者的動機。

二、缺點分析

1. 大多數學校現在都使用公開發表的現成課本。這些課本由專家設計，並提供教師指南、對話、課文、詞彙、練習題等。對於很多忙碌的教師來說，使用課本比學生創作的資料都來得省事省力。

2. 就語言內容而言，教師幾乎完全不可能進行連貫性教學，這是因為資料是由學生所提供，有時還是臨時拼湊的（參見本章教學實例）。

第七節 語言經驗教學法的教學啟示

教師要善於利用學生的興趣愛好和經歷感受，激發學生的求知欲，吸引學生積極參加課堂活動，鼓勵學生發揮主動性和創造性，這樣能讓學生在聽、說、讀、寫自然結合的過程中，學習和使用外語，使語言學習是快樂且有意義的活動。

第八節 結束語

語言經驗教學法的獨特之處在於，它始於學生的個人或小組成員的經歷，教師把學生的經歷編成故事，作為寫作和閱讀的基礎。但由於其局限性，我們應將語言經驗教學法與其他的教學法結合起來使用，或作為閱讀和寫作教學的補充方法。

《思考題》

1. 簡述「個人經歷活動」和「小組經歷活動」的教學步驟。

2. 在前面幾章中，我們提到「理解型教學」和「表達型教學」。它們有什麼區別？在個人經歷活動中，教師採用哪一類型教學方式？

3. 與現成課本比較，學生經歷作為閱讀資料有哪些優缺點？

4. 在教師把故事翻成文字這個環節中，如何對待語誤是個關鍵。目前有兩種做法：一是照錄不誤，讓學生看到語誤，以後再糾；二是有錯馬上糾正，學生沒有看到語誤（如教學實例中所示）。試述這兩種做法的利弊。

5. Allen（1976）在介紹語言經驗教學法時寫道：

（1）What I can think about, I can talk about.（我能說我想過的事）

（2）What I can say, I can write.（我能寫我說的事）

（3）What I can write, I can read.（我能讀我寫的事）

（4）I can read what I can write and what other people can write for me to read.（我能讀我寫的和他人為我寫的事）

這四句話的意思概括起來就是，「凡是我經歷過的事，我就能聽、能說、能讀、能寫。」請結合「經驗之塔」的理論，說明語言經驗在教學中的作用。

參考文獻

Allen, R. V. (1976). *Language experiences in communication*. Boston: Houghton-Mifflin.

Dale, E. (1946). *Audio-Visual Methods in Teaching*. The University of Michigan.

Hall, M. A. (1970). *Teaching reading as a language experience*. Columbus, OH: Charles Merrill.

Herrell. A & Jordan, M. (2012). *50 Strategies for teaching English language learners*. Pearson.

Huey, E. B. (1908). *The psychology and pedagogy of reading*. New York: Macmillan.

Krashen, D., & Terrell, D. (1983). *The natural approach*. Hayward, CA: Alemany Press.

Smith, B. (1967). *American reading instruction*. Newark, DE: International Reading Association.

Vygotsky, L. (1978). *Mind in Society: The Development of Higher Psychological Processes*. Cambridge: Harvard University Press.

第十三章

參與教學法
Participatory Approach

關鍵字

提問、對話、文化圈

problem-posing, dialogue, culture circle

Banking education treats students as objects of assistance; problem posing education makes them critical thinks.（Freire , 1973: 83）

灌輸式教育把學生變成了可任由教師灌輸的記憶體；提問式教育則把學生變成善於批判的思維者。

第一節　參與教學法的背景簡介

一、基本概念

參與教學法的突出特點是，學生在明確的教學目標指導下，在寬容的課堂環境中，積極主動的、具有創造性的介入教學活動的每一個環節，從而接受教育、獲取知識並發展能力，並提出對所關心的問題的解決辦法。

參與教學法的兩個最顯著特徵是：提問（problem-posing）和對話（dialogue）。教師和學生成為雙向交流、平等、真正的對話夥伴，彼此面對和討論他們所關心的生活中的問題。教師利用物體、圖片和文本資料引導學生提出他們所面臨的真實生活問題，討論其原因，提出解決問題的方法。其對話和提問的內容必須「深植社會之中」（deeply contextual）（Chacoft, 1989: 49），即內容來源於社會，是學生所關心的政治、教育、生活等問題，是與學生的實際需求緊密結合的問題。這種「提問—對話」教學方式為學生提供了一個交流、合作、探索、發展的平臺，使學生在問題提出和解決過程中感受語言的價值和魅力，促進掌握技能，學會思考、學會學習、學會創造，促進學生創造思維的發展。

二、時代背景

參與教學法的創始者是國際著名的巴西（Brazil）教育家 Paulo Freire（1921-1997）。Freire 在 20 世紀 60 年代早期非常活躍於巴西的掃盲運動。Freire 開發出教導巴西貧民與農民的母語識字課程。Freire 讓這些貧民與

農民討論他們生活的問題。他們的對話成為培養認字能力的依據，並且可供學生反思、採取行動來改善他們的生活。Freire 於 70 年代在美國哈佛大學任教，然後在日內瓦的聯合國教科文組織（UNESCO）工作了好幾年。Freire 的著作包括《被壓迫者的教育學》（*Pedagogy of the Oppressed*, 1970）、《批判意識教育》（*Education for Critical Consciousness*, 1973）、《教育政治學：文化、權力和自由》（*The Politics of Education: Culture, Power, and Liberation*, 1985）等。這些著作的教育思想對許多發展中國家的掃盲和識字教育工作產生主導性的作用，特別是對這些國家的貧困人民和偏遠山區居民的教育工作具有推動作用。

Freire 觀察到不管在巴西，還是在其他拉丁美洲國家，壓迫（oppression）是一個普遍的現象，然而，他也觀察到絕大多數的被壓迫者對於倍受壓迫的情勢逆來順受。因此，Freire 對教育和知識的作用提出了新的看法。Freire 認為：

1. 教育和知識本身都沒有價值。只有在能夠幫助人們從受壓迫中解放出來時，教育才有意義。Freire 把教育看作是文盲和半文盲學生，第一次體驗和實踐民主原則的過程。

2. 教育工作者應鼓勵學生制定計畫並採取措施來提高他們的文化和生活水準，因此，教育工作者是社會變化的促進者。

3. 如果學生與教師共同建構知識，這些知識就會成為工具，可以幫助學生找到自己的聲音。當學生找到自己的聲音，就可以採取行動。這樣學生就會將自己視為社會與政治的一部分。

參與教學法隨後也廣泛應用於一些拉丁美洲和非洲等國。其核心思想是認為教育和知識的價值，就在於幫助人們從壓迫他們的社會條件中解放出來。

大約在 20 世紀 80 年代，參與教學法在外語教學領域中受到廣泛的關注。在美國成人英語教育中，參與教學法得到了修正，以適應多樣化的學生和教育環境。教學特點是讓學生發現他們自己的問題，尋求自己的解決

方法。教師成為課堂討論和活動的推動者，與學生一起學習。

第二節　參與教學法的理論基礎

一、語言本質

參與教學法的語言觀，體現在以下四方面：

1. 詞（word）是對話文化本身的精髓所在

詞的兩個基本要素是「行動」（action）和「反思」（reflection），這兩個要素是相互依存和互動的，當詞被剝離了「行動」的一面，詞就變成「語詞主義」（verbalism）；離開了「反思」，「行動」就會流於盲目的「活動主義」（activism）。

2. 語言是一種解決問題和回饋資訊的工具

當學生使用語言提出他們所關心的問題時，教師也使用語言給予回饋，共同協商並提出解決問題的辦法，正如 Auerbach（1992: 14）所言，「真正的溝通具有適當回饋的特點，這種回饋強調意義的溝通勝過語言形式，這樣的溝通才是語言學習的關鍵。」

3. 語言來自學生的生活

語言教學內容與學習者的生活經驗密切相關。語言重點應根據語言內容而定，並隨著課程進行而變動。Freire（1973）在拉丁美洲從事成人識字教育時，展現各種情形供不識字的農民討論，這些情形以圖畫的形式表達，內容都是農民熟悉的人和物。

4. 語言和文化密切相關

學生所處的文化是語言教學內容的主要源泉之一。文化不是一套風俗

習慣、宗教信仰、社會態度等靜態觀念，而是個人解決衝突的動態性轉變過程。Freire（1973）提出，讀、寫活動只有在文化環境中才有意義。學生必須分析和理解這個文化環境才能取得知識。知識反過來幫助人們形成和改變他們的社會現實，其方法是透過提高對該社會現實的認識。

二、教學觀點

在《被壓迫者教育學》中，Freire（1973）指出，教育正承受著講解這一弊病的損害。講解過程中其內容，無論是價值觀念還是從現實中獲得的經驗，往往都會變得死氣沉沉，毫無生氣可言。教師作為講解人引導學生機械地記憶所講解的內容。講解把學生變成了「容器」，變成了可任由教師「灌輸」的「記憶體」。Freire 認為，在教育的情境裡，將壓迫本質加以體現的莫過於傳統的教學方式與師生關係。灌輸式的傳統教育相當於「銀行儲存式教育」（banking education），教學行為就像銀行裡的儲蓄行為，教師像存戶，學生像帳號。教師只管將他們認為有價值的知識和技能儲存到一個個學生帳號裡，學生只能被動地接受、歸檔、儲存。反映在課堂上，教師不斷地講述，而學生則被動地聆聽、記錄、重複。Freire 批評這種視教育為銀行儲存行為的體系，經常藉傳遞知識與文化之名行壓迫之實。這種教育在本質上是一種壓迫式教育；它把學生看作是「可以適應現狀、可以控制的人」。因此它是沒有平等對話的教育，也是沒有民主可言的。

針對灌輸式的儲存教育，Freire 提出「提問式教育」（problem-posing education）。提問式教育透過克服權威主義和令人避而遠之的理智主義，使教師與學生成為教育過程的主體；它也使人們克服對現實世界不正確的認識。

根據 Freire 的觀點，提問式教育和灌輸式教育具有不同的教學特徵（表 13-1）。

表13-1　提問式教育和灌輸式教育的比較

	提問式教育	灌輸式教育
主體	教師和學生（共同主體）	教師
內容	現實世界的問題	教師規定的固定內容
方式	對話、交流	講解、灌輸
師生關係	師生平等對話交流	教師是講解的主體，學生是被動的接受者，非對話關係。
特徵	認知化、人性化	機械化、非人性化

第三節　參與教學法的教學大綱

參與教學法沒有固定的教學大綱，其語言資料來源於學生在生活中所遇到、所關心的問題。

第四節　參與教學法的教學設計

一、教學目的

參與教學法的主要教學目標是：

1. 學生掌握必要的語言知識與技能。在各自的基礎上，都獲得了進一步發展的能力。

2. 學生能提出具有挑戰性與獨創性的問題與見解。學生和學生、學生和教師、學生和教材之間，圍繞著學習目標對問題進行有效的分析與討論。學生透過分析與討論，能較好地解釋或解決問題。

3. 學生能適應社會生活。透過學習語言來協助學生瞭解影響他們生活的社會、歷史文化因素，然後賦予學生力量，使其能夠採取行動，做出適當決定，重新控制自己的生活（Wallerstein, 1983）。

4. 學生成為社會中的活躍分子，成為社會變革的主體。因此，課堂教學的氣氛是具批判性的、民主的，並容許感情、感覺的表達、流露。

二、教師角色

1. 協調者

在課堂教學中，教師要提出學生關心的問題，與學生溝通、對話，學生表達看法後，教師再與學生展開討論，這樣教學就成為師生不斷共同探索事物的過程。在此過程中，教師不再是唯一的擁有知識者，而是問題提出者；學生不再是馴服的聽眾，而是具有批判能力的思考者、具有創造能力的參與者。在教學中，不突顯「教師」這個角色，通常稱教師為協調者（coordinator），學生為參與者（participant），整個教學情境為「文化圈」（culture circle）。教師和學生彼此面對，討論他們所關心的生活中的問題，提出解決問題的方法。

2. 平等者

教師與學生以平等的身分參與到教學活動中，他們共同討論、共同解決問題，因此，參與教學法教學是一種師生共同推進教學的教學形式。教師和學生的關係就不是上下級關係，即教師的學生（students of the teacher）及學生的教師（teacher of the students）；而是平等的關係，即教師學生（teacher-student）及學生教師（student-teacher）。

3. 學習者

教師不再僅僅是施教者，在與學生的對話中，教師本身也受到教育，學生在被教的同時反過來也在教育教師，他們合作且共同成長。師生關係是民主平等的，師生之間具有良好的雙向交流。在對話式教學中，學生從客體轉變成為主體，對學生的教育也強調其批判性思維和創新精神。在課堂教學中，教師和學生都可以發表自己的觀點，在這種平等民主的氛圍中

討論各自的觀點，而不是一方將自己的觀點強加給另一方。

三、學生角色

教師和學生是平等的關係，因此學生積極參與教學活動，促進學習。學生是「自願接受」，而不是「被動灌輸」。

四、母語使用

在參與教學法的課堂教學中，教師和學生的交流主要以外語進行。

五、對待語誤

在參與教學法的課堂教學中，教師對語誤採取容忍的態度。

六、教材作用

教材的知識重點以問題的形式呈現在學生的面前，讓學生在尋求、探索解決問題的思維活動中，掌握知識、培養技能，進而培養學生自己發現問題、解決問題的能力。

由於學生提出的問題往往面廣量大，教師應予以歸納整理，有針對性地選擇與課文重點、困難點有關的問題，提交學生討論。

第五節　參與教學法的課堂實踐

一、教學活動

提問和對話是兩種重要的課堂教學活動。

1. 提問

在參與教學法的課堂教學中，教師讓學生針對某一情境提出問題。Wallerstein（1983: 17）指出，「提問是一種發展批判性思維技能的活動。

學生針對某情境提出自己所關心的問題，教師指導學生進行討論。」教師也可以提出問題讓學生思考，並作出結論。比如教師就某圖片提出開放性問題（open-ended），讓學生描述圖片內容、圖中事物之間的關係，並讓學生表達圖中內容的感受等。這樣，學生可以確定圖片中所表明的問題，並提出適當的解決問題辦法。

參與教學法的提問方式不同於傳統的提問方式，說明如下：

（1）傳統提問方式：傳統的提問方式採用「刺激—反應—回饋」方式（initiation/ response/feedback，簡稱 IRF），即教師提問（刺激），學生回答（反應），教師對學生的回答提出評估性的意見（回饋）。例如：

教師：What is this? Do you remember?（指著一隻企鵝的照片）

學生：A penguin.

教師：Yes. Very good.

這種交流只是測試學生對一個單字的記憶能力，它沒有提出要思考和解決的問題。教師自己提出這些問題並解決它們，在此同時向學生說明在該探索情境下的思維邏輯，這種作法的問題性水準較低。

（2）參與式提問方式：在參與教學法教學的課堂上，教師有意地設計問題情境，組織學生的探索活動，讓學生提出學習問題和解決這些問題，這種作法的問題性水準較高，舉例如下：

【情景：學生正在對鐘擺進行物理實驗】

學生 A： I wonder what would happen if we added weight to the pendulum bob?
我想知道如果我們給擺錘增加重量，會發生什麼事？

學生 B： It would swing slower because it's heavier.
因為它更重，它會擺得更慢。

教師： Let's try it. Put on another weight and we'll time the swing.
我們來試試看。請改變重量，我們來計算擺動的時間。

學生 A： Okay. I'm adding another half kilogram. You time the swing （refers to Student B）．

好的，我增加半公斤的重量。學生 A 對學生 B 說：「你來計算擺動的時間。」

學生 B： That's funny, the time didn't change.

這很有趣，時間沒有變化。

教師： So what did we learn?

那麼我們學到了什麼？

學生 A： Making it heavier didn't change it. Let's try making it lighter.

重量變重，但時間沒有變化。讓我們把重量變輕，試試看。

教師： Yes, let's try that.

是的，讓我們試一試。

資料來源：Richard-Amato, 2003: 72.

在這個例子中，仍然有 IRF 提問模式，但教師已更改了角色，讓學生 A 首先提問，這時是學生 B 而不是教師回答，然後教師提出解決方案。接著學生 A 執行教師提出的方案，並與學生 B 互動。學生 B 發現新情況。教師提問學到了什麼，啟發學生 A 提出問題的解決方法，最後教師同意學生 A 的做法。可見，教師是讓學生提出問題，也讓學生提出解決的方案。

2. 對話

對話是另一種重要的課堂教學活動。像上述提問與解決的過程，實際上就是對話的過程。其基本理念是：（1）對話是人與人之間的接觸，充滿愛的關懷和謙虛的態度，透過對話建立起對人的信任；（2）對話是一種雙方創造性的聯合反思和行動，充滿批判性思維；（3）對話的人處於平等的關係，透過這種平等的對話，達到解決問題的目的。因此，對話活動不是教師講、學生被動聽，而是師生用外語來面對面討論學生所關心的生活中重大事情，並尋求解決方案。

二、教學步驟

參與教學法的教學步驟，包含「提出問題」和「解決問題」的兩個過程。在提出問題的過程中，學生自己提出所關心的問題供大家探討；而在解決問題的過程中，教師和學生共同提出解決問題的辦法以及解決問題所需要的基本知識。教學步驟一般是：

1. 提出疑問，啟發思考；
2. 邊讀邊議，討論交流；
3. 提出方案，解決疑難；
4. 鞏固練習，取得成果。

三、教學實例

Larsen-Freeman（2011: 171-4）記錄了一門使用參與教學法的課程。這個班的學生是最近從中歐移民至美國的人士。他們都是成人，早上有兼職工作，晚上則學習英語。

1. 教師先問候學生："Good evening everyone. How are you tonight?" 學生也熱情地問候教師，並互相問候和交流。他們從過去的經驗中知道，他們可以利用這段時間得知同學過去一週內經歷的重要事件。一名學生說，她的孩子在學校裡不適應，不想去上學。她不知道問題出在哪裡，她很擔心。因為學生的英語程度為中低級，所以他們一邊用著半生不熟的英語，一邊用手勢來進行對話。另一個學生談到她與房東的問題。她說她的暖氣不夠熱，總是覺得冷，但她與房東溝通的時候，房東告訴她暖氣一直都是這樣。後來，學生的對話中出現一個好消息，有一位學生的兄弟獲准進入美國，全家很快就可以團聚了。

2. 教師一直聆聽學生的討論，並且記下他們的問題。對話結束後，教師用英語說：「上週我們討論的是為什麼有同學不能保證每次都來上課。我知道大部分同學白天要工作，晚上還要照顧家人。可是有一些女同學提到，她們之所以有幾次不來上課，是因為她們不想天黑之後還獨自在

外。我想我們今天就來深入討論這個話題。」

3. 教師給學生看一幅畫，上面畫著一棟公寓。公寓的其中一個視窗旁有一個女人向外望，公寓外的街上站著幾個年輕的男人。教師告訴學生，視窗的那個女人一小時內就該上英語課了，她不想錯過這堂課。然後，教師開始與學生討論這個問題。

教師問學生："What do you see?" 學生回答："A woman." 有一名學生補充："Men." 教師又問："Who is the woman? What is she doing?" 學生決定把這個女人叫做 Lina，Lina 就是上個星期談到自己很怕天黑後一個人獨自在外的學生。教師繼續問："Who are the men? What are they doing? Where are they?" 學生用他們會的英語來回答教師的問題。

4. 教師要學生想像圖畫中所有人的感覺："How does the woman feel? Is she happy, sad, afraid? Why? How do the men feel? Do you like to stand in the street?" 學生也都一一回答教師的問題。

5. 教師問學生一連串的問題，要他們將這個問題聯繫到自己的個人經驗上。她問："Has this ever happened to you? How did you feel? Did you leave the house?"

6. "In your country/culture are people alone much?" 教師試圖把情境加進問題中："Do women walk in the street alone?" 教師請學生討論這個問題可能的解決方法。她提出一連串的問題："What can Lina do about this? What do you think will happen if she does? What would you do about this?" 等。

7. 在學生對這個問題提出的建議裡，其中有一個提到 Lina 的社區應安裝更多路燈。教師問學生，他們願不願意寫信給市長，要求安裝更好的照明設備。班上的學生認為這是一個好主意，就紛紛拿出筆記本。教師先用幾個問題確定這封信的內容 "What's important in this letter? How do you want it to start? What do you want me to write? What comes next?" 教師一邊問，一邊記錄學生的回答，不修改他們的答案。在寫的同時，教師也大聲讀出句子，並且請學生一起讀。寫完信之後，教師一邊讀，一邊指著每個字，問學生有沒有要修改的地方。學生完成想做的修正之後，就一人念信

中的一個句子。他們重複念了這封信好幾次，每次學生都念不同的句子。

8. 學生把這封信抄進筆記本裡。既然學生是真的打算寄出這封信，他們就要確定自己寫的句子有一定的水準。教師要學生回家重讀這封信並加以修正。下週班上學生會互相閱讀彼此的信件，做好必要的修正，然後寄出整理過的信。

§ 本課教學評論

本課的教學目的是讓學生透過學會有關實際生活的語言，來解決學生所關心的問題。首先，學生利用剛開始上課的這段時間得知同學們過去一週內經歷的重要事件。然後教師就「學生不想天黑之後還獨自在外」這個問題提出討論，最後在教師的引導下，學生表示願意寫信給市長，要求社區裝設更多路燈，提供更好的照明設備。可見，參與教學法以學生的經歷為中心，與學生的實際需求緊密相聯，教師帶領學生討論問題，最後讓學生提出解決的方法。學生一起修正信件的內容與形式，並在回家後繼續修正。

第六節　對參與教學法的評價

一、優點分析

1. 參與教學法是革除傳統教學弊端的方式之一，也是激發學生學習的內在動力源泉。

2. 強調在教學過程中教師和學生要地位平等，強調教學過程是教師和學生之間的平等交互過程，是教師和學生一起進行學習的過程，教師的地位不是灌輸者而是幫助者，這些思想對現代師生關係理論具有非常重要的意義。

二、缺點分析

就語言內容而言，教師難以進行連貫性教學。

第七節　參與教學法的啓示

在參與教學法教學過程中，教師帶領學生討論學生所關心的問題，學生在探究學習的過程中能發現、提出問題。學生與教師、學生與學生之間相互尊重、理解、平等。在教學過程中教師和學生要地位平等的教學原則，值得我們思考。

第八節　結束語

參與教學法和語言經驗教學法的一個共同點是，課堂應該是以學生為主體。它們所體現的是學生的一種參與意識，體現的是學生是課堂的主人的一種教育觀念，體現的是以人為本的一種教學理念。但是，兩者也有不同之處，表現在如下兩個方面：

一、學生所提的內容不同

參與教學法的教學內容主要以學生所關心的社會問題為中心，而語言經驗教學法則是以學生本身經歷過的經驗與興趣為主題。因此，前者是往前看的「問題解決式」的教學方式，其教學目的是掌握語言和解決他們所關心的問題；而後者則是對以往經驗的「經歷回顧式」的教學方式，其目的僅僅是為了掌握和使用語言。

二、教學步驟不同

參與教學法的步驟是教師帶領學生討論學生所關心的問題，最後讓學生提出解決的方法，即「學生提問→學生解答」。而語言經驗教學法的步

驟是透過教師與學生的互動，鼓勵學生說出，並將其口述的內容記下，編寫成故事，作為語言學習及閱讀教材，即「學生口述→教師記錄」。

《思考題》

1. 簡述參與教學法的教學目標。
2. 簡述參與教學法的提問方式和對話特點。
3. 簡單評價參與教學法，並解釋該法對我們教學的啟示。
4. 參與教學法和語言經驗教學法的異同點，表現在哪些方面？
5. Freire認為，人不是被動接受事物的客體，而是主動的探索者和行動者，如何理解這句話？

參考文獻

Freire, P. (1970). *Pedagogy of the oppressed*. New York: The Continuum Publishing Corporation.

Freire, P. (1973). *Education for Critical Consciousness*. Continuum

Freire, P. (1985). *The Politics of Education: Culture, Power, and Liberation*. Westport, CT: Bergin & Garvey Publishers, Inc.

Wallerstein, N. (1983). *Language and culture in conflict: Problem-posing in the ESL classroom*. Reading, MA: Addison-Wesley.

Chacoff, A. (1989). (Bi) literacy and empowerment: Education for indigenous groups in Brazil. *Working Papers in Educational Linguistics*, 43-62. Philadelphia: Language Education Division of the University of Pennsylvania.

Richard-Amato, P. (2003). *Making it happen: from interactive to participatory language teaching: theory and practice*. (3rd edition). New York: Pearson Longman.

第十四章

整體語言教學法
Whole Language Approach, WLA

關鍵字

整體語言、自然發音法、互動式閱讀

whole language, phonics method, interactive reading

If language isn't kept whole, it isn't language anymore.（Rigg, 1991: 522）
如果語言不是整體，那就不再是語言。

第一節　整體語言教學法的背景簡介

一、基本概念

整體語言教學法的特點是，採用有意義的閱讀教材而非獨立的語音和單字進行教學，強調學生參與具有整體性和一貫性的讀、寫訓練，從事既有趣又有意義的學習活動。該法重視從整體到部分、功能先於形式等理念，強調學生參與的是具有整體性、一貫性且有意義的閱讀活動。

每種語言都含有音素、詞素、詞彙、句子、文法等個體（part），這些個體的有機結合構成了語言整體（whole）。整體語言教學法強調語言的整體性，反對把語言肢解成零碎的個體。該法是作為自然發音法的對立面而產生的。

1. 自然發音法

自然發音法（phonics method）是一種英語學習方法，主要根據英語字母與語音之間的對應關係，實現對英語詞彙的拼讀。它是指看到一個單字，就可以根據英語字母在單字裡的發音規律把這個單字讀出來的一種方法。即從「字母發音→字母組合發音→單字→簡單句子→段落」逐步學習，培養孩子正確的英語語感，打好英語學習的基礎。初學英語的人一旦掌握了這種發音規則，就不必去翻查字典而能夠順利地將單字讀出。學習了這種不用音標的發音規律，就可以自己拼讀不認識的單字，輕鬆進入閱讀領域，使英語學習變得簡單、快樂、有趣，有助於實現對英語詞彙的拼讀和記憶。因此，字母拼讀能力的奠定與兒童的閱讀啟蒙發展有相當密切的關聯。在 20 世紀，基礎語音教學法廣泛用在英語國家的初級教育及識

字教育中。

2. 閱讀教學的三種模式

　　整體語言教學法是用於閱讀教學的一種教學法。英語閱讀教學通常有以下三種模式：

　　（1）自下而上的微觀模式（bottom-up model）：閱讀理解是由個體到整體的過程，即由單字到短語、由短語到句子、由句子到文本逐級辨認「解碼」（decoding）的過程。學生不斷進行資訊組合，綜合運用一切語言知識，逐步弄懂短語、句子、段落直至篇章的意義。因此，影響學生理解的最主要的因素是構成文章的個體。學生不能理解的主要原因是詞彙量缺乏、文法結構不清、句意不懂，因此把教學重點放在個體的教學上。這種教學有助於學習語言個體，但不利於對文章的整體理解，快速把握文章主旨。這是一種只顧個體，忽視整體的教學方法。自然發音法就是採用微觀模式的教學法。

　　（2）自上而下的宏觀模式（top-down model）：相反的，閱讀理解是由整體到個體的過程。這種模式是對閱讀進行整體理解，用語境來猜測生疏個體的意義，然後才研究意義是如何表達。按照這個模式，學生不必逐詞逐句理解，而是在語言知識和背景知識的參與下理解閱讀資料的真實意義，推斷作者的意圖。這個背景知識包括讀者的社會背景知識、文化背景知識、認知策略、生活經驗及情感因素等。閱讀者調動一切言語和非言語手段進行閱讀的過程，實際上是創造性的思維過程。

　　整體語言教學法採用自上而下的宏觀模式。學生先試著瞭解全文的意思，然後再學習組成文章的語言形式。整體語言教學法的要求就像它的名稱一樣，要教師完整、全面地看待語言，而不是將語言拆成零碎的個體，教授語言也不應人為地把聽、說、讀、寫等技能割裂開來。

　　（3）互動式閱讀模式（interactive reading model）：「自上而下的宏觀模式」以整體理解文章為主旨，這有利於培養學生快速閱讀文章，獲取重要資訊的閱讀技巧，同時有助於激發學生的積極主動性。但是，學生可

能對基礎知識掌握不夠，容易造成學生語言基本功不扎實。這是一種只顧整體，忽視個體的教學方法。顯然，宏觀模式從一個只顧個體的極端走向另一個只顧整體的極端。因此，有學者提出了折衷閱讀模式，稱為「互動式閱讀模式」（有關「互動式閱讀模式」請參見本書最後一章綜合教學法第五節閱讀綜合教學模式和實例）。

二、時代背景

整體語言的主要發起者為美國的 Kenneth Goodman, Frank Smith 和 Jerome Harste 等語言學家。在一些英語國家中整體語言教學法是一種很重要的教學法，它原是一種母語教學法，現已發展到外語教學領域上。

早在 20 世紀初期，語言學家就已經開始瞭解閱讀過程的特點。傳統的閱讀教學採用自下而上的微觀模式。到了 20 世紀 50 年代，整體語言的發起者提出了與微觀法針鋒相對的宏觀法。他們對兒童閱讀母語的心理過程進行了研究，指出閱讀母語從來就不是逐字逐句地「解碼」，而是從宏觀上不斷推測與理解成段和整篇資料內容的過程。在閱讀過程中，兒童對看到的書面資訊不斷進行假設（hypothesizing），預測（predicting）即將讀到的內容，並根據已有的背景知識進行推理（reasoning）與推斷（making inferences），才達到理解的目的。用整體語言教學法最主要的倡導者 Goodman（1967）的話來說，閱讀是「一種心理語言的猜測遊戲（a psycholinguistic guessing game），也是一個主動思考的過程（active thinking process）。」

Goodman 總結整體語言教學法的基本教學特點（1989: xi）：
1. 語言是一個整體
   - 在真實情景中自然地使用語言。
   - 正確地對待語言的不同特徵。
   - 把口語和書面語言的發展與思維和知識的發展聯繫起來。
2. 尊重教師和學生
   - 不控制教師的教學方式。

- 重視學生所能做的事，激發他們的能力。
- 尊重不同文化背景的教師和學生。
- 重視教師和學生的獨立性。

3. 整體語言教學法與語言、學習、教學和課程是一致的
4. 整體教學是創新的、是不斷變化的
   - 整體語言教學的評估能探測教師和學生的潛力。
   - 走在教學領域的最前端。
5. 整體語言教學是開放的
   - 允許被修改和變化。
   - 不允許封閉式和固定式的教學。

　　整體語言教學法這些基本特性受到了語言學家的讚揚，在語言教學界引起人們的廣泛興趣，正如 Krashen（1998）所言，「整體語言教學法提供有趣的和可理解的課文，並幫助學生理解課文，也培養學生熱愛文學、解決難題、批判性思維、合作精神、真實品格和各種學習方式等。」Goodman 認為，整體語言教學法的推廣是美國教育界迄今為止出現的最廣泛的群眾性教學法改革。整體語言教學法的影響遍及美國、加拿大、澳洲、英國等幾乎所有講英語的國家，它對英語教學課程的設置、教材編寫、教法和教學評估等無不產生深遠的影響。

　　由於整體語言教學法排斥微觀模式而採用宏觀模式，被認為是從一個只顧個體的極端走向另一個只顧整體的極端，因此它也引起了不小的爭議。

🐝 第二節　整體語言教學法的理論基礎

一、語言本質

1. 整體性：語言是一個整體

　　語言是一個整體，不宜把它切割的支離破碎。語言的個體（語音、

文法、詞彙等）本身沒有意義，是整體（課文、故事等）給個體帶來了意義。語言不應被肢解成零碎的個體，語言技能也不能被分成聽、說、讀、寫。語言中的語音、文法、詞彙都只是語言的個體，語言只有在完整的時候才是語言。完整的文章、語言事件中的對話或談論，才是最起碼的有意義、可運作的語言單位。整體並不等於個體相加的總和，而個體的總和永遠不等於整體，整體大於個體相加的總和。

2. 社會性：語言是社會交流的工具

語言是社會溝通的工具。語言的使用因場地、對象、時間而有所不同。Rigg（1991: 523）指出：「語言使用總是處於社會環境之中，這適合於口語和書面語言，以及第一語言和第二語言。」整體語言教學法強調社會性和真實性，強調文章作者的投入，強調對話和互動。因此不管是在口語或書寫的教學，都應注意溝通的對象與使用的場合。語言的使用包括聽、說、讀、寫四種方式。例如：為了讓學生掌握「道歉」這個社會語言，「整體語言教學法要求學生在真實的情景真正地向別人道歉」（Rigg, 1991: 524）。

3. 內在性：語言是個人內在的交流工具

整體語言教學法也持有心理語言學觀點，即語言是個人內在的交流工具，用來思維，也用來表達自我。Rigg（1991: 323）指出，「我們用語言思維，以便發現我們所知道的東西，我們有時也用語言寫作，也許是與朋友交流或者自我輕聲細語。」

二、教學觀點

1. 語言應作為整體來教

在習得母語的過程中，幼兒在家裡學習語言，也不是從零碎的個體開始的，而是從聽懂父母用完整的句子傳遞過來的完整意思開始，然後為了

自身的需要和一定的目的，慢慢學著開口，用語言表達自己的意思。事實證明，幼兒在這種自然環境中把語言當作一個整體來學習，從來都是相當成功的。

Goodman（1986）認為，語言作為一個整體，這樣學起來比較容易；相反的，如果把語言切割成個體，有意義的事物就變得毫無意義；而無意義的事物，是學生很難學習的。因此，整體語言教學法不論是對學生或是對教師而言，都是比較愉快而有趣的，並且也會更有效率（表 14-1）。

表 14-1 語言特徵與學習難易度對照表

語言具有以下特點時比較易學	語言具有以下特點時比較難學
• 是真正和自然的	• 是人工和不實際的
• 是完整的	• 是零碎的
• 是有意義而可理解的	• 是無意義、無可理解的
• 是有趣的	• 是呆板的
• 與學生生活息息相關	• 與學生生活無關
• 屬於學生自己的經驗	• 屬於他人的經驗
• 是日常生活的一部分	• 與實際生活不相干
• 具有社會功能	• 不具任何社會功能
• 對學生而言是有目的的	• 對學生而言沒有明顯的目的
• 是學生自己想學的	• 是學生被強迫而學的
• 學習資源是唾手可得的	• 學習資源是難以取得的
• 學生有使用的自主權	• 學生完全沒有使用的自主權

資料來源：Goodman, 1986: 8.

Goodman（1986: 8）指出，

「兒童入學時，就已經基本掌握了語言，他們急欲瞭解周圍的世界。如果把語言切割成小個體，有意義的語言就變得毫無意義；而無意義的語言是兒童們很難理解的。抽象的語言個體，也

讓兒童難以掌握和記憶。到頭來，他們會逐漸認為學校只是一個學習毫無意義的東西的地方。」

為了把語言作為一個整體來教，整體語言教學法堅持真實的情境、真實的目的、真實的語言資料、真實而完整的活動。所有活動都是真實而有意義的，因為它們與學生的興趣、生活、及所在的社區息息相關。教室裡或教室外的活動為的是此時此刻培養學生整體地使用語言的能力，而不是練習技能為將來使用語言做準備。

2. 學習語言是學習者親自嘗試的過程

整體語言教學法反對語言學習是一種習慣行為的觀點，認為語言發展是個人和社會的全然（holistic）成就，語言學習須靠學生自己的探索。Goodman（1986: 18）指出，語言能力並非天生的，也不是靠模仿得來的。人類學習語言絕不靠刺激和反應就可以完成。要掌握一種語言，首先必須掌握該語言的規則，而這些規則，必須學習者親自去嘗試、發明和創造，才能類推歸納出來。學習者在嘗試與外在世界溝通時，便重新創造了語言。但是，這些自創的語言都是以個人所屬社會的共同語言為基礎，經過使用者一再的測試、修改、捨棄，最後才能精確地表達其意義。父母和家庭中的其他成員，並非真的去「教」語言，他們其實是以回應的方式，說明個人不斷地修正、發展自己的語言。

3. 學習語言是一個社會交流的過程

Smith（1994: xx）指出，「學習是由學習者的目的和意願所決定的社會過程。」整體語言教學法除了把語言本身看作是一個整體以外，還把語言教學的範疇推廣到與學生生活有關的其他各個方面。語言教學要和文化、社區相結合。學習語言的目的是為了滿足學生現實生活中的真實需要，為了能夠進行有意義的人際交流，解決生活中的實際問題。

傳統的教學觀念認為教師是傳遞知識的人，書本是提供知識的工具，

因此學習是將知識由書本、教師灌輸給學生的過程。但是整體語言教學法認為，知識是社會成員一起建構的（socially constructed）。教室裡的學習是由教師和學生共同合作一起營造出來的。對學生最具意義的學習，是自己參考策劃的學習。

4. 學習語言是從整體到個體的過程

語言教學應從整體著手，再逐步轉向局部。同樣，聽、說、讀、寫的能力也應當同時培養，無須分科單獨進行、單獨訓練。整體語言教學法強調應將語言作為一個整體，而不是獨立、零散的個體學習。學生無須先學會語音、認字、拼寫、書寫等，再閱讀和寫作，而應在閱讀和寫作中學習詞彙、瞭解詞彙的意義和用法。因此，學習者不必先學會控制發音後才開始說話；不必先掌握拼音（phonics）後才開始閱讀；不必先學會拼字（spelling）後才開始書寫。Goodman（1986）指出，

> 「人類學習語言，是由整體開始，再逐漸進入局部的。我們先在熟悉的情況中，發出完整的話語，稍後才會注意到像音或字之類的語言細節，進而發展出控制這些細節的能力，並慢慢地開始去實驗它們之間，以及它們與整體意識的關係。整體永遠大於局部的總和，而且任何局部的價值或意義，都只有在真正的說話事件中、在完整的話語裡，才有可能學得完整。」

🐝 第三節　整體語言教學法的教學大綱

整體語言教學法沒有固定的教學大綱。學生可以選擇要讀和要寫的文章。Smith（1994: xx）指出，「課程內容是教師和學生共同協商的結果。」

第四節 整體語言教學法的教學設計

一、教學目的

整體語言教學法注重培養學生讀、寫能力。透過閱讀有趣的真實文章，特別是文學作品，學生發展其閱讀能力。閱讀的目的是為了理解，而寫作是為了探索和發現資訊。閱讀的目的是為了理解並具有真實的目的。寫作具有真實的讀者，而不僅僅是進行寫作練習。

二、教師角色

整體語言教學法的課程以學生為中心，教師的角色包括：

1. 多種教學技巧使用者

教師綜合使用多種教學技巧。教學內容不再是教師認為學生應該學的，而是學生想要學的。教師要考慮學生的需要、教學技巧、教學進度和教學目標。要達到這些要求，教師要使用多種教學技巧。每個教學技巧都是整體語言教學法的一部分。

2. 合作者

教師示範讀、寫和思考過程，同時也是學生的合作者，樂於與學生溝通課程內容，並與學生分享所學到的東西，並與學生同樂。

3. 組織者

教師組織小組活動。傳統的教學通常只有教師、學生之間的互動，少有學生之間的交流；為了增加學生間的交流，上課時應讓學生分成小組進行練習，讓學生參與交流活動。

三、學生角色

1. 學生是合作者，與其他學生合作、與教師合作，也與文章的作者合作。學生的讀、寫活動要與其他同學一起進行。

2. 學生是學習資源的使用者。學生的學習經驗要作為學習資源。在閱讀活動中，學生要使用文章裡的線索、情景、個人語言知識和世界知識來理解文章。

3. 學生是學習活動和學習資料的選擇者。

4. 學生是評估者，在教師的幫助下，評估自己和他人的學習成果，學生要自我調節。

四、母語使用

整體語言教學法認為，必要時可利用母語，允許適當利用母語進行講解和翻譯。

五、對待語誤

整體語言教學法對學生的錯誤採取寬容的態度，不對學生的拼寫錯誤、文法錯誤進行適時糾正。學生需要探險——語言錯誤是學習的象徵，而不是失敗。

六、教材作用

教材使用真實文學作品，特別是能培養個人閱讀技能的課文與練習。教材具有真實與自然的情景，而不是採用經過簡化或改寫的，或與學生經歷無關的文章。Goodman（1989: xi）指出，

「整體語言教學法代表了教師對強加的教學方法、狹窄的課程和硬性規定的教材的拒絕——有時這種拒絕是令人鼓舞的。教師使用一系列真實、自然和功能性的資料來培養學生的識字能

力。他們把口語、書面語言的發展與概念學習結合起來。也就是說，在你學習讀、寫的同時，你也透過讀、寫來學習。」

（You learn to read and write while you read and write to learn.）

🐾第五節　整體語言教學法的課堂活動

一、教學活動

1. 閱讀活動

　　整體語言教學法認為閱讀的過程，是讀者把先前獲得的經驗和文字符號相互交流的過程。據此，整體語言教學法總結出一套三段式閱讀教學法：（1）讓學生從文章題目和故事的開頭提出初步假設，猜測故事的內容和可能會發生的情節。（2）運用先前的知識和經驗來構思和推理，驗證開頭的假設是否成立，先前的猜測是否準確。（3）在深入理解的過程中，不斷修正自己的假設，最終理解文章。

2. 寫作活動

　　寫作也要連結實際，鼓勵學生勤於動筆，寫實際生活中需要的各種文體，如標籤、表格、筆記、說明書、書信和報告等。另外，採取各種形式公開展示、刊登、出版學生的習作，也可以培養學生的榮譽感。

　　寫作活動通常包括兩種形式：作品導向寫作（project-oriented）和過程導向寫作（process-oriented）。「作品導向寫作」是由教師制定寫作的題目，學生真正動手寫之前，師生可能會做一些討論，之後教師就不再指導學生，讓他們自己去寫，教師不參與學生寫作的過程。完成後，教師收回學生的作品來評分。

　　相反的，「過程導向寫作」是學生先透過腦力激盪法（brainstorming）來確定寫作的主題，然後開始寫作。在寫作過程中，學生聽取教師或其他

學生的意見，修正自己的文章，然後繼續寫作。這種寫作方式可以讓學生瞭解到文章是用來給別人閱讀的。另外，學生反覆修正文章的內容，可提高表達的能力和改進寫作技巧。整體語言教學法採用的是過程導向寫作方法。

　　學生必須定期寫日記，在課堂上或家裡都可以。教師可以規定寫作的內容，例如：要學生寫出學習的感受，或是他們想告訴教師的事情。教師通常是學生日記的閱讀者，並寫下評語或回饋意見。此一活動可以讓學生很自由、自然地進行寫作。作者有寫的動機和目的，讀者也有讀的動機和目的。

二、教學步驟

　　根據 Richards & Rodgers（2014: 144）的觀點，整體語言教學法沒有固定的教學步驟。教師根據具體情況使用適合的教學步驟。

三、教學實例

　　請參見本書最後一章綜合教學法第五節閱讀綜合教學模式和實例。

第六節　整體語言教學法的評價

一、優點分析

　　1. 把語言作為一個整體，不把語音、詞彙、文法分開來教，也不把聽、說、讀、寫分開培養。

　　2. 注重與學生生活和需要有關的練習和活動。

　　3. 教學重點是有意義的整體語言活動，學習活動應該從整體到部分。每節課都應包括聽、說、讀、寫四項技能。

二、缺點分析

　　如同外語教育史上所有影響深遠的教學法一樣，整體語言教學法也

受到廣泛的批評。其最大的缺點是放棄了傳統的拼寫教學。整體語言教學法嘗試把學校學習回歸到真實世界的最初點，要求學生透過讀、寫真實的資料，來學習如何閱讀和寫作。其結果是培養了學生的語言流利性，但忽視語言的準確性。有些語言規則和技能由於較少出現在讀物中而被忽略。由於不像自然發音法那樣注重語言的個體，而過分注重興趣和整體式的教學，整體語言教學法造成不正確使用語言的後果。學生可能會寫作，但在許多單字、句型、文法上會出現錯誤。因此，學生不能全面掌握使用語言的能力。

　　整體語言教學法在 20 世紀 80 至 90 年代於美國加州（California）十分流行，之後由於達不到所追求的良好拼讀能力的目標，而被放棄（表14-2）。

表14-2　加州率先恢復拼音教學

　　以下是《紐約時報》關於美國加州放棄整體語言教學法的報導（文中把整體語言教學法稱爲「全語言教學法」）

加州率先恢復拼音教學

　　在 80 年代，加州是率先採用全語言教學法的一州。目前，各地已普遍採用全語言教學法，但加州卻因學童之閱讀及寫作測驗不佳，而於上個月率先重新考慮在小學前幾年，採用嬰兒潮一代所接受的拼音教學。俄亥俄、紐約及威斯康辛等州，也都在考慮如何重新強調拼音的重要。

　　拼音教學自 50 年代起被廣泛採用。兒童主要透過串聯母音和子音來學會最基礎的閱讀。1987 年，加州教育局發表報告，批評拼音教學太死板，因此倡議以全語言教學使閱讀更趣味化。支持全語言教學者認爲，如能鼓勵兒童直接嘗試閱讀，自行猜讀文字，發明自己的拼字法及文法，則兒童能學得更快、更好。因此，全語言教學提倡創造性寫作，理解文字及討論拼字與字音。以教植物爲例，兒童將閱讀有關植物的書，摸植物、種植物、談植物、寫植物，如此可不被語言規則搞昏頭，進而學會字彙。

　　但是到了 1994 年，加州兒童的閱讀測驗成績，在三十九州中和路易斯安那州一同殿後，因而興起了拼音教學的運動。加州教育官員同意，他們的

教學計畫缺乏完整結構，因此要為數千兒童不能閱讀負起個體責任。州教育廳的語言顧問 Dianne Levin 說：「1987 年以前太偏重拼音技巧，之後又太偏重文學，現在我們需要的是平衡。」加州州長一向認為學校課程應由地方決定，但為了提倡拼音教學，他特別撥出一億二千七百萬元，用來購買教科書及訓練教師。

　　亞利桑那大學教授 Kenneth, S. Goodman 是全語言教學的支持者。他認為，接受拼音教學的學生只不過因為接受單一答案訓練，才會優於接受全語言教學的學生，加州學童表現不佳，也有一部分是經費太少、圖書設備不足及班級人數太多造成。就算全語言教學是一失敗過程，亦不能因而就說拼音是好的。

（1996 年 5 月 22 日《紐約時報》，張水金摘要）

第七節　整體語言教學法的教學啓示

　　自然發音法重視培養學生的拼音、拼讀規則和認字能力，而整體語言教學法則強調對整篇文章的理解，以文學為基礎，並強調有趣和創造性的閱讀方法。這兩種方法各有不同的側重點。在閱讀教學中既要重視學生語音技能的培養，同時也要重視為學生提供整體語言的學習經驗，因此，綜合自然發音法和整體語言教學法兩者優點的閱讀教學是最有效的方法，閱讀互動模式就是一個例子（參見本書最後一章綜合教學法第五節閱讀綜合教學模式和實例）。

第八節　結束語

一、整體語言教學法的性質

　　關於整體語言教學法的性質，到目前為止還沒有統一的意見。目前有四種不同的觀點：

1. 它是一種逐步發展和自然累積的母語教學觀念，是綜合各相關領域（如教育學、語言習得理論、認知心理學等）多年的研究成果，所發展出來的一種教學理論（theory）。

2. 它是一種關於如何學習、如何教學的哲學觀念（philosophy）。

3. 當它用於外語教學時，是一種有關語言本質和教學理念的途徑（approach）或信念（belief）。

4. 當它用於外語教學時，是一種具有固定設計模式的教學方法（method）。

根據 Richard & Rodgers（2014: 145）的統計，在所有對整體語言教學法進行論述的文獻中，34.4% 文章認為它是一種教學理論；23.4% 認為它是哲學觀念；14.1% 認為它是一種教學途徑或信念，6.3% 認為它是一種教學方法。

在這些文獻中，大多數作者對整體語言教學法的理論描述是相同的，但由於整體語言教學是開放的，允許被修改和改變，因此，他們在課堂實踐方面對整體語言教學法做出各種不同的解釋。儘管如此，整體語言教學的活動和步驟與交流教學的活動和步驟基本相似。換言之，其他教學法，如合作教學法和內容導向教學法所提倡的一些活動，都被用作整體語言教學法的教學資源。

二、鐘擺現象

在認知教學法一章中，我們提到了「鐘擺現象」——片面強調一方，忽略或否定另一方，為從一個極端走向另一個極端的現象。整體語言教學法又是一個典型的例子。從《紐約時報》的報導中可以看到，1987 年加州教育局發表報告，批評拼音教學太死板，因此倡議以整體語言教學使閱讀更趣味化。但是到了 1994 年加州兒童的閱讀測驗在三十九州中成績落後，因而又興起了字母拼讀教學。

造成「鐘擺現象」的根本原因，在於對語言本質的不同看法。我們知道，自然發音法把語言看作是一種由個體組成的系統；而整體語言教學法

卻把語言看成是一個不可分割的整體。自然發音法採用自下而上的微觀模式，而整體語言教學法卻採用自上而下的宏觀模式。這構成了這兩種教學法內部最突顯的緊張關係。片面強調一方，通常是以忽略或否定另一方為代價的，容易從一個極端走向另一個極端，出現「鐘擺現象」也就不足為奇了。

三、教學法的對立發展模式

在認知教學法一章中，我們也提到了教學法的對立發展模式。整體語言教學法是在自然發音法進行針鋒相對的抨擊中改革和創建起來的。在美國拼音教學自 20 世紀 50 年代起被廣泛採用，到了 80 年代被批評教學太死板，無法達到語言教學的目標，這導致整體語言教學法的產生。

四、揚長避短、優勢互補

整體語言教學法倡導者們完全摒棄解讀詞彙與句法的片面看法，過分強調整體而忽視個體作法，是從一個極端走向另一個極端。每種教學法都有局限性，對於整體語言教學法我們也應該看到它的局限性。即使它是教學法中的一枝獨秀，也不能把它當作一貼萬靈藥，指望它用在任何學生身上都能發生奇效。美國加州的教訓是，當使用整體語言教學法前，它全面肯定；當發現整體語言教學法不行時，又全面否定。我們應注意到美國教改中出現的這種左右搖擺走極端的毛病，並把美國的經驗教訓作為自己的前車之鑑。

因此，在如何使用教學法這個問題上，要避免顧此失彼，從一個極端走向另一個極端，正如章兼中所言（2016：330）：「對於現代教學法和傳統教學法之爭，不應該是一個全盤肯定和全盤否定的問題，也不應該是此對彼錯、相互抵觸的問題，而應該是一個如何揚長避短、優勢互補的問題。」今天在整體語言教學法遭到批評的時候，我們應該冷靜地作具體分析，不要把其中合理的個體也一概抹殺了。對自然發音法和整體語言教學法採取折衷方法，也許是可行的做法。折衷主義是語言教學永恆不變的真理。

《思考題》

1. 如何理解「語言是一個整體」的觀點？
2. 簡述自下而上的微觀模式和自上而下的宏觀模式的區別。
3. 什麼是外語教學發展史上的「鐘擺現象」？如何解釋這一現象？
4. 什麼是外語教學發展史上的「對立發展模式」？如何解釋這一模式？
5. 拼音教學有何優點？加州爲何要恢復拼音教學？恢復拼音教學這一事實說明了什麼道理？

參考文獻

Goodman, K. (1986). *What's Whole in Whole Language?* Portsmouth, N.H.: Heinemann.

Goodman, K., Goodman, Y., & Hood, Y. (eds.) (1989). *The Whole Language Evaluation Book.* Portsmouth, N.H.: Heinemann.

Goodman, K. (1967). Reading: a psycholinguistic guessing game. *Journal of the Reading Specialist, 4.* p. 126.

Grabe, W. (1991). Current developments in second language reading research. *TESOL Quarterly, 25*(3). pp. 375-406.

Pressley, M. (1994). Commentary on the ERIC whole language debate. In Smith, C. (ed.). *Whole Language: The Debate.* EDINFO Press & ERIC Clearinghouse on Reading, English, and Communication.

Richards, J. & Rodgers, T. (2014). *Approaches and Methods in Language Teaching.* (3rd edition). Cambridge: Cambridge University Press.

Rigg, P. (1991). Whole Language in TESOL. *TESOL Quarterly, 25*(3), 521-542.

Smith, C. (ed.). (1994). *Whole Language: The Debate.* EDINFO Press & ERIC Clearinghouse on Reading, English, and Communication.

章兼中（2016）。國外外語教學法主要流派。福州：福建教育出版社。

第十五章

功能—意念教學法
Functional-Notional Approach

關鍵字

功能—意念、資訊差距、溝通能力

function-notion, information gap, communicative
competence

Teaching English as Communication.

英語教學過程溝通化。

🌱 第一節　功能—意念教學法的背景簡介

一、基本概念

　　功能—意念教學法是建立在溝通功能（如道歉、描繪、邀請、允諾等）之上，培養學生使用文法正確的句子進行得體溝通的能力的一種教學法（Canale & Swain, 1980: 1）。該法以功能和意念為主要線索組織教學，主張學生除了具備語言或文法能力，知道如何組成句子外，還須發展溝通能力，即在某一社會情境中知道如何運用句子，使用得體的語言來表達溝通功能的能力。功能—意念教學法強調語言的功能勝過強調文法結構，因此，其最大特點之一就是「系統地關注語言的功能和結構」（Littlewood, 1981: 1）。

1. 功能和意念的定義

　　所謂「功能」，是指人們做事的意願，如詢問、請求、接受、拒絕、提議、贊成、反對等。在溝通過程中，人們使用語言來表達許多不同的功能。例如：

A: Excuse me. How can I get to the car park from here?

B: Just go up this corridor, turn left and then go down the stairs.

A: Thanks.

　　在這個對話中，說話者 A 先使用 Excuse me. 引起對方的注意；然後使用 How can I get...？來問路；B 則給予指路；最後 A 表達謝意。在這裡，引起對方注意、問路、指路和表達謝意就是語言的功能。

　　所謂「意念」，是一種抽象概念，如時間、數量、地點、頻率、順

序、比較、人際關係、情感思緒等。功能和意念兩個要素在運用語言敘述事情和表達思想的溝通過程中互相緊密聯繫，例如：Is there a library nearby? 詢問是功能，圖書館和附近都是意念。意念和觀念兩者兼備，才合乎溝通的要求。

2. 溝通能力的定義

溝通能力是功能－意念教學法的核心內容。對於「能力」（competence）的概念，許多語言學家提出了不同的看法。1965 年美國著名語言學家 Chomsky 先提出「能力」的概念，並解釋為「抽象的文法知識」。Chomsky 關注的「能力」實際上是指說話者所具有的、能使之創造出無數個合乎文法的句子的內在大腦機制，而不是實際使用中的語言。但是，許多社會語言學家從社會語言學這一角度出發，提出了不同的看法。他們認為，Chomsky 的「能力」既不涉及語言的使用，也未具體考慮人們在特定語言環境中對語言的使用。美國社會語言學家 Hymes 在 1971 年正式提出「溝通能力」這一術語，並指出 Chomsky 的「能力」實際上只是「溝通能力」的一部分。Hymes 的溝通能力概念極大地延伸了 Chomsky 的語言能力所包括的內容，不僅包含了一個人在語言運用中所必備的語言知識，而且還包含語言本身以外的社會文化規則等多方面的知識。Hymes 認為，溝通能力包括四項標準：文法性、可行性、得體性和現實性。

（1）文法性（grammaticality）：是指句子在文法、語音和詞彙上是否正確，是否可以接受。溝通能力必須以文法為基礎，否則就會導致混雜語言（pidgin language），達不到溝通的有效性。這個觀點與 Chomsky 的語言能力的內容是一致的。

（2）可行性（feasibility）：是指語言是否可以理解，不可理解就是不可行。有些句子，如超過三個定語從句（attributive clause）的複合句，就難以理解。例如：She liked the man that visited the jeweler that made the ring that won the prize that was given at the fair. 這句話在文法上是正確的，

但由於人們在感知能力上有一定的局限，因此難以理解。這句話屬於不可以理解範疇，就不可行。

（3）得體性（appropriateness）：是指語言在語境上是否適宜。語言具有社會行為的因素，說話要遵守社會規範。Littlewood（1981）把「得體性」比喻作「人們根據具體情景選擇適當穿著」。例如：有人在大街上向一個陌生人問路：Hi, you. Tell me the way to the railway station. 這句雖然在文法上正確無誤，但不符合社會規範，顯得太粗魯，有可能冒犯對方，因此它是不得體的。

（4）現實性（accepted usage）：是指語言是否符合實際，即約定俗成。如人們常說 "It's half past two. " 而不說 "It's half after two." 雖然這裡的 past 實際上就是 after 的意義，但這已約定俗成，習慣成自然了。

其他許多語言學家同意 Hymes 的觀點，一致認為溝通能力的組成遠不只是文法能力。為了有效地進行溝通，說話者不僅應知道如何創造合乎語言規則的語言，而且還知道如何得體而有效地使用語言，正如 Richards, Platt and Platt（1992: 65）所指出，「溝通能力不僅是指運用語言的文法規則以便形成文法上正確句子的能力，而且也包括知道什麼時候、什麼場合以及對誰使用這些句子的能力。」

溝通能力的提出與 Chomsky 提出的語言能力形成對照。它的出現反映了在外語教學領域中，越來越多的人贊同從社會的角度觀察語言。溝通能力成為溝通法的重要理論依據，也是外語教學的主要教學目標之一。

二、時代背景

20 世紀 60 年代後，經濟發達國家發展迅速，政府間和民間在各個領域的交流都更加頻繁。在西歐，除了本地區人民的友好往來之外，一些發展中國家的成人勞動力也流入歐洲共同市場國家，以求職謀生。在各種接觸中，都遇到語言不通的障礙。即使學過一些外語的人一旦到了國外，也連起碼的溝通活動都不會，直接影響了他們的工作和生活。對於他們來

說，傳統的教學方法難解燃眉之急。因此，需要一種新的辦法來解決這一問題。

在這種環境下，應用語言學家開始從注重語言結構轉移到強調語言的溝通功能上來，並取得豐碩的成果。

1970 年，Halliday 從純文法結構的研究轉向從事語言功能研究。他認為語言學是關於描述言語行為和篇章的理論（Halliday, 1970: 145），並把語言功能分成七大類（參見本章第二節）。

1976 年，英國語言學家 Wilkins 執筆完成了《意念大綱》一書。這本大綱一反傳統大綱中以語言形式（即文法項目）為綱的一貫做法，轉而根據語言的功能和意念範疇來安排語言學習，把功能理論應用於教學大綱中。

1978 年，Munby 發表了《溝通大綱設計》一書。該書以社會語言學的觀點為依據，從分析「溝通能力」這一概念的內涵著手，充分考慮了社會文化等環境因素對語言實際使用的影響和制約，從社會文化傾向、社會語義基礎、篇章操作水準三個層面建立了一個具有操作性的大綱設計模式。

1978 年，Widdowson 在《語言教學溝通法》一書，對困擾當時溝通語言教學的幾對矛盾的概念，如用法和使用、語言技能和溝通能力、字面意義和實際價值等，從理論上進行深刻透闢的分析，使越來越多從事普通教育的外語教師接受了溝通教學思想，把溝通法成功地從職業培訓移植到學校課堂，為溝通教學法奠定了堅實的理論基礎。

1980 年，Canale & Swain 進一步釐清了溝通能力的概念，提出了溝通能力的建構模式。根據該模式，溝通能力由四個方面構成：（1）文法能力（linguistic competence）：即具有文法、詞彙的知識，能聽、說、讀、寫文法正確句子的能力。（2）社會語言能力（sociolinguistic competence）：即能在不同場合下得體地使用語言的能力。（3）話語能力（discourse competence）：即能懂得詞與詞之間、文法現象之間的邏輯聯繫，以及句與句之間連貫關係的能力。（4）策略能力（strategic competence）：指如何開始、終止、延續或修正溝通過程的能力。

1980 年 Ek Van & Alexander 把溝通理論應用於課程設計，創造了「單元－學分體系」（unit-credit system），其辦法是根據學生的學習需要將教學內容（即功能）分解成單元或小單元，每個單元針對學生的一種功能的要求（如道歉），單元之間互相聯繫構成整體。全體學生先學共同需要的單元（內容一般都是語言的共核），再根據自己的需要選學其他單元，不需要的就可以不學。所謂共核（common core），是指各種社交生活、工作、交流中，人們經常要用到的共同的語言資料和方式。

1981 年，Littlewood 提出「技能學習模式」（skill-learning model）的理論。該理論認為，語言必須透過使用才能掌握，因此極其強調語言在用中學、在學中用。

功能－意念教學法的產生，開創了溝通教學的新時代。從此，溝通能力被當作外語教學的中心。繼功能－意念教學法之後，其他的教學法（如專案教學法、合作語言教學法、任務型語言教學法）相繼問世，登上教學法的歷史舞臺。

第二節　功能－意念教學法的理論基礎

一、語言本質

1. 語言是溝通工具

語言是溝通工具，而不僅僅是一套文法結構。溝通是一種雙方交流資訊的過程。因此，在教學中就應該體現溝通教學的原則：

（1）教學是透過溝通實施的（Teaching is as communication）：外語教學就是透過師生之間、學生之間的溝通來實施的。可見，教學過程就是透過溝通來實施的，即通常所說的「英語教學過程溝通化」。

（2）教學目的是為了溝通（Teaching is for communication）：外語教學的目的主要是為了學生掌握溝通能力。英語教學裡的溝通性原則，要

求教師把英語作為溝通工具來教，也要求學生把英語作為溝通工具來學，還要求教師和學生課內、課外把英語作為溝通工具來用。

2. 語言是表達功能的工具

Halliday 是第一個從純文法結構的研究，轉向從事語言功能研究的語言學家。他認為語言學是關於描述言語行為和篇章的理論（Halliday, 1970: 145），並把語言功能分成七大類：（1）工具功能：指兒童使用語言去獲得所需要的東西，或滿足自己的要求和願望；（2）調節功能：指兒童使用語言要求別人來為他（她）做事，透過語言來調節、控制別人的行為；（3）相互作用功能：指兒童使用語言與周圍的人交流；（4）表達個人功能：指兒童透過語言表達自己的思想、情感或獨特性，或藉以來發現自己；（5）啟發功能：指兒童用語言來探索周圍的環境，弄懂為什麼這樣或那樣，藉以認識客觀世界；（6）想像功能：指兒童用語言創造自己的世界，或創設一個假想的世界；（7）表達功能：指兒童用語言向別人傳達資訊。

3. 語言是一種文化系統

Finocchiaro & Brumifit（1983: 30）認為，語言有四大系統，即語音系統、文法系統、詞彙系統和文化系統。文化系統包括在社會環境中的語言得體性、價值、道德、禁忌、禮儀、習慣、藝術和社會制度等。他們還指出，這四個系統的知識有意識或無意識地對人們理解性地聽；正確、流利和得體地說，理解性和趣味性地讀；以及為了實際意義和表達創新思想地寫都是必需的。

二、教學觀點

1. 技能學習模式

功能—意念教學法的教學理論是「技能獲得論」（Littlewood, 1981, 1984）。根據這個理論，語言使用是一種行為技能。如同游泳、彈鋼琴

的技能一樣，語言可以分成「部分技能」（part-skills），進行分解式的訓練，例如：慣用語、語音、語調訓練等。所有這些部分技能都要按部就班地學習，然後按照語言功能的要求把它們「組裝」起來，再進行「全技能」（total skills）的合成訓練。這好比學習游泳，通常包括單項運動的個別練習（部分技能）和真正的游泳（全技能）實踐。在外語學習的課堂上，部分技能訓練包括語音、文法的個別訓練，而使用這些技能進行溝通則是全技能的練習。因此，功能—意念教學法採取 PPP 教學步驟（即呈現→練習→表達），即教師先呈現一個語言功能，然後指導學生練習，最後讓學生在語言環境中使用這個語言功能進行溝通。學生把所學的語言功能都學了，就等於掌握了一門語言。

2. 溝通活動

根據「技能獲得論」，語言必須透過使用才能掌握，因此語言須在用中學、在學中用，正如 Finocchiaro and Brumifit（1983: 30）所指出，「我們在課堂上關心的是語言的使用，而不僅是語言知識；我們還認為在真實的情景中進行學習，是學習外語的最佳方法。」因此教師應設立溝通活動，讓學生扮演活動的角色，置身於真實的日常生活中來學會語言的溝通功能。

根據 Littlewood（1981: 17-8）的觀點，溝通活動可使學生進行各種技能的練習。人們進行各種技能訓練時，其活動包含部分技能訓練和全技能訓練。在外語學習的課堂上，向學生提供全技能的語言實踐（whole-task practice），以進行適合於學生的個別和總體能力發展的活動就是溝通活動。

🦋第三節　功能—意念教學大綱

功能—意念教學大綱的主要內容，是語言的功能和意念。功能—意念教學法主張外語教學不能像文法翻譯那樣，以文法作為大綱的主要內容；

也不能像聽說教學法那樣以結構為大綱，而應以語言功能和意念為大綱。文法只是在解釋一個表達功能的語言形式時才提到。但功能—意念教學大綱排列功能的方法與結構大綱排列文法的方法相同，如「打招呼」的功能在前，「告別」的功能在後等。第一本這樣的大綱就是 Wilkins（1976）的《意念大綱》。

但是，功能和意念千差萬別，篩選哪些去進行分類呢？功能—意念教學法的取捨標準是學生今後使用外語的社會需要，即根據具體學生需要表達什麼、理解什麼，就學那些意念和功能；根據選學的意念和功能去選學相應的語言形式。Brown（1999）提供了功能—意念教學大綱選擇語言的例子：（1）介紹自己和別人；（2）交換個人資訊；（3）請別人拼讀姓名；（4）發出指令；（5）道歉和致謝；（6）確定和描繪人物；（7）詢問資訊。

第四節　功能—意念教學法的教學設計

一、教學目的

功能—意念教學法旨在發展學生的溝通能力。它不僅要培養學生聽、說、讀、寫等方面的語言技能，還要教他們將這些語言技能得體地運用到溝通中去。該法注重語言的功能，但並不排斥文法，只是文法再也不是教學的重點了。文法能力在溝通能力占一席之地，在溝通過程中是不可或缺的。

為了達到溝通目標，學生必須對語言形式、語意與語言功能有所瞭解。溝通目標表現在以下三種能力上：

1. 辨別語言形式及其所表達功能的能力

功能是表達人們做事的意願，而形式是句子的文法結構。Littlewood（1983: 6）指出，要掌握溝通能力，學生必須能夠區別清楚語言形式及其所表達的溝通功能。這是因為有的語言形式與語言功能並不相等，一種語言形式的功能隨著不同的情景和語景而發生變化。例如：

情景（1）A： I think we've got everything.

B： What about the camera?

A（1） ：It's in the case.

情景（2）A： I think we've got everything.

B： What about the camera?

A（2）：We'd better take camera?

在這兩個對話中，頭兩句都一樣，但有不同的回答。A（1）的回答表明 B 的提問是表示尋求資訊的功能，這時 What about the camera? 相當於：Where is the camera? A（2）的回答表明 B 的提問可以是表示建議的功能，這時 What about the camera? 相當於：Shall we take the camera with us?

同樣，一種功能也可以用許多不同的語言形式來表達。比如有許多句子（疑問句、祈使句、陳述句等）都表示同一種功能，只是講話者的身分、場合以及其他情況不同罷了。下面幾句都表示「向對方借火」的意願（Richards, 1990）：

- 陳述自己的需要：I need a match.
- 使用祈使語氣：Give me a match.
- 含祈使語氣的問句：Could you have a match?
- 直接請求：May I have a match?
- 使用疑問句：Do you have a match?
- 暗示：The matches are all gone, I see.

假如不理解形式所表達的溝通功能，就會導致溝通失敗。Littlewood（1981: 2）舉例說：有位教師叫他的學生把地上的毛巾撿起來掛好。教師一連說出三種疑問句，那個學生都沒有理會，直到教師用了祈使句：Pick up the towel! 他才醒悟過來。因此，語言形式和溝通功能必須兼學。如果缺乏形式的正確性，學生說的話就會錯誤百出；如果不懂語言的功能，學生則只會造句而不會溝通。

2. 即席創造語言的能力

即席性（improvisation）是溝通的另一個特點。溝通通常都是在毫無準備的情況下進行，即使是簡單的對話也存在不可預測性。因此，在溝通中，人們需要掌握臨場應變能力，懂得如何對各種不同情景做出反應，如何使用已知的語言資料即席地、創造地應答。如果不懂或忘記某個詞語，就會用別的詞語來代替。即席性不是背誦課堂上所學的對話，否則溝通便成為「背誦對話」的活動了。

3. 文化能力（cultural competence）

語言和文化是密切相關的，語言不能脫離文化而存在。由於每個國家的文化不同，因而產生文化差異。從中英語化看，其差異有文化相悖現象，即兩種語言同時存在但包含不同的內涵，會引起不同聯想的事物或現象，比如「狗」與 dog、「黃色」與 yellow。這些差異導致本族語者的溝通得體性與外語學習者的溝通得體性的標準不同，正如 Widdowson（1978）指出的那樣，溝通功能具有文化特徵如同語言形式具有語言特徵一樣。由於存在著語言差異和文化差異，文化差異影響得體地溝通，因此在學習外語時，要學習該語言所賴以生存的文化，只學習語言不瞭解其文化會產生許多「文化錯誤」。從某種意義上說，外語教學是文化教學。要拓展學生的文化視野，發展他們跨文化溝通的意識和能力。教師應處理好語言和文化的關係，努力使學生在學習英語的過程中瞭解英語國家文化；幫助他們提高理解和恰當運用英語的能力，不斷拓展文化視野，加深對該國民族文化的理解，發展跨文化溝通的意識和能力。

二、教師角色

功能－意念教學法的課堂教學具有兩面性：以教師為中心和以學生為中心。

1. 以教師為中心

傳統課堂教學是以教師為中心的。教師是主導者，控制整個教學的方向和進度；學生是被動的語言接受者。在功能─意念教學法的課堂上，教師的這個角色仍然存在。Littlewood（1981: 92）指出，「教師要擔任一些熟悉的課堂角色，呈現新語言，直接控制學生的語言行為，並對它進行評估和糾正等。」例如：教師必須呈現溝通功能、結構、意念和文化知識，並提供控制性和指導性的活動（Finocchiaro & Brumfit, 1983: 99-100）。

2. 以學生為中心

傳統教學的角色並不是功能─意念教學法教師角色的全部，因為教師必須在溝通活動階段充當助學者、活動的組織者、監督者和評估者。有時候教師還要在學生的活動中去擔任夥伴。雖然教師由主導者變為助學者，但這絕不意味著降低教師的作用或降低對教師的要求。雖然教師講授時間減少了，但他們組織課堂活動的任務增加了。教師不僅設立各種教學情景，促使學生參與活動，還要在學生的活動中具有助學者和參與者的作用。這顯然比站在講臺上照本宣科要難得多。教師還要充當「需求分析者」（needs analyst），即調查學生想學什麼內容。Canale（1983: 18）指出，「功能─意念教學法必須基於學生經常變化的溝通需要和興趣上，並對這些需求和興趣做出回應。」

三、學生角色

功能─意念教學法的課堂教學必須溝通化。在這個溝通過程中，學生參與各種溝通活動，得體地表達、交流自己的意念和功能。

四、母語使用

功能─意念教學法沒有強調使用母語進行教學。

五、對待語誤

作為一種溝通教學法，功能－意念教學法對語誤採取容忍的態度。

六、教材作用

如同功能－意念教學大綱規定學生所學的功能和意念一樣，教材主要也是呈現功能和意念，並把它們分為獨立的單元。如 Coffey（1983）的課本《*Fitting In: A Functional Texts for Learners of English*》在目錄中，就列出每個單元所要學習的功能項目：（1）打招呼；（2）邀請；（3）道歉；（4）道謝；（5）請求；（6）提供等。每個單元都包括呈現對話、對話練習、情景活動、角色扮演功能內容的多項選擇練習、討論等多種活動。

第五節　功能－意念教學法的課堂實踐

一、教學活動

溝通活動是課堂教學的主要活動。Littlewood（1981）指出，溝通活動包括「溝通前活動」和「溝通活動」。溝通前活動包括結構練習和亞溝通活動，溝通活動包括功能溝通活動和社會互動活動（圖 15-1）。

pre-communicative activities（溝通前活動）

→ structural activities（結構練習活動）

→ quasi-communicative activities（亞溝通活動）

communicative activities（溝通活動）

→ functional communicative activities（功能溝通活動）

→ social interactional activities（社會互動活動）

圖15-1　溝通前活動和溝通活動

資料來源：Littlewood, 1981: 86.

下面對上述四種活動做一簡單介紹：

1. 結構練習活動

結構練習活動是指傳統的文法和結構練習活動，如模仿句型造句、背誦對話等，其重點在於培養學生使用語言的正確性。也就是說，它保證學生能在溝通活動中使用文法正確的句子。

2. 亞溝通活動

亞溝通活動是溝通練習活動，還不是真正的溝通活動。在亞溝通活動中，教師把組成溝通能力的知識與技能抽出，然後提供機會讓學生逐個練習，這樣學得溝通的部分技能，以便為全部技能的溝通活動做準備。

3. 功能溝通活動

功能溝通活動重點是要讓學生盡可能透過溝通活動表達某種功能。成功的標準是表達功能的有效性。這類活動主要的形式為傳遞資訊和處理資訊。一共可分為四類：（1）透過有限的合作來分享資訊，如找圖片、找順序或地點、找祕密等；（2）透過不受限制的合作來分享資訊，如交流圖案或圖片、交流製作的模型、尋找差異、尋求指導等；（3）分享並且掌握資訊，如重新排列故事順序、集中資訊去解決一個問題等；（4）掌握資訊。它是為了解決一個問題或做出一個決定，需要對一些事實進行分組或雙人討論而進行的交流。

如在下面這個「難題解決」的活動中，由於學生事先不知道答案，因此必須尋求解決的方法。在討論中，學生要做到形式和功能兼顧。如學生請求對方作進一步解釋時說："I don't understand your solution." 對方要知道其意義和功能並做出反應。

A man is standing by the river. He wishes to cross the river together with his wolf, goat and vegetables. He has only one small boat which can carry only one of them at a time. The wolf will eat the goat and the goat will eat the vegetables if the man is absent. Decide how he can get across the river without damaging any of them.

4. 社會互動活動

社會互動活動不僅要表達某種功能，還要讓學生注意使用語言時要考慮其社會交流意義。社會互動活動提供了學生將來可遇到的社會情景（social context），在這個情景中應考慮如何做到說話符合社會規範。評價社會互動活動不僅要看其使用的語言在表達某種功能時是否成功，還要看其語言的「可接受性」如何。這種可接受性包括語言本身的準確程度，也包括語言是否得體。這類活動主要有兩種：一是將課堂環境作為社會場景，二是模仿和角色扮演。

例如：下面這個「角色扮演」的活動，學生除要兼顧形式和功能外，還要考慮說話是否得體。比如學生 B 在拒絕對方的邀請並提出自己的意願時，要考慮如何避免得罪對方。

Student A	Student B
You like dancing and going to discos. Suggest to your partner that you go out this evening. Try to persuade him/her to go where you prefer.	You don't like dancing and going to discos. You prefer going to the cinema or to a concert. Try to persuade your partner to go where you prefer.

二、教學步驟

雖然每節課的教學步驟都沒有固定模式，但是功能─意念教學法基本上都採取 PPP 的教學步驟，即呈現→練習→表達。在呈現階段，教師透

過適當的講解和示範呈現新的語言功能專案，讓學生感知並理解。在練習階段，教師組織學生進行練習，以鞏固所學的內容並形成習慣和技能。在表達階段，學生使用所學的語言功能進行交流活動，自由地表達思想，並得體地使用語言進行交流。

三、教學實例

2003 年筆者在一所中學觀摩了一節公開課。該課所教的是中學一年級的英語課文，題目叫 What's the Time, Please? 這篇課文是以功能為綱而編寫的，提供了詢問時間、尋求幫助、表達謝意等功能性語言。該課教師的教學步驟和方法歸納如下：

步驟	方法
呈現 （十五分鐘）	1. 教師以一個猜測性遊戲來開課。她把一個鬧鐘藏在一位學生的桌子裡，並詢問學生鐘聲來自何方。 2. 當遊戲結束時，教師手舉著鬧鐘問學生："What's the time?" 學生回答："It's ...." 3. 學生跟讀句子，先是全班讀，然後是小組讀，最後是個人讀。 4. 教師引入另一個單字 "watch"，並指出其複數形式是 watches。接下來是角色扮演。例如：一個學生說："Here you are." 另一個學生答："Thank you." 等活動。 5. 同上述步驟 3，學生練習這些新句子。
練習 （十五分鐘）	1. 學生聽磁帶播放。在播放中，一位英語本族語者朗讀課文中的對話，接著學生逐句跟讀。 2. 學生根據對話進行雙人和小組的角色扮演。 3. 學生進行課文練習。
表達 （十五分鐘）	1. 教師呈現幾張圖片，說了一些含有所學的生字的句子，然後讓同桌每對學生使用這些句子準備一段對話。教師在教案中，稱之為「雙人討論活動」。

（續）

步驟	方法
	2. 經過大約五分鐘的準備，學生進行教師所稱的「活動競賽」。有七組學生上臺進行對話表演，其中一組所做的對話如下：
	A: What's the time, please?
	B: Let me see.
	A: It's about .... It's about nine twenty-five.
	B: You must ...you must....
	T [教師]: You must look after it.
	B: You must look after it.
	A: OK. Thanks. Goodbye.
	B: Bye.
家庭作業 （一分鐘）	家庭作業是練習冊的一、二兩題，並背誦所學的對話。

§ 本課教學評論

　　本課的教學目的是讓學生學會有關詢問時間、尋求幫助、表達謝意等功能性語言。教師使用了 PPP 的教學步驟（即呈現、練習和表達）。教師首先透過一個猜測性遊戲引入所教的內容，然後進行聽磁帶播放，逐句跟讀，雙人和小組的角色扮演等鞏固性練習，最後教師讓學生進行「雙人討論活動」和「活動競賽」。這堂課之所以使用了功能—意念教學法，是因為它具備如下三個特點：（1）使用 PPP 的教學步驟；（2）教授功能性的語言；（3）學生上臺進行交流活動。其中最重要的溝通教學特點就是溝通活動，假如教師只是呈現和練習語言重點，而沒有進一步讓學生進行表達（即學生展開的溝通活動），就不是溝通性教學了。

✥第六節　對功能—意念教學法的評價

一、優點分析

1. 吸取各教學流派之長

功能—意念教學法既兼容了聽說教學法根據難易程度安排語言結構的方法來編排語言功能，又並蓄了情景教學法在情景中練習外語的方法來設計溝通活動。

2. 培養學生掌握溝通能力

以往各種外語教學法注重語言形式，而功能—意念教學法則注重溝通功能和溝通能力。它首先把語言看作是人們在社會生活中進行溝通的工具，外語教學的目標是要培養學生掌握聽、說、讀、寫的溝通能力。

3. 從學生實際需要出發，確定學習目標

以往各種教學法流派多半是以教師為中心，而功能—意念教學法則轉向以學生為中心。溝通語言教學根據學生使用語言的實際需要，確定其學習的目標。從教材內容到具體方法的選擇，都集中在完成所定學生學習目標之上。這樣，便於學以致用、學用結合，收到良好的學習效果。

4. 教學過程溝通化

從語言形式出發難以滿足運用外語進行言語溝通的需要。只有從語言是溝通工具的角度出發，把外語教學過程變成言語溝通的過程，才能最終滿足使用語言進行溝通的需要。所以，功能—意念教學法要求整個外語教學過程必須在真實的社會情景中，使用真實的語言進行溝通活動。

二、缺點分析

1. 意念－功能教學大綱的問題

　　Johnson（1983: 48）指出，「理論上的最大反對意見是功能大綱顯然無法提供一個學習的總框架。」Wilkins 的意念大綱用一系列的意念和功能項目，來代替另一系列的文法項目。Wilkins 在其大綱中區別了綜合（synthetic）和分析（analytic）兩種大綱。在綜合性大綱中，語言被分解成語音、詞彙和文法等，在課堂上教師逐個針對這些項目進行教學，直到全部教完為止。在分析性大綱中，語言沒有被分解，也沒有預先選擇語言項目，而是規定各項活動讓學生進行練習，從中學習使用語言的能力（如任務型教學大綱）。Wilkins 認為他的意念大綱是屬於分析性的，但許多語言學家認為，功能和意念仍然是語言的分析單位，就像文法項目是從整個語言分割出來那樣，而且是被預先選定的，因此意念大綱仍是傳統的綜合性大綱（Markee, 1997: 17）。

2. 功能和意念選擇與排列的問題

　　當功能－意念教學大綱從文法轉到意念和功能時，其選擇和排列也出現較多問題，同一功能可用多種形式表達，如何選擇和取捨？Nunan（2001: 61）指出，人們一看語言重點的難易程度，就會意識到功能－意念教學大綱具有多種選擇標準。這些標準包括語景和非語言因素，因此沒有客觀的方式來判定一個功能項目比另一個功能項目更複雜。比如一位說話人想要另一位把窗子關上有許多表達法，如何取捨這些話語行為中的一個因人而異，沒有客觀標準。Wilkins（1976: 49-52）在《意念大綱》上有一個例子，都是要求把窗子關上的各種句子（見圖 15-2）。

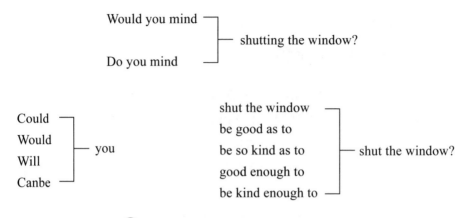

圖15-2　請求把窗子關上的各種句子

資料來源：Wilkins, 1976: 49-52.

☙第七節　功能－意念教學法的教學啓示

為了有效地培養學生的溝通能力，功能－意念教學法給我們教學的啓示是：

1. 必須把語言當作溝通工具來教和學，盡可能做到如功能－意念教學法所提倡的「教學過程溝通化」，鼓勵學生得體地運用語言來表達溝通功能。

2. 應在課堂中讓學生參與各種各樣的溝通活動，而溝通活動的主要特點之一是「資訊差距」，也就是說雙方都不知道各自所擁有的資訊，以使溝通活動更接近於真實。沒有資訊差距的活動，被認為是「假溝通」。因此，在進行溝通活動的過程中，教師必須時刻避免毫無資訊差距的練習。

3. 教師應拓展學生的文化視野，發展他們跨文化溝通的意識和能力。教師應努力使學生在學習英語的過程中瞭解外國文化，特別是英語國家文化；幫助他們提高理解和恰當運用英語的能力，不斷拓展文化視野。加深對該民族文化的理解，發展跨文化溝通的意識和能力。

第八節　結束語

一、功能—意念教學法的歷史意義

縱觀語言教學史，功能—意念教學法的出現具有里程碑意義。與以往的教學方法相比，該法最顯著的特點是以語言的功能項目為綱，以學生的溝通需求為出發點，以教學過程的溝通化為主要特徵，以培養學生的溝通能力為主要目的。因此，功能—意念教學法擺脫了過去幾個世紀所形成的外語觀點和教學原則。具體表現在如下兩個方面：

1. 語言本質

功能—意念教學法問世之後，我們認識到語言不僅僅是一套文法結構，也是一種表達溝通功能的工具。語言具有形式和功能雙重屬性。功能—意念教學法之前的教學方法，如文法翻譯法、直接教學法、聽說教學法、情景教學法、認知教學法等，都是在分析語言形式的基礎之上衍生出來的。如今我們發現了另一種分析語言的角度，即從語言的功能和意念範疇著手，來組織語言學習資料，設計語言教學活動。

2. 教學觀點

功能—意念教學法把語言的功能觀和語言的結構觀結合起來，以達到更完整的溝通觀。從此，我們認識到只教會學生如何操作語言結構是不夠的。學生必須具有在真實的環境中，使用這些結構來表達溝通功能的能力。因此，功能—意念教學法向學生提供了培養這種能力的機會。功能—意念教學法提出，學生除了須具備文法能力，還須兼具包含社會語言觀念的溝通能力，為了培養學生的溝通能力，教師應在課堂中讓學生參與各種各樣的溝通活動。

二、溝通語言教學方法群

功能－意念教學法的影響力遠遠超出這一教學方法本身，已經發展為一個完整的語言教學體系，與其同時出現的是一個「溝通語言教學方法群」（Communicative Language Teaching, CLT），如能力導向教學法、專案教學法、合作語言教學法等。這些 20 世紀 80-90 年代後出現的重要教學法流派，在一定程度上都是對功能－意念教學法的溝通教學思想的繼承和發展。

同時，功能－意念教學法作為一種弱式溝通法（Weak CLT）受到了批評。儘管如此，它催生了強式溝通法（Strong CLT）── 任務型教學法。沒有功能－意念教學法，就沒有任務型教學法。功能－意念教學法和任務型教學法是兩種對立的溝通教學法，其對立面主要表現在教學方法和步驟上。在教學方法上，前者強調「先學後用」或「為用而學」（learning to use language）；而後者強調「在用中學」或「邊用邊學」（using language to learn it）。在教學程序上，前者使用「PPP 步驟」，而後者採用「PPP 顛倒步驟」。可見，兩者的主要區別在於如何教學的方法上。

如上所說，溝通語言教學方法（CLT）是一個「溝通語言教學方法群」，或「多種溝通法的聯合體」（CLT is a bundle of approaches），包括弱式溝通法（其中又包括幾種溝通法）和強式溝通法（圖 15-3）。

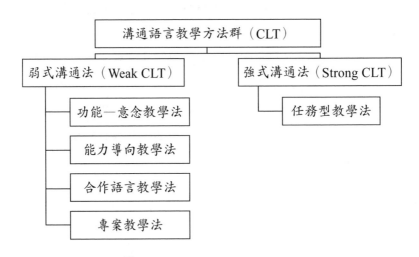

圖15-3　溝通語言教學方法群

《思考題》

1. 功能—意念教學法是如何看待語言的？
2. Hymes提出的溝通能力，由哪四個部分組成？Canale & Swain提出溝通能力的四個部分是什麼？
3. 功能是表達人們做事的意願，而形式是句子的文法結構。請用自己的例子說明：（1）有的語言形式與語言功能並不相等；（2）一種功能也可以用許多不同的語言形式來表達。
4. 功能—意念教學法脫離了過去幾個世紀所形成的外語教學原則，具體表現在哪幾個方面？
5. 根據本章介紹，列舉三至五個溝通教學的核心概念，並根據自己的理解加以解釋。

參考文獻

Brown, H. (1999). *New Vistas: Getting Started. Books 1 and 2. Teacher's Resource Manuals.* Upper Saddle River, NJ: Prentice Hall Regents.

Canale, M. & Swain, M. (1980). Theoretical bases of communicative approaches to second language teaching and testing. *Applied Linguistics 1,* 1: 1-47.

Canale, M. (1983). From communicative competence to communicative language pedagogy. In Richards, J. & Schmidt, R. (eds.). *Language and Communication.* Longman.

Chomsky, N. (1957). *Syntactic Structures.* 's-Gravenhage: Mouton.

Chomsky, N. (1966). *Aspects of the Theory of Syntax.* Cambridge: M.I.T. Press.

Ek Van & Alexander, L. (1980). *Threshold Level English in a European Unit/ Credit System for Modern Language Learning by Adults.* Strasbourg (France): Council of Europe.

Finocchiaro, M. & Brumfit, C. (1983). *The Functional-National Approach: From*

Theory to Practice. Oxford: Oxford University Press.

Halliday, M. (1970). Language structure and language function. In Lyons, J. (ed.). *New Horizons in Linguistics.* Harmondsworth, England: Penguin.

Holliday, A. (1994). *Appropriate Methodology and Social Context.* Cambridge: Cambridge University Press.

Howatt, A. (1984). *A History of English Language Teaching.* Oxford: Oxford University Press.

Hymes, D. (1979). On communicative competence. In Brumfit, C. & Johnson, K. (eds.). *The Communicative Approach to Language Teaching.* Oxford: Oxford University Press.

Littlewood, W. (1981). *Communicative Language Teaching: An Introduction.* Cambridge: Cambridge University Press.

Littlewood, W. (1984). Integrating the new and the old in a communicative approach. In Bikram, D. (ed.). *Selected Papers from the RELC Seminar on Communicative Language Teaching.* Singapore: Singapore University Press.

Markee, N. (1997). *Managing Curricular Innovation.* Cambridge: Cambridge University Press.

Munby, J. (1978). *Communicative Syllabus Design.* Cambridge: Cambridge University Press.

Numan, D. (2001). *Syllabus Design.* In Celce-Murcia, M. (ed.). *Teaching English as a Second or Foreign Language.* (3rd edition). (pp. 55-64).

Widdowson, H. (1978). *Teaching Language as Communication.* Oxford: Oxford University Press.

Wilkins, D. (1976). *Notional Syllabuses: A Taxonomy and its Relevance to Foreign Language Curriculum Development.* Oxford: Oxford University Press.

第十六章

自然教學法
The Natural Approach

關鍵字

自然學習、習得／學得、理解性輸入

natural learning, acquisition/study, comprehensible

input

Comprehension precedes production.（Krashen & Terrell, 1983: 58）

理解要先於表達。

🐝 第一節　自然教學法的背景簡介

一、基本概念

自然教學法是一種強調語言的輸入（input），而不是練習（practice），以培養學生溝通能力為目的的教學法。它透過營造一個低焦慮的學習環境，給學生提供能夠理解的聽和讀的語言內容，使他們像兒童發展母語能力般地自然習得外語。

在外語教學領域中，「自然」的概念是指外語須像兒童發展母語能力般地自然習得。其特點是學習過程中不藉助母語、無文法分析，也無句型練習，而是直接學習、直接理解和直接應用。這種觀點有別於默示教學法──在由獨特的彩色棒創造的人為環境中學習語言。

自然教學法與本書第三章所介紹的直接教學法的別稱「自然教學法」（稱為 "method"）不一樣。舊自然教學法是直接教學法的前身，是與文法翻譯法相對立而產生的。自然教學法（稱為 "approach"）是根據第二語言習得的理論創立的。儘管它們強調在自然的環境中學習外語，但它們是有區別的。新自然教學法不像舊自然教學法那樣強調以教師為中心，重視練習的作用，以及追求語言的準確性，它更重視學習者習得語言的機制以及可理解的語言輸入在教學中的作用。

二、時代背景

自然教學法產生於 20 世紀 80 年代初期，其倡導者是 Tracy Terrell & Steven Krashen。Terrell 是美國加州的西班牙語教師，他根據自己的西班牙語教學實踐，結合二語習得理論中有關自然主義原則的理論，尤其是

Krashen 關於二語習得理論提出了自然教學法。1983 年 Krashen & Terrell 合作出版了《自然教學法》一書，全面論述了自然教學法產生的歷史背景、理論基礎和教學實踐。

自然教學法的基本特點可歸納如下：

1. 自然教學法基於自然教學理念

根據 Krashen & Terrell（1983），自然教學法基於「傳統」的自然教學理念，這種觀念與直接教學法的觀念是一致的。直接教學法大約產生於 20 世紀初葉，而自然教學法產生於 20 世紀 80 年代。雖然兩者產生的時間不同，但是，Krashen & Terrell（1983: 17）指出，自然教學法具有直接教學法的某些特點，因此是再生的直接法（direct method rediscovered）。

2. 自然教學法屬於溝通教學流派

由於承認溝通是語言的首要功能，並強調是以培養溝通能力為目的，因此，自然教學法屬於溝通教學法流派。

3. 自然教學法是一種教學途徑

Krashen & Terrell 認為自然教學法具有較強適應性，在課堂教學條件下完全可以用習得語言的方式培養溝通能力。至於使用何種教學大綱和教學活動，它都沒有做出規定，因此它多借用其他溝通教學法的活動和技巧（如全身反應教學法的動作教學活動）。

由於自然教學法是依據 Krashen 著名的二語習得理論所創立的，因此它在產生的初期倍受關注。

🐝 第二節　自然教學法的理論基礎

一、語言本質

　　在本書第一章中，我們談到語言本質與教學觀點是教學法的理論基礎，但是，並非每一種教學法都基於這兩種理論。有些教學法主要基於對語言本質的看法（如功能—意念教學法）；而有些則基於教學觀點，包括二語習得理論。自然教學法屬於第二種類型。它主要基於 Krashen 著名的二語習得理論，而它對語言的看法卻很少進行探討。不過，由於它強調培養學生的溝通能力，所以我們可以推測它的語言觀就是溝通觀。

　　自然教學法認為，語言是溝通工具。溝通是語言的基本功能。語言是表達資訊的工具。同時語言也是由表示資訊的結構所組成的。結構是透過文法對詞彙的組合而構成的，資訊表達得越複雜，文法結構也就越複雜。雖然 Krashen & Terrell 提出上述的結構觀點，但兩人均認為教師不應對文法結構進行詳解，甚至在語言教材中也可省略文法結構的解釋，正如 Krashen & Terrell（1983: 55）所言，「最佳的語言教學方式是進行資訊的交流，而不是詳細的文法解釋和有意識的學習。」

二、教學觀點

　　自然教學法基於 Krashen 的二語習得理論，該理論由下面五個假設所組成（Krashen & Terrell, 1983: 26-27）。

1. 習得—學得假設（acquisition-learning hypothesis）

　　Krashen 指出，成年人在發展二語能力時有二種不同的方法：學得和習得。學得是人們有意識地學習目標語文法和規則的過程，學得的結果是學生瞭解該語言的顯性知識（explicit knowledge），學得通常透過正式的課堂教學進行。與學得相對應的是習得，習得是類似於幼兒習得母語的自然過程，在此過程中，語音、文法、語用規則被無意識地習得。同時幼

兒也獲得隱性知識（implicit knowledge）或本族語者所擁有的正確或不正確地使用語言的直覺知識。幼兒似乎能夠無意識和相當輕鬆地掌握母語；而且到了成年時期，這種習得能力也不會消失。總之，習得注重意義和資訊，而學得注重形式結構。課堂教學過分注重形式和文法，其結果只會阻礙習得過程。習得而不是學得才能使學生掌握使用目標語，進行溝通的能力。

　　基於上述理論，自然教學法強調課堂是供習得用的，是教師使用外語向學生提供大量的理解性輸入的場所。課堂教學不是為了提供文法結構的練習，而是為了傳達有意義的資訊。

2. 監控假設（monitor hypothesis）

　　監控假設認為，在成年人發展二語時，「習得」擔任著提高流利度的責任，而「學得」則擔任檢查自身的語言，然後對其改正、編輯和校對的任務。習得的語言在輸出時，已經受到已有知識的監控和編輯。透過學得的語言規則和顯性的結構知識，可以糾正和編輯所輸出的語言。這種語言規則和知識不會促進溝通能力的掌握，而只能產生監控和修補語言的作用。Krashen & Terrell（1983: 30）指出，「當我們創造外語的句子時，句子是由已獲得的系統引發的，而我們有意識的學習只在後來才發生作用。」

　　為了使監控得以產生，須符合下列三個條件：

　　（1）學習者必須有足夠的時間，來選擇或運用他們所學會的規則。因此，監控通常多用於有足夠的時間準備和進行的寫作過程。

　　（2）說話者必須注重結構和形式的正確性，而不是注重句子的意義，即注重說什麼，而不是怎麼說，這樣監控才發生作用。

　　（3）說話者必須擁有文法知識。如果說話者不曉得他們違反了哪些文法規則以及如何對這些錯誤進行修改，那麼他們就不能對輸出進行監控。

　　基於上述理論，自然教學法強調在課堂上教師應把文法放在適當的位

置上，文法可以不學，因為語言規則和知識只能產生監控和修補的作用。
課堂是接觸語言，而不是學習文法的場所。

3. 自然順序假設（natural order hypothesis）

自然順序假設認為，假如習得是自然發生的，那麼大多數人習得語言
項目（如文法結構）的順序是一樣的。由於語言項目的掌握是從易到難，
因此習得有固定的自然順序。某些項目容易掌握，就先被習得；有些較
難，就後被習得。比如，被動句比主動句來得難，因此自然順序就是主動
句在被動句之前被習得。但是，學生具有個體差異，因此並非每個學生習
得語言項目的順序都是相同的。

基於上述理論，自然教學法強調在學生具備說話條件之前，教師不要
強迫他們開口說話，而應在教學中讓學生接觸有意義的目標語，進而讓學
生發展基本溝通能力及詞彙能力。從課程開始時，學生就一直聆聽教師講
外語，學生一開始不須開口。等過了沉默期，自然語言就會水到渠成。

4. 輸入假設（input hypothesis）

輸入假設是指，只有當輸入的語言能被理解時，習得才能產生。可
理解性輸入是激發習得過程，並最終內化語言結構和文法是不可少的條
件。學習者透過理解稍微超出他們目前語言水準的輸入而產生習得，即 i
+ 1 的語言，進而獲得較高的語言。透過理解「i + 1」的語言，語言習得
者可以從 i 臺階（i 指學習者目前的語言水準）上升至 i + 1 臺階（i + 1 表
示在習得的情況下，較 i 更高一級的語言能力）（Krashen & Terrell, 1983:
32）。

為了使學習者理解新語言，就必須提供情景以及語言本身之外的知
識，這與母語習得的情景極為相似。在這情景中，學習者接觸「保母式用
語」（caretaker speech）和「外國腔語言」（foreigner talk），這種語言
涉及有關話題和當時當地的具體情景。因此，教師要用視聽工具和媒介等
來提供情景，以使語言更為容易理解。Krashen & Terrell（1983: 75）指出：

「在情景中，學生可以進行溝通，而不必把全部精力放在理解語言上。當這個目標達到時，學生才可以理解新語言。」

基於上述理論，教師應利用學生過去學過的知識，設計便於他們理解的教學活動。在介紹新詞彙、引進新知識的時候，教師要盡可能透過圖片，偶爾穿插學生的母語，或運用動作表情等方法讓學生理解語言。

5. 情感過濾假設（affective filter hypothesis）

情感過濾假設認為，學習者的情緒狀態會影響語言習得，比如動機強烈、有自信、心情輕鬆等是幫助習得的有利因素。當情感因素都處在正面狀態時，學生最容易接受語言輸入，因此有利於習得。像心理有防備或焦慮等負面因素，就會阻礙可理解語言的輸入。Krashen 認為，學習者的情緒就像一片可以調節的濾鏡（filter），可以自動地阻礙語言輸入。低障礙情緒的濾鏡非常必要，因為它較少阻礙語言的輸入。

因此，教學要在低情緒指數和友好輕鬆的氣氛中進行，不能讓學生處於心理防衛狀態。在學生能表達語言後，教師應鼓勵他們說話，並允許出現語誤。除非在溝通受到影響的情況下，才糾正學生的語誤。如果逢錯必糾，必然增加學生的緊張情緒。

第三節　自然教學法的教學大綱

自然教學法採用溝通性大綱，追求溝通技能。溝通技能包括以下四個方面：

1. 個人溝通能力：口語方面（如在公共場所聆聽通知）；
2. 個人溝通技能：書寫方面（如讀、寫私人信件）；
3. 學術學習能力：口語方面（如聆聽講座）；
4. 學術學習技能：寫作方面（如在課堂上作筆記）（Krashen & Terrell, 1983: 66）。

可見，溝通技能分為「個人」和「學術」兩種，而每種技能都包括口

語和寫作兩方面。Krashen & Terrell（1983: 67）指出，自然教學法主要是培養個人口語和書寫的溝通技能，為將來學習學術技能打下基礎。

　　教學目標須經過需求分析後才能確定。需求分析可以確定學生最感興趣的話題及其情景等，正如 Krashen & Terrell（1983: 71）所言：

> 「自然教學法的教學目標，應根據對學生的需求分析而設定。我們要確定他們將在何種場合使用語言，並在使用目標語時會談論什麼樣的話題。在確定溝通目標時，我們並不期望學生在課程結束時只是掌握一些結構或形式。相反地，我們希望他們具備應付某一特定場合所需的能力。我們不是根據文法大綱，來組織課堂活動的。」

❀第四節　自然教學法的教學設計

一、教學目的

　　自然教學法是為初學者設計的，並幫助他們進階至中級程度。它所設定的教學目標主要是培養學生的溝通能力。自然教學法主張學習語言最重要的目標是在溝通，文法和語言在經過大量的溝通後自然地獲得，正如 Terrell（1977: 329）所指出，「語言教學的初期應注意培養溝通能力，而不是文法的正確性」。這種溝通能力的內容是：

> 「學生不僅能夠理解本族語者的話（也許有時須依靠澄清內容），而且也能夠以中肯有禮的方式來表達他們的要求和想法。他們不需要理解對話中的每個詞，所說的詞和句子也不必完美無缺，但是他們說的話要讓人聽得懂。他們必須清楚地表達，但不必在每個文法細節上都完全正確」。（Krashen &

Terrell, 1983: 71）

自然教學法的教學內容根據語言使用的情境、用途而制定，所以自然教學法提出了對初學者最有用的話題提供在情景中使用，並沒有特別規定語言形式，因為形式須由話題、情境和用途來決定。

二、教師角色

1. 教師提供大量可理解的語言輸入，如一開始就使用簡化的「保母式用語」、「外國腔語言」或「教師語言」（Krashen & Terrell, 1983: 34）。這類語言有以下特徵：（1）較慢的語速、清楚的發音、重複、較長的停頓；（2）透過解釋、圖片和身體語言（body language）來呈現生字和概念；（3）文法的簡化，多餘詞／句的使用；（4）使用 yes/no 問句、附加問句、選擇問句（either/or）等，可簡單回答的問題（Terrell, 1982: 123）。

2. 由於學得與習得不同，所以教師要注重語言的意義，而非文法和結構。

3. 教師要營造使學生樂於與教師以及同學之間，相互交談的課堂氣氛。這種有趣、友好、情感障礙低的氣氛，可降低學生的學習壓力、緊張和焦慮等情緒，並增強學生的自信心。

4. 教師還要瞭解學生興趣愛好、個人需要和學習進度等，以便因材施教。

三、學生角色

1. 學生就像一部電腦要處理所有的語言輸入，同時面臨較自身語言能力更高一級的語言輸入的挑戰，並利用語言外部的資訊來理解所輸入的語言。

2. 學生可提出自己想要學習的內容，讓教師把教學活動集中在與他們需求密切相關的話題和情景上。

3. 學生應與其他同學一同參與溝通活動。溝通活動可創造自然的學習環境和友好的氣氛，來降低情感障礙。

4. 學生透過控制話題的方法來協助教師調整語言輸入，以便語言能被理解。

5. 學生可決定文法練習何時進行，並與教師一起商量應該投入多少時間來做文法練習。

四、母語使用

教師在課堂上使用目標語授課。自然教學法沒有強調要使用學生的母語，但也不禁止母語。使用母語的目的在於幫助學生說話；偶爾穿插母語也可以幫助學生理解可輸入的語言。Terrell（1977: 331）指出，「學生可以用母語回答，這樣就可以快速把聽力理解能力擴展到一個較廣的境地，而且在對話過程中也感到舒適。」

五、對待語誤

教師一般不糾正學生的語誤。在語言發展的任何一個階段，教師都不要把注意力放在糾正錯誤上面。教師不要急於講究精確的語音和文法，重要的是給學生創造一個不必為自己的錯誤而擔心害怕的寬鬆學習環境。

六、教材作用

自然教學法教材的主要作用「在於提供非語言性情景，以便學習者瞭解目標語的意義，促使習得的產生」（Krashen & Terrell, 1983: 55）。教材來自實際生活。圖畫和其他的視覺輔助也很重要，因為它們提供了溝通的內容。

第五節　自然教學法的課堂實踐

一、教學活動

自然教學法從其他一些教學法中，吸收了許多設計活動的方法和技巧。只要它們符合「i + 1」的教學原則，並可活躍教學氣氛、降低情緒來源，都可以被收納在自然教學法中。這些方法和技巧包括：(1) 全身反應教學法的祈使句練習活動；(2) 直接教學法用來引導學生問答的手勢和身體動作；(3) 情景教學法設立情景的方式；(4) 溝通教學法中學生互通資訊的活動和任務等；(5) 人文主義式的學習活動。這些活動提供了情景化習得語言的機會。Terrell（1982: 124）指出，「要讓學生參加情緒輕鬆的課堂活動。小組成員都真正地對組員的觀點、感情和態度感興趣，並對所討論的話題和觀點感到舒適。」

二、教學步驟

根據語言學習是由簡而繁，逐漸提高的特點，Krashen & Terrel（1983）提出了實施自然教學法的四個階段：

1. 前表達階段（pre-production）

前表達階段是指集中進行聽力理解的「沉默階段」。教師不要求學生用目標語說話，只要求學生能夠聽懂和執行簡短的指令，或做出非語言性的動作反應。教師在課堂上使用基本的詞彙和句型，並透過身體動作和視覺提示（如圖片、實物等）來幫助學生理解。例如：在初學者課堂上，學生描述同班同學的頭髮顏色、服裝、身高以及其他身體特徵。當某個學生被描述時，她（他）應該起立，或提出問題以便被其他學生辨別。Terrell指出，許多學生在開口說話之前要經過一個正常的沉默階段。在這個時候，教師要有耐心，不要逼學生開口。

2. 早期表達階段（early production）

這個階段的活動與兒童開始伊呀學語的情況大致一樣。當學生掌握了約五百個詞彙後，教師就可以進行言語輸出的活動。教師選擇使用簡單的詞彙和句子，使學生能夠對簡單的英語理解並做出正確的反應。教師還可以使用一般疑問句、選擇疑問句以及 Wh- 起首的特殊疑問句進行提問，要求學生用一、兩個單字或短語回答問題。

3. 言語出現階段（speech emergence）

教師使用自然、簡單的語言和學生談話，用 How 開頭的特殊疑問句提問，要求學生用短語或完整的句子作解釋，表達自己的意見。活動形式可以是遊戲、資訊溝通和難題解決等。在這種活動中，教師不特意糾正學生的語誤，以免傷害學生言語的發展。

4. 言語流利階段（intermediate fluency）

在這個階段中，教師可選擇一個題目或要求描繪一個情景，引導學生使用英語。學生應能用英語交談、答辯和討論等。

三、教學實例

以下是 Krashen & Terrell（1983: 75-77）提供的教學範例：

1. 教學從全身反應教學法的簡單命令句開始，如 Stand up. Turn around. Raise your right hand. 等。

2. 使用全身反應教學法介紹人體各部位的名稱，並引入數字和順序的概念，如 Lay your right hand on your head. → Put both hands on your shoulder. → First touch your nose. → Then stand up and turn to the right three times. 等。

3. 用命令句與教具引入課堂用語，如 Pick up a pencil and put it under the book, touch a wall, go to the door and knock three times.

4. 利用身體和衣著特徵辨認班級裡的學生。教師利用語境顯示關鍵字的意義，例如：hair, long, short 等，然後選擇一個學生問 What is your name? 那位學生答：My name is Barbara。教師然後問全班同學：Class, Look at Barbara. She has long brown hair. Her hair is long and brown. Her hair is not short. It is long. What's the name of the student with long brown hair? (Barbara). 教師用手勢和語境等方法，使學生容易理解這些生字。同樣的方法，也可用來介紹衣著和顏色。Who is wearing a yellow shirt? Who is wearing a brown dress?

5. 使用圖畫，尤其是雜誌上的圖片來介紹新詞彙。教師向全班學生依次介紹每一幅圖。介紹圖畫時，教師還引進相關的五至六個新詞，然後教師把圖畫交給班上的某個同學，其他的學生要記住哪個人拿了哪幅畫。例如：Tom has the picture of the sailboat. Joan has the picture of the family watching television 等，教師然後問：Who has the picture with the sailboat? Does Tom have the picture of the people on the beach? 之類的問題。學生只須簡單回答即可。

6. 圖畫與全身反應教學法同時並用。如 Jim, find the picture of the little girl with her dog and give it to the woman with the pink blouse.

7. 圖畫與命令句和條件句並用。如 If there is a woman in your picture stand up. If there is something blue in your picture, touch your right shoulder.

8. 利用若干圖片，要求學生從中指出被描述的圖畫。例如：圖一是幾個人在燒烤食物，其中一個人像父親，另一個像女兒。There are several people in this picture. One appears to be a father, the other a daughter. What are they doing? Cooking. They are cooking a hamburger. 圖二有兩個年輕人在拳擊。There are two men in this picture. They are young. They are boxing.

§ 本課教學評論

> 本課的教學目的是培養學生的聽說能力。教師從使用全身反應教學法開始，讓學生先聽後說，體現了理解性教學流派的主要特點。教師使用圖畫和圖片，用手勢和語境等介紹新詞彙，使語言能夠被理解。但教師並沒有進行文法結構的分析與演繹，而是讓學習者適應英語的環境，這樣就形成了近似母語學習的授課過程。不過，這種教學方法不具特色，只是利用其他教學法所使用的活動來教學而已。

🐾 第六節　對自然教學法的評價

一、優點分析

1. 強調理解是表達的基礎。跟全身反應教學法一樣，自然教學法強調足夠量的理解性輸入，學生先充分理解後再表達。

2. 強調低情感障礙。降低學生焦慮程度是 Krashen 理論的重要部分之一。自然教學法強調給學生提供一個壓力少、有意義的學習情境，來幫助學生理解並發展流利的口語。

3. 培養口語和書面語溝通能力。自然教學法主張在此時此地情景中交流，注意力集中在交流資訊上。

4. 教學應在友好、輕鬆的氣氛中進行。學習起始階段，學生不要求過早用英語表達，可以保持沉默。對學生的錯誤不直接糾正。

二、缺點分析

1. 習得知識不能轉化為學習知識，兩者無相互作用說法不妥，兩者是相輔相成的。同時，學得對獲得流利的溝通能力的作用是極有限的說法太絕對化。

2. 自然教學法提出，到學生的言語自然「出現」時再表達，那麼，什麼時候才出現呢？如果不出現，該怎麼辦？這些問題自然教學法都沒有給予回答。

3. 過低估計文法的舉一反三作用。Hadley（2001: 123）指出，「在課堂上自然教學法缺乏注重形式的教學，或者學生缺乏糾正錯誤的回饋。」如果不直接糾正文法錯誤，久而久之可能會養成習慣〔即石化現象（fossilization）〕，那時就很難更正了。

Terrell 在 1991 年修正了他的教學觀點，認為進行適當的、詳細的文法教學，包括在溝通活動中建立形式與意義的聯繫，對學生掌握外語有所助益。此外，他還認為假如學習者能監控自己的言語，就可以使他們後來所習得的句子在文法上更為準確。這種正面認識和強調文法的作用，對自然教學法進行了改進。

第七節　自然教學法的教學啓示

自然教學法對英語教學，有兩點指導意義：

一、應用輸入假設進行聽力教學

自然教學法強調可理解的語言輸入，這對我們的聽力教學特別有指導意義。聽力教學是一個重要的教學環節。然而，有些教師使用的聽力資料不是太易，就是太難，而且前後聽的語言資料缺乏連貫性，教師不瞭解學生能夠聽懂哪些內容、哪些內容必須師生共同努力才能聽懂、應該多長時間調整聽力資料的語速等。解決這些問題之一是，聽力資料應該難易適中。只有這樣，學生才能獲得必要的語言輸入。學生不能聽懂，語言輸入就變成不可理解，這樣就不能習得語言。做到難易適中的方法是：（1）語速適中：學生在聽音時，教師的原則是要讓大部分學生能基本聽懂，所用的聽音資料不能太難；（2）內容熟悉：聽力資料中出現的內容應是學生熟悉的；（3）文法和單字適中：大部分也是學生已經學過的；（4）聽力資料

不能全班統一，每個學生要根據自己的水準選擇聽力資料，教師在這方面應給予學生提供幫助。班級裡集體聽的語言資料要適合大部分學生。

二、對待語誤──不必每錯必糾

在自然教學法課堂上，教師要負責營造出使學生樂於與教師及同學相互交談的課堂氣氛，這種氣氛應該是有趣、友好、情感障礙低的課堂環境。教師還要降低學生的學習壓力、緊張和焦慮等情緒，以增強學生的自信心。因此，對學生的錯誤，教師一般不是每錯必糾。語言學習過程中的嘗試與錯誤是有價值的。語言學習是一個嘗試與糾錯的過程。嘗試中的錯誤往往是學習發生的標誌。錯誤的語言可能是「中介語」（interlanguage），這個「中介語」系統一直處於向目標語系統的變動當中。學生應大膽地假設，積極地嘗試使用語言，促使學生的中介語系統的形成和發展。這對每錯必糾的教學應是一個重要的啟示。

第八節　結束語

自然教學法之前的教學法，大都建立在語言學、教育學和心理學理論基礎上。自然教學法是第一種完全建立在二語習得理論上的教學法，在各種教學法中獨樹一幟。它把二語習得理論應用於教學實踐中，具有重要意義。由此我們認識到：

1. 二語習得理論也可以像語言學、教育學和心理學一樣，成為教學法的理論基礎；二語習得理論和教學法也具有密切的關係。與自然教學法一樣，任務型教學法也是根據二語習得理論所建立起來的。

2. 二語習得理論具備指導課堂教學實踐的作用，而教學實踐體現了語言習得理論。自然教學法強調近似母語學習的教學過程；外語學習就是如同幼兒學習母語一樣的自然過程；教學分為前表達階段、早期表達階段、言語出現階段和言語流利階段；創造情感障礙低的課堂環境；不必每錯必糾等，這些都是二語習得理論在課堂教學中的體現。這也證明了我們

在本書第一章裡所說的——理論指導實踐，而實踐是理論的體現。

3. 為什麼自然教學法稱為 approach，而舊的自然教學法稱為 method？教學法有兩種：途徑（approach）和方法（method）。「途徑」指的是那些理論很強，而課堂實踐較弱或缺乏特色的教學法，因此，教師可根據該理論在課堂中使用不同的教學方法。「方法」與此相反，理論是較弱的，方法是固定的。自然教學法是依據二語習得理論所創立的；在課堂實踐的層面上，它卻沒有與眾不同的活動和技巧，而是汲取了其他教學法的方法和技巧而為其所用，如全身反應教學法的基於指令的活動，直接教學法中的藉助模仿、手勢和上下文進行問答練習，溝通教學方法中的小組活動，甚至情景教學法中的情景化結構和句型練習等。另外，不同的教師根據對理論的不同理解，也可採用不同的教學方法。也就是說，理論是固定的，方法是靈活的。這就是為什麼自然教學法稱為 approach，而不是 method 的原因。

4. 自然教學法是依據二語習得理論所創立的，所以它具有很強的理論基礎。相對而言，在課堂實踐的層面上，它卻沒有與眾不同的教學活動和技巧。從教學實例中可知，它的活動和技巧在全身反應教學法、直接教學法、情景教學法中都使用過。這些活動和技巧在自然教學法的框架下作用，主要為提供可理解的語言輸入、營造有助理解的課堂氛圍服務，使學生的焦慮最小化、自信最大化。可見，自然教學法是一種綜合方法，它把習得第二語言的方法和其他教學法所運用的各種方法結合起來，這是折衷教學思想的體現。

5. 自然教學法基於「傳統」的教學觀念，因此它被看作是一種漸進性（evolutionary）的而非革命（revolutionary）性的教學法。它最大的特點不是它所使用的教學活動和技巧，而是它基於二語習得理論的教學觀點——「強調可理解的和有意義的語言輸入，而非像其他教學法那樣強調文法正確的語言輸出」（Richards & Rodgers, 2014: 273）。如前所述，自然教學法繼承了之前教學法對自然環境中學習母語和第二語言的觀察和理解，反對以文法結構作為教學的基礎，重視語言理解和有意義的溝通以及

提供恰當的可理解的輸入，以滿足第二語言和外語學習必要的和充分的條件。基於此，自然教學法借其他教學法的技巧為己所用，因此，它的貢獻不在於其所使用的課堂教學技巧和活動，而是應用這些技巧和活動時對可理解的和有意義的練習活動的強調。

6. 自然教學法主張推遲口頭表達，語言學習始於理解性的輸入，直到言語出現（speech emerges），強調「理解先於表達」，因此它與全身反應教學法一樣屬於理解型教學流派。但兩者在價值方面有所不同。自然教學法的價值在於它關於五個假設的二語習得理論，是所有想學二語習得理論的教學者必須要學的理論，也是師資培訓課程的重要內容。全身反應教學法的價值不在它的理論，而在於它的活動方法和技巧，它們是許多擔任兒童教學的教師喜歡採用的，而且也經證明是有效的方法和技巧。

《思考題》

1. 簡述外語教學中的「自然」和「人為」的概念。
2. 二語習得理論中的五個假設是什麼？你認為哪一個最重要？
3. 「習得」與「學得」有何區別？「學得」能導致「習得」嗎？為什麼？
4. 在自然教學法的課堂中，教師如何使語言能被理解？
5. 為什麼說自然教學法是漸進性改革的教學法？

參考文獻

Hadley, A. (2001). *Teaching Language in Context*. (3rd edition). Boston, Mass.: Heinle & Heinle.

Krashen, S. & Terrell, T. (1983). *The Natural Approach: Language Acquisition in the Classroom.* Oxford: Pergamon.

Richards, J. & Rodgers, T. (2014). *Approaches and Methods in Language*

Teaching. (3rdedition). Cambridge: Cambridge University Press.

Terrell, T. (1977). A natural approach to second language acquisition and learning. *Modern Language Journal, 61*: 325-337.

Terrell, T. (1982). The natural approach to second language teaching: an update. *Modern Language Journal, 66*: 121-132.

Terrell, T. (1991). The role of grammar instruction in a communicative approach. *Modern Language Journal, 75*: 52-63.

第十七章

內容導向語言教學法
Content-based Language Instruction, CBLI

關鍵字

學科內容、跨學科、主題大綱

subject content, interdisciplinary, theme syllabus

Content-based classrooms are not merely places where a student learns a second language; they are places where a student gains an education.（Mohan, 1986: 8）

內容導向教學的課堂不僅是學生學習外語的場所，也是學生受教育的場所。

第一節 內容導向語言教學法的背景簡介

一、基本概念

內容導向語言教學法，是一種圍繞學科內容而展開教學的方法。它把外語與某個學科知識或學科主題有機結合起來進行教學，在提高學生學科知識和認知能力的同時，促進其語言水準的提高。其基本特點是語言能力是透過學科內容的學習，而不是單純對語言本身的學習而取得的。

在教學法歷史上，「內容」（content）的涵義有不同的解釋。常規教學法中，「內容」都是指所教學的語言知識（如文法規則、詞彙、功能、文本等）；但在內容導向教學中，「內容」是指歷史、化學、物理、地理等學科知識以及某學科的主題或話題。這是內容導向語言教學法區別於其他教學法的重要標誌（表 17-1）。

表 17-1　各種教學法的教學內容

教學法	內容	
文法翻譯法	文法	
聽說教學法	結構	
功能—意念教學法	功能	語言知識（language knowledge）
詞彙教學法	詞彙	
文本教學法	文本	

（續）

教學法	內容
內容導向語言教學法	學科知識（subject matter）以及主題（themes）或話題（topics）

二、時代背景

內容導向語言教學法最早始於 20 世紀 60 年代加拿大開展的沉浸式語言教育專案（immersion education），其目的在於為本國說英語的年輕一代提供學習法語的機會，因為在加拿大，法語是除英語以外的另一種官方語言。在沉浸式教學環境中，講英語的兒童在校的全部或大半時間內，都被「浸泡」在法語環境中，法語不僅是學習的對象，也是學習其他學科的工具。

沉浸式語言教學的成功經驗，受到了外語教育者的普遍關注。他們相繼開展了基於內容的語言教學實踐和實驗，並取得了成功。他們發現，當外語與學科內容結合起來教學時，學習外語的效率要比獨自的、純粹的學習語言的方式高。當語言作為學習學科知識的媒介時，便產生了最理想的外語學習條件。課堂上，教師將學生的注意力集中在學科知識的探討上，這種知識是學生感興趣的。從此，外語教學研究發生了從關注語言知識到關注內容的轉向，最能夠體現這一趨勢的是內容導向語言教學法的興起。

1986 年 Mohan 發表關於內容導向語言教學的著作《語言與內容》，為內容導向語言教學法的發展提供理論支援。從此以後，內容導向語言教學法開始被應用於通用語言教學領域。在 20 世紀 90 年代和本世紀初日益受到歡迎，在美國和加拿大的許多學校得到越來越廣泛的運用，並出現在各種各樣的教學項目中。在歐洲，這種方法被稱為「內容和語言綜合教學法」（Content and Language Integrated Learning），是目前歐洲廣泛推行的一種外語教學方法。

三、內容導向語言教學模式

內容導向語言教學法是一種教學理念而非一種教學方法，因此，它沒有單一的教學模式。根據實際使用的情況可以歸納五種較常見的運用模式：完全沉浸、部分沉浸、分班模式、同步模式和主題模式（圖 17-1）。

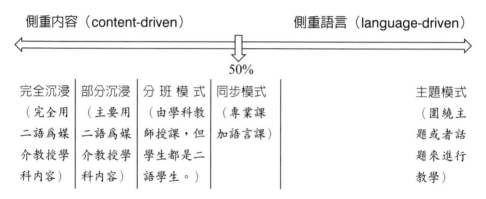

側重內容（content-driven）　　　側重語言（language-driven）

50%

完全沉浸	部分沉浸	分班模式	同步模式	主題模式
（完全用二語為媒介教授學科內容）	（主要用二語為媒介教授學科內容）	（由學科教師授課，但學生都是二語學生。）	（專業課加語言課）	（圍繞主題或者話題來進行教學）

圖17-1　內容和語言結合教學模式連續體（改自Snow, 2014: 439）

從圖 17-1 可知，這五種教學模式的差異核心在於教學目標的重心是放在學科內容上，還是放在語言能力上。兩者的差異形成了側重內容和側重語言的教學模式，具有如下不同的特點（表 17-2）。

表17-2　側重內容和側重語言的教學特點

	側重內容 （如完全沉浸、部分沉浸）	側重語言 （如主題模式）
教學方式	使用第二語言教授學科內容	利用學科內容學習第二語言或外語
學習重點	學科內容	語言
教學重點	學科內容，兼顧語言的學習	語言，兼顧學科內容的學習
大綱	學科教學大綱	語言教學大綱
評估	學科內容的掌握	語言能力的運用

下面分別對五種教學模式做一簡單介紹：

1. 完全沉浸（total immersion）

完全沉浸模式是指完全用第二語言為媒介，教授學科內容。

2. 部分沉浸（partial immersion）

部分沉浸模式是指主要用第二語言為媒介，教授學科內容。它像沉浸模式一樣也側重內容，把語言視為學習專業知識的工具，要求二語學生掌握學科知識而不是語言知識，語言的掌握是次要目標。沉浸模式要求教師使用課程內容的資料、活動和課堂技巧來增進學科知識，並培養學生的外語能力。這種模式主要由專業教師而不是語言教師來承擔授課任務。教學資料難度的選擇，要符合學生的語言能力及對專業知識的理解能力。

3. 分班模式（sheltered courses）

分班模式是把二語學生與本族語學生分開來進行教學，以使二語學生更能接受專業內容，英語單字 shelter 從此而來，表示「分開」（separate）的意思。由於班上沒有本族語學生，因此在教學上教師可以簡化真實語言的資料，並使用教學技巧（如示範、視聽工具、圖表、合作活動等）使二語學生能接受專業內容。在教學過程中，教師可能改變呈現方式，說明學生理解學習內容，也可以花些時間處理與語言相關的問題，如詞彙、閱讀技能等。分班模式可以有效地將語言教學與專業知識教學合為一體，使學生在語言和知識的學習上獲得雙重收獲。擔任這種課程的教師都受過特殊的外語教學法培訓，他們懂得如何根據學生的具體情況調整教學方式。

4. 同步模式（adjunct model）

同步模式強調語言學習與學科內容同等重要，因此把二語學生分別編入相關聯的語言和學科知識兩個班。語言班為學生的專業學習提供同步的語言說明，學生在專業課上的種種需要支配著語言教學的活動。雖然語言

教師和學科內容教師同步進行相同的教學內容，但是他們有不同的教學重點和教學目的。語言教師的教學重點在於語言知識，完成語言教學目標；而學科內容教師教學的重點在學科內容的理解上。這種模式要求語言教師和內容教師密切配合。他們要協商教學內容和目標，討論他們將要給學生安排的作業類型等。

5. 主題模式（theme-based）

主題模式通常在二語或外語教學情境中進行，課程大綱圍繞學生感興趣的主題或者話題等來組織，最大限度地利用內容來進行語言教學。教材來自各類話題或多個課程內容的組合，或者與學生的興趣和生活密切相關的內容，如環境汙染、醫藥衛生等。

在上述對五種模式的分析中，可以得到如下結論：

（1）由於教學目標、教學對象和教學環境的不同，所以各種教學模式對內容側重的程度也不同。完全沉浸模式側重於學科內容；而主題模式則側重於語言，其他三種模式介於這兩者之間。由於學生同時被分入語言班和專業班，因此，同步模式是學科內容和語言比重基本平衡的教學模式。

（2）側重內容的完全沉浸和部分沉浸模式要求學生具有較高的語言水準，以及相關的學科知識；側重語言的主題模式與傳統的語言教學更為相似，即它可以運用於不同語言水準和年齡層次的學生群體。

（3）一般認為，在英語作為外語／目標語，中文作為母語的教學環境下，主題模式最具有普遍推廣性。相比之下，其他的四種模式則缺少廣泛的適用性，這是因為它們適應於以英語為母語的教學環境（如外國學生到美國和英國學習英語）。此外，在具體的實施過程中，主題模式的難度相對較小，語言教師可以單獨進行教學活動，無須求助其他學科的教師來教授語言內容。

👐第二節　內容導向語言教學法的理論基礎

一、語言本質

1. 語言是學習課程內容的媒介

語言與學科內容密切相關。語言是獲取資訊的工具。學生掌握語言的目的，主要是獲取資訊。「語言不僅是溝通工具，也是課程學習的媒介。語言和內容結合教學的目的，是讓學生既學語言又學學科知識。內容導向語言教學的課堂不僅是學生學習外語的場所，也是學生受教育的場所」（Mohan, 1986: 8）。語言與內容的結合是有效學習語言的途徑，可以滿足學生學習語言的需要。當把語言作為獲取資訊的工具，而不是作為學習內容本身的時候，語言學習更容易獲得成功。

2. 語言是人際交流和認知學術的能力

Cummins（1981）認為，語言能力有兩種：一是基本人際溝通技能（basic interpersonal communicative skills）；二是認知學術語言能力（cognitive academic language proficiency）。前者指的是幾乎所有兒童都能習得的、為進行日常人際交流的溝通能力。Cummins 指出，溝通能力只是一種基本語言能力。這類語言的理解和運用一般不需要進行推理、歸納或分析，只須具備一般的語言能力，在溝通情景下透過雙方面對面的交流就可以輕鬆完成任務。而後者指的是毫無直接人際溝通情景的（decontextualized communication）、與專業知識相關的語言能力。所謂的「毫無直接人際溝通情景」，是指學生學習語言所處的課堂情景。用於表達學科知識的語言由於得不到情景的說明，就需要較為複雜的認知過程才能理解，而學習者的基本人際溝通技能又不能自動轉化為認知語言能力。因此，學習認知學術語言能力就顯得十分重要。

Cummins 發現，這兩種能力因個人所處的情景和認知能力的程度而有所不同。前者可以在較短的時間裡（如兩、三年裡掌握）；後者則需要

花更長的時間（如五至七年）才能掌握。因此，把語言與學科內容結合起來教學可以使學生在掌握溝通能力的同時，也發展認知學術的能力。

O'Malley & Chamot（1990: 191）對 Cummins 提出的認知學術語言能力進行了補充，強調學習策略在語言和學科內容結合學習中的重要作用。他們認為，認知學術語言能力應包括三個部分：專業學科知識、學術語言技能以及學習策略，其基本原理是：學習者只有透過反覆的練習和回饋，才能掌握語言這一綜合技能，提高自主學習的能力。

二、教學觀點

內容導向語言教學法具有非常豐富的理論基礎：4Cs 課程框架、知識框架、語言輸入和輸出理論。

1. 4Cs課程框架（4Cs framework）

Cole（2007）提出了內容導向語言教學的課程框架，由學科內容（content）、認知（cognition）、溝通（communication）和文化（culture）四要素所組成（圖 17-2）。

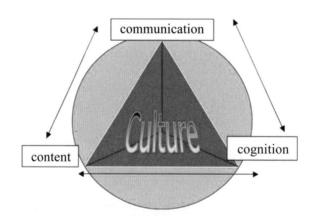

圖17-2 4Cs 內容導向教學框架（Coyle, 2007: 551）

　　4Cs 課程框架透過整合學科內容、溝通（語言學習和使用）、認知（學習和思維過程）和文化（發展跨文化意識）四個方面，來體現學科與語言整合式學習的有效性與實踐性。此框架不僅把內容學習和語言學習整合起來，而且把學科學習理論、語言學習理論和跨文化意識結合起來。基於 4Cs 課程框架，內容導向語言教學法根植於更廣闊的教育情境中，強調透過知識和技能的發展，加深對學科內容的理解，建構新的知識，發展個性化學習；透過溝通情境的互動，發展相應的語言知識和技能；透過跨文化意識進一步理解自我和他者的關係。從這個角度來看，內容導向語言教學法涉及到的問題是如何學習和使用適當的語言，如何使用語言來有效地學習學科知識。

2. 知識框架（knowledge framework）

　　Mohan（1986: iv）提出一個有關內容和語言的知識框架。知識框架分為理論知識和實踐兩個層面，分別由分類、原理和評價；描述、序列和選擇六個知識結構組成（圖 17-3）。

理論知識	分類（classification） • 歸類 • 定義 • 概念	原理（principles） • 解釋 • 形成概念 • 概括（原則、理論、因果關係、策略、結果等）	評價（evaluation） • 評價 • 提出理由 • 爭論
實踐	描述（description） • 比較 • 對比 • 定量 • 空間	排列（sequence） • 按順序排列 • 按時間排列 • 週期 • 過程 • 敘事	選擇（choice） • 表達觀點 • 反駁 • 問題解決

圖 17-3　知識框架（Mohan, 1986）

　　知識框架理論強調以內容為依據來整合語言和學科內容，說明學生培養語言能力，提高思維能力並增進學科知識。整合的方式是透過知識結構，語言和直觀形象的相互運作來進行。

　　（1）知識結構（knowledge structure）：知識框架中的六個知識結構告訴學生，當他們建構特定話題的知識時，同時需要結合與之相關的特定語言特徵（包括詞彙、句型、段落、文本、文體等）。建構不同的知識結構時，所採用的語言形式是不同的：①在進行分類時，會用到的是關係範疇的語言形式；②在闡述原理時，會用到表示原因、條件等相關的語言形式；③在進行評價時，會用到表達描寫與評價的語言形式；④在描述時，會用到觀察、對比時所用到的描寫類語言形式，包括狀態動詞等；⑤在將事件按順序排列時，會用到的語言形式包括邏輯和時間順序的連接詞；⑥在進行選擇時，會用到表達觀點或選擇解決問題方案語言形式等。這說明知識結構與語言表達形式具有密切的關係。

　　同時，知識框架中的六個知識結構也告訴學生如何思維：①分類結構告訴學生如何定義、發展和運用新的概念；②原理結構可以讓學生知道如何解釋、分析及預測資料，然後得出結論；③評價結構可以引導學生做出判斷和評價，表達個人觀點；④描述結構可以說明學生進行對比，描寫事件等；⑤序列結構用於事件的排序，例如：時間、空間、邏輯等順序；⑥選擇結構用於提出合理的觀點和選擇解決方案。這些都有助於培養學生的思維能力。

　　（2）語言（language）：下面以知識框架第一結構中的「歸類」為例，說明語言與學科內容的關係。請先看下面有關數學三角形的段落：

There are three types of triangles: equilateral, isosceles, and scalene. Equilateral triangles are made up of three equal sides and three equal angles. Isosceles triangles are made up of two equal sides and two equal angles. Scalene triangles are made up of unequal sides and unequal angles. Scalene triangles look the most unsymmetrical.（大

意：三角形分三種類型：等邊、等腰和不規則，等邊三角形由三
個等邊和三個等角組成，等腰三角形由兩個等邊和兩個等角組
成，不規則三角形由不等邊和不等角構成。不規則的三角形看
起來最不對稱。）

這篇短文包含英語專業名稱（如 triangle, equilateral, isosceles,
scalene），以及英語分類用詞和形式：單字（types）、短語（be made up
of）、句型（there are）、名詞複數等。這些都是語言項目，要以內容為
依據來進行教學。

（3）直觀形象（visual image）：上述對三角形的分類是使用語言來
表達的，它還可以用樹狀圖（tree diagram）來表示。這種直觀形象進一
步加深學生對分類概念的認識，有助於增進學科內容知識，訓練學生的思
維能力。

在此說明兩點：①「分類」不僅可用到數學科目，還有許多其他用
途，例如：物理學的能源、歷史上的人物、交通工具、文學作品等。②其
他的五個知識結構都可以按上述的分類方式以學科內容為依據，把語言、
內容和思維能力整合起來。

3. 語言輸入和輸出理論

根據 Krashen（1984）關於沉浸式教育的理論，語言習得只有在學習
者接受可理解的語言輸入，而不是記憶詞彙或完成文法練習時才能完成。
內容導向語言教學的重點是學科內容的理解，而不是語言形式和文法規則
的學習，正如 Krashen（1984: 62）所指出，教學的重點是「說的內容而不
是說的方法」。因此，向學生提供可理解的語言輸入是教學成功的保證。
因為學生能夠在理解學科內容的同時掌握語言，因此，Krashen（1984:
62）認為，「理解性的學科內容的教學就是語言教學」。

根據加拿大沉浸式語言教學的研究成果，Swain（1985）認為，學生
必須要有大量的使用英語表達的機會。學生除了能獲得大量的可理解性

輸入外，還要獲得大量的語言輸出機會，即說和寫英語的機會。Swain（1985: 249）主張，教學應「推動學生進行準確、連貫和得體地表達」。內容導向語言教學法能夠提供這種「推動作用」，因為學生就是學習如何對語言和科目內容進行表達。沉浸式語言教學能給學生提供廣泛交流機會，這種教學方式對語言學習相當有益。

第三節　內容導向語言教學法的教學大綱

內容導向語言教學大綱，包括側重內容的課程大綱和側重語言的主題大綱。在此我們主要說明主題大綱。主題大綱是圍繞主題或話題來組織語言的。設計時要考慮學生的興趣和需求，並根據學生的需求來選擇學習的內容。Snow（2014: 447）提供了一個主題大綱示例，其中包括學科內容、語言和策略三個學習目標（表 17-3）。

表17-3　主題大綱部分示例

地震專題單元（中級英語）
• 內容教學目標：課程結束時，學生將分辨科學和神話（science and mythology）。
• 語言教學目標：課程結束時，學生能以疑問詞開頭的句子提問（wh-questions：what, why, when, where, how）並回答。
• 策略學習目標：課程結束時，學生能用自己的話複述來自本國或外國的地震神話（a myth about earthquakes）。

資料來源：Snow, 2014: 447.

第四節　內容導向語言教學法的教學設計

一、教學目的

內容導向語言教學的目的是：（1）掌握學科內容知識；（2）發展語言

能力；（3）開發思維能力；（4）訓練學習策略。

二、教師角色

1. 需求分析者

由於內容導向語言教學是以學生為中心的，因此，內容的選擇必須考慮學生現有的水準、學術或職業目標、興趣和需要。

2. 內容熟悉者

教師必須對學科內容相當熟悉，這樣才能有意義地以內容為依據展開教學。

3. 教學者

由於內容決定語言重點的選擇和安排，教師必須學會利用內容作為教學資料。

4. 教材編寫者

教師必須學會編寫符合內容導向語言教學原則的教材。雖然商業性的課文有可能提供合適的課堂活動，但不可能把語言教學與內容教學結合起來。因此，教師有時要自己編寫教材。

5. 評估者

當整個課程結束時，教師要對學生的學習成果進行評估。

三、學生角色

1. 自主學習者

學生是自主的學習者。教師要滿足他們的需要和動機、說明他們瞭解自己的學習過程，並讓他們一開始就對自己的學習負責。

2. 策略學習者

學生願意探索新的學習策略。

3. 參與者

學生也是選擇內容、話題和活動的參與者。學生參與這種選擇，說明學生具有強烈的學習動機。

四、母語使用

內容導向語言教學法沒有強調要使用母語，但也不禁止母語。使用母語的目的，在於說明學生理解學科內容和專業術語。

五、對待語誤

在主題教學模式中，教師並不排斥母語的使用，課堂上同時使用母語與目的語並不罕見（Widdowson, 2003: 154），學習者也可能成為較熟練的雙語使用者。

六、教材作用

內容型教學法通常選擇真實語言資料作為教材。這個真實性一方面指專為本族語者編寫的，而不是為外語教學的目的而編寫或改寫的資料；另一方面指來源於報紙或期刊雜誌上的文章。與真實性相矛盾的是，內容型教學法還必須考慮到學習者的語言水準，教材要具有可理解性，因此，對教材進行一定程度語言上的簡化和冗餘的解釋也是必要的。總之，教學資料既要具有真實性（authenticity），又要具有可教性（teachability）。

第五節　內容導向語言教學法的課堂實踐

一、教學活動

課堂活動包括聽、說、讀、寫，培養思維能力以及策略培訓等活動。

二、教學步驟

Stroller & Grabe（1997）設計了主題模式的「六 T 教學途徑」（Six-T's Approach）：（1）主題（theme）：主題是一個教學單元的中心思想；（2）話題（topics）：話題是從各個不同的側面，對主題思想進行探討；（3）教材（texts）：教材是教學內容的資源，包括課本、錄音、錄影、電腦教學軟體等；（4）線索（threads）：線索是將各個主題串聯起來，達到總體一致和連貫；（5）任務（tasks）：任務是用來教授內容和語言的課堂活動：（6）過渡（transitions）：過渡是各個話題和任務間的自然轉換。

三、教學實例

下面以英語專業班運用內容導向語言教學法進行教學為例，來闡釋六 T 教學設計方法。

1. 設計步驟

在實施內容導向語言教學法之前，為了保證教學內容切合學生實際，滿足學生需求，教師首先對學生做需求分析，確定教學內容。根據問卷與訪談所蒐集的資料，學生對於畢業後求職、在職非常感興趣，並且急切需要提高自己求職面試的能力以及在工作環境中運用英語進行交流的能力。根據這個需求，教師進行如下課程設計：

（1）確定主題：教師和學生一起協商，集體確定本次教學單元的主題。由於學生對畢業後求職面試、在職工作感興趣，因此，他們確定了求職應聘、面試、初進公司、在職培訓、日常工作（A 和 B）和未來規劃六大主題。

（2）確定話題：教師確定主題下所屬的十四個話題。

（3）選擇教材：根據話題，教師選擇九種教學課文。

（4）確定任務／活動：教師透過課文來確定課堂教學活動，透過活動來培養各方面的能力。如在 Apply for the Ideal Job: Advisement, Application Letter and CV 課文指引下，教師安排如下活動：課前小組蒐集英語招聘廣告，課內小組間進行交換閱讀。

（5）主題串聯（threads）：教師按照邏輯整合主題，形成完整的線索。當求職應聘簡歷和求職信被雇主賞識之後（即第一個主題「求職應聘」），緊接著的活動就是準備面試（即第二個主題「面試」）。當面試成功並被錄用後，課程就進入第三個主題「初進公司」，然後再進入「在職培訓」和「日常工作」等主題，這些都是六大主題的自然串聯。

（6）話題和任務的過渡（transitions）：教師圍繞一個主題中的各個話題，以及圍繞一個話題中的各個任務之間進行自然過渡。例如：「求職應聘」主題下的各個話題過渡形式是：招聘廣告→求職信→簡歷。相對應的任務過渡形式是：蒐集招聘廣告→寫求職信→撰寫簡歷。

綜上所述，六 T 教學途徑設計流程如圖 17-4 所示。

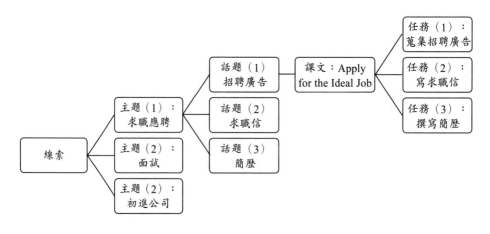

圖 17-4　六T教學途徑設計流程圖

根據上述的步驟，教師確定了六 T 途徑的教學計畫（表 17-4）。

表17-4　六T途徑教學計畫示例

主題	話題	課文	任務／活動
求職應聘	1. 招聘廣告 2. 求職信 3. 簡歷	1. Apply for the Ideal Job: Advisement, Application Letter and CV	1. 課前小組蒐集招聘廣告，課內小組間進行交換閱讀，邊讀邊思考以下問題： • Do I have the formal qualifications required？ • Do I have the experience required？ • Am I really suited for the job？ • What do I know about the employer？ • What makes me especially suited for the job？ 2. 根據所給兩份求職信，討論需要改進的地方，根據一份與自己未來職業相關的招聘廣告，撰寫求職信。 3. 根據簡歷範本，結合自身經歷撰寫簡歷。
面試	4. 面試技能 5. 面試問題	2. Interview Skills and Questions	1. 課前小組蒐集有關面試技能資料，課內小組陳述。 2. 角色扮演：面試官與面試者進行模擬面試。
初進公司	6. 初次見面 7. 公司文化	3. Socializing 4. Company Culture	1. 口頭交流：初次與同事見面，自我介紹。 2. 閱讀小測試：What kind of company culture would suit for you？ 3. 詞彙學習：根據所給資料，學習企業文化相關詞彙。

（續）

主題	話題	課文	任務／活動
			4. 聽力訓練：聽寫公司關於企業文化的陳述。 5. 口頭交流：提問有關企業文化的問題。
在職培訓	8. 公司歷史	5. Company History	1. 討論：Would you prefer to work for a company with a long history or a new company？ 2. 閱讀：公司的歷史聽力訓練，有關公司創始人的一段演講。 3. 口頭交流：根據小卡片的資訊，互相提問有關公司歷史方面的問題。
日常工作A	9. 接電話 10. 參加會議	6. Telephoning and Meeting	1. 閱讀：配對，接聽電話常用句型。 2. 聽和寫：電話留言。 3. 口頭交流：根據小卡片打電話。 4. 小組活動：根據所給資料，小組模擬商務會議，學習撰寫會議紀錄。
日常工作B	11. 出差 12. 接待外商	7. Travelling and Entertaining	5. 詞彙學習：航空旅行（air travel）。 6. 閱讀：看地圖回答問題。 7. 角色扮演：入住賓館。 8. 小組討論：小費（tip）。 9. 討論：選擇何種活動接待外商。 10. 詞彙學習：用餐用語。 11. 閱讀：Business Golf。 12. 口頭交流：向客戶展示本國文化。
未來規劃	13. 個人發展 14. 升職計畫	8. Self-development 9. Promotion	1. 角色扮演：假設你要面見公司總裁，談論關於自己在公司的未來。 2. 距離正式見面還有四週，列出可能要談論的話題和內容。

資料來源：章兼中，2016：360-361。

2. 學期教學計畫

根據上述設計方案，教師設計學期主題教學計畫，內容包括總體教學目的、具體教學目標、話題內容和考試方式（表 17-5）。

表 17-5　主題模式的學期教學計畫

課程名稱：主題模式學期教學計畫			
教學目的（goal）	本課程教學目的是培養學生（The goal of this course is to achieve）： 1. 聽、說、讀、寫的溝通能力（communicative competence on listening, speaking, reading and writing skill） 2. 求職能力（ability to seek employment）		
教學目標（objective）	課程結束時，學生能夠（By the end of this course, students will be able to）： 1. 撰寫求職信和簡歷（write application letter and CV） 2. 掌握面試技能，理解面試問題（use interview skills and understand interview questions） 3. 瞭解某公司的文化和歷史（understand a company culture and history） 4. 制定個人發展計畫（make a self-development plan）		
主題（theme）、話題（topic）和課文（text）	求職應聘	1. 招聘廣告（advisement） 2. 求職信（application letter） 3. 簡歷（CV）	課文 1. Apply for the Ideal Job: Advisement, Application Letter and CV
	面試	4. 面試技能（interview skills） 5. 面試問題（interview questions）	課文 2. Interview Skills and Questions
	初進公司	6. 初次見面（socializing） 7. 公司文化（company culture）	課文 3. Socializing 課文 4. Company Culture

（續）

課程名稱：主題模式學期教學計畫			
	在職培訓	8. 公司歷史（company history）	課文 5. Company History
	日常工作	9. 接電話（telephoning） 10. 參加會議（meeting） 11. 出差（travelling） 12. 接待外商（entertaining）	課文 6. Telephoning and Meeting 課文 7. Travelling and Entertaining
	未來規劃	13. 個人發展（self-development） 14. 升職計畫（promotion）	課文 8. Self-development 課文 9. Promotion
測試（Assessment）	• 期終考試（term examination）（40%） • 作業（assignment）（15%） • 口語測試（speaking test）（20%） • 作文（essay）（20%） • 作品集（portfolio）（5%）		

🐾 第六節　對內容導向語言教學法的評價

一、優點分析

1. 滿足學生的需要

　　內容導向語言教學法可以更好地反映學習者學習外語的需要。例如：對於到美國大學學習的留學生來說，學科內容教學可以讓他們儘快地接觸到他們所需要學習的學科內容，而不需要在語言學習上耗費更長時間。

2. 激發學生學習語言的動力

　　語言課堂中引入學科內容有助於激發學生學習語言的動力，從而提高學習效率。語言和學科內容結合，不僅使教學內容更豐富、生活化，也

使教學活動的實施能夠更生動和多元。在引起學習動機上，也有很好的效果，並滿足學生的學習興趣。

3. 有利於學習策略培訓

　　內容導向語言教學法為各種學習策略的發展，提供一個相互關聯的發展平臺。如果策略培訓缺乏語境，就難以使學生長時間保留該學習策略，而內容導向語言教學法可以在內容和語言學習課程內進行學習策略培訓，從而使得學習策略培訓成為日常教學的一部分。閱讀策略研究說明，策略與學科內容結合起來學習時，效果最佳。全面的策略培訓意味著教師不僅教授重要的語言學習策略，更要將策略教學變成日常教學活動的一部分。學科內容還提供了豐富的連貫性資料，使策略培訓與內容可以結合起來，反覆使用。

二、缺點分析

　　根據 Ur（2012: 221-2）的觀點，內容導向語言教學法的缺點包括如下幾點：

1. 忽視文法教學（lack of explicit English teaching）

　　內容導向語言教學法沒有強調系統的文法教學，在教學過程中，教師可能過分重視學科內容，而忽視文法教學。

2. 缺乏教材（lack of teacher course）

　　教材的編寫也有待進一步發展，如果教材沒有在最大程度上滿足所有學生的需求，將會導致對教材中的專業內容不感興趣的學生和不具備足夠語言能力與認知能力的學生浪費很多時間，甚至對語言學習產生負面效應。

🐝 第七節　內容導向語言教學法的教學啟示

　　內容導向語言教學法對教師的要求，遠遠高於其他教學法。在主題模式六 T 教學方法中，內容的確定不僅要符合主題，而且要考慮其長度、資料之間的關聯性和延續性，閱讀文章文體的多樣性，所使用語言的難易程度，學生對內容的感興趣程度等。話題的組織應該有利於學生對內容和語言雙方面的學習。線索需要把一個以上的主題有機地串聯起來，以增加課程設置的相關性。任務的設置和設計應考慮課堂的實施性。語言教學要與內容教學取得平衡等，這些均要求教師應具有較高的教學能力。

🐝 第八節　結束語

　　內容導向語言教學法的創新之處，在於它從外語／第二語言教學題材層面上考慮，基於學科內容進行外語教學。這一教學理念給外語教學指出了一條新的途徑。可以預計內容導向語言教學法，將繼續成為語言教學的主要方法之一。

《思考題》

1. 學科內容在外語教學中是否重要？爲什麼？
2. 內容導向語言教學法的五種模式各有哪些特點？你認爲哪一種最適合以中文爲母語的教學環境？
3. 你同意「基本人際溝通技能」與「認知學術語言能力」這兩個概念的區分嗎？這一區分對內容導向語言教學法有何啟示？
4. 爲什麼內容導向語言教學法有利於學習策略培訓？
5. 簡述「六T教學途徑」。以表17-4爲參考，設計一份六T途徑教學計畫，內容包括主題、話題、課文、任務／活動。
6. 以表17-5爲參考，設計一份主題模式的學期教學計畫，內容包括教學目的、教學目標、主題、話題、課文和測試方式。

參考文獻

Coyle, D. (2007). Content and language integrated learning: Towards a connected research agenda for CLIL pedagogies. *International Journal of Bilingual Education and Bilingualism, 10*(5), 543-562.

Cummins, J. (1981). The role of primary language development in promoting educational success for language minority students. In *Schooling and Language Minority Students: A Theoretical Framework*. Los Angeles: Evaluation, Dissemination, and Assessment Center, California State University, Los Angeles.

Krashen, S. (1984). Immersion: Why it works and what it has taught us. *Language and Society, 12:* 61-64.

Mohen, B. (1986). *Language and Content*. Reading, Mass.: Addison-Wesley.

O'Malley, M. & Chamot, U. (1990). *Learning Strategies in Second Language Acquisition*. Cambridge: Cambridge University Press.

Snow, M. (2014). Content-Based and Immersion Models of Second/Foreign Language Teaching. In Celge-Murcia, M. Brinton, D. & Snow, M. (Eds.) *Teaching English as a Second or Foreign Language*. (4th edition) (pp. 438-454). Boston, MA: National Geographic Learning.

Stoller, F. L. & Grabe, W. (1997). A Six-T's approach to content-based instruction. In Snow, M. A. & Brinton, D. M. (eds.). *The Content-Based Classroom: Perspectives on Integrating Language and Content*. (pp. 78-94). New York: Longman.

Swain, M. (1985). Communicative competence: Some roles of comprehensible input and comprehensible output in its development. In S. Gass & C. Madden. (eds.) *Input in Second Language Acquisition*. (pp. 235-253). Rowley, MA: Newbury House.

Ur, P. (2012). *A course in English language teaching*. (2nd edition). Cambridge:

Cambridge University Press.

Widdowson, G. (2003). *Defining Issues in English Language Teaching* . Oxford: Oxford University Press.

章兼中（2016），國外外語主要教學法流派。福州：福建教育出版社。

第十八章

能力導向教學法
Competency-based Language Teaching, CBLT

關鍵字

能力、標準、結果

competency, standards, outcomes

Competency-based Language Teaching is the state-of-the-art approach to adult ESL.（Richards & Rodgers, 2014: 151）

能力導向教學法是最先進的成人外語教學法。

第一節　能力導向教學法的背景簡介

一、基本概念

能力導向教學法是一種以掌握不同工作和生活領域中所需的語言能力為教學目標的教學法。它明確規定學生在完成語言學習課程後應具備的社會生活的能力，並在教學中注重培養學生掌握這些能力。在某一課程結束時，對學生的學業評估不僅以學分為標準，還要看他們是否掌握了所規定的能力。

1. 能力的定義

能力（competency）是指「完成某項任務所需要的技能、才能和知識的綜合能力」（U.S. Department of Education, 2001: 1）。它包括在特定時間內可以觀察到的技能（skill）和才能（ability），以及無法觀察到的知識（knowledge）。在能力導向教學法規定的能力標準中，對能力等級的表現通常採用「能做……」（can do）的方式來表達。例如：能聽懂有關熟悉話題的演講、討論、辯論和報告的主要內容；能利用各種機會用英語進行真實溝通等。

能力的形成及學生的才能、個性、學習經驗等因素，有密切的關係（圖18-1）。

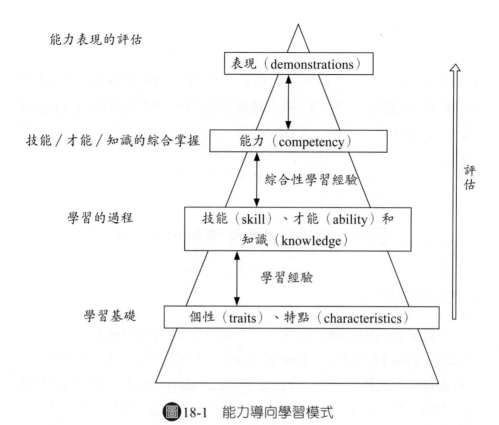

能力表現的評估

技能／才能／知識的綜合掌握

學習的過程

學習基礎

表現（demonstrations）

能力（competency）

綜合性學習經驗

技能（skill）、才能（ability）和
知識（knowledge）

學習經驗

個性（traits）、特點（characteristics）

評
估

圖18-1　能力導向學習模式

資料來源：U.S. Department of Education, 2001.

　　能力導向學習模式有四層內容，每一層之間都相互影響。在低層，學習基礎是指學習條件，即學生所具備的學習能力。這個特點可以說明為什麼具有不同學習基礎的學生，會獲得不同水準和類型的能力。第二層表示技能、才能和知識，要透過學習經驗才能掌握。第三層表示綜合掌握技能、才能和知識後得到的結果，即能力的獲得。最上面一層表示能力的表現，是使用能力的結果。在這個層次上，能力才能得到整體的評估。

2. 注重學習成果

　　常規教學法注重語言的輸入（input），但是，能力導向教學法卻輕視語言輸入，主張透過改進語言教學的方式來提高語言輸出（output），

並以學習成果（outcomes）作為評價的標準。在課程開始前，能力導向教學法規定了學生在完成語言課程後應具備的能力，並在教學過程中注重培養學生掌握這些能力。當學生畢業時，對其學業的評估要看他們是否掌握了所規定的能力。能力導向教學法與其他教學法在輸入和輸出方面的區別，如圖 18-2 所示。

常規教學法 ← → 能力導向教學法
（強調過程，注重語言輸入） （強調結果，注重語言輸出）

圖18-2　能力導向教學法與其他的教學法比較

3. 逆向課程設計

一般說來，語言課程設計有兩種不同的方式。常規課程設計一般採用所謂的「順向課程設計」（forward design），即設計者先確定教學內容，然後設計或挑選教學方法進行施教，最後評估學習成果。與此相反的是「逆向課程設計」（backward design），設計者先確定學習成果，然後設計或挑選教學方法進行施教，最後評估學習成果。前者先考慮學生要學什麼，而後者先考慮學生要做什麼。本書介紹的大部分教學法都採用順向設計方案，唯獨能力導向教學法採用逆向設計方案。上述兩種設計方式的不同之處，如圖 18-3 和圖 18-4 所示。

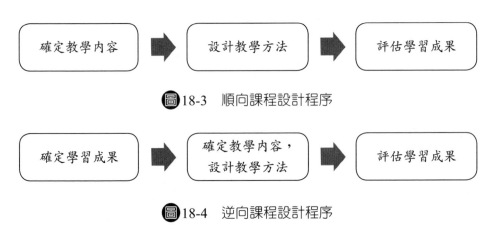

確定教學內容 ➡ 設計教學方法 ➡ 評估學習成果

圖18-3　順向課程設計程序

確定學習成果 ➡ 確定教學內容，設計教學方法 ➡ 評估學習成果

圖18-4　逆向課程設計程序

根據逆向設計模式，能力導向教學法的教學程序採用如下方式進行：

（1）教師以評估學生的需求開始，明確學生畢業後所承擔工作的內容和責任。

（2）根據工作內容和責任確定學習目標，並以學習目標來確定各項能力。

（3）根據目標制定教學內容、挑選教材，並制定評價方法。

（4）實施能力導向教學。

（5）最後評價學生的能力和表現（整個過程如圖 18-5 所示）。

圖18-5　能力導向教學法的教學實施程序

可見，能力導向教學法的課程是根據社會生存的需求來設計的。能力的表現不僅是教學目標，也是測試的標準。因此，它是一種以提高學生綜合能力，勝任崗位工作為重點的教學方法。

4. 能力導向教學法的教學原則

Auerbach（1986: 414-415）總結了能力導向教學法的八條基本教學原則，說明如下：

（1）注重語言的社會功能：教學目標是使學生具有自主的個人能力，來滿足社會需求。

（2）注重生活技能：教師不應把語言與社會隔離起來，而應把語言作為完成具體任務的溝通功能來教。教師教給學生的應是在社會情景中，所需求的語言形式和技能。這些語言形式要在對所需求的語言進行評估後，再決定。

（3）教學以任務或表現為中心：教學結果是讓學生能夠完成任務；教學重點是學生表現出來的行為，而不是知識或談論語言的能力。

（4）模組化教學（modularized instruction）：語言學習被分割成可管理的和有意義的幾個組成部分。學習目標也被分割成小目標，以便教師和學生可以清楚地瞭解學習進度。

（5）以預設明確的目標作為教學結果：教學結果公開，教師和學生都瞭解並且同意。教學結果指定一系列行為目標，這樣學生明確知道他們需要有什麼樣的語言行為。

（6）持續不斷的教學評估：教學前測試學生，決定學生缺乏哪些語言技能；教學後測試學生是否掌握這些技能。如果學生沒有達到預期水準，繼續同一目標的教學然後再測試。教學機構的評估以測試結果為基礎，被認為客觀量化。

（7）測試以表現為目標：與傳統的書面考試不同，測試基於預先設定的語言行為能力。

（8）個性化、以學生為中心的教學：在教學內容、水準和進度中，教學目標根據學生的個人需要而定。制定教學大綱要考慮學生以前的學習經驗和成績。教學不設時間限制，學生按照自己的進度學習，重點學習他們缺乏能力的方面。

二、時代背景

美國首先於 20 世紀 60 年代開始發展能力的教學，最初始於師範教育，因其特別注重學生的最後學習結果，隨之被逐漸引用到外語教學方面。在 90 年代，能力導向教學法在美國廣為流行。究其原因有二：（1）對改革教學重量不重質的呼聲。教育的主要目的是讓學生能夠學到某些能力，如果學生沒有達到預定的能力水準，可以說教學任務根本就沒有完成。（2）對學生個人發展的注重。為了配合個人的發展，必須使每一個學生從學校畢業之後，想升學的具備升學的能力，想就業的也可以順利就業，這也就是說學生離開學校時，必須已具備某種程度的能力水準，使他

們能順利進入另一個生涯階段。

　　同樣在 20 世紀 90 年代，能力導向教學法在澳洲也廣為流行。它被政府選為與工作或生活有關的成人英語課程的教學方法。在新南威爾斯州（New South Wales），成人移民培訓中心（Adult Migrant Education Service, AMES）就設立了「讀寫英語證書」（Certificate in Spoken and Written English）課程，培訓學員取得多種能力，這些能力由課程規劃者根據學生的需求來制定。到了 1993 年，該證書已在澳洲各地實行（Burns & Hood, 1994）。

　　Brindley（1994）指出，能力導向教學法能在澳洲普及，主要出於教育和經濟兩方面的原因。在教育方面，從 20 世紀 60 年代起澳洲政府就規定了能力學習的目標及其評估的方法，因此學校都注重達成這種目標，並把這個目標作為課程設計和評估的基礎。在經濟方面，從 60 年代起，澳洲就缺乏專業技術工人，這須透過移民得到緩解。面對這種狀況，澳洲政府提出了能力教育與訓練方案，以便培養高技術的勞動力，並提高勞動者的工作能力。

第二節　能力導向教學法的理論基礎

一、語言本質

　　與功能一意念教學法一樣，能力導向教學法持功能觀（functional view）來看待語言的本質。

1. 語言是一種應付日常生活的技能

　　語言與社會情景具有密切的關係。語言是一種應付日常生活的技能。人們的生活離不開他們使用語言進行溝通的能力。因此，所學的語言須可供日常生活的使用。

2. 形式與功能是緊密聯繫的

語言的形式（form）是與功能（function）緊密聯繫的。因此，語言形式可以根據語言功能來決定。在設計能力導向教學大綱時，設計者準確預測學習者在具體生活中所需要的語言功能，然後根據功能編排語言形式。例如：在實際生活中學生需要具備尋找工作的能力，那麼大綱上所列的就是有關「尋找工作的」語言。在實際教學中，教師也要準確地預測在某種生活情景中可能用到的詞彙和結構，並能夠把這些語言重點組織成教學單元。

3. 整體的溝通能力由個體組成

語言根據溝通功能，可分解成部分技能。比如，謀職能力可分為「社會用語」、「工作申請語言」和「面試語言」等，正如 Richards & Rodgers（2014: 154）所言，「語言按照功能被分解成合適的部分和子部分，而這些部分可以進行單獨的教學和測試。」也就是說，語言能夠根據功能分解成個體，語言學習的過程是逐步學習這些個體的過程。這是一種「拼合式」的學習方法，溝通能力的整體是由個體組成的。可見，能力導向教學法採取分解的方法對語言技能進行分類，然後進行教學。這一觀點不同於整體語言教學法——該法認為語言是不可分割的，必須作為一個整體來教。

二、教學觀點

與功能—意念教學法一樣，能力導向教學法也認同行為主義的教學觀點。教師把語言教授給學生，讓其掌握、形成習慣，最終掌握技能。Rivers（1981: 43）提出能力獲得論，認為技能掌握過程分成三個階段（圖18-6）。

能力感知： 認知（recognition）（知識）

理解（perception）：感知語言項目／範疇／功能

概括（abstraction）：整理關於範疇和功能的規則

能力獲得： 活用（production）（模擬／假溝通）

發音（articulation）：語音序列的實踐

建構（construction）：溝通實踐的設計

能力運用： 交流（interaction）（真溝通）

接受（reception）：理解資訊（具有溝通動機）

表達（expression）：表達個人意願（具有溝通動機）

圖 18-6 能力獲得的過程

資料來源：Rivers, 1981: 43.

如圖所示，能力獲得經歷感知、獲得和運用三個階段：（1）「理解」和「概括」是對知識的感知階段；（2）「活用」是實踐階段，即把語言知識活用於類比的情景中，這是獲得能力的階段；（3）「運用技能」是學生在溝通情景中，運用能力的實踐階段。整個過程是從知識到技能轉移的過程。

第三節　能力導向教學法的教學大綱

能力導向教學法大綱是一種「能力大綱」，上面明確列出學生必須掌握的各種能力。這不同於「內容大綱」——上面排列學生要學習的語言項

目（如文法、詞彙和句型等）。「能力大綱」說明預期要達到的「能力水準」，教師根據這個水準安排語言內容，進行教學。

　　Hagan（1994）提供了澳洲新南威爾斯州成人移民培訓中心的一個移民英語教學課程的學習大綱。該課程有四階段，分為初級、初級後、中級和高級。在某一階段學習結束後，學生必須達到所要求的能力方可畢業，直至取得「高級英語證書」（表 18-1）。

表 18-1　學習晉級和課程設計

第一階段	初級水準：在大綱指導下普通英語學習。 學習內容：初級英語。 分組方式：學生按學習進度分組。 能力評估：評估學生進入第二階段學習的可能性。
	能力達標：學生到此畢業。
第二階段	初級後水準：在大綱指導下普通英語學習。 學習內容：學習英語、職業英語、社會生活能力。 分組方式：學生按學習進度和學習目標分組。 能力評估：評估學生進入第三階段學習的可能性。
	能力達標：學生到此畢業。
第三階段	中級水準：在大綱指導下中級語言學習。 學習內容：學術英語、職業英語、社會生活能力。 分組形式：學生按學習目標來分組。 能力評估：進入第四階段學習的可能性。
	英語證書：學生到此畢業。
第四階段	高級水準：在大綱指導下以謀職為重點的語言學習。 學習內容：在澳洲謀職能力、工作時使用的語言。 分組方式：學生按學習目標來分組。 能力評估：學生在此畢業的可能性。
	高級英語證書（職業英語）：學生到此畢業。

資料來源：Hagan, 1994: 34.

每個階段的能力目標都包括以下四個方面：（1）知識和學習能力；（2）口語能力；（3）閱讀能力；（4）寫作能力。這四種能力都包含：能力的組成部分（element）、表現（performance）、因素（variables）、課文（tests）和評估任務（assessment tasks）。

第四節　能力導向教學法的教學設計

一、教學目的

能力導向教學目標旨在發展從「知」到「做」的能力，尤其是在生活環境中從事有效活動所必需的能力，這包括聽、說、讀、寫的能力，溝通技能和文化能力等。例如：美國俄亥俄州教育局（Ohio Department of Education）在 1996 年制定了「外語教學：俄亥俄州能力導向教學課程」（Foreign Languages: Ohio's Model Competency-based Program），該課程規定了三個外語教學目標：（1）溝通能力：學生能夠在不同的文化環境中，以多種方式使用外語進行交談，以達到溝通目的；（2）文化能力：學生能夠掌握世界文化知識，認同文化差異，並擴展對母語和自身文化的認識；（3）透過外語掌握其他學科知識的能力：學生能透過與其他學科的聯繫，以及國際間的相互交流，更多地使用語言。

須指出的是，教學目的是根據社會需求來決定的。Docking（1994）指出，在澳洲教學目的的制定受到許多因素的影響，這些因素包括：（1）哲學方面：對教育和訓練以及對工作的信念；（2）社會方面：對平等的關心；（3）經濟方面：對僱傭和利益的關心；（4）政治方面：對未來狀況和國家前途的關心；（5）現實方面：我們認為應該教學的東西；（6）歷史方面：我們已教過的東西；（7）職業方面：我們感到獨一無二和有用的東西；（8）心理方面：我們認為有意義的東西；（9）體制方面：要求我們應該完成的專業認可；（10）測試方面：我們認為可以測試並證明的東西。

在澳洲，為移民和難民開設的職業培訓課程就具有社會性、現實性和

職業性等特點。這種課程所涉及的能力，包括七個類別：（1）工作；（2）安全；（3）有關工作的普通詞彙；（4）工作日程、時間表、支票填寫；（5）社交語言；（6）工作申請；（7）工作面試。

每個類別的能力，還包括更具體的能力標準。比如，上述的「工作」能力的標準是（Mrowicki, 1986: 26-27）：

- 聽從指示完成一項簡單任務。
- 對上級關於工作品質的評論（包括犯錯、速度太慢、工作沒完成）做出恰當回答。
- 請求上級檢查工作。
- 向上級報告任務完成。
- 要求提供補給。
- 詢問物品的位置，根據指示找到物品。
- 根據簡單口頭指示找到一個地方。
- 看懂圖示、標籤、表格或者書面指示，以完成一項任務。
- 說明問題，有需要時請求說明。
- 有人詢問當前任務的性質和進展的時候能夠回答。
- 陳述完成的工作量和工作類型。
- 工作被打斷或者調整時，能夠做出合適應答。

二、教師角色

能力導向教學法以學生為中心，學生是主體、教師具有輔助作用。教師的角色包括：

1. 需求分析

教學計畫要以學生的需求來撰寫，事事為學生著想。

2. 因材施教

由於學生在個性、學習風格、外語水準等方面具有差異，教師應因材

施教。如果學生已精通某項能力，教師可進行下一組能力的教學，不必和其他學生接受統一規定的學習，以免浪費時間去重複已掌握的能力。

3. 加強活動、提供演練

有些技能的學習必須透過演練，而且不斷地重複練習才能成功，因此教師應於適當時機，提供或安排操作演練的機會，加強學習。

4. 評估者

在課程結束時，對學生的能力進行評估。

三、學生角色

學生學習的過程是從知識（知者）到技能轉移（能者）的過程。

1. 知者

學生對教師所示範的語言要充分理解，特別是在早期學習階段。要掌握語言能力，學生必須以理解為先行，然後使用語言表達自己的意思。

2. 能者

學生不能死記硬背文法和詞彙，而應當多參加有意義和真實的溝通活動。學生要充分利用學習資源，在教師的幫助和指導下，依靠大量的語言實踐來掌握語言能力。

四、母語使用

在課堂教學中，教師和學生的交流主要以外語進行。

五、對待語誤

在課堂教學中，教師對語誤採取容忍的態度，學生不應怕講錯。

六、教材作用

能力導向教學教材圍繞著能力來選擇和排列語言內容。美國教材出版商 Pearson Education 於 2010 年出版了一套針對新移民的教材 *Future English for Results*。這套教材包括六級（入門級和一至五級）。我們以第一級教材為例，來看看能力教學內容的結構體系。第一級教材中，每個單元包括九個部分：

（1）詞彙（vocabulary）：每單元包括基本的詞彙；（2）聽（listening）；（3）說與語音（speaking and pronunciation）：每單元包括聽力課程，介紹本單元的核心能力和語言；（4）文法（grammar）：每單元系統介紹幾個文法重點；（5）生活技能（life skills）：生活技能課注重功能語言、實用技巧和真實資料（如時間表、標籤和標識）；（6）閱讀（reading）：有趣文章介紹文化理念和有用的主題資訊，學生在學習閱讀的過程中學習知識；（7）寫作（writing）：學生對閱讀討論後寫同樣的主題，覺得話題有趣而且和他們的生活相關；（8）數理能力（numeracy）；（9）持續性活動（persistence）：持續性活動在課堂建立社區，幫助學生設定個人和語言目標，並鼓勵學生培養良好學習技巧和習慣。

下面以這個教材中第二單元「艱難的一天」（A Hard Day's Work）為例，看看單元的具體教學內容（表 18-2）。

表18-2　第一級教材第二單元的教學內容

範疇	學習內容
詞彙	工作；工作場所
聽	聽取關於工作的對話；聽取關於工作場所的對話
說與語音	介紹別人；談論工作；談論工作場所；Wh- 問句降調練習；複數名詞結尾 -s/-es 的發音；yes/no 問句升調練習
文法	a/an用法；複數名詞；動詞 be 的用法；yes/no 疑問句及其回答；work 和 live 的用法

（續）

範疇	學習內容
生活技能	基數詞 0-9 的使用；提供電話號碼和區號；閱讀電話簿；接聽電話；寫下電話號碼；完成工作表格
閱讀	閱讀有關工作的文章；解決問題：閱讀一段關於工作時間的段落
寫作	寫出一個關於某人的工作的句子；寫出關於你的工作和工作場所的句子；使用問號
數理能力	學習基數詞 0-9
持續性活動	網路活動：查找和你一樣工作的同學；持久性活動：目標設定，如為什麼學英語？

資料來源：Fuchs, Diaz, Magy & Salas-Isnardi, 2010.

第五節　能力導向教學法的課堂實踐

一、教學活動

　　能力導向教學法強調教學過程與教學目標之間的關係。教師最關切的問題，應該是如何協助學生在能力方面能有理想的發展，因此，使用可以使學生能力有所改變和增進的教學設計，是評鑑教學成效的關鍵。

二、教學步驟和實例

　　根據 Richards & Rodgers（2014: 161），一個學習目標可以在一次活動、一節課，甚至幾節課中實現。如果是在幾節課中教學，那麼每節課都應該從「熱身／複習」和「介紹」階段開始，讓學生複習舊內容，並引進新內容。一節課的教學實例採用如下的步驟：

1. 熱身／複習（warm up/review）

　　在上新課時，教師複習以前的舊內容，並透過腦力激盪或互動式活

動，使學生聯想將要學習的新內容。

2. 介紹（introduction）

教師陳述課程的學習目標，並告訴學生他們將要做什麼。

3. 呈現（presentation）

教師講解、示範和練習新的語言形式與功能。

4. 理解檢查（comprehension check）

教師確認學生對所教內容是否理解，判斷他們是否能在下階段進行活動。

5. 指導性實踐（guided practice）

學生開始使用語言進行簡短的控制性活動（controlled activity）。

6. 溝通練習（communicative practice）

學生使用他們所練習的語言完成溝通任務（通常是成對或小組活動）。

7. 評估（evaluation）

學生透過解釋、分析或反思他們在課堂上所學的知識，來展示他們對新知識的理解。

8. 應用（application）

學生擴展他們學到的知識——運用新知識來進行各種新的活動。

§ 本課教學評論

> 採用 PPP 教學步驟的教學方式。教師首先講解、示範和練習新的語言內容，然後指導學生使用語言進行控制性練習活動，最後使用語言能力完成溝通任務。

第六節　對能力導向教學法的評價

一、優點分析

1. 教學目標明確化

語言教學應偏重能力、行為或實際表現，將教學目標明確化，並以教學目標來引導整個學習過程，這樣就能協助學生獲得有效的技能和有系統的知識，使其盡其所能達到特定的教學目標，獲得生活和學習的能力。

2. 培養學生生活和工作能力

能力導向教學法培養學生勝任未來所要從事工作的能力，達到學會從事某種工作所必要的技能、才能和知識的目標，使學生具有自主的個人能力來應付社會的要求。

二、缺點分析

能力導向教學法的批評者指出：

1. 該法欠缺有效的課堂教學活動和教學步驟，來完成各項能力的教學任務。許多能力所需的領域，例如：現實生活和工作在課堂上是無法操作的。

2. 該法將能力分解為一系列分項能力，這是一種簡單做法，因為個體的能力相加並不等於整體的能力。

🦋第七節　能力導向教學法的教學啓示

20世紀90年代，隨著能力導向教學法在世界各地的實施，語言能力標準（language proficiency standards）的設置也開始引起人們的極大關注。課程標準提出能力的目標要求，評價則是檢驗對能力標準的達成度。為滿足日益增長的社會經濟需求，同時也為回應自20世紀90年代以來鼎盛教育領域的「邁向標準的運動」（the standards movement）——即把重點從教學內容轉向能力標準的趨勢，世界各國相繼出版了英語課程標準，其中最重要的是《歐洲語言共同參考框架》和《美國中小學英語語言能力標準》。

一、《歐洲語言共同參考框架》

《歐洲語言共同參考框架》的全稱是《歐洲語言共同參考框架：學習、教學、評估》（*Common European Framework of Reference for Languages: Learning, Teaching, Assessment*）。它是由歐洲委員會（The Council of Europe）在2001年出版的，主要目的是指導其四十多個成員國的外語教學，評估學歷與資格認證標準，使它們之間有一個互相統一的評價系統，互相承認各國的外語等級證書，促進整個歐洲在文化、語言、教育和就業方面的社會融合。這雖然沒有指明是哪一種特定外語的標準，但因為英語是歐洲公民公認的最重要外語，《歐洲語言共同參考框架》幾乎可以看作是英語課程標準。新型的語言政策和標準，體現了歐洲現代語言教學及學習的新理念。

該框架把外語能力分為三類水準（A、B、C）和六個等級（A1、A2；B1、B2；C1、C2）：

A1：入門級（breakthrough）

A2：初級（waystage）

B1：中級（threshold）

B2：中高級（vantage）

C1：高級（effective operational proficiency）

C2：精通級（mastery）

六個等級的語言標準如下（表 18-3）：

表18-3　六個等級測評總表

A1	• 能理解並使用熟悉的日常用語和一些非常簡單的短語，滿足具體的需求。 • 能自我介紹和介紹他人，並能向他人提問，例如：住在哪裡、認識什麼人、有些什麼東西等，也能就同樣的問題作答。 • 在對話人語速慢、口齒清楚，並且願意說明的情況下，能與他們進行簡單的交談。
A2	• 能理解最切身相關領域的句子和日常用語，如簡單的個人與家庭資訊、購物、四周環境、工作等。 • 能就自己熟悉或日常生活問題，完成簡單而直接的交流。 • 能用簡單的詞語講述自己的背景、周邊環境以及切身的需求。
B1	• 對工作中、學校裡和休閒時遇到的熟悉事物，能理解別人用清楚和標準的語言說話的要點。 • 在目標語國家和地區旅遊時，能用所學語言應對遇到的大部分情況。 • 能就一些熟悉的和感興趣的話題，發表簡單而有邏輯的看法。 • 能敘述自己的經歷、事件或者一個夢，介紹自己的希望和期待，並對想法和計畫做簡單的說明和解釋。
B2	• 能理解一篇複雜文章中的具體或抽象主題基本內容，包括學習者專業領域的技術性討論課題。 • 能比較流利和即席地跟講本族語的人進行交流，雙方都不感到緊張。 • 能清楚、詳細地談論廣泛領域的話題，能就時事發表自己的觀點，並能對各種可能性陳述其利弊。
C1	• 能理解廣泛領域的高難度長篇文章，並能抓住文中的隱含之意。 • 能流暢和即席地表達，幾乎無須費心遣詞造句。 • 在其社會、職業或學術生活中，能有效、靈活應用語言。 • 能對複雜主題表述清楚、結構合理，表現出對篇章的組織、銜接和連貫用詞方面的駕馭能力。

（續）

C2	• 能輕鬆理解幾乎所有讀和聽的內容。 • 能連貫地概述各類口語、書寫資訊，不遺漏內容及其論據。 • 能即席、流暢、精確地表達，並把握複雜主題中細微的涵義差別。

資料來源：Council of Europe, 2001: 24.

二、《美國中小學英語語言能力標準》

　　20 世紀 90 年代以來，美國掀起了席捲全國的以標準為基礎的教育改革運動。作為大融爐的美國曾經有大批的外來國家移民者，這種移民還在持續。這些外來移民，加上美國本土公民，造成了學生背景的迥異與不均勻，曾經一度有關於語言、教育、文化等的爭議，這種爭議一直持續著直到 2001 年《無落後兒童法案》（*No Child Left Behind Act*）法令的簽署。自那以後，英語就作為第二語言被教給那些講他國語言的外來移民學生，英語教學也在美國教育中占一重要角色。

　　美國英語教師協會（TESOL）在 2006 年出版了《美國中小學英語語言能力標準》（*The PreK-12 English Language Proficiency Standards Framework*），為美國英語教育者提供了新的教育理念、目標和學習要求等。該標準提出了五種語言能力標準，它們包括學生在課內外獲得成功所需的社會和學術用途的語言（表 18-4）。

表18-4　五種語言能力標準

標準 1：英語學習者能在學校環境中進行社交、跨文化和教學目的的交流。
標準 2：英語學習者能就語言藝術領域中，學術成功所需的資訊、想法和概念進行交流。
標準 3：英語學習者能就數學領域中，學術成功所需的資訊、想法和概念進行交流。
標準 4：英語學習者能就科學領域中，學術成功所需的資訊、想法和概念進行交流。
標準 5：英語學習者能就社會學領域中，學術成功所需的資訊、想法和概念進行交流。

資料來源：TESOL, 2006.

　　由於教育環境和社會文化的不同，以及歷史傳統的差異，歐洲和美國的語言課程標準的編寫方式有所不同，但是，它們的核心內容是相同的——透過制定能力的標準來回答「學習結果是什麼」和「如何評價學習結果」大問題。也就是說，一個完整的語言教學課程標準必須說明對下列三個問題的觀點：（1）語言能力是什麼？（2）語言能力是如何發展的？（3）語言能力是如何分級評價的？

　　基於能力導向教學理念的能力標準設定，極大地擴展了我們對外語教學的認識。傳統觀念認為，語言教學包括三個方面：「教什麼」、「怎樣教」、「怎樣學」——絕大多數關於教學法的教科書都這樣寫著。現在我們可以認為，語言教學還應包括另一重要方面：「教學成果是什麼」。而且教學成果比其他三方面更重要，它指導教什麼、怎樣教、怎樣學。《歐洲語言共同參考框架》主要是對使用語言所要求的不同類型知識和能力進行詳盡的分級描述，基本沒有教什麼的內容（如單字表、文法規則等），也沒有怎樣教和怎樣學的具體教與學方法，所有這些均由有關國家、教育機構和教師根據自己對能力標準的認識來決定。

第八節　結束語

　　20 世紀 80 年代以來，能力導向教學法由於強調教學目標明確化和等級化，已被認定為最先進的教學方法之一，受到了世界各國政府和外語教師的大力宣導。可以說，它是所有教學法中最受政府關注的教學法。世界多數國家包括歐盟的四十多個成員國，都建立了基於能力教學理念的課程標準，用來指導外語教學和評估。能力導向教學法被美國應用語言學中心專家學者們讚譽為「成人外語教學方法中最重要的突破」，並被美國政府政策制定者和課程設計者認定為「最先進的成人外語教學法」（Richards & Rodgers, 2014: 151）。

《思考題》

1. 什麼是能力標準（standards）？爲什麼它在語言教學中如此重要？
2. 在能力和結果方面，能力導向教學法與大部分常規教學法有何不同？
3. 下面三項有何共同點？它們都基於什麼教學思想？
   - 能力導向教學法
   - 《歐洲語言共同參考框架》
   - 《美國中小學英語語言能力標準》
4. 能力導向教學法把語言能力整體分割成個體，逐步把它們教給學生。這與整體語言教學法的觀點有何不同？
5. 一位中學英語教師應具備哪些能力？請列出十項基本能力。

參考文獻

Brindley, G. (1994). Competency-based assessment in second language programs: Some issues and questions. *Prospect, 9* (2).

Council of Europe. (2001). *Common European Framework of Reference for Languages: Learning, Teaching, Assessment*. Cambridge: Cambridge University Press.

Fuchs, M., Diaz, B., Magy, R., & Salas-Isnardi, F. (2010). *Future English for Results (1)*. NY: Pearson Education.

Hagan, P. (1994). Competency-based curriculum: The NSW AMES experience. *Prospect, 9* (2), 19-30.

Mrowicki, L. (1986). *Project Work English Competency-Based Curriculum*. Portland, Oregon: Northwest Educational Cooperative.

No Child Left Behind Act (NCLB) of 2001, Public Law No. 107-110.

Ohio Department of Education. (1996). *Foreign Languages: Ohio's Model*

Competency-Based Program. Columbus, Ohio Department of Education. On-line: http: //www.ncssfl.org/ohio.htm.

Richards, J. & Rodgers, T. (2014). *Approaches and Methods in Language Teaching*. (3rd edition). Cambridge: Cambridge University Press.

Rivers, W. (1981). *Teaching Foreign Language Skills*. (2nd edition). Chicago: University of Chicago Press.

TESOL (2006). *The TESOL PreK-12 English language proficiency standards. Augmentation of the World-Class Instructional Design and Assessment (WIDA) Consortium English language proficiency standards*. Alexandria, VA: TESOL.

U.S. Department of Education, National Center for Education Statistics. (2001). *Defining and Assessing Learning: Exploring Competency-Based Initiatives* (by E. Jones., R. Voorhees., & K. Paulson for the Council of the National Postsecondary Education Cooperative Competency-Based Initiatives Working Group). Washington, D.C.: U.S. Department of Education.

Voorhees, R. (2001). Competency-based learning models: A necessary future. In R. Voorhees. (ed.). *Measuring What Matters Competency-Based Learning Models in Higher Education*. San Francisco: Jossey-Bass.

第十九章

任務型語言教學法
Task-based Language Teaching, TBLT

關鍵字

任務、任務大綱、從難著手策略

task, task-based syllabus, deep-end strategy

Task-based language learning is more interesting because you are struggling to do the task and the task themselves can be interesting.（Ellis, 2016: 27）

任務型語言教學非常有趣，因為學生需要努力地去完成任務，而任務本身也是有意思的事，可以激發學生的內在學習興趣。

第一節　任務型語言教學法的背景簡介

一、基本概念

任務型語言教學法是一種以任務為核心單位，來計畫和組織語言教學的方法。其基本理念是，課堂教學應體現以任務為中心的原則，強調學生的主動性和相互作用，這樣才能最大限度地保證學生的溝通時間和溝通量，從而獲得溝通能力。

任務型語言教學法的初衷旨在將功能—意念教學法這種弱式溝通語言教學（weak CLT）轉變為強式溝通語言教學（strong CLT），就像學習母語一樣透過任務習得語言。它是溝通語言教學中，唯一的強式溝通語言教學形式。

1. 任務的定義

「任務」一詞是近三十年來外語界出現頻率最高的術語之一，原因是任務教學法的興起。在任務型語言教學法產生之前，課堂活動多是練習（exercise）和操練（drill）。

根據 Ellis（2016）的最新定義，任務具有如下四大特徵：

（1）任務主要關注的是意義（primary focus on meaning）：任務的目的是希望學習者能透過溝通來提高語言水準，因此，它要求以對意義的關注為出發點。任務並沒有規定任務參與者該使用何種語言形式（form），

這得由參與者自己根據如何完成任務以取得成果來決定。儘管某些任務類型希望參與者使用某些語言形式去完成任務，但最終選擇權仍然在於學習者，不是教師。

（2）任務具有資訊差距（information gap）：資訊差距激勵學生去運用語言。由於有某種資訊差距，學生要互換資訊以完成任務；表達個人喜好、感受與態度以完成任務；或者從已有的資訊中推論出新資訊。

（3）任務涉及真實運用語言的過程（real-world processes of language use）：真實任務是指接近或類似現實生活中各種事情的任務；也就是說，學生離開課堂以後在學習、生活、工作中可能遇到的各種事情，如日常生活中填寫各種表格等，在任務完成過程中的語言運用是與真實溝通是一致的。任務希望它所引發的語言運用與真實世界有直接或間接的聯繫。所謂溝通的真實性，就是指學生完成的溝通活動具有真實的溝通需求、真實的溝通語境、真實的溝通對象。

（4）任務要求有溝通性結果（communicative outcome）：任務要求達到的非語言結果，這是判斷學習者是否完成任務的標準，而對學習者來說，這也是他們完成任務的目的。

實際上，功能－意念教學法倡導和使用的一些溝通活動都是任務。下面角色扮演的活動在功能－意念教學法一章中已提到過，現在我們來判斷它是否具有上述的四大特徵（圖 19-1）。

Student A	Student B
You like dancing and going to discos. Suggest to your partner that you go out this evening. Try to persuade him/her to go where you prefer.	You don't like dancing and going to discos. You prefer going to the cinema or to a concert. Try to persuade your partner to go where you prefer.

圖19-1 角色扮演的任務

這個角色扮演的活動具有如下任務的特徵：

（1）關注的是意義：在這個任務中，任務作為語言的載體讓學生透過完成任務來學習有關的語言。它並沒有規定要用什麼單字、短語和句子來完成任務，這些語言重點都由學生自己選擇。

（2）具有資訊差距：由於兩位學生各自拿著兩張不同的提示卡（cue card），因此具有某種資訊差距，學生要各自表達個人喜好、感受和態度才能完成任務。

（3）涉及真實運用語言的過程：這是一個說服（persuade）對方去某處的過程。學生除要兼顧語言形式和功能外，還要考慮說話是否得體（appropriate）。比如學生 B 在拒絕對方的邀請並提出自己的意願時，要考慮如何避免得罪對方。

（4）具有溝通性結果：兩位學生說服對方要去各自想去的地方，溝通性結果有兩種：A 說服了 B，或 B 說服了 A。

2. 任務與練習的區別

練習是教學中經常使用的傳統教學活動，如語音、詞彙、文法知識的練習，以及聽、說、讀、寫的練習。這些練習基本缺乏上述四大特徵，不可與任務混為一談。兩者的區別可歸納如下（表 19-1）。

表 19-1　任務與練習的區別

區別方面	練習	任務
側重點	語言形式（form）	語言意義（meaning）
錯誤訊息	無	有
運用	無溝通過程：重機械模仿、重複、意義性和溝通性練習	真實的溝通過程：強調參與、感受、探究、實踐和交流
結果	無溝通結果：訓練正確運用語言	有溝通結果：用目標語完成任務，旨在培養溝通能力

　　根據任務的標準，有些課堂活動就不是任務，而是練習。在練習中，學生沒有機會自由地使用語言來取得某專案和達成某項結果。例如：在雙人活動中，教師要一個學生使用 Do you like....? Yes, I do//No, I don't. 來問另一個學生喜歡不喜歡吃某種食物；或者教師指出一些單字和短語，要學生描繪一張圖畫。這些練習目的在於練習教師事先指定的語言重點，而不是為了獲取某種真實的結果。這個結果可以透過是否已經正確或恰當地傳遞了資訊和內容來評估。因此，要想使活動成為任務，就必須把活動設計成含有尚待解決的問題。

　　又如，在呈現句型 What's this? It's a... 的時候，我們經常看到這樣的情景：教師手裡拿著一個蘋果，問學生 What's this? 學生回答說 It's an apple。這就是不真實的溝通，因為學生都知道教師手裡拿的是蘋果，只是有的學生不知道蘋果的英語怎麼說而已。像這樣的問題純粹是為了練習語言形式而設計的，不是出於資訊差距需要而提出來的。

　　雖然任務和練習有所不同，但在聽、說、讀、寫四項技能上，它們是相同的，即它們都涉及聽、說、讀、寫四項技能訓練（或其中一兩項技能）。

二、時代背景

　　任務型教學起源於 20 世紀 70 年代。1979 年，Prabhu 在印度南部的 Bangalore 進行了一項任務型教學實驗（Bangalore Communicational Teaching Project），將當時比較先進的任務型教學理論付諸教學實踐。Prabhu（1987）認為，「當學生的注意力集中在任務上，而不是他們所使用的語言時，他們可能學得更有效。」Prabhu 提出了許多類型的任務，並把學習過程設計成為一系列的任務，讓學生透過完成任務來學習。雖然 Prabhu 最早進行任務型教學實驗，但 Prabhu 並不是任務型教學法的發明者，因為很早以前人們就在課堂中使用任務進行教學，只是這次實驗首次把任務作為全部課堂教學活動。這次試驗由英國專家 Beretta 和 Davies（1985）加以評估。評估顯示任務型教學法對培養學生的語言使用能

力，具有一定效果。1987 年 Prabhu 發表了《第二語言教學法》（*Second Language Pedagogy*），詳細介紹了 Bangalore 實驗的原因、過程和結果。

從 20 世紀 70 年代起，其他的語言學家也開始對任務型語言教學法進行了初步研究。70 年代末弱式溝通觀逐漸占上風，當時，功能－意念教學法大綱均提出了有序的、分立的語言項目，但它們無法促使課堂成為一個強式溝通的過程。語言教學界展開了關於使用任務進行教學的討論，得出的結論是：言語溝通是一個溝通的過程，而非一系列分立的語言項目的學習結果。同時，語言教學領域的研究重點發生了由研究「如何教」向「如何學」的轉移。學習過程本身與學習目標同樣重要的觀點，逐漸成為語言教學界的共識。於是，持弱式溝通觀的分立語言項目大綱的局限性益發明顯，開始走下坡。這使得弱式溝通教學受到了批評，從而催生了任務型教學法。

自從任務型語言教學法產生後，外語界對任務型語言教學法的研究方興未艾，在 20 世紀 90 年代，任務型教學成為英語教育的國際主流。研究任務型語言教學的專著和論文大量出現。進入 21 世紀，任務型教學研究更為鼎盛。

2003 年紐西蘭奧克蘭大學 Rod Ellis 教授出版了《任務型語言教學》（*Task-based Language Teaching*）專著，對任務型教學作了全面的論述。

2003 年美國夏威夷大學 Michael Long 教授和他的同事出版了《任務型語言教學示範》。這套資料包括一片 CD、錄影和一本教師手冊。與以往研究成果不同的是，這是一份任務型課堂教學的指導資料，是不可多得的實踐性手冊，對教學第一線的英語教學特別有用。

2004 年香港大學 David Nunan 教授出版了《任務型語言教學示範》，以通俗的語言向英語教師和師範學生介紹了任務型語言教學法的理論、教學方法和研究成果。

2015 年世界漢語教學學會，在北京特別舉辦了「國際主流語言教學法高級講習班」。此次講習班特別邀請到了 Rod Ellis 教授。他用大量語言教學實例深入淺出地闡釋了任務型語言教學的基本概念和要素，展示

了如何以輸入和互動來促進語言教學的方法，並介紹了顯性和隱性文法教學、文法教學中的意識培養型任務等新的教學理念。很多教師和研究者慕名而來，並就漢語教學中的問題與 Rod Ellis 教授進行了積極的互動。之後 Rod Ellis（2016）發表了《任務型教學法新理念與國際漢語教學》。

第二節　任務型語言教學法的理論基礎

一、語言本質

　　任務型語言教學法從溝通的觀點上看待語言，認為語言是人類社會溝通的最重要工具。人類透過語言來認識世界，使用語言這個工具作為社會生活的媒介，用它進行日常社會交流、組織生產活動、表達思想、抒發感情和交流思想。語言是人類社會溝通中傳遞資訊的手段，沒有語言就談不上溝通，沒有溝通人類社會的存在和發展是不可想像的。從這個意義上說，語言是人類社會賴以存在和發展的基礎，溝通功能是語言最基本、最重要的功能。

　　人類語言溝通過程，是說話者（作者）和聽者（讀者）雙向交流思想的過程。說話者或作者用語言表達思想，聽者或讀者透過語言吸收、理解對方所表達的思想，然後聽者或讀者變換其他地位成為說話者和作者，用語言表達思想，理解對方所表達的思想。交流的思想是人們運用語言進行溝通活動的基本內容，是人類區別於動物的根本標誌。交流思想過程的主要特點是：（1）雙向性的；（2）雙方有意願、有思想內容進行交流；（3）雙方透過創造性地運用語言理解和表達思想內容；（4）雙方由於社會地位和交流場合的不同，運用語言時存在著社會變異（social variation）和風格的變異（stylistic variation）。換句話說，運用語言交流時要適應自己的身分和一定的場合。由於對象不同以及場合不同，運用語言的特點也不同。

　　語言的溝通性之用於任務型外語教學，涉及到外語教學的目的。外語

教學的目的是培養學生為溝通掌握運用外語的能力。外語教學的目的之一不只是掌握基本的語言知識，形成自動化的習慣，更重要的是培養學生為溝通運用外語的能力。掌握為溝通運用外語的能力，是衡量學生學習效果的唯一標準。

二、教學觀點

任務型語言教學法的理論基礎源於第二語言習得理論。

1. 語言輸入理論（input hypothesis）

語言學家 Krashen（1981, 1982）提出著名的二語習得理論時強調，語言學習是習得（acquisition），而非學習（learning），即掌握語言大多是在溝通活動中使用語言的結果，而不是單純訓練語言技能和學習語言知識的結果。Krashen 論述了關於「可理解的語言輸入」（comprehensible input）的理論。該理論認為，只有當可理解的輸入成為前提時，習得才能產生。可理解的輸入是激發習得過程，並最終內化語言結構和文法必不可少的條件。學習者透過理解稍微超出他們目前語言水準的輸入而產生習得，即 i + 1。學習者可以從 i 臺階（i 指習得者目前的語言水準）上升至 i + 1 臺階（i + 1 表示在習得的情況下較 i 更高一級的語言能力），其學習方法是透過理解「i + 1」的語言，正如 Krashen（1980：170）所指出，「從 i 臺階上升到 i + 1 臺階的必要條件，是學習者必須理解含有 i + 1 語言的輸入。這裡的『理解』指學習者注重語言的意義而不是形式」（參見本書自然教學法一章）。

2. 互動假設論（interactional hypothesis）

對於兒童如何習得語言，研究者眾說紛紜，提出各種不同的見解。對這個問題主要有三種理論提出了答案，分別是：

（1）行為論（behaviorist view）：行為論強調語言習得中，行為形成過程的重要性。根據這一觀點，母語習得是透過兒童模仿成年人的語

言，透過成年人的對兒童語言模仿行為的鼓勵或懲罰，逐條逐項地習得的。總之，兒童的母語習得就是他們語言行為的培養過程。

（2）先天論（nativist view）：與行為論相對的是先天論。與行為主義相反，先天論則從人的大腦本身去尋找語言習得的答案，並強調兒童對語言習得所能發揮的積極作用。這一理論認為，兒童所習得的是一套文法規則，而不是一套句子。所謂的模仿和強化對母語習得的作用是微不足道的，其作用只是啟動（activate）人們大腦中固有的語言習得機制，即輸入被看作僅僅是啟動內部機制的一個因素。

（3）互動論（interactional view）：互動論強調內在語言習得機制和外部語言環境的相互作用。互動論的理論研究者認為，行為論和先天論都走極端，因此，它們不能對語言如何被習得做出滿意的解釋。於是他們提出了一種新觀點——語言的發展是天生的能力與外界因素相互互動的結果，即語言習得的關鍵是互動（interaction）。Rivers（1987）指出：「學生的注意力集中在運用語言去表達和接收真實的資訊，這種資訊對說話者和聽話者雙方都是很重要的，這種活動就是互動。」

互動論的代表人物是 Michael Long。Long（1983）完全同意 Krashen 提出的關於理解性語言輸入對語言習得是很有必要的觀點。可是，Long 更關心的是這些輸入的語言如何才能被理解。Long（1983）指出，語言必須透過「互動調節」（interactional modification）才能被理解。因此，學生所須的並不是因簡單而被理解的語言形式，而是有對話交流的互動，這種互動可使新的、複雜的語言被理解。Long（1983）用三段論表示互動與語言習得的關係：互動調節可使輸入的語言被理解；被理解的語言有利於語言習得，因此，互動調節有利於語言習得。

互動調節不是機械性的練習，而是一種意義溝通的活動（negotiation of meaning）。在互動調節過程中，學習者透過一連串的調節（modification）技巧使雙方的語言得到理解，以達到溝通的目的。其技巧包括請求澄清、請求證實、理解證實和回饋等（表 19-2）。

表19-2　互動形式與意義溝通的關係

互動形式	互動方式	意義溝通示例
請求澄清（clarification request）	乙方讓甲方解釋或複述剛講過的話，以澄清意思。此外，也常使用 Pardon me? 或 What? 等。	A: She is on welfare. B: What do you mean by welfare?
請求證實（confirmation check）	甲方確認其所理解的意思就是乙方所要表達的，其方式是使用聲調來重複剛才對方所說的一部分或全部的話。	A: Mexican food have a lot of ulcers. B: Mexicans have a lot of ulcers? Because of the food?
理解證實（comprehension check）	甲方確認對方是否理解他（她）的意思。	A: There was no one there. Do you know what I mean?
回饋（back channel cues）	乙方使用 Mm hm、Uh huh、Yeah 等語言來順應對方，或表示理解，或表示讓乙方繼續說下去。	A: I'll pick it up from his place. B: Mm hm. A: At around 8 o'clock.

3. 語言輸出假設論（output hypothesis）

　　語言輸入理論只強調輸入的重要性，但是，許多語言習得理論專家和研究者都認為，要習得語言僅有語言輸入是不夠的，因為語言輸入與語言習得之間沒有必然的因果關係，只有輸入的學習還缺少輸出的機會。簡單地說，假如「只聽不說」，學生仍然無法習得語言。因此，學生還要有表達自己，向對方傳送資訊的語言輸出活動。

　　許多語言習得研究也說明，學生要習得語言還須要進行大量語言輸出的訓練。Swain（1985）的研究說明，在沉浸式教學課堂中，學生經歷了多年的「可理解的語言輸入」的學習後，其語言水準仍然差於本族語者，

原因是他們缺乏語言輸出的訓練。因此，Swain（1985: 249）認為，學習者必須能夠表達可理解的資訊，這樣才能把他們的中介語水準從詞彙提升到句型的水準。也就是說，為了能夠正確地表達新的語言，學習者僅僅理解了所輸入的語言遠遠不夠，學習者還必須根據文法結構來分析和創造新語言。Swain 總結了語言輸出的三個主要功能：（1）說明學習者對所掌握的語言知識進行測試；（2）使學習者透過使用語言加深對語言的瞭解；（3）提高學習者的語言意識，發現自己在交流中出現的語言問題並設法解決。總之，學生要習得語言，還須進行語言輸出的活動。

　　綜合上述理論，在自然或教學情景中，學生應進行交流活動，這有助於他們交流資訊，進而習得語言。互動的作用有：

　　（1）學生之間的互動可以使學生增加語言輸入與輸出的量。在任務型語言教學過程中，學生分小組完成各種任務。透過這種小組活動，學生的語言活動量得以加倍的增長。

　　（2）由於互動過程可以大量增加語言輸入與輸出的量，這不但有助激發學生學習的主動性和積極性，還給學生提供了綜合使用語言的機會，並將以前學過的語言重新組合，創造性地使用語言。換句話說，小組完成任務時，需要不斷使用（包括聽到同伴使用）以前學過的詞彙、文法以及句型結構。他們在這種創造性的使用語言活動中，語言能力得到逐步發展。

　　根據上述理論，外語課堂教學應具有各種互動活動，即任務。學生在完成任務的過程中習得語言。

第三節　任務型語言教學法的教學大綱

　　在傳統的大綱上，大綱設計者規定了所要教的語言內容（如詞彙、結構和句型等），並根據先易後難的原則進行排列，這種大綱以教學內容為中心，稱為綜合性大綱（synthetic syllabus）。與此不同的另外一種大綱是分析性大綱（analytic syllabus）。它以教學方法為中心，在大綱上所列

的內容是課堂上教師要使用的課堂活動。可見，綜合性大綱是「內容型」大綱，側重於要教什麼（what）；而分析性大綱屬於「方法型」大綱，側重於如何教（how）。任務型教學大綱屬於「方法型」大綱。大綱上面所列的內容，基本都像圖 19-1 那樣的任務。

第四節　任務型語言教學法的教學設計

一、教學目的

任務型語言教學法培養學生的溝通能力（有關溝通能力的概念，請參見功能—意念教學法一章）。

二、教師角色

任務型語言教學法排斥了傳統的教師角色，教師再也不是教學中心，同時它吸收了溝通教學的特徵（如助學者、合作者等）。在強調學生的角色時，它絲毫沒有削弱教師角色和作用的意圖。教師在設計任務、安排任務、提供資料、監控任務、提供幫助等方面，仍然具有十分重要的作用。在任務型語言教學法中，教師的角色是：

1. 任務創設者（task creator）

教師讓學生在完成任務的過程中習得語言，學會用英語做事，體驗學習語言的過程。因此，設計任務的技能就成為對教師教學技能的新要求。為此，教師應明確教學任務設計的特點，並瞭解教學任務設計的範圍和種類。

2. 學習過程的助學者（facilitator）

教師要放棄權威者的角色，減少對課堂的控制，創造良好的語言學習環境，營造民主、和諧的教學氛圍，為學生提供心理與精神的支援，提供

自主學習和相互交流的機會以及充分表現與自我發展的空間，使學生透過語言實踐活動發展語言能力、體驗成功。

3. 合作者（cooperator）

在教學過程中，教師要與學生建立友好和諧的師生關係，平等地與學生建立友好和諧的師生關係，平等地與學生進行討論，共同解決問題。絕不能以自己的認識去支配學生的思維，以自己的標準評判學生的活動，從而限制了學生的思維活動。

4. 語言輸入者（input provider）

在任務型語言教學法中，教師仍然是重要的語言輸入者。在學生初步瞭解了文法、學習了詞彙之後，最好的辦法是給學生提供大量含有這些文法結構和詞彙的輸入。輸入資料的品質比數量還重要。所謂品質，並不僅僅是發音的準確、語言的規範，而是各種不同類型的語言資料。在這方面，教師應該發揮重要的作用。

三、學生角色

在任務型語言教學法中，學生不再是純粹的語言學習者。學生的角色具有以下特點：

1. 任務完成者

在任務型教學課堂上，學生是任務的完成者，他們在教師的引導下，充分結合自己的已有知識，透過對話、交流等活動，在完成任務的過程中掌握新知識，並能將所學的語言融會貫通；進而擴展到自己的現實生活中。

2. 主動學習者

學生不是被動地接受知識或機械性模仿、重複，而是積極主動地、有

目的地嘗試使用熟悉的或不太熟悉的語言知識與技能。在體驗、參與、探究、協商、討論等過程中，學生接觸各種語言，充分提取和運用已有的語言知識與技能，鞏固舊知識、建構新知識。

3. 活動參與者

學生不是受訓者，而是以參與者的身分積極進行交流、協商等活動。他們既要吸收又要給予，還要能夠監控自己的學習過程，檢查自己對語言的理解程度以及語言運用的效果。

4. 內容控制者

學生不是完全在教師的控制下展開活動，而是對活動的內容和形式有一定的控制權。在活動過程中有較大的自由發揮空間，並且對自己的學習活動負責。

四、母語使用

任務型語言教學法同意學生完成較難的任務時使用母語。教師在解釋任務的做法時，也可用母語進行簡單的解釋。但是，教師應提醒學生，任務型的教學目的是提高學生用英語進行溝通的能力，並要求學生在課堂上必須多講英語。

五、對待語誤

在學生進行雙人或小組活動時，教師從旁指導，鼓勵學生參與互動，但不對學生語言錯誤進行糾正。這種情景具有「私人」（private）的性質，使學生感到無所顧慮，犯語言錯誤也很自然。但在語言重點階段（language focus），教師分析在完成任務過程中學生的語誤，提醒學生加以反思、給予糾正。

六、教材作用

　　教材提供一系列由簡到難的任務，由教師指導學生完成。教材不提供語言重點，語言重點要由學生發現、分析並掌握。20 世紀 90 年代中期，美國英語教師協會（TESOL）從美國、太平洋沿岸和歐洲的一些國家之大學和中學英語教師那裡蒐集到八十一種任務，並編成教材《語言學習的任務》（Gardner & Miller, 1996）。在教材中，每個任務都包括「任務的做法」和「作業」兩大部分。「任務的做法」提供以下資訊：（1）活動的目的、完成時間和資料等；（2）任務適合哪種程度、完成方式（個人、雙人或小組）、課內或課外完成；（3）任務的理念；（4）教師注意事項；（5）完成任務的其他方法。「作業」則提供以下四個資訊：（1）學生如何完成任務；（2）任務是一次完成，還是分階段完成；（3）自我測試；（4）完成任務的方法等。

第五節　任務型語言教學法的課堂實踐

一、教學活動

1. 任務的種類

　　區分任務的種類，可以幫助教師選擇合適的任務進行因材施教。任務可依以下四種類別來劃分：

　　（1）以資訊獲取方式分類：在 Bangalore 溝通教學實驗期間，教師所採用的任務包括三種資訊交流活動：①資訊溝通活動（information-gap activity），要求學生把資訊從某人轉到另一人。如面談就是透過提出問題和回答問題來交流資訊；②推理活動（reasoning-gap activity），要求學生從已知資訊推斷出新資訊，如學生看地圖推斷出到達目的地的最近路線；③觀點表達活動（opinion-gap activity），要求學生表達自己的愛好、感情和態度等。

（2）以真實型與教學型分類：任務可分成真實型任務（real-life task）和教學型任務（pedagogical task）。前者指那些基於學習者需要而設計的類似真實溝通而進行演練的任務，如「申請大學」包含寫申請書、回覆信件、諮詢經濟資助、選擇課程、支付學費等，這些都是現實生活中可以找到的任務；後者指那些基於二語習得研究，但不一定能反映真實溝通而設計的人為創造的任務，比如課堂內模擬交談的語言學習任務。

（3）以教學目的分類：Gardner & Miller（1996）根據教學目的可把任務分為以下幾大類：學生訓練任務；培養閱讀能力任務；培養寫作能力任務；培養聽力任務；培養說話能力任務；培養用詞能力任務；培養文法能力任務；培養社會語言能力任務；自我測試任務。

（4）以任務完成的方式分類：按任務完成的方式，可把任務分為如下四類：

① 單向（one way）與雙向任務（two way）：單向任務的例子是一位學生講述故事，而另一位學生靜聽。雙向任務的例子是資訊交流活動，即在雙人或小組形式的活動中，每個學生都有不同的資訊，需要互相交流來溝通資訊，並取得結果。一般認為雙向任務比單向任務，更能創造交流資訊的機會。

② 計畫性任務與無計畫性任務：在計畫性任務中，教師給予學生一定的時間準備如何與其他學生互動。在無計畫性活動中，學生一接到任務就馬上與其他學生交流。有準備的任務比沒有準備的任務，更能培養學生的正確、流利和複雜的語言能力。教師如給學生一兩分鐘準備的時間，學生的表現會更出色。

③ 封閉式（closed task）與開放式任務（open task）：封閉式任務指只有一種結果的任務，如解答一個謎語。開放式任務指會有多種結果的任務。例如：「討論與決策」是讓學生針對某一個問題進行討論，並做出多項決策。封閉式任務比開放式任務更能使學生重複（recycling）使用語言，並得到更好的回饋。當學生意識到只有一種答案時，就更願意進行資訊交流，以便找出那個答案。

④ 一次性任務與重複性任務：重複性任務指一個任務重複進行好幾次，有時候一個任務的教學目的還沒有達到，教師可再次要求學生完成那個任務。Bygate（1996）的研究發現，一個學生三天後在另一個場合講述同一個錄影裡的故事（這個學生並不知道他要進行第二次活動），在第二次活動中，他的語言錯誤更少，使用了更複雜的動詞片語、更多的子句，顯然他的語言比第一次進步多了。

2. 任務的難易度

任務具有難易度，比如，學生參加任務的人數越多，任務越容易完成；任務越抽象，越難完成；對任務資訊的瞭解程度越多，越好完成；有時間準備的任務比沒時間準備的任務難度小。Skehan（1994: 191-192）制定了評估任務難度的三個標準：（1）語碼複雜性（code complexity），包括語言複雜性和多樣性、詞彙量和多樣性、充分性和密度。（2）溝通壓力（communicative stress），包括時間限制和時間壓力、呈現的速度、參加任務的人數、所學課文的長度、回答的類型和互動的機會。（3）認知複雜性（cognitive complexity），包括兩個方面：①認知處理程度（cognitive processing）：資訊組織、溝通量、所給資訊是否清楚、所給資訊是否充分、資訊類型；②認知熟悉程度：對話題的熟悉程度和預測程度、對語體的熟悉程度、與背景知識聯繫的容易程度、對任務的熟悉程度。Skehan 指出，恰當地選擇和設計任務可以在「語言流利」或「語言準確」兩方面產生平衡作用。如果任務本身很難，就難免過分強調流利性，而準確性就受到忽視。

二、教學步驟

在第一章，我們介紹了 PPP 教學步驟和從難著手策略。下面再詳細介紹這兩種教學步驟。

1. PPP教學步驟

在外語教學課堂上,最常見和最永久的課堂教學步驟是 PPP 教學步驟,教師把一節課分為三個基本階段:呈現(presentation)、練習(practice)和表達(production)。在呈現階段,教師引入學生所要學習的語言內容,如詞彙、文法和功能等。在練習階段,教師指導學生對這些語言重點進行大量的練習。在表達階段,學生使用所學的語言重點進行聽、說、讀、寫等活動。例如:在教表示「請求」這種語言功能時,教師先呈現 Could you please ...? 這個句型給學生,然後教師讓學生練習到熟練程度,最後教師設立一個情景讓學生進行角色扮演,如學生 A 須外出旅遊,但沒有交通工具,需要向學生 B 求助,這時教師讓學生用下列用語進行對話:Could you lend me your bicycle? 或 Could you take me in your car? 等。

行為主義心理學是 PPP 教學步驟所基於的理論基礎。它是以刺激—反應理論為基礎,強調透過制約的作用,使人們建立刺激與反應間的連結,即讓人們透過一系列的反應來學會複雜的行為。在外語教學領域中,行為主義心理學派認為,語言是一種行為,語言行為和人類其他行為一樣,是透過反覆刺激和反應,反覆練習而逐漸養成習慣的過程。教師利用心理學上的這種刺激—反應理論來進行教學,可強化練習,最終使學生形成自動化的習慣,達到脫口而出,從而學會語言。

PPP 教學步驟受到了任務型語言教學法倡導者們的批評。他們認為,學生對某個語言重點的掌握不是自動化學習和習慣形成的結果。學生不會因為僅得到刺激—反應形式的訓練就會掌握語言。相反地,語言學習是學生自我控制的內在過程。學生不會簡單地接受所教的語言,而是會使用已有的語言資源對新語言進行推理、假設和歸納總結。學生內在的學習過程是隱藏不露的,是不受教師控制的。

Willis(1996: 134)指出,在 PPP 教學過程中,學習者在表達階段根本就沒有用到呈現和練習兩個階級中所學到的語言重點,其原因有二:一

是學生自身的語言水準達不到使用那個（些）語言重點的程度，使用起來感到困難；二是學生感到沒有必要使用那個（些）語言重點，學生更喜歡使用自己的語言或較恰當的語言。甚至有時學生也會過度地使用所教的某個（些）語言重點，導致所表達的語言不夠自然和真實。學生常說："What will you do tomorrow? / Tomorrow I will go to my aunt's house. / I will go by bus. / I will see my cousins. / I will play football with them." 儘管學生表面上會使用這些句子進行表達，但是他們可能還只是背誦練習階段中學到的句子而已。這樣，「表達」就變成了對所學語言的背誦——學生還是沒有進行溝通。

由於任務倡導者們普遍認為 PPP 教學步驟不能取得最佳教學效果，也不能培養學生的溝通能力，因此他們把 PPP 步驟顛倒過來使用。在這個「PPP 顛倒步驟」（PPP upside down）中，教師讓學生先練習和表達，然後教師再給學生呈現在練習和表達階段中所遇到的語言重點和困難點。也就是說，教師一開始上課就讓學生完成任務，而把呈現語言重點放在最後階段。在這個最後階段中，教師對學生出現在前兩個階段中的錯誤或困難點進行講解和練習。由於學生一開始上課就要完成任務，所以這種步驟也叫 deep-end strategy（從難著手策略），它來自 throw someone in at the deep end，意思是「讓某人在沒有任何經驗和準備的情況下做很難的工作」。

2. 從難著手策略的特點

一般說來，在課堂開始上課時教師可用兩種開課的方式：從語言開始（language-based starting points）和從活動開始（activity-based starting points）。兩者的出發點不同，方法也不同，結果也不同。「從語言開始」是 PPP 的教學方式，它是指一開始上課時教師就根據教材的語言重點組織教學。在進行句型教學（如 It is a.... It is not a....）時，教師用已教過的單字、實物和圖片等開始，然後把這些詞套在句型中反覆練習，直至學生能夠準確、熟練、迅速地說出這些句型為止。

　　「從活動出發」則是完全不同的步驟，它是從難著手策略。在這種教學步驟中，教師心裡仍然明確教學目標。但是，開始上課時就把已設計的任務交由學生完成，比如「猜測」的活動，讓學生分成小組，每個人在一張紙上畫出自己喜歡的動物，畫完後讓他們把自己的畫交給組裡的夥伴，互相交換。學生根據別人的畫來說他／她們所畫的是什麼（It is a....）。說錯了（因為如果畫得不像），畫的主人可以更正（It is not a...）。當然，做這個活動前，教師應該有一些語言上的鋪陳。顯然，上課開始教師就要求學習者使用目標語來完成一系列的任務，目的是讓學生在完成各個任務的過程中學習語言。

　　「從難著手策略」是任務教學法的一個重要特點。它分為三個階段：前期任務階段（pre-task）、中期任務階段（during-task）和後期任務階段（post-task）。在前期任務和中期任務這兩個階段中，學生主要是完成任務，注重的是意義而不是形式；在後期任務階段中教師呈現語言重點，並帶領學生對語言重點加以訓練（圖 19-2）。

前期任務階段 ⎫
　　　　　　　⎬ 注重意義的溝通
中期任務階段 ⎭
後期任務階段 ⟶ 注重形式正確性

圖19-2　從難著手策略框架

　　可見，「從難著手策略」與 PPP 步驟完全相反。任務倡導者們認為，「從難著手策略」給學生提供更多的語言使用機會，呈現的內容更具有針對性，學生使用和接觸語言的方式更多，學生接觸語言和輸出語言的機會更多了，因而所產生的教學效果也不同，其優越性表現在以下幾個方面：

　　（1）教師把語言重點分析放在課堂的最後階段，這就符合分析性（而不是綜合性）的教學特點。教師事先沒有明確規定語言重點，而是讓學生在完成任務中自己發現語言重點。這樣，學生在上課開始就能使用先

前所學的語言進行活動。當然在完成任務中，學生可以向教師請教語言重點以完成任務。而在 PPP 教學步驟中，教師事先就選定了語言重點，然後學生使用這些語言重點進行練習和表達，這樣就陷入了綜合性方法的弊端。

（2）互動假設論認為，可理解性輸入是語言習得的必需條件，而互動可產生理解性輸入和輸出，因此，學生之間的互動有助於語言習得。這個假設的教學指導意義在於，教師應在課堂上讓學生大量地進行互動。基於上述這些理論，從難著手策略注重使用任務，讓學生一開始上課就分組進行互動；而在 PPP 教學步驟中，教師注重語言重點，而忽視了互動。兩者相比，「從難著手策略」讓學生進行交流活動的機會就大大增多了。

（3）任務型教學途徑強調任務具有真實性，因此使用從難著手策略的教師，給學生提供使用語言進行溝通的真正需要。而在 PPP 教學步驟中，學生所進行的是機械性練習，因為學生受到教師所呈現的語言重點的控制，無法進行真實的語言溝通活動。

（4）「從難著手策略」還解決了如何教文法的問題，既不過分注重文法，但也不放棄文法教學，強調 focus on form 而不是 focus on forms。這種「注重形式」的做法就是讓學生在最後階段「注意到」語言重點，然後教師再加以提醒。而在 PPP 教學步驟中，教師必須在學生掌握了正確的語言後才讓他們進行活動，因此過分注重形式。

3. Willis的任務教學模式

Willis（1996）在她的著作《任務型學習模式》中，提出了任務型教學的三個階段：前任務階段、任務階段和語言重點階段（圖 19-3）。

（1）前任務階段（pre-task phase）：教師引進話題，與學生探討話題，提出有關的單字和短語，幫助學生理解要做的任務並進行準備。學生可以聽一段別人討論如何完成任務的錄音，也可以閱讀一篇導入任務的課文。

（2）任務階段（task circle）：任務階段一節課的重點，又分為三個

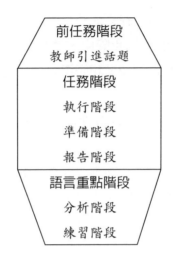

圖 19-3　Willis的任務教學模式

小階段：①執行階段：學生進行雙人或小組活動，教師從旁指導，鼓勵學生參與互動，但不對學生語言錯誤進行糾正。這種情景具有「私人」的性質，使學生感到無所顧慮，犯語言錯誤也無所謂；②準備階段：學生向全班彙報他們如何完成任務，做了什麼決定或發現了什麼。由於這個階段是公開的，學生自然會力求表達正確，因此教師從旁給予語言上的指導；③報告階段：幾個小組向全班輪流進行口頭報告，交流心得或比較討論的結果，教師擔任報告活動的主席，並對報告的內容進行評論。

（3）語言重點階段（Language focus）：語言重點階段是注重語言形式的階段，又分為兩個小階段：①分析階段：學生分析講座課文或錄音文字中的特別語言重點，可以在自己的單字本上記錄任何新的單字、片語和句型；②練習階段：教師對學生所提出的語言重點進行練習。

Willis（1996: 136）指出：（1）在前任務階段和任務階段中，語言重點不受到控制，學生可以使用自己的語言資源來交流資訊；（2）在三個步驟中，語言的使用具有真實的目的，而計畫階段的準備和排練為做報告打

下了基礎；（3）報告階段提供自由交換資訊的機會，是學生學習成果的呈現；（4）計畫階段使學生準備如何正確並得體地使用語言，而不是表達某一語言重點；（5）在報告階段學生要承受在公眾面前正確、流利地使用語言的壓力，這有利於培養學生的溝通能力。

三、教學實例

Willis（1996: 156-158）提供了一個使用任務，進行教學的實例。教學的對象是具有初級英語水準的講西班牙語的學生。

1. 前任務階段

（1）教師讓學生各找一個與以往不同的同伴，組成新配對。每組配對都有一本書、一張紙、一枝鉛筆和一本筆記本。

（2）教師進行任務，這個任務叫「尋找不同之處」。每個學生看到兩張不同的圖片，他們必須找出所有的不同之處並把他們寫在筆記本上。教師要求學生只講英語，並在一分鐘內完成任務。

2. 任務階段

（1）任務：學生開始尋找不同之處。

（2）計畫：教師要求每組配對選出其他組可能沒有發現的不同之處，並寫下來練習如何講解，以便向全班同學報告。教師巡堂進行輔導，並提供一些有用的詞語，如 In picture A...the sign says...

（3）報告：教師要求每組成員必須認真聽取其他組的報告內容。假如聽到與自己相同的「不同之處」，就把它從筆記本上劃掉，不再向全班報告。

（4）每個學生只能報告一個不同之處，直到找出七個全部的不同之處為止。

（5）教師播放錄音。

3. 後任務階段

（1）學生從黑板上選擇並抄寫自己想練習的詞語。練習完成後就劃掉，然後學生練習整個句子，最後擦掉黑板。

（2）學生再一次聽錄音，並得到文字進行對照。然後學生閱讀錄音文字並找出十二種問句（如：具有 shall 或 get 的問句；長、短問句；有動詞或無動詞的問句等）。學生再找含有 so 的短語或句子。

（3）教師最後進行全班教學，分析疑問句，並把含有 shall, get, have 的問句列出來進行練習。教師還講解了 so 的用法，並問學生在西班牙語中哪個句子相當於英語的 so。

§ 本課教學評論

> 上述教學實例包括了任務教學的三個基本階段：前期任務階段、任務階段和語言重點階段。教師在三個階段中都沒有控制語言重點，學生的主要目標在於完成任務，而不是如何使用語言重點。但教師也並非不管語言重點，而是透過最後階段中的分析使學生掌握重點和困難點。這樣，教師一開始就練習流利性語言，然後再向正確性語言過渡，所以流利性和準確性都得到兼顧。
>
> 在整個教學步驟中，我們發現有兩個任務：一是前期任務階段中的任務（包括介紹自己喜歡哪些課程、不喜歡哪些和「聽力」任務；二是任務階段 Speaking 的任務，其中經過「計畫」和「報告」的過程。

第六節　對任務型語言教學法的評價

一、優點分析

1. 強調以任務為核心單位來計畫和組織語言教學，有利於培養溝通

能力。

　　2. 排除詳細的文法教學，在充分的語言輸入過程中減少文法規則的輸入。

　　3. 把語言錯誤的糾正放在最後環節，有助於發展流利的語言，並能使學生順利完成他們感興趣的活動。

　　4. 提高了學生運用英語的機會。一開始上課，學生就直接進入運用語言的階段。如果有講解，教師講解新詞語也是「一閃而過」，直接進入運用階段。

二、缺點分析

　　任何一種教學法都不是萬能的，任務型語言教學法也有它的不足之處。

1. 難在大班課堂使用

　　任務型教學以學生的學習為中心，把課堂學習的主動權交給了學生。但如果班級的人數過多，即使分小組完成任務，教師也無法照顧到每一個學生，難以有效監督、幫助，難免出現學生在交流中一遇到困難就使用母語的情況；並且學生完成任務的時間更長，很難控制在規定的時間內。這樣課堂任務完成的品質，就難以保證。

2. 對學生和教師都提出了較高的要求

　　我們在第一章中指出，文法翻譯法是最容易使用的一種教學法。由於它採用母語上課，這對教師的外語水準要求不高，所以教師無須流利地講外語也能上課。此外，班級易於管理，課堂教學過程也比較好控制。相反的，任務型語言教學法是最難使用的一種教學法，原因就是它採用「從難著手策略」。對學生而言，教師一上課就不作語言重點解釋、也不讓學生做練習，就讓學生開始完成任務，學生不大容易接受。如果初學者都沒學過英語，英語基礎為零，他們很難在上課開始就能完成任務，特別對一些

害羞的學生更是如此。對教師而言,他們大部分都已經習慣了 PPP 步驟,現在一下子把 PPP 步驟顛倒過來,實施起來比較困難。

🌸 第七節　任務型語言教學法的教學啓示

一、從難著手策略的使用

任務型語言教學法對學生和教師都提出了較高的要求。任務型語言教學法倡導者們也認識到這一點,所以他們提出,由於任務具有難易性,教師可以設計或選擇簡單的任務。Willis(1996: 121)列舉了一些較為容易的任務,有的任務教師可用母語進行簡單的解釋,而且大多數單字都是常見的,因而適合於初學者。Prabhu(1987)在 Bangalore 溝通教學實驗中,就對小學生(初學者)使用「字母配對」等簡單的任務。Prabhu 反而認為,任務如果太容易則缺乏挑戰性,會使學生失去興趣,學生也學不到什麼東西。實際上,教師可以採取很多辦法來幫助學生完成任務,比如:

1. 學生在完成聽力或寫作任務時,教師可以提供詞彙表讓學生先熟悉一些關鍵字詞。

2. 鼓勵學生做筆記,這種方法尤其有助於聽力教學。假如聽力資料很難,教師還可以指導學生參閱錄音文字資料。

3. 根據學生完成第一項任務的情況,教師對學生進行指導,再讓學生完成同樣的任務。研究說明,學生再次完成任務的成功性很高。這是因為學生對完成任務的過程已經熟悉,他們可以把重點放在如何進行交流上。

4. 有時間準備的任務比沒時間準備的任務難度小,因此教師可以考慮適當延長學生準備的時間,但要避免浪費時間。

二、綜合使用各種教學法

在介紹整體語言教學法時,我們提到雖然其倡導者們正確地批判了微觀法見樹不見林的弊端,但他們完全摒棄解讀詞彙與句法的片面看法也

不符合閱讀理解的實際過程。整體語言教學法過分強調「整體」而忽視了「個體」，這是從一個極端走向另一個極端。同樣的，在任務型教學中，「從難著手策略」把 PPP 步驟顛倒過來，並使用任務而排斥練習，這是否也是走極端的做法？

　　由於每種教學法各有優缺點，不應互相排斥，應當互相取長補短。因此，綜合使用各種教學方法就成為我們的唯一選擇。

1. 兩種步驟的綜合使用

　　Byrne（1986: 3）強調教師應根據具體情況使用教學步驟，並提出了把 PPP 教學步驟和「從難著手策略」這兩種教學步驟結合起來，形成一個圓形模式。根據實際情況，教師可從呈現、練習和表達步驟中的任何一點開始（圖 19-4）。

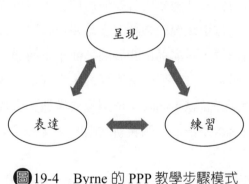

圖 19-4　Byrne 的 PPP 教學步驟模式

2.任務與練習的綜合使用

　　任務與練習是兩個不同的概念，具有自身不同的範疇。但兩者既有區別性，也有相互聯繫性。練習是學生執行和完成任務所必須具備的語言知識、技能的基礎，只有透過語言練習，學生才能牢固地掌握語言基本知識、基本技能和運用語言交流的能力，從而為實施任務打好扎實的語言基礎。任務與練習是緊密聯繫、互補和相互促進的。Ellis（2010）指出，練

習有如下三種類型，所產生的作用主要是強化語言知識和提示文法意識。

（1）以理解為基礎的練習（interpretation-based exercise）：強化學習素材中的語言重點，如詞彙、句型和文法等。

（2）結構性輸入強化練習（structured input exercise）：要求學生學習精心設計的學習素材，從中發現文法規則，並糾正學習者原先的錯誤文法知識。

（3）文法意識提示練習（consciousness-raising exercise）：訓練學生對文法規則產生深度理解，使他們採用有意識專注文法規則，努力理解文法原理，從而達到能夠在心理上掌控這種知識運用的目的。

🦋 第八節　結束語

語言教學法可以強調「教學內容如何選擇」，也可以強調「內容如何教學」。任務型語言教學法屬於強調內容是如何教學的方法。任務型教學是溝通法的一種新形態，是溝通法的發展，而不是溝通教學法的替代物。任務型教學繼承了溝通語言教學的基本理念，尤其是溝通的語言觀以及對語言溝通能力的探索和認識，同時又依照強式溝通語言教學的方向以任務為中心，把溝通語言教學推進一個嶄新的階段。（參見第十五章功能—意念教學法）

由於任務型語言教學法目前比較流行，我們在實施任務型語言教學法的過程中要兼顧其他教學法，不能一味地採用任務型語言教學法。綜合使用各種教學法是我們的基本原則。任務型語言教學法與傳統教學法並不是非此即彼的關係。隨著任務型語言教學法的發展，有些第二語言習得理論的教學法專家將傳統語言教學、溝通語言教學的機械性練習、意義性練習和溝通性練習都歸入任務型教學，作為實施任務前的準備活動，這種兼顧其他教學途徑的方法體現了綜合使用多種教學法的折衷思想。因此，宣導採用任務型語言教學法並不是放棄其他教學途徑或教學方法。凡是有利於培養溝通能力的教學途徑和教學方法都可以採用，不能一味地採用一種

教學途徑或教學方法。我們認為至少有三種做法可供選擇：（1）以任務教學的思路為主，適當吸收其他教學途徑的一些做法，以彌補任務型語言教學法的不足；（2）以其他某種教學法為主，適當引進任務作為其中一個部分；（3）根據不同學習階段的具體教學需求，靈活實施任務型語言教學法。

《思考題》

1. 什麼是任務？任務與練習的區別在哪裡？
2. 請簡述任務型語言教學法的理論基礎——第二語言習得理論。
3. 「從難著手教學步驟」與PPP教學步驟的區別在哪裡？前者實施起來比較困難嗎？
4. 「從難著手策略」是作為PPP教學步驟的對立面而產生的，這是否也是從一個極端走向另一個極端？
5. 在教授現在進行式時態時，教師一邊在黑板上畫一個蘋果，一邊說 I'm drawing. 然後產生這樣的對話：

   教師：I am drawing. What am I doing?
   學生：You are drawing.
   教師：Look at the blackboard. What am I drawing now?
   學生：You are drawing an apple.

   這種對話活動是練習，還是任務？為什麼？

參考文獻

Byrne, D. (1986). *Teaching oral skills*. Pearson Education.

Ellis, R. (2010). Second language acquisition research and language-teaching materials. In H. Harwood (ed.). *English Language Teaching Materials: Theory and Practice* (pp. 36-64). Cambridge: Cambridge University Press.

Ellis, R. (2003). *Task-based Language Learning and Teaching*. Oxford: Oxford University Press.

Ellis, R. (2016). *Task-based Language Teaching Approach's Updated Ideas and TCSOL*. Beijing: Foreign Language Teaching and Research Press.

Gardner, D. & Miller, L. (1996). *Tasks for Independent Language Learning*. Alexandria, VA: TESOL, Inc.

Krashen, S. (1981). *Second Language Acquisition and Second Language Learning*. Oxford: Pergamon.

Krashen, S. (1982). *Principles and Practices in Second Language Acquisition*. Oxford: Pergamon.

Long M. & Crookes, G. (1992). Three Approaches to Task-Based Syllabus Design. *TESOL Quarterly, 26*(1), 27-56.

Long, M. & Crookes, G. (1993). Units of analysis in syllabus design - The case for task. In G. Crookes & S. Gass (eds.) *Tasks in a Pedagogical Context: Integrating Theory and Practice*. Clevedon, Philadelphia: Multilingual Matters.

Long, M. & Porter, P. (1985). Group work, interlanguage talk, and second language acquisition. *TESOL Quarterly, 19*, 207-228.

Long, M. (1983). Native speaker/Non-Native speaker conversation in the second language classroom. *TESOL Quarterly*.

Long, M. (1991). Focus on form: A design feature in language teaching methodology. In K. de Bot, R. Ginsberg & C. Kramsch. (eds.). *Foreign Language Research in Cross-cultural Perspective*. Amsterdam: John Bemjamins.

Long, M. H., Doughty, C., Kim, Y., Lee J. -H., & Lee, Y. -G. (2003). *Task-based language teaching: A demonstration module*. Second Language Teaching & Curriculum Center, University of Hawaii.

Nunan. D. (2004). *Task based language teaching*. Cambridge: Cambridge

University Press.

Prabhu, N. (1987). *Second Language Pedagogy*. Oxford: Oxford University Press.

Rivers, W. M. (1987). *Interactive language teaching*. Cambridge: Cambridge University Press.

Rivers, W. M. (1987). Interaction as the key to teaching language for communication. In W. M. Rivers (Ed.). *Interactive language teaching* (pp. 3-16). Cambridge: Cambridge University Press.

Skehan, P. (1994). Second language acquisition strategies, interlanguage development and task-based learning. In Bygate, M., Tonkyn, A. & Williams, E. (eds.). *Grammar and the Language Teacher*. (pp. 175-199). New York: Prentice Hall.

Swain, M. (1985). Communicative competence: Some roles of comprehensible input and comprehensible output in its development. In S. Gass & C. Madden. (eds.) *Input in Second Language Acquisition*. (pp. 235-253). Rowley, MA: Newbury House.

Willis, J. (1996). *A Framework for Task-Based Learning*. Harlow, Essex: Longman.

第二十章

專案教學法
Project-based Language Teaching, PLT

關鍵字

專案、學習自主性、發現式學習

project, learner autonomy, discovery learning

If we teach today's students as we taught yesterday's, we rob them of tomorrow.（John Dewey）

如果我們以昨天的方法教今天的學生，我們會剝奪他們明天的希望。

🦋第一節 專案教學法的背景簡介

一、基本概念

專案教學法是一種以專案為核心單位，來計畫和組織語言教學的方法。最顯著的特點是「以專案為主線、教師為主導、學生為主體」，改變了以往「教師講、學生聽」被動的教學模式，創造了學生主動參與、自主協作、探索創新的新型教學模式，是一種典型的以學生為中心的教學法。

1. 專案的定義

所謂「專案」，是指學生在教師的指導下，透過合作學習，共同實現一個完整的綜合任務而進行的教學活動。根據 *Longman Dictionary of English Language and Culture*，「專案」就是「一種經過精心策劃，需要技巧和精力在規定的一段時間內完成的工作」。Legutke & Thomas（1991: 167）指出專案的基本特點如下：

（1）專案是一系列的活動或任務：包含專案構想活動、閱讀、傾聽、訪談等資訊蒐集活動、解決問題的活動、口語／書面報告活動、展示活動以及反思活動等。

（2）專案具有教學目標：培養學生具備瞭解社會、科學探究的精神，發展分析問題和解決問題的能力、批判性思維能力、團隊協作能力和人際交流能力。

（3）專案注重語言技能訓練：學生接受語言輸入，體驗並使用語言（包括語言結構及聽、說、讀、寫技能等）。

（4）專案訓練學生的思維：包括計畫和監督專案的能力，蒐集、分析和處理資訊，實際感受和體驗知識的過程。

（5）專案與實際生活相聯繫：以學習者的學習和生活中的問題為主體，來解決學習上和生活中的問題。專案的主題與真實世界密切聯繫，學生的學習更加具有針對性和實用性。

（6）專案花費較長時間：專案無法在一節課中完成，須從課內延伸到課外才能完成，是校內和校外一體化的活動。

（7）專案是共同建構和磋商的行動計畫：專案是以主題和任務為中心，是所有參與者共同合作所完成的結果。

（8）專案的評價重點：專案教學的評價注重學生在專案活動中能力發展的過程，測評內容包括學生參與活動各環節的表現以及作業品質。

2. 專案與任務的區別

專案與任務型教學法的「任務」有何區別？上述的第一點和第六點是兩者區別的重要標準：

（1）專案是由多個任務所組成的課內外活動，教師可以在一個專案下給不同的學生分配不同的任務。對於小學低年級學生，可以是共同畫一張圖或共同設計一個簡單的角色扮演。高年級學生可以辦一份校刊，採訪本地的外國人，或調查當地企業做的廣告來設計新廣告。這類專案需要一定的組織時間和精力。小組成員有明確的分工，有人是組織者、有人是協調者，還有人做報告員等。可見，專案是多個成員參與，多人分工的，由幾種任務組成的綜合型活動。

（2）專案花費較長時間。專案要比任務涉及的範圍廣、內容多，實施難而且複雜。有的專案需要一兩個月才能完成。由於專案無法在一節課中完整，專案可在課外進行。因此，專案是課堂任務的延伸。

二、時代背景

專案教學法萌芽於歐洲的勞動教育思想，最早的雛形是 18 世紀歐洲

的工讀教育和 19 世紀美國的合作教育，經過發展到 20 世紀中後期逐漸趨於完善，並成為一種重要的理論思潮。專案教育模式是建立在工業社會、資訊社會基礎上的現代教育的一種形式，它以大生產和社會性的統一為內容，將受教育者社會化，使受教育者適應現代生產力和生產關係相統一的社會現實與發展為目的，即為社會培養實用型人才為直接目的的一種人才培養模式。

Knoll（1997）在〈專案教學法：職業教育淵源與國際發展〉文章中指出，專案教學法發展的五個階段：

- 1590-1765 年代：在歐洲的建築學校，開始使用專案進行教學。
- 1765-1880 年代：專案作為常規教學方法移植到美國。
- 1880-1915 年代：在美國的技能培訓課程中和普通公立學校使用。
- 1915-1965 年代：專案方法被重新界定並從美國移植回歐洲。
- 1965- 至今：專案理念重新再現，引發第三次國際傳播浪潮。

早在 1918 年美國教育家 Kilpatrick 就在《專案教學法》（*The Project Method*）中提出，「教育即生活」、「學校即社會」、「在做中學」等進步主義哲學思想。直到 20 世紀 70 年代溝通教學法誕生，這種理念才開始對英語教學實踐產生實質性的影響。英語教學界也才認同了以學習者為中心的教學原則，逐漸重視學習者的自主性，鼓勵師生磋商教學大綱，強調協作學習和透過實施專案而學習，並認識到專案對促進有意義的語言互動具有巨大的潛力。此後，英語教育者開始探索並運用專案教學，使之逐漸成為多種教學環境下英語課程教學的一部分。

第二節　專案教學法的理論基礎

一、語言本質

像其他的溝通教學流派一樣，專案教學法認為，語言是人類社會交流最重要的工具。人類語言溝通過程，是說話者和聽者雙向交流思想的過

程。在完成專案過程中，學生具有多重角色，經常進行兩人或小組活動，能成為溝通者，與他人交流資訊、交換意見、溝通情感，建立某種人際關係，使溝通能力得到發展。

二、教學理論

專案教學的理論基礎主要有實用主義教育理論和建構主義學習理論。

1. 實用主義教育理論（Pragmatism）

實用主義是產生於 19 世紀 70 年代的現代哲學派別，在 20 世紀的美國成為一種主流思潮。它對法律、政治、教育、社會、宗教和藝術的研究產生了很大的影響。實用主義認為，當代哲學劃分為兩種主要分歧，一種是理性主義者（rationalism），是唯心的、柔性重感情的、理智的、樂觀的、有宗教信仰和相信意志自由的；另一種是經驗主義者（empiricism），是唯物的、剛性不動感情的、憑感覺的、悲觀的、無宗教信仰和相信因果關係的。實用主義則是在上述兩者之間找出一條中間道路來，是經驗主義思想方法與人類的比較具有宗教性需要的適當的調和者。實用主義教育理論反對傳統教育以課堂為中心、以教科書為中心、以教師為中心，認為教育應該關注生活和成長，應側重於發現式學習和課程的實際應用，一切知識來自於經驗，而不是來自簡單的概念。

美國著名哲學家、教育家 John Dewey（1859-1952）是實用主義哲學的創始人之一，同時也是功能心理學的先驅，美國進步主義教育運動的代表。Dewey（1938）在《經驗與教育》（*Experience and Education*）一書中指出，「教育即生活，教育是傳遞經驗的方式。」為了實現教育的目的，不論對學習者個人來說，還是對社會來說，教育都必須以經驗為基礎，這些經驗往往是一些個人的實際生活經驗，即透過體驗來學習。

Dewey 認為，崇尚書本的弊端是沒有給兒童提供主動學習的機會，只提供了被動學習的條件。Dewey 提出，「學校主要是一種社會組織。教育既然是一種社會過程，學校便是社會生活的一種形式。」由此，Dewey

（1910）在《我們是怎麼思維的》（*How we think*）中提出，「在做中學」的教育理論。這個理論主要包括五個要素：

（1）確定疑難所在（identify and define the problem）：設計問題情境，情境中的問題既適合學生已有的知識能力，又須經一番努力才能解決，從而促使學生對未知事物進行探究。

（2）提出解決問題的假設（determine the hypothesis or reason why the problem exists）：學生利用所掌握的資料，對問題提出各種可能性。

（3）蒐集和分析資料（collect and analyze data）。

（4）形成結論（formulate conclusions）：推動每個步驟所含的結果，進行實驗、證實、駁斥或反證假設。

（5）檢驗假設是否正確（apply conclusion to the original hypothesis）：透過實際應用，檢驗方法是否有效。

究其實質，這五個要素講的就是在實踐中培養學生的能力。專案教學是以真實的或模擬的工作任務為基礎，讓學生利用校內外各種資源及自身的經驗，採用「在做中學」的方式，透過完成任務來獲得知識與技能。專案教學強調現實、強調活動，這與Dewey的實用主義教育理論是一致的。

2. 建構主義學習理論（constructivism）

建構主義基礎來自於瑞士認知心理學家 Jean Piaget（1896-1980）、美國教育心理學家和教育家 Jerome Bruner（1915-2016）等人的研究成果。建構主義與認知學習理論有很大的連續性，其主張包括：（1）學習是一個意義建構的過程。在這個過程中，學習者透過新、舊知識經驗的相互作用，來形成、豐富和調整自己的認知結構；（2）學習是學生自己建構知識的過程。學生不是簡單被動地接受資訊，而是主動地建構知識的意義；（3）學習是學習者根據自己的經驗背景，對外部資訊進行主動地選擇、加工和處理。對所接受到的資訊進行解釋，形成了個人的意義或者說是自己的理解。個人頭腦中已有的知識經驗不同，調動的知識經驗相異，對所接受到的資訊的解釋就不同。

根據這些觀點，建構主義的課堂教學有以下幾個主要指導原則：

（1）教學不能無視學習者已有的知識經驗，不能簡單地、強硬地從外部對學習者實施知識的灌輸，而是應該把學習者原有的知識經驗作為新知識的生長點，引導學習者從原有的知識經驗中，主動建構新的知識經驗。

（2）教師圍繞基本概念組織教學，向學生提供問題的整體情景，讓學生選擇各自解決問題的方法，並由此構建他們對概念的各自理解。

（3）教師和學生、學生與學生之間，需要共同針對某些問題進行探索，並在探索的過程中相互交流和質疑。

建構主義的教學模式之一，就是發現式學習（discovery learning）。它是基於問題解決的活動來建構知識的過程。在教學過程中，學生透過有意義的問題情境，不斷地發現問題和解決問題，以此來學習與所探究的問題有關的知識，形成解決問題的技能以及自主學習的能力。換言之，探索學習是讓學生積極主動地參與、主動地體驗，透過這些活動形成自己的知識與理解。

專案導向的學習是發現式學習，而不是接受式學習。在學習初始階段，學生就問題如何解決形成假設，提出解決方案，然後透過各種探究活動和所蒐集的資料對假設進行驗證，最後形成自己的結論。

第三節　專案教學法的教學大綱

專案教學大綱把整個專業教學任務目標分解為若干個教學模組，每個教學模組由若干個專案教學組成。在教師的指導下，學生分成若干個學習小組，教師將教學專案交給學生學習小組。學生以學習小組的形式進行資訊的蒐集、方案的設計、專案實施及最終評價，整個過程都由學生自己負責，在這個過程中學生們不僅學會理論知識和操作技能，更重要的是培養了教師們解決問題的能力、接納新知識的學習能力以及與人協作和溝通的能力。

第四節　專案教學法的教學設計

一、教學目的

專案教學法著重培養學生的溝通能力、解決問題的能力，以及團體合作意識。

二、教師角色

教師在專案教學中的地位與其從事傳統教學時不大一樣，教師的作用不再是一部百科全書或一個供學生利用的資料庫。教師在決定教學活動和任務的形式與內容時有很大的自主權，但這種自主不是教師對自己興趣的自主，而是根據學生的各種不同條件而創造性地展開活動的自主。教師的地位在專案教學中是經常變化的：

1. 傳授者（instructor）：當學生學習新知識和技能時，教師是傳授者。

2. 指導者（guide）：當學生運用已學知識和技能時，教師是指導者。

3. 觀察者（observer）：當學生自主活動時，教師是觀察者。

4. 協調者（coordinator）：當學生以小組進行活動時，教師是協調者。

5. 評估者（evaluator）：當學生完成某個專案時，教師是評估者。

三、學生角色

學生在教師的指導下親自處理一個專案的全部過程，在這一過程中學習掌握教學計畫內的教學內容。小組成員有明確的分工：

1. 組織者（organizer）：學生獨立組織、安排學習行為，解決在處理專案中遇到的困難。

2. 協調者（coordinator）：其主要職責在於資訊的蒐集、正確處理、傳遞與回饋。

3. 報告者（reporter）：學生透過展示作品，來分享他們的觀點。

四、母語使用

教師必要時可利用母語，允許適當利用母語進行講解和翻譯。

五、對待語誤

教師對學生的錯誤採取寬容的態度，不對學生的拼寫錯誤、文法錯誤進行適時糾正。語言糾錯是偶爾性的，而不是系統性的。學生需要探險——語言錯誤是學習的象徵，而不是失敗。

六、教材作用

專案教學方法沒有特定的教學資料。

第五節　專案教學法的課堂活動

一、教學活動

專案教學須與現實生活緊密連結。學習者自發的興趣，是專案活動開始和展開的原動力。設計一個專案要參考如下幾點：

1. 教學目的（teaching objectives）：教師要考慮如下的問題：
- 選擇專案要考慮到如何才能讓學生學得最好？
- 圍繞選題開展的專案活動，如何運用學生的已有知識？
- 此題目能否讓學生更好地認識他們所生存的這個世界？
- 如何讓學生們更加瞭解自己，並相互學習？
- 此題目能否激勵學生在校內及校外蒐集有關資料，激發學習自覺性？
- 此題目能否增進學生與家長及社會的交流？
2. 產品方式（production）：包括視頻、網站、海報、雜誌、報紙、

手冊、小冊子、清單、PowerPoint 等。

3. 組織方式（organization）：包括單人活動、小組活動、文學討論會、語言俱樂部。

4. 表現方式（performance）：如何讓學生反映他們所掌握的知識和技能？模型、撰寫文章、資料表格、繪製圖畫、口頭報告、辯論、口頭演示、戲劇等。

下面是一個讀書活動專案，其教學目的是讓學習者瞭解文學作品、增長知識；產品方式是書評和 PowerPoint；組織方式是單人專案；表現方式是口頭演示（表 20-1）。

表20-1　讀書活動專案（book review）

學生程度	高中年級
學習目標	• 學生全面瞭解世界文學名著 • 瞭解世界文學名著中的人物和故事情節 • 激發他們對文學作品的熱愛 • 能夠把他們讀過的東西和他們的英語學習聯繫起來，並養成讀書習慣
專案概述	• 學生將閱讀世界文學名著，然後就所讀的內容寫出書評 • 書評應包括三部分：介紹、分析和評論 • 學生可以使用各種資源來研究和理解為什麼這本書能夠成為名著，以及其他評論家對該名著的看法 • 學生將成為介紹和推薦這本書的「專家」 • 學生們將透過展示作品來分享他們的觀點
必備技能	• 學生應具備一般打字技巧 • 懂得微軟 Word 和 PowerPoint 使用軟體
學習資料和資源	• 印刷資料 • 著名作家名單 • 文學作品目錄

（續）

學生程度	高中年級
步驟與時間	該專案完成時間：十週 1. 教師安排專案（第一週） 2. 學生閱讀作品（第二至三週） 3. 學生寫書評及自評（第四週） 4. 學生進行互評（第五至六週） 5. 教師寫評語（第七週） 6. 學生做演講（第八至十週）

二、教學步驟

專案教學的基本步驟如下：

1. 明確專案：教師提出專案，同學討論。
2. 制定計畫：學生制定，教師審查並給予指導。
3. 實施計畫：學生分組及明確分工，合作完成。
4. 檢查評估：學生自我評估，教師評價。
5. 歸檔和應用：記錄歸檔，並為下一個專案做準備。

三、教學實例

以下是一個專案教學的實例。單元主題是介紹 New Zealand（紐西蘭）。學生和往常一樣，已經預習了本單元的詞彙和課文內容。教學步驟如下：

1. 介紹學習目的

教師一上課就宣布這次要改變一下原來的教學方法。教師要求學生根據提示，從網路上查閱有關的資訊，並據此編寫一本紐西蘭導遊手冊。這樣可以讓學生對紐西蘭的歷史、文化、自然環境等，有更深入的瞭解。

2. 介紹專案情境

教師先用英語為學生介紹專案情境：紐西蘭是個美麗、富饒的島國。

3. 安排專案

我們要為旅遊公司設計一本有關紐西蘭的導遊手冊，該手冊不僅要介紹紐西蘭各方面的情況，還要圖文並茂、引人入勝。教師把全班同學分成了若干小組，並為每個小組及組員安排了任務：每四人一組，每組負責十二個主題中的一個主題。在網路上尋找相關的資訊，將其編輯成導遊手冊中的一個章節。四個人中，一個當攝影記者、一個當文字編輯、一個當主編、一個準備做十分鐘的專案成果彙報。攝影記者負責蒐集有關章節的圖片，文字編輯負責撰寫相關章節的文字資料，主編負責整個章節的圖文排版工作。每組的四個人密切合作、共同探討，儘量做到圖片豐富、文字生動、排版優美。各組完成後相互交流，每組由一位學生做口頭彙報。在學習、瞭解、欣賞完各組同學所創作的作品後，最後由一個小組將所有的章節彙編成冊。

為了幫助學生順利完成專案，教師提供了一些網路資源。這些網路資源從不同的角度介紹了紐西蘭的情況，學生從中得到相關的資訊。

同時，教師還向學生解釋了完成專案的過程。教師要求大家按照以下步驟進行：分組→分工準備→內容討論→圖文排版→修改潤色→課堂彙報，另外還對每一個步驟做了詳盡說明。

4. 解釋評估標準

教師為學生解釋評估標準：每位學生的成績與其所在的小組所獲得的成績相同。成績分為及格、良好和優秀，評估的主要標準為專案完成度、資源多樣性、呈現形式的吸引力、語言使用的品質等。

5. 學生提交專案結果

　　各組花了兩週時間準備，並提交了各自的專案成果。看著自己的努力最終轉化為一本印刷精美、內容豐富的紐西蘭導遊手冊，大家心中產生了強烈的成就感。教師最後根據評估標準對每組學生的表現進行了評論，同時對本次專案做了總結並安排了作業：透過本課 WebQuest 的學習以及各小組的相互交流，你們對紐西蘭各方面的情況有了更深入的瞭解。如果你們有機會去紐西蘭度假一週，你們打算怎樣安排呢？教師要求學生完成一項去紐西蘭度假的計畫安排。

資料來源：武和平與武海霞，2014：122。

§ 本課教學評論

> 　　這節課的教學目的是學生編寫一本紐西蘭導遊手冊。教師先用英語為學生介紹專案情境。教師提供了一些網路資源，要求學生去尋找得到這個結果的途徑，最終得到這個結果，並進行展示和自我評價。由此，這節課可分為兩個階段：語言階段（教師用英語為學生介紹紐西蘭）和專案安排階段（教師說明專案的做法和評估方法，並提供參考資源）。可見，「專案安排階段」是專案教學法的主要特點，也是其他教學法所沒有的。也就是，「專案安排」是區別其他教學法的重要特徵。

第六節　對專案教學法的評價

一、優點分析

　　1. 專案教學法目標指向具有雙重性。對教師，透過對學生的指導，轉變教育觀念和教學方式，從單純的知識傳遞者變為學生學習的促進者、

組織者和指導者。對學生，透過轉變學習方式，在主動積極的學習環境中，激發好奇心和創造力，培養分析和解決實際問題的能力。

2. 專案教學法可控性好。專案教學法由學生與教師共同參與，學生的活動由教師全程指導，有利於學生集中精力練習技能。

3. 專案教學法注重學習與實踐相結合。要完成一個專案，必須學好語言。

4. 透過專案教學培養自主學習的意識，培養團隊合作的精神。

二、缺點分析

1. 專案教學總體需要學生自主討論。在學生自己討論的情況下，學生很容易對一些課本上的知識掌握不足，不扎實、不全面，沒有教師現場教學的效果好。自己討論，主要更傾向於討論，往往忽略了課本，使得一些知識還沒有明確，小組內就熱烈的討論。

2. 由於受到條件的限制，專案教學都無法實施，此造成專案教學主要以討論課為主，這樣的專案教學沒有什麼意義，改變創新的東西並不多，長期的討論課會造成同學們積極性的下降。

第七節　專案教學法的教學啟示

專案教學追求的效果是讓學習者能用自己的語言和知識來解決實際問題，讓學生自主、自發地投入到自覺的語言實踐中去，以完成各項專案而體驗自己的學習過程。因此，專案活動不應該僅限於課堂教學，而要延伸到課堂之外的學習和生活之中。

課外家庭作業通常是課堂學習的深化和補充。課外作業幾乎都是書面作業，活動單調缺少多樣性，無助於學生綜合能力的培養。要解決這一問題，可以把家庭作業改成「課外專案」──即把課外作業改為與課堂專案有關的課外專案。

同課內專案一樣，課外專案也是由若干任務所構成，旨在運用語言

解決某一問題，例如：製作姓名卡片和地址簿；給朋友或教師用英語打電話；學唱英語歌曲；自製英語新年賀卡；模仿課文或對話並錄音；編英語報；用英語編寫配有插圖的文章；採訪外籍教師並寫成報導；給筆友發E-mail；查尋各國主要城市及首都名稱，並用英語做簡要介紹等。這些專案都是根據教材中相關課文內容設計，並與課文的話題相聯繫的。

這些用英語來做的活動是課堂專案的延伸和補充，有助於學生語言知識的內化。學生在使用英語時，不得不主動地利用課堂上已學過的英語知識，斟酌文法規則的運用，琢磨詞語的搭配，評估詞句使用的確切性、得體性。這樣學生的英語知識便會得到不斷的鞏固和內化，為英語技能的全面發展鋪路。此外，透過課外專案，能鍛鍊學生的實踐能力，有利於培養學生的創新精神，也為學生提供了展示個性才華的機會。它所給學生帶來的語言內外的體驗，更是不可言喻的。

第八節　結束語

一、專案教學法與任務型教學法的比較

1. 不同之處

從發現式學習和任務型教學法的起源角度來看，專案的發現式學習要早於任務型教學法的產生。發現式學習的專案要比任務型涉及的範圍廣、內容多、實施難而且複雜。因此，可以說發現式學習大於任務型，涵蓋系列的任務，是任務被納入專案，而不是專案被納入任務。任務型教學法和專案教學法的不同之處如表 20-2。

表20-2　任務型教學法和專案教學法的不同之處

範疇	任務型教學法	專案教學法
核心概念	以任務為中心設計的語言教學	以專案為中心設計的語言教學
理念來源	二語習得理論	哲學和教育理論
課堂活動	任務	專案（一個任務或由多個任務組成）
教學目標	溝通能力	溝通能力、分析能力、解決問題能力
溝通能力	透過完成任務來發展	透過完成專案來發展
活動範圍	課內	課內或／和課外
產生時間	20世紀80年代	1918年Kilpatrick發表《專案教學法》
應用範圍	外語教學	外語教學和其他學科教學

2. 相同之處

如同任務型教學法一樣，專案教學法也屬於溝通語言教學，都是溝通語言教學群的一個組成部分或一個分支。兩者的相同點是：

（1）教學原則：專案和任務的教學原則都是溝通性的，目的都是指向培養學生用語言做事，要求在真實或創設的情境中和輕鬆愉快的氛圍中創造性地運用語言。

（2）意識：兩者都要求學生無意識地把注意力集中在語言的意義上，而不是語言的形式上。

（3）學習方式：兩者都強調學生積極參與、體驗、實踐、交流和用語言做事的學習方式。

（4）師生關係：兩者都提倡以學生為主體或以學生為中心，建立民主、協調、合作和互動的師生關係。

（5）語言錯誤：兩者都認為學生有語言錯誤是自然的、正常的和必然的現象。

（6）評估標準：兩者對學業的評估標準，主要是運用語言溝通的能

力或社交能力。

　　雖然這兩種教學法都能達到溝通教學目標，但它們卻是殊途同歸──任務型教學法透過課內的任務，而專案教學法透過專案（課內或／和課外）來發展溝通能力這一共同的目標。

二、專案教學法與其他教學法的比較

　　在英語教學領域中，我們要回答的三個基本問題是：教什麼？教的成果是什麼？如何教？根據這三個問題，教學法可以分成側重教學內容、側重教學成果、側重教學過程或方法三種類別。

1. 側重教學內容的教學法（content-based）

　　大多數的教學法，不管是傳統的文法翻譯法還是新近出現的詞彙教學法，都側重於「教什麼」，其大綱稱為「內容大綱」，上面都列明所教的內容，如文法、結構、詞彙、功能和意念、學習策略、學科內容等。

2. 側重教學成果的教學法（product-based）

　　能力導向教學法是唯一側重教學成果的教學法，其大綱稱為「能力大綱」，上面所列的不是教學內容或教學方法，而是「能做」（can do）表達的各種能力。至於教學內容和方法，則大都交由教師自己判斷和解決。

3. 側重教學過程的教學法（process-based）

　　任務型教學法和專案教學法都側重於「如何教」，其大綱稱為「過程大綱」，上面所列的不是教學內容，也不是能力標準，而是各種任務和專案完成的過程和方法。這些任務和專案都是「教與學計畫」（work plan）。如在任務型教學法一章中提到的角色扮演的任務，設計者給學生兩張提示卡，要求學生照上面的提示去完成任務。在上述的讀書活動專案（見表 20-1）中，設計者規定了該專案的完成方法、步驟和時間。這兩個任務和專案都沒有規定語言內容和能力標準。

專案教學法與其他教學法的不同之處，如表 20-3 所示。

表 20-3　專案教學法與其他教學法的比較

範疇	教學法	側重內容	側重成果	側重方法
教學內容	文法翻譯法	文法	——	——
	聽說教學法	結構	——	——
	詞彙教學法	詞彙	——	——
	功能—意念教學法	功能	——	——
	文本教學法	文本	——	——
	策略教學法	策略	——	——
	內容導向教學法	學科知識以及主題或話題	——	——
教學成果	能力導向教學法	——	語言能力	——
教學方法	任務型教學法	——	——	任務
	專案教學法	——	——	專案

　　最後須指出的是，專案教學法是當前較流行且行之有效的教學法，得以在外語課教學中廣泛運用。而實際情況是，許多教師對專案教學法的理解存在偏差，認為英語課必須以專案教學法進行教學，一味盲目地使用，為專案而專案，忽略了其他教學法，導致教學方法的排斥和僵化現象。因此，專案教學法也應與其他教學法結合使用。

《思考題》

1. 什麼是專案？專案和任務有何不同？
2. 什麼是學習自主性（learner autonomy）？專案教學法能體現學習自主性嗎？
3. 專案教學法和任務型教學法有何異同？

4. 以讀書活動專案為參考，設計一個寫作專案。

5. 根據本章教學實例的實施環節，可以看出學生哪些方面的能力得到了提升？

參考文獻

Dewey, J. (1910). *How we think*. Boston, MA: D. C. Heath & Co.

Dewey, J. (1938). *Experience and education*. New York: Macmillan.

Kilpatrick, H. (1918). The project method. *Teachers College Record, 19*, 319-335.

Knoll, M. (1997). The Project Method: Its Vocational Education Origin and International Development. *Journal of Industrial Teacher Education, 43*(3).

Legutke, M., & Thomas, H. (1991). *Process and experience in the language classroom*. New York: Longman.

Longman Dictionary of English Language and Culture (3rd edition). (2006). Emerald Group Publishing Limited.

Richards, J. & Rodgers, T. (2014). *Approaches and Methods in Language Teaching*. (3rd edition). Cambridge: Cambridge University Press.

武和平、武海霞（2014），外語教學方法與流派。北京：外語教學與研究出版社。

第二十一章

多元智力教學法
Multiple Intelligences Approach, MIA

關鍵字

智力、多元智力、差異教學

intelligence, multiple intelligences, differentiated instruction

An intelligence is the ability to solve problems, or to create products, that are valued within one or more cultural settings.（Gardner, 1983）

智力是一種在單一或多元文化環境中，解決問題、創造財富的能力。

🐝第一節　多元智力教學法的背景簡介

一、基本概念

多元智力教學法注重學生智力的多樣性和差異性，鼓勵教師採取多元模式的上課方式，以發揮智力發展和語言學習的最大成效。

1. 智力的定義和類別

傳統智力理論認為，語言能力和數理邏輯能力是智力的核心，智力是以這兩者整合方式而存在的一種能力。針對這種僅徘徊在操作層面，而未揭示智力全貌和本質的傳統的有關智力的狹隘定義，西方研究者們從 20 世紀 70 年代開始，就從心理學的不同領域對智力的概念進行了重新的檢驗。其中美國哈佛大學心理學家 Howard Gardner 在 1983 年提出的多元智力理論（Multiple Intelligences）最為引人注目。Gardner 認為過去對智力的定義過於狹窄，未能正確反映一個人的真實能力。他指出，智力是指人認識、理解客觀事物並運用知識、經驗等解決問題的能力。人的智力應該是一個量度他的解題能力的指標。根據這個定義，Gardner（1983）在《心智的架構》書裡提出，人類至少有七個智力，1999 年他在《智力重構》中又提出第八種智力。這八種智力類型簡述如下：

（1）語言智力（verbal-linguistic intelligence）：語言智力是指有效地使用語言，進行感情的表達和交流的能力。這種智力包括把句法、語義學、音韻學、語用學結合並運用自如的能力。這種智力在作家、演說家、記者、編輯、節目主持人、播音員、律師等職業上有更加突出的表現。

（2）邏輯─數理智力（logical-mathematical intelligence）：邏輯─數理智力是指透過邏輯思維，有效地使用數位運算，從而科學地解決難題，並闡明概念和事物之間內在聯繫的能力。它包括分類、分等、推理、概括、計算和假設檢定等。這種智力在數理家、會計師、科學家等人員都有出色的表現。

（3）視覺─空間智力（visual-spatial intelligence）：視覺─空間智力是指運用立體思維方式，並透過圖表來表達視覺和空間概念的能力，具有對色彩、線條、形狀、形式、空間及它們之間關係的敏感性。這種智力能將視覺和空間的想法立體化地在腦海中呈現出來，以及在一個空間的矩陣中能很快找出方向。藝術家、裝飾家、建築師等都具有這種能力。

（4）身體─運動智力（bodily-kinesthetic intelligence）：身體─運動智力是指有技術地使用身體表達意義或創造和控制形體的能力，包括特殊的身體技巧，如協調、平衡、敏捷、力量、彈性和速度，以及自身感受的、觸覺的和由觸覺引起的能力。舞蹈家、演員、運動員都具有這種智力。

（5）音樂智力（musical intelligence）：音樂智力是指感知多種音樂形式，並運用音樂表達思想感情的能力。這種能力對節奏、音高、音調、旋律等具有相當高的敏感性，在作曲家、指揮家、歌唱家、樂師、樂器製作者、音樂評論家等人員，都有出色的表現。

（6）人際智力（interpersonal intelligence）：人際智力指有效地理解別人的感情，並做出正確反應的能力。這包括對臉部表情、聲音和動作具有敏感性，能辨別不同人際關係的暗示，以及對這些暗示做出適當反應的能力。成功的教師、心理輔導員、社會工作者、旅行社導遊、銷售員等，都具有較強的人際智力。

（7）內省智力（intrapersonal intelligence）：內省智力是指自我感知、自知之明，並據此做出適當行為的能力。它包括瞭解自己的內心世界，意識到自己的內在情緒、意向、動機、脾氣、欲求，以及自律、自知和自尊的能力。這種智力在優秀的政治家、哲學家、心理學家、教師、語

言矯正師等，都有出色的表現。

（8）自然觀察智力（naturalist intelligence）：自然觀察智力指認識自然界的物種和對植物、動物進行歸類的能力。與自然界關係密切的植物學家、地質學家、動物學家、天文學家等，都具有較強的自然觀察智力。

2. 智力的本質

多元智力理論認為智力具有生命力，受文化背景的影響，同時其價值是中立的。

（1）智力具有生命力：每個人至少擁有八種能力，這八種智力普遍存在於普通人當中。智力亦隨人類文化發展而演變，它是有生命力的，隨著科技的不斷進步，將來的智力類型可能不止八種。Gardner（1999）在《智力重構》（*Intelligence Reframed*）一書中，設想了三種潛在的新智力：精神智力、存在智力和道德智力，但 Gardner 認為，「目前把它們確定為一種智力類型尚不成熟」。這三種智力簡述如下：

①精神智力（spiritual intelligence）：精神智力是指把握宇宙和超自然信念的能力，它最終依賴於一定的感受能力。但是，Gardner（1999: 59）指出，研究者還不明白「精神智力」到底包含什麼東西。因此，將它確定為一種智力類型為時過早。

②存在智力（existential intelligence）：存在智力是指思考生死意義的能力。Gardner 指出，「存在智力」令人困惑，目前還缺乏大量的實證性研究，因此對「存在智力」須持謹慎態度（1999: 66）。

③道德智力（moral intelligence）：對道德智力是否為一種智力，須弄清它與「道德」（morality）的區別。「道德」是指價值判斷，是人們對所制定的規則、態度和行為的關注。研究者還無法找出「道德智力」的核心內容，以區別於「道德」。Gardner（1999: 75）指出，假如「道德智力」是指價值判斷的「道德準則」，他不會把「道德智力」看作是一種智力。

（2）智力受文化背景的影響：不同的歷史發展時期和文化背景，強

調不同的智力組合。在古老的社會，人們很重視身體運動、空間和人際交流能力，比如狩獵時期的狩獵技巧和熟知地形，就比學習快速加減重要得多。在現代社會，人們十分關注語言能力和數理邏輯能力，通常智力測驗也主要測量這兩方面的內容，在學校的考試中這兩項是重中之重。在不久的未來，Gardner 當時曾經預測，由於電腦在生活中的普遍運用等因素，作為程式設計的數理－邏輯能力和作為自我控制的自我意識能力，將會變得尤其重要。

（3）多元智力的價值是中立的：多元智力的各個智力的價值都是中立的，具有道德（moral）與非道德（amoral）兩面性。它們既可用於行善（constructive use），也可用於作惡（destructive use）。因此，人們使用智力對社會而言就有一個很重要的道德問題。

二、時代背景

20 世紀初，法國心理學家 Alfred Binet（1857-1911）創造了智力測驗，用來測量人的智力高低。Binet 在 1889 年在巴黎大學創立法國第一所心理實驗室。1905 年他與同事 Theodore Simon 合作制定了「比奈－西蒙智力測驗」（Binet-Simon test），其主要目標是鑑別學習學校課程需要特別說明的學生。1916 年美國史丹佛大學心理學家 Lewis Terman 修訂了這個量表，採納了德國心理學家 William Stern 的建議，將測量出的個人智力水準稱為「智商」（intelligence quotation，簡稱I.Q.）。這種測驗命名為「史丹佛－比奈智力量表」（Stanford-Binet Intelligence Scale），是今天智力測驗的基礎。

1967 年，美國在哈佛大學教育研究院創立《零點專案》，由 Gardner 教授主持。《零點專案》主要任務是研究在學校中加強藝術教育，開發人腦的形象思維問題。在此以後的二十年間，美國對該專案的投入達上億美元，參與研究的科學家、教育家超過百人，他們先後在一百多所學校做實驗，有的人從幼稚園開始連續進行二十多年的跟蹤對比研究，出版了幾十本專著，發表了上千篇論文。多元智力理論就是這個專案在 80 年代的一

個重要成果。Gardner 教授在參與此項研究中，首先重新考察了大量的、迄今沒有相對聯繫的資料，即關於神童的研究、關於腦損傷病人的研究、關於有特殊技能而心智不全者的研究、關於正常兒童的研究、關於正常成人的研究、關於不同領域的專家以及各種不同文化中個體的研究。透過對這些研究的分析整理，他提出了自己對智力的獨特理論觀點。基於多年來對人類潛能的大量實驗研究，Gardner 在 1983 年首次提出並論述了他的多元智力理論的基本結構，認為支撐多元理論的是個體身上相對獨立存在著的、與特定的認知領域或知識範疇相聯繫的八種智力。多元智力理論拓展了傳統理論對智力所限定的範疇，並對傳統理論關於智力的觀點提出了修正。因此，多元智力理論已廣為心理及教育學界所接受。

第二節　多元智力教學法的理論基礎

一、語言本質

多元智力教學法從智力上看待語言，認為語言能力是一種智力。Gardner（1983: 78）提到語言智力具有以下三種特點：（1）修辭方面（rhetorical aspect）：即說服別人做事的能力，如政治家演說、律師辯論等；（2）記憶潛力（mnemonic potential）：即使用語言說明記憶，如遊戲規則、機器操作步驟等；（3）解釋作用（role of explanation）：如教學行為、展覽說明等。多元智力教學法認為，人們使用語言來進行各種活動，所以語言不再是語言學上的概念，而是涵蓋了人們生活、學習、工作等的全部內容。因此，多元智力教學法並不把語言看成是一種附加給個人的額外能力，而把它看成是語言學習者和使用者一生中全部生活的核心。

二、教學理論

多元智力教學法的教學理論，基於多元智力理論。

1. 注重整體性

多元智力理論認為，八種智力因素同等重要，因而對這八種智力應給予同等注重力。傳統教學偏重語言智力和邏輯—數理智力，在此情況下，就用語言和數理智力標準去衡量學業，結果是具有音樂智力、空間智力、身體—運動智力的學生通常被評為「學業成績差的學生」。實際上，他們可能是未來的歌唱家、科學家、藝術家、裝飾家、建築師、舞蹈家、演員、運動員等。這是因為每個人擁有多種智力，只是智力開發得不平衡，或智力組合的方式不同。有些學生在某項智力上沒有特殊的天賦，但在另一項智力上卻表現突出。經過智力的組合或整合，仍可以在某個方面表現出色。在社會交流中沒有一種智力是獨立存在的，通常是幾種智力的綜合使用。例如：一個學生與他人進行對話時，他可能使用肢體語言來表達（身體—運動智力），並傾聽和理解對方的語言（語言智力），同時還要根據語境去調整語言，以便做出得體的反應（人際智力）。由此可知，智力是相互作用的，在培養學生某項智力時，亦應兼顧其他智力的培養。

2. 強調差異教學（differentiated instruction）

差異教學是針對「一體適用」教學法（One-size-fits-all Approach）而提出的。「一體適用」教學法是指用一成不變的方法，對具有不同語言水準、背景和文化的學生施教。本書描述的一些教學法就採取這種方法，讓學生去適應其教學方式。最典型的例子就是默示教學法和暗示教學法。默示教學法採用獨特的彩色棒，讓學生適應這種人為的學習方法。暗示教學法把教室布置得像音樂會那樣優雅，並在古典音樂伴奏下給學生講解課文，在這環境下學生是暗示的接受者。

差異教學是指教師改變教學內容、過程、成果表現和學習環境等，來適應學習者的需要、學習風格和興趣。在策略教學法一章中，我們談到學習者的個體差異。個體差異是指在同一班級上，學習者具有差異性（difference）和多樣性（diversity）。他們在學習方式、動機、信念、策

略以及對各種教學方法和課堂活動的偏好等方面有所不同。自從 20 世紀 80 年代溝通教學思想產生之後，大部分外語教學法，包括多元智力教學法，都強調要重視學習者差異。其基本理念是，所有的教學法都適應於一位學生（all sizes fit one），即教師要對特定的學習者進行分析，發現其差異，並採用各種不同的教學方法進行教學。

美國教育家 Carol Tomlinson 是差異教學的主要倡導者。Tomlinson（2001, 2014）指出，教師應在教學中立足於學生個性的差異，滿足學生個別學習的需要，以促進每個學生在原有基礎上得到充分的發展。

多元智力理論也認為，學生的發展不可能是每一個方面齊頭並進的發展，每一個學生都可能呈現發展的優勢，並形成發展領域的不同組合，在各個領域全面地得到發展的同時，各領域在發展水準、速率上又存在一定差異。不同的領域在學生整體的發展中相互支撐、協調發展，充分展現學生發展的潛能。根據這一思想，教師應因「智」施教。教師可以提供機會讓學生進行交談活動、身體運動、單獨行動或比較分析等，並注意學生在活動中表現出的個體差異，設計出適合於不同智力開發的各種活動。同樣評估的時候要考慮多元智力理論，評估的方式要適合每個學生的優勢智力。

3. 重視開發性

多元智力理論指出，人的智力可以透過後天的學習得以開發和逐步加強。智力並非是先天的能力，是可經過後天的學習得來的。智力並非是一成不變和固定的，是可以開發的。傳統窄化智力的定義，並未把環境、文化及社會等可能影響智力發展的因素考慮在內。在人的一生中，智力可以不斷提升及擴展。智力的發展，以神經心理學為基礎，智力在任何年齡及能力階段都可以獲得改進，各種活動都可以幫助人們加強及提高智力運用的技巧。人的多元智力發展水準的高低關鍵在於開發，而幫助每個人澈底開發他的潛在能力，需要建立一種教育體系，能夠以精確的方法來描述每個人智力的演變。學校教育應是開發智力的教育，其宗旨是開發學生的多

種智力，並幫助學生發現其智力的特點和業餘愛好，促進其發展。

因此，教師應當有目的來開發和訓練學生的各種能力，以提高教育品質。例如：對外語教師來說，我們可以設計有關解決難題的活動來培養學生的人際智力；還可以提供豐富的語言教學資源提高學生聽、說、讀、寫的能力；透過教師與學生或學生與學生之間的交流活動，培養學生的語言運用能力和身體運動能力。這樣教師可拓展課程內容，為學生提供多維模式的學習機會，讓學生從中體驗自己智力的開發和擴展。

4. 堅持全人教育觀（holistic education）

在西方教育學家的觀點中，全人教育觀的基本觀點包括：（1）關注每個人智力、情感、社會性、物質性、藝術性、創造性與潛力的全面挖掘；（2）尋求人類之間的理解與生命的真正意義；（3）強調學生人文精神的培養；（4）鼓勵跨學科的互動與知識的整合；（5）主張學生精神世界與物質世界的平衡，注重生命的和諧與愉悅；（6）培養具有整合思維的地球公民。

多元智力教學法認同全人教育觀。它強調語言教學應該摒棄對語言智力狹隘的理解，語言教學應作為全人教育的一部分；八種智力因素同等重要，因而對這八種智力應給予同等注重力；透過語言學習，除了提高語言智力外，還應該開發與發展其他智力，成為一個全人（whole person）。

第三節 多元智力教學法的教學大綱

多元智力教學法沒有事先規定或者推薦所學內容的教學大綱。

❀第四節 多元智力教學法的教學設計

一、教學目的

多元智力教學法的教學目的，是在培養語言能力的同時開發和發展學生的各種智力，促進學校素質教育。

二、教師角色

1. 每個學生都擁有多種不同的智力，教師不能用傳統的模式去局限他們，而應設法針對他們的需求提供積極的協助，使其潛在能力有所發揮的機會。教師必須超越傳統的教學方式，成為一位多元智力的教師，同時發揮教師本身與學生多元智力的潛能。

2. 教師應瞭解學生的智力程度，來確定智力的開發方法。假如教師瞭解到哪個學生具有很強的人際智力，那麼教師就可以創造機會培養其他學生的人際智力。

3. 教師可根據學生的需要、興趣和天賦，向學生提供實際的學習機會。智力教學的課堂如同真實世界，教師應讓學生積極地參與活動。

4. 教師必須重新檢視自己的教育理念，不斷地充實自己，增強自己的多種智力。這樣才能啟發學生的多元智力，讓那些對傳統教學適應不良的學生，也有同樣被發覺、被讚美的機會，使每個學生體會到學習帶來的新發現與創造感。

三、學生角色

學生應瞭解自己的智力程度。學習具有社會心理的特徵。當學生瞭解到自己的各種能力程度，他們就可以管理自己的學習並發展各自的潛力。

學生可以從多種角度來瞭解自己的智力程度。比如在完成一個解決難題的課堂活動中，可以判斷自己的語言智力、溝通智力、邏輯智力，甚至身體—運動智力和空間智力等。

學生還要能夠表現和分享他們的才能。才能的發展給予學生成為未來專業人才的機會，這反過來會增強他們的學習自信心。

四、母語使用

教師必要時可利用母語，允許適當利用母語進行講解和翻譯。

五、對待語誤

多元智力教學法容忍學生的語言錯誤，主張對錯誤進行分析疏導，只改主要錯誤，反對有錯必糾。

六、教材作用

教師可採用多種多樣的教材，只要能夠培養語言能力和發展智力，各種基礎教育的外語教材都可使用。

第五節　多元智力教學法的課堂實踐

一、教學活動

智力是個大概念，畫圖、作曲、聽音樂、看表演等活動都是朝向學習之門。如果學生沒有接觸能夠開發某種智力的機會，不管其具有多大的生理潛能，都不可能開發出相應的智力。因此，教師應提供盡可能多的機會，讓學生發現哪些領域是他們特別感興趣或具有潛力的，這樣才能達到全面開發和提高其智力的目的。同時，教師應針對各項智力類型，採取不同的課堂活動。

Larsen-Freeman（2011: 192）歸納了八種智力開發活動（表21-1）。

表21-1　八種智力教學活動

智力類型	活動類型
語言智力	記筆記、講故事、辯論
邏輯—數理智力	謎語和遊戲、有邏輯性的陳述和分類
視覺—空間智力	圖表、視頻、畫畫
身體—運動智力	手工、實地考察、演默劇
音樂智力	唱歌、演奏、節奏訓練
人際智力	雙人活動、專案任務、小組合作
內省智力	自我評價、記日記、自主選擇家庭作業
自然觀察智力	從自然界蒐集物體，瞭解它們的名字、本質和特徵

　　每個人智力的發展是不平衡的，教師需要設計各種開發智力的活動，這有助於語言學習和智力發展。但是，在每節課中都同時進行八種發展智力的活動，是不大可能的。通常在外語課堂上，如果不特別注重八種智力同時發展，那麼教學活動基本上是放在語言和溝通方面。

二、教學步驟

　　根據 Lazear 的建議（Lazear, 1991，引自 Richards & Rodgers, 2014: 239-240），智力的開發和發展可分為下列四個過程：

1. 喚醒智力（awaken the intelligence）

　　喚醒智力是指透過觸摸、嗅味、品嚐和觀看等多種感官經驗，學生可以感知在他們周圍世界裡眾多事物和事件的多種特徵。

2. 增強智力（amplify the intelligence）

　　增強智力是指學生與所選擇事物和事件的接觸，與其他同學共同確定這些事物的特點和所處的情景以增強智力。學生分組共同完成智力活動（見表 21-2）。

表21-2　五種感官的講義

```
The sensory handout（感官講義）

Name of the team（團隊名稱）：＿＿＿＿＿＿＿＿＿＿＿＿＿＿＿
Team numbers（團隊人數）：＿＿＿＿＿＿＿＿＿＿＿＿＿＿＿＿
Sight（視覺）：＿＿＿＿＿＿＿＿＿＿＿＿＿＿＿＿＿＿＿＿＿＿
Sound（聲音）：＿＿＿＿＿＿＿＿＿＿＿＿＿＿＿＿＿＿＿＿＿
Feel（感覺）：＿＿＿＿＿＿＿＿＿＿＿＿＿＿＿＿＿＿＿＿＿＿
Smell（嗅覺）：＿＿＿＿＿＿＿＿＿＿＿＿＿＿＿＿＿＿＿＿＿
Size（大小）：＿＿＿＿＿＿＿＿＿＿＿＿＿＿＿＿＿＿＿＿＿＿
What it is used for（用處）：＿＿＿＿＿＿＿＿＿＿＿＿＿＿＿
Name of the object（物體的名稱）：＿＿＿＿＿＿＿＿＿＿＿＿
```

3. 智力的教學（teach with/for the intelligence）

　　智力的教學是把智力的開發與語言的教學相聯繫。這可以透過做作業、小組研究專案和討論等進行，學生分組共同完成活動（見表21-3）。

表21-3　多元智力描述練習講義

```
What am I describing?（我所描述的是什麼？）

Directions: Work with your group. Listen as the teacher reads the description of
the object. Discuss what you hear with your group. Together, decide which object
in the class is being described.
（說明：與你的團隊合作。先聽老師朗讀對物體的描述，然後與你的小組成
員討論，共同決定所描述的物體是什麼。）
Name of the object（物體名稱）
Object 1（物體 1）：＿＿＿＿＿＿＿＿＿＿＿＿
Object 2（物體 2）：＿＿＿＿＿＿＿＿＿＿＿＿
Object 3（物體 3）：＿＿＿＿＿＿＿＿＿＿＿＿
Object 4（物體 4）：＿＿＿＿＿＿＿＿＿＿＿＿
```

Object 5（物體 5）：＿＿＿＿＿＿＿＿＿＿＿＿

Next have each group describe an object in the classroom using the formula given in Stage 2. Then, collect the papers and read them, one at a time. Ask each group to work together to write down the name of the object in the classroom that you are describing.

（接下來，每個小組使用第二階段所提的方法在課堂上描述一個物體。然後，蒐集資料並逐一閱讀。最後，每個小組合作寫下所描述的教室中的物體名稱。）

4. 智力的綜合運用（transfer the intelligence）

　　教師評估學生在前三段的學習基礎上表現出來的智力，並把它們與社會生活中的問題和挑戰相聯繫。

三、教學實例

　　Larsen-Freeman（2011: 192-193）提供了多元智力教學的一堂實例，課堂上教師使用了一幅畫，上面有幾個人正在擺著姿勢準備照相。教學活動和步驟如下：

教學活動和步驟	智力類型
1. 謎語。教師給學生一個謎語，並要求學生進行雙人活動進行解答：I have eyes, but I see nothing. I have ears, but I hear nothing. I have a mouth, but I cannot speak. If I am young, I stay young; if I am old, I stay old. What am I?（謎語的答案是：圖畫中的一個人）	人際智力、語言智力
2. 想像。教師叫學生閉上眼睛，放鬆身體，然後教師向學生描述一幅圖畫，並請學生加以想像。教師在描述時，播放適當的音樂。	空間─視覺智力、音樂智力

（續）

教學活動和步驟	智力類型
3. 描述。教師把該幅圖畫的文字描述發給學生，每份文字描述都是不完整的。比如有的缺字、有的缺短語，教師讓學生分組進行討論，以便得出一份完整的文字描述。	人際智力、語言智力
4. 畫圖。教師請學生根據圖畫中內容，來繪製一幅圖畫。	身體—運動智力
5. 找出不同之處。教師向學生出示那幅畫，並請他們找出文字描述的內容與所想像的圖畫之間的五個不同之處。	邏輯—數理智力
6. 辨認。教師要求學生辨認圖中的樹。	自然觀察智力
7. 反思。教師問學生他們是否從圖畫中學到什麼，以及是否學到目標語的任何新東西。	培養內省智力

§ 本課教學評論

> 本課教師創造性地利用一幅畫，把八種智力開發的活動融合在一節課裡。教師從猜謎語開始上課，以引起學生的學習興趣，然後針對各種智力的開發展開教學活動，最後引導學生進行反思。

第六節　對多元智力教學法的評價

一、優點分析

1. 端正正確的智力觀

每個人都同時擁有八種智力，只是這八種智力在每個人身上以不同的方式、不同的程度組合存在，使得每個人的智力都各具特色。因此，世界上並不存在誰聰明、誰不聰明的問題，而是存在哪一方面聰明以及如何聰明的問題。真正有效的教育必須認識到智力的廣泛性、多樣性和差異性，並使培養和發展學生各方面的能力占有同等重要地位。

2. 轉變我們的教學觀

每個人都不同程度的擁有相對獨立的八種智力，而且每種智力有其獨特的認知發展過程和符號系統。因此，教學方法和手段就應該根據教學物體和教學內容而靈活多樣，因材施教。

3. 形成正確的評價觀

智力是多方面的，智力的表現形式是各不相同的。我們判斷一個人成功與否的標準，當然也應該是多種多樣的。

4. 轉變我們的學生觀

每個人都有其獨特的治理結構和學習方法，所以，對每個學生都採取同樣的教材和教法是不合理的。每個學生都有亮點和可取之處，教師應從多方面去瞭解學生的專長，並相應地採取適合其特點的有效方法，使其專長得到充分的發揮。

5. 形成正確的發展觀

學校教育的宗旨應該是開發多種智力，並幫助學生發現適合其智力特點的職業和業餘愛好，應該讓學生在接受學校教育的同時，發現自己至少有一個方面的長處，學生就會熱切地追求自身內在的興趣。

二、缺點分析

1. 缺乏新意

對多元智力理論持批評意見者認為，Gardner 的研究不是突破，他所稱的智力是教育工作者和認知心理學家等一直在探討的基本能力。

2. 定義不準

批評者認為身體—運動智力和音樂智力是個人的天賦才能，而不是智

力開發的結果。

3. 缺乏證據

批評者認為多元智力理論，缺乏實證性研究的證據（empirical evidence）。

4. 對文化基礎的作用有偏見

多元智力理論認為，文化對決定一個人的智力強弱具有重要的作用。批評者反駁說，只有在生疏的環境中完成不熟悉的任務時，個人智力才會充分顯示出來。

第七節　多元智力教學法的教學啟示

多元智力教學法拓展了我們對教學的新認識。我們先前對教學活動的認識停留在教育和教學層面上，現在可從智力發展的層面上對其重新認識。以上述的教學實例為例（參見第五節），在上課開始時，教師給出謎語，我們以前對這種做法的認識是，它是引起學生興趣的熱身（warm up）技巧，為後面的教學活動提供基礎。現在的新認識是，它不僅是教學目的上的熱身活動，還具有培養語言智力和人際智力的作用。又如，「反思」是本節課教學的最後活動，目的是培養內省智力。我們過去在「反思」這個環節的認識是，它讓學生回顧並鞏固所學內容。現在的新認識是，它的目的不僅是鞏固所學內容，還是培養內省智力。

這種新認識還表現在對各種教學法及其各種教學活動上。在本書介紹的教學法中，課堂活動除了培養語言能力外，還具有開發和發展智力的作用。以最古老的文法翻譯法為例，它依靠母語，透過翻譯來培養學生閱讀文學作品的能力，並磨練學生的智力。再以現代的合作教學法為例，合作活動的目的不僅是提高所有學生的學業成績，還是培養學生相互依賴的人際智力。對各種教學法活動與發展智力的關係的新認識，如表21-4所示。

表21-4 各種教學法與發展智力的關係

智力	教學法	所採用的活動	採用這些活動的原因
語言智力	所有教學法	各種教學活動,包括練習、操練、任務、專案	外語教學的核心目標之一是發展語言智力,因此,使用各種教學活動有助於發展語言智力。
邏輯—數理智力	多種教學法	謎語、遊戲、問題解答、問題解決、邏輯性陳述和分類	外語教學使用具有邏輯和數理思維的活動,既能豐富外語課程內容,又能拓展視野,還能促進邏輯—數理智力的發展。
視覺—空間智力	默示教學法等	教室空間、環境等布置	外語教學創設視覺和空間的語言交流情境,既能激發學生學習的興趣,又能提高教學品質,還是發展視覺—空間智力不可或缺的教學方法。
身體—運動智力	全身反應教學法等	身體反應動作	外語教學伴隨身體動作,既能活躍課堂氣氛,又能提高教學效率,還能促進身體—運動能力。
音樂智力	暗示教學法等	「音樂會」教學形式	外語教學搭配古典或柔和的音樂,既能營造愉悅的課堂氛圍,又能提升學習效率,還能促進音樂智力的發展。
人際智力	溝通教學法(如內容導向語言教學法、任務型教學法、專案	溝通活動、任務、專案、小組合作學習活動	這些活動不僅能促進學生明確學習目標和方向,也有利於培養運用外語溝通的能力,還能發展人際智力。

(續)

智力	教學法	所採用的活動	採用這些活動的原因
	教學法、合作語言教學法）		
內省智力	多種教學法在課堂教學結束時的「反思」環節	反思活動，包括自我評價、記日記等	學生能自我反思，規劃自學外語的目標、進程和方法等，不僅能提升學習的自覺性，而且能提高外語學習的品質，還能發展內省智力。
自然觀察智力	語言經驗教學法、參與教學法、專案教學法	語言經歷、社會觀察、實地考察	外語教學與社會生活和大自然情境相聯繫，不僅能激勵學生學習外語的興趣，還能發展自然觀察智力。

　　總之，本書介紹的各種教學法所採用的各種活動，都有助於智力的開發和培養。瞭解這些教學法所運用的活動與智力關係，有助於我們綜合運用各種教學法，達到培養語言能力和發展智力的雙重教學目的。

第八節　結束語

　　多元智力理論以嶄新的觀點，重新看待智力的問題。教師應較以往更具有敏銳的觀察力，瞭解學生具有不同的智力與不同的解決問題能力，尊重學生學習間的個別差異，認真地思索如何建構多元、富有創意的教學環境，使學生獲得更多的學習機會。

《思考題》

1. 每個人都具有八種智力，哪一種智力對學生的學習影響力最大？
2. 多元智力理論是如何體現差異教學觀點的？
3. 多元智力教學法有什麼優缺點？
4. 多元智力教學法對我們的教學有什麼啟示？
5. 根據本章的教學實例（見第五節），設計一份教案，其活動盡可能涉及八種智力的培養。

參考文獻

Gardner, H. (1983). *Frames of Mind: The Theory of Multiple Intelligences*. New York: Basic Books.

Gardner, H. (1999). *Intelligence Reframed: Multiple Intelligences for the 21st Century*. New York: Basic Books.

Larsen-Freeman, D. & Anderson M. (2011). *Techniques and Principles in Language Teaching*. (3rd edition). Oxford: Oxford University Press.

Lazear, G. (1991). *Seven Ways of Teaching: The Artistry of Teaching with Multiple Intelligences*. Palatine, Ill.: Skylight.

Richards, J. & Rodgers, T. (2014). *Approaches and Methods in Language Teaching*. (3rd edition). Cambridge: Cambridge University Press.

Tomlinson, A. (2001). *How to Differentiate Instruction in Mixed Ability Classrooms*.

Tomlinson, A. (2014). *The Differentiated Classroom: Responding to the Needs of All Learners*. (2nd edition). Association for Supervision & Curriculum Development.

第二十二章

合作語言教學法
Cooperative Language, CLL

關鍵字

合作、異質分組、積極相互依賴

cooperation, heterogeneous grouping, positive
interdependence

All for one and one for all.

人人為我，我為人人。

第一節　合作語言教學法的背景簡介

一、基本概念

　　合作語言教學法是一種以小組合作學習為課堂教學常規組織形式的教學法。它強調學生之間合作式的人際互動，學生在教學過程中透過相互之間的合作來達到學習目標，完成學習任務。

　　合作語言教學法的出發點是促進合作而不是競爭。根據 Johnson, Johnson & Holubec（1994: 2），合作教學的特點包括：

- 提高所有學生的成績，包括資優生和後進生（後進生是指由於錯誤的教育學習方法，導致學習成績較差的學生）；
- 幫助教師建立學生之間的良好合作關係；
- 提供學生學習機會，促進他們在社會、心理和認知方面的健康發展；
- 將課堂的競爭機制轉換為小組合作的學習方式。

　　由於強調「人人為我、我為人人」的合作精神，合作語言教學法採用異質分組（heterogeneous grouping），這不同於傳統的同質分組（homogeneous grouping）。異質分組要求將不同學習能力、學習興趣、性別、個性的學生分配在同一組內，同學們可以相互啟發、補充，不存在誰更行、誰更聰明的問題，大家都是討論成員之一。這樣，學生之間的關係會更平等、更民主，更有利於一個良好班級的形成，以培養學生平等機會的意識——社會上每個人獲得發展之機會並不因其種族、出身、貧富、性別、性傾向等因素而有所差異。異質分組是合作語言教學法的主要特點之一。

聯合國教科文組織（UNESCO）（1996）在《教育——財富蘊藏其中》書中指出，教育必須圍繞四種基本的學習能力開展，即教育的四大支柱（four pillars of education）：（1）學會學習（learn to know）：掌握認識世界的工具；（2）學會做事（learn to do）：學會在一定的環境中工作；（3）學會合作（learn to live together）：培養在人類社會活動中的參與和合作精神；（4）學會做人（learn to be）：學會成為全人。教育的四大支柱強調學的重要性和全面性；強調學習者的重要性；強調合作精神。合作語言教學法同樣強調學習和合作的重要性。

二、時代背景

合作教學法（collaborative/cooperative approach）率先興起於 20 世紀 70 年代的美國，有其深刻的歷史背景。

20 世紀 40、50 年代，美國的中小學教育就遭受到社會的批評。1957 年，蘇聯成功發射人類歷史上第一顆人造衛星，震驚了美國朝野上下。輿論界驚呼美國的科學技術落後了。他們對學校教育的批評更為激烈，強烈呼籲改革學校的課程和教學方法，要求提高課業的標準，加強科學和數學的訓練，改進外語教學等。在改革教育的呼聲中，1958 年美國國會透過了《國防教育法》（*The National Defense Education Act*），授權美國聯邦政府撥款，採取各種方式，對州和地方以及個人提供實質援助，以保證培訓出品質上和數量上均適用的人才，滿足國際競爭的需要。在以後的十幾年裡，美國相繼進行了一系列的教育改革。

合作學習產生的最初原因是當時美國國內的反種族隔離、改良傳統的班級授課制、大面積提高教學品質和批評傳統的競爭性評分制等，但由於它在改善課堂心理氣氛、大面積提高學生的學習成績、促進學生良好非智力品質的發展等方面實效顯著，於是興起了現代的合作學習研究熱潮。

根據 Johnson, Johnson & Holubec（1994），在學校中由於對學生的獎勵方式不同，導致在達到目標的過程中，學生之間的關係也不相同。這些關係分為三種：相互對抗的競爭式、相互獨立的個體化方式和相互促進的

合作式。

1. 競爭式學習（competition）

競爭式學習是指，學生之間的目標具有對抗性。一個學生只有當其他人達不到目標時，才能達到自己的目標，取得成功。如果其他人成功了，則削弱了自己成功的可能性。在這種情況下，同伴之間的關係是對抗和消極的。每個學生都只依對自己有益的，但對於其他學生則是無益，甚至是有害的方式學習，以增加自己成功的可能性。競爭式的特點是：

- 剝奪別人的機會：My winning means you lose.（我的獲勝意味著你輸了。）
- 慶賀別人的失敗：Your failure makes it easier for me to win.（你的失敗讓我更容易獲勝。）
- 少數人才能得到優等成績：Only a few of us will get A's.（只有少數人會獲得 A^+ 成績。）
- 你多我少的相互命運：The more you gain, the less there is for me.（你獲得的越多，對我來說就越少。）

2. 個體化學習（individualism）

個體化學習指的是，學生是否達到目標與其他同伴是否達到目標無關，學生注重的是自己的任務完成情況和自身的進步程度，並不在意其他同學是否能達到他們的目標。學生之間形成的關係是獨立的、互不干擾的。個體化學習的特點是：

- 只關注自己的利益：How well can I do?（我該怎麼做得更好？）
- 只重視自己的努力和成功：If I study hard, I may get a high grade.（如果我努力學習，我會獲得高分。）
- 別人的成敗與我無關：Whether my classmates study or not does not affect me.（我的同學是否讀書不影響我的學習。）

3. 合作式學習（cooperation）

在合作式學習中，小組成員有著共同的目標，只有當所有成員都達到目標時，每個學生才能達到目標，獲得成功。在這種情況下，同伴之間必定會形成積極的相互促進關係，這樣既有利於自己又有利於他人。合作式學習的特點如下：

- 團隊合作互惠互利，彼此受益：Your success benefits me and my success benefits you.（你的成功使我受益，我的成功也讓你受益。）
- 團隊成員是命運共同體：We all sink or swim together here.（我們在此同舟共濟。）
- 團隊合作是成功的保證：（We can't do it without you.（沒有你，我們不會成功。）
- 慶賀別人的成功：You got an A! That's terrific!（你得了 A！真了不起！）

合作語言教學法的倡導者認為，合作式學習使得學生之間的交流更為頻繁，相互幫助、相互鼓勵，更為積極地完成任務，取得最大成功。因此，合作式學習優於競爭和個體化學習。

20 世紀 70 年代中到 80 年代末，合作教學法取得實質性發展。這一時期的教育學家們提出不同的合作學習策略，並進行教學實驗。對這些方法的研究，證明了合作學習相對於競爭和個體化學習法的優越性。這種研究證明當不同類型的學生在一起合作，互相依賴並有明確目標時，合作學習的效果明顯優於競爭學習。對合作學習課堂中語言使用的研究也發現，後進生在合作課堂上比在傳統課堂上發言更多，那些提供和聽取詳細解釋的學生從合作學習中受益最多。其他研究也證明合作教學法，可以用於不同年齡、不同情境的學生群體。

在 20 世紀 80 年代合作教學法被引入外語教學領域，取名為「合作語言教學法」（Cooperative Language Learning）。在外語教學領域，它被廣泛運用於語言藝術課程、雙語課程、第二語言和外語課堂中，並被證實

有效。隨著不斷發展已經形成獨立的體系，至今仍然被許多教師所接受。

　　合作語言教學法是溝通教學的一種模式。它與溝通語言教學方法有很多相似之處。兩者都強調學生之間的交流，都將教師看作引導者和助學者，都以學生為中心，強調學生之間的良好關係，並且都將溝通能力作為教學目標。因此，合作語言教學法是溝通教學的一種模式，是溝通教學原則在課堂中的實踐和延伸。

❧ 第二節　合作語言教學法的理論基礎

一、語言本質

　　語言是人們交流和合作的工具。交流和合作離不開語言，因為語言是人類進行交流的工具。運用語言這一工具，可以促進人們之間的相互瞭解和信任，增進彼此之間的感情，保證合作成功。

二、教學觀點

　　合作語言教學法的理論基礎包括社會相互依賴理論、同時互動原理、語言習得理論和社會文化理論。

1. 社會相互依賴理論（social interdependence theory）

　　傳統式教學常造成班級學生競爭的心態，彼此缺乏互動，學生孤立學習，在學習過程中得不到支持和鼓勵。學生的成功要以其他學生的失敗作為代價。學生始終處於競爭機制之中。資優生是與後進生相比較而存在的。後進生在此環境下得不到支持和鼓勵，因此容易產生退縮和缺乏自信。這種學習方式稱為「消極相互依賴」（negative interdependence）。

　　合作式學習強調，學生要化競爭為合作。學生不應被局限於競爭和孤立的學習環境，而應透過合作活動共同學習、討論問題、取長補短、解決困難、增強學習動機與興趣，共同達到目標。合作不僅是把學生簡單地分

組，而是要求學生在小組中通力合作。每個學生都認識到他們都是合作活動中的成員，必須同舟共濟、共同完成任務。這種學習方式稱為「積極相互依賴」（positive interdependence）。

根據 Johnson, Johnson & Holubec（1994: 27-28），積極相互依賴具有如下幾個特點：

（1）積極目標互賴（positive goal interdependence）：小組成員應積極合作、相互支持、彼此指導，共同努力完成教師安排的學習任務，並達到預期的學習目標。

（2）積極報酬互賴（positive reward interdependence）：教師利用成績評分、證書、獎勵等方式，來增強學習效果。一個學生在取得成功之同時，也幫助同伴取得成功，就會受到獎勵。

（3）積極資源互賴（positive resource interdependence）：學生分享學習資料、資源或資訊。

（4）積極角色互賴（positive role interdependence）：在合作活動中，每個學生都分別擔任各種不同的角色，如記錄員、觀察員、報告員等。

（5）積極任務互賴（positive task interdependence）：首先教師要考慮小組形式是採用同質分組還是異質分組，然後考慮要組合哪些不同的活動，例如：聽講、討論、作業、實驗操作、視聽媒介等。也就是說，小組形式或是同質組或異質組，但活動形式多種多樣。合作語言教學法雖然強調異質分組，但也不排除在某些情況下使用同質分組。

2. 同時互動原理（simultaneous interaction）

根據 Kagan（1994），學生進行分組活動就會增加他們之間的談話時間。常規教學通常採用順序互動（sequential interaction），即教師一次只能跟一個學生進行對話。在四十個學生的班級中，當教師與一個學生對話結束後，才輪到與下一個學生對話。這樣，在同一時間只有一個學生在講話。但當教師把四十個學生分成十個小組時，每個小組有一名學生在講話。十個學生同時講話，表示同一時間就有十個學生（每組一個）在談話。

3. 語言習得理論

合作語言教學法也採納了語言習得理論。Kagan（1995）指出，語言習得必須在輸入、輸出和情景三者具備的條件下才能產生。

（1）語言輸入

① 輸入必須是可理解的：在合作活動中，學生在理解的前提下反覆調整自己的語言，讓其他組員適應，這樣就會產生大量的語言輸入。這與教師站在講臺上講課相比，學生更能檢查自己的理解程度並調整其語言。

② 輸入必須是合適的：輸入必須以合適的方式進行。假如輸入不在 Vygotsky（1978）所稱的「近側發展區」進行，語言就不能習得。在近側發展區，學生必須在別人的幫助下才能取得進步，語言習得的產生就是在這個發展區裡。學生通力合作最終會跨出這個「近側水準」，邁向比近側水準更高的「發展水準」。

③ 輸入必須是豐富的：合作教學提供豐富的溝通資源。學生對某個話題的多種表達，促使輸入源源不斷。

④ 輸入必須是準確的：雖然在合作活動中，學生比在教師指導下會出現更多的語言錯誤，但學生具有大量的語言輸出機會，這比教師提供準確的語言輸入更為重要。

（2）語言輸出：要習得語言，僅僅靠輸入是不夠的，還得靠輸出。輸出更能產生語言習得，而合作學習能創造出語言輸出的機會。

① 輸出必須是功能性／溝通性的：語言是在有意義的使用中掌握的。在合作教學中，學生為了達到合作活動追求的共同目標，而使用語言來表達自己的思想。

② 輸出必須是經常性的：合作教學提供經常使用語言的機會。因此，學生在小組中進行活動比傳統的大班教學具有更多的說話機會。

③ 輸出必須是豐富的：像語言輸入一樣，豐富的輸出也很重要。在合作活動中，學生說話的次數和數量比傳統課堂教學更多。

④ 輸出必須是與說話者的身分一致：在合作活動中，學生可以使用

非正式語言進行對話，這些語言與他們的身分符合。

（3）情景：語言輸入和輸出都得在情景中進行。這種情景應具有以下幾點特點：

①情景具有支援性／動機性：在合作教學中，情景具有支持性和動機性。學生可以經常相互提問，透過交流完成工作。學生互相支援，達成共同目標。

②情景具有溝通性：溝通情景是有意義的真實情景，學生就實際的人物事件進行交流、溝通資訊，完成工作。

③情景具有合適性：合作教學情景給學生提供了相互交流的機會。學生在大班級可能害羞不敢說話，但在合作活動中卻可以相互交流。學生在合作活動中比在大班教學中，更容易與其他同學對話。彼此之間的迅速回饋使學生更容易掌握詞彙和結構，這比在傳統課堂上更能消除緊張情緒和增強自我意識。

④情景具有回饋性：在合作活動中，學生的相互交流就提供了回饋資訊和糾錯的機會。

Kagan（1995）指出，由於合作語言教學法有利於語言輸入、輸出和情景的創立，因此，合作語言教學法是習得外語的有效方法。

4. 社會文化理論（sociocultural theory）

根據 Lev Vygotsky（1978）的社會文化理論，學生應多透過探索來學習，教師不再是唯一的導師，家長和高年級同學都同樣重要，都是學習的導師和夥伴。這種理論強調學習和認知發展必須跟社群和文化相關，是教師、家長和高年級同學的合作活動。學校教育與現實生活應息息相關，課外活動也和學習呼應。它要求學生透過積極討論、表達自己見解及對別人的意見作出回饋來學習，建立新知識及融入已有知識。合作語言教學法倡導的小組自主性（group autonomy）原則要求學生獨立自主，不完全依靠教師。小組成員分工合作、相互支持、彼此指導，共同努力完成教師安排的學習任務，並達到預期的學習目標。

🐝 第三節　合作語言教學法的教學大綱

　　合作語言教學法沒有固定形式的教學大綱。它可採用任何教學大綱，也能運用到不同的課程設置中，如內容導向的語言課堂、作為特殊用途的英語課堂、四項語言技能培訓課堂。

🐝 第四節　合作語言教學法的教學設計

一、教學目的

　　合作語言教學法的教學目的除了溝通能力外，還有社交技能（social skills）。根據 Olsen & Kagan（1992: 13），社交技能包括完成任務的技能和團隊合作的技能（表 22-1）。

表 22-1　完成任務的技能和團隊合作的技能量表

完成任務的技能	團隊合作的技能
• 能要求對方做出澄清	• 能承認他人的貢獻
• 能要求對方解釋	• 能欣賞他人的貢獻
• 能檢查對他人的理解	• 能要求他人做出貢獻
• 能闡述對他人的想法	• 能讚美他人
• 能解釋想法或概念	• 能認識他人
• 能提供資訊或進行解釋	• 能驗證共識
• 能進行小結和總結	• 能讓小組活動進行下去
• 能接受解釋	• 能保持談話在安靜的氣氛中進行
• 能提出澄清	• 能調解分歧或減少差異

二、教師角色

　　合作語言教學法以學生為中心，教師在課堂中所具有的作用與傳統的

角色不同。教師的角色包括：

1. 助學者

教師提供幫助，並把學生認知機制放在各種活動中。教師提出問題，但不給答案；如果學生還是不懂，教師就提出另一個問題讓學生思考。對於學生的問題，教師也立即給予回饋，其做法是：（1）分享資訊。教師向其他小組提出某個小組的研究結果；（2）研究難題的解決方法，但不直接提供答案；（3）擴大資訊使用範圍。例如：教師提問 What other objects could you use for...? What other ways are there of... ?

2. 指導者

教師指導學生進行交流，提出問題，商談解決問題的策略，解釋概念和原則等。教師在課堂上要比傳統課堂上說得少，他們提出引導學生思考的問題，為學生將執行的任務做準備，幫助學生完成學習任務。

3. 管理者

教師要保證合作活動的順利進行，督導合作學習小組的效果，並適時介入以提供作業協助或增進人際及小組技巧。教師需要在學生小組活動時在教室中走動，向有需要的小組提供說明和幫助。

4. 督導者

教師督導學生的進度及表現，調整教學進度。要使學生能在分組教學中成功，教師就必須清楚地解釋內容，架構積極的目標及參與，建立個人的責任感和團隊合作的觀念，解釋達到成功的標準，告知同學教師所期望的行為。

5. 評鑑者

教師評鑑學生的成就，並幫助學生探討他們在合作學習過程中遇到的

困難。

三、學生角色

雙人活動和小組活動是合作語言教學法最典型的分組方式。每位學生是平等參與者（equal participator），即每位成員必須扮演一個角色，以對自己負責（individual accountability）。同時，每個成員相互依賴、分工合作，一起分享學習成果。

明確個人責任是合作學習的關鍵。不僅要做到分工明確，還要重視相互之間的協作。過一段時間後須角色互換，使小組成員增強合作意識、責任感，促進小組成員的相互依賴、交流和幫助。學生的角色包括：

1. 小組長：主持小組活動。
2. 報告者：報告小組討論的結果。
3. 記錄者：記錄小組討論的過程和成果。
4. 時間掌控者：控制小組時間。
5. 觀察者：學生不參與小組討論，負責觀察小組各成員的表現。
6. 協調者：組織協調小組的運作方式，讓全組一直維持良好的運作。
7. 鼓勵者：確定每個人都參與活動，並給予適時的鼓勵。

四、母語使用

教師必要時可利用母語，允許適當利用母語進行講解和翻譯，特別是在安排活動和講解活動方法時需要用母語解釋。

五、對待語誤

作為一種溝通教學方法，合作語言教學法強調教師對學生的錯誤應採取寬容的態度，不對學生的拼寫錯誤、文法錯誤進行適時糾正。語言糾錯是偶爾性的，而不是系統性的。學生需要探險——語言錯誤是學習的象徵而不是失敗。

六、教材作用

教材對學生進行合作活動產生重要作用 —— 為學生合作學習創造機會。教材靈活多樣，可以是專門為合作語言教學法設計的教材，也可以改編現有教材或借用其他科目的教材。DeAuila, Duncan & Navarret（1987）設計的教材由四個部分組成：（1）訓練學生具備進入本課學習的社會和學術知識；（2）學生活動卡，上面是有關小組活動的提示；（3）學生作業，用來展現所掌握的知識和技能；（4）內容導向的單元測試。

第五節 合作語言教學法的課堂實踐

一、教學活動

分組活動是合作學習的一個重要組成部分，也是有別於其他類型活動的重要特徵。以下介紹三種典型的合作活動。

1. 個人思考—組內交流—組間分享活動（think-pair-share）

這種活動是合作語言教學法中最基本的課堂活動，它由 Lyman（1981）所創立。教師先把學生分為兩人一組，並提出問題，鼓勵學生先自我思考每一問題。然後組內的學生相互交換意見，意見統一後，他們向其他小組報告他們的意見和看法。由於在報告前，每個學生都有多次與他人交流討論的機會，因此這種活動可以在很大程度上減少學生在回答問題時的膽怯和無自信，從而激發他們的參與熱情。這種活動的適用面很廣，小到文章的主題，大到造成某一社會現象的原因，幾乎所有的話題都可以採這種方式進行，其具體做法見圖 22.1。

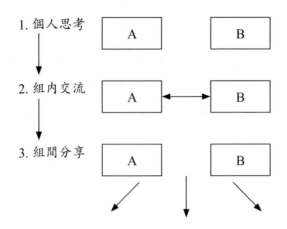

圖22-1　個人思考—組內交流—組間分享活動的方法和過程

2. 拼圖式（jigsaw）活動

拼圖式活動是合作式教學模式中最有名的課堂活動。根據 Aronson & Patnoe（2011），它的主要特點是透過在學生間營造資訊差距（information gap）來達到促進合作和交流的目的。每個學生分別參加兩個小組：學習小組和研究小組。例如：一篇文章被分成四個部分，全班學生分成四組，每組四人。各組代表先組成研究小組，研究文章的部分直至精熟（成為「專家」），然後再回到各自的小組裡就那個部分對其他組員進行教學和討論，學習小組共用研究小組的研究成果。最後，全班學生分組閱讀和傾聽某個話題的不同部分，並把各個部分重新結合，提供全班學生討論以完成一項任務（圖 22-2）。

（1）研究小組（學生先分成四組）

A	A
A	A

B	B
B	B

C	C
C	C

D	D
D	D

（2）學習小組（學生重新分配分成新的四組）

A	B
C	D

A	B
C	D

A	B
C	D

A	B
C	D

🔲22-2　拼圖式活動的方法和過程

3. 學生團隊成績分組活動（student teams achievement divisions，簡稱 STAD）

　　根據 Slavin（1982），不同水準和性別的學生，以四人為一組參加活動。教師呈現某節課的內容後，各組學生進行，以保證所有組員都能掌握內容；然後每個學生參加個人小測試，最後教師以組為單位統計成績。每組成績是每個組員成績的總和。測試成績與以往的平均成績相比較，看看是否提升了。如果提升了，教師就給予獎勵和分數，其做法見圖 22-3。

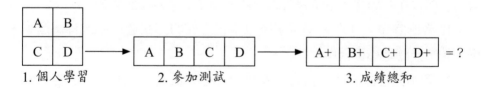

🔲22-3　學生團隊成績分組活動的方法和過程

二、教學步驟

　　合作語言教學法採取以下幾個步驟：

1. 擬定目標和計畫：在新課程開始前，教師考慮學生在這一課需要學會什麼，而要用怎樣的教法才能使學生學得最好。

2. 分組教學：在課堂上，教師把學生分成不超過六人的異質組，如每組都有男女生、資優生和後進生等。

3. 講解活動步驟：分組後，教師說明該活動的步驟，並寫在黑板上，以滿足視覺型學習者的需要。

4. 指派角色：教師給組員分配角色，如說明者、記錄者、檢查者、組織者和計時者等。

5. 安排任務：教師為各組安排要完成的任務。

6. 觀察：教師觀察每組學生的活動過程，當學生需要時給予說明。

7. 學生報告：各組學生呈現他們完成活動的情況，並分享和講解各組活動的情況。

8. 評估：為了瞭解學生在分組活動中的學習是否符合預定的目標，教師在活動結束後評估學生的表現。學生也可成為評估者的一員，提出意見或看法。

三、教學實例

Larsen-Freeman（2011: 186-9）記錄了美國 Virginia 州 Alexandria 五年級的一節合作教學課。這堂課有二十四名學生，其教學步驟如下：

1. 教師宣布，「今天學單字將以小組合作的方式進行」。有幾個學生問教師什麼是小組合作。

2. 教師回答說：「小組合作就是分組進行活動。六個人分一組。我會給每一組一份故事段落，各組段落都不同，總共有四個部分。每個小組的任務，就是閱讀我給你們的那個段落，然後一起討論生字的意思。如果你不知道生字的意思，可以問我或是查字典。十分鐘後，要重新分組。目前每組中的三個人要到別組去，另外三個人留在原來的組別。重新分組之後，你要告訴其他組員你那個故事的段落，還要教他們生字的意思。他們也會告訴你他們原先那組的故事、教你生字的意思。然後再次重新分組，

重複一樣的動作。第三次分組的時候，請回到原來的那組，把故事從頭到尾說一遍，一起複習生字的意思。十分鐘後，我會發給你們一張考卷，你們要把單字和正確的意思連起來。練習的時候，你們可以互相幫忙，可是考試的時候，須獨立完成。小組的分數才是你的分數，即組上其他五個同學的分數相加後就等於你的分數。」

3. 教師把分數的標準寫在黑板上

90～100 分＝全組同學都不用重考

89 分以下＝全組同學都要重考

教師說：「如果班上每個同學的得分都在九十分以上，那我們明天的下課時間就多五分鐘。」

4. 一名同學問：「今天的社交技巧是什麼？」教師回答：「今天我們要練習鼓勵別人，請在分組學習生字的時候互相鼓勵。」教師問同學：「你可以說什麼話來鼓勵別人？」

一名學生回答：Nice job（不錯嘛）！另一名學生說：Way to go（做的好）！還有一名學生說：Clapping and cheering（加油！）

「沒錯，」教師再問：「你可以用什麼動作來鼓勵別人？」

學生回答：A smile（微笑）、A nod（點頭）、A pat on the back（拍拍他的背）。

「好，你們都有概念了。今天你們組成小組的時候，我會到每一組去看，我會特別注意你們有沒有好好運用這個社交技巧。好，現在開始分組。」

5. 教師分別告訴各組要坐在哪裡。有一組圍成圓圈坐在地上，有兩組把椅子搬到桌子旁邊坐下，還有一組坐在教室後面的桌子旁邊。教師分給各組不同的故事段落。他在各組之間走動，一組停留大約兩、三分鐘的時間。

6. 各組的學生都十分忙碌，他們與同組的人不停地談論著。十分鐘後，教師要學生重新分組，三個學生要到別的組別去。再過十分鐘後，教師又要學生重新分組，重複一樣的動作。最後，學生回到自己的組別，把

故事的各個段落組合起來，並且互相學習生字的意思。接著他們開始考單字。考完後，學生批改自己的考卷。然後他們回到自己的組別，把分數算出來，寫在自己的考卷上。

7. 分數算完後，教師把全班同學的考卷收齊，很快看過他們的成績。當教師宣布明天下課時間多五分鐘的時候，全班歡呼雀躍。接著他要學生看黑板上的句子，想一想今天他們的社交技巧運用得如何。黑板上的句子是學生在考試的時候，教師寫下來的，這些句子如下：

Our group did best on encouraging others by _____,
_____, and _____ (three specific
behaviors). Goal setting: The social skill we will practice more often
tomorrow is _____.

8. 教師建議各組的同學這樣分配工作：一個帶領同學專心討論問題、一個記錄討論的結果、一個注意討論的時間、一個檢查做完了沒有，還有一個報告討論結果。教師告訴學生他們有十分鐘的討論時間。

9. 教師默聲地在各組之間走動。十分鐘後，他要各組負責報告的同學跟班上同學分享討論的結果。學生報告的時候，教師一邊看著剛剛觀察時所做的筆記，一邊提供意見。

§本課教學評論

> 本課的教學目的是讓學生透過學單字來瞭解和掌握小組合作的基本技能——社交技巧。首先教師說明了什麼是小組合作和社交技巧，然後提問學生他們可以說什麼話、用什麼動作來鼓勵別人。這樣學生瞭解了小組合作的社交技巧後，最後教師把學生分組，並要求學生運用社交技巧來完成本節課的合作活動。可見，合作學習是學習者以互動的方式合作進行的過程。

第六節　對合作語言教學法的評價

一、優點分析

　　根據 McGroarty（1989），合作語言教學法具有如下六大優點：

　　1. 透過不同類型的合作活動，學生可提高和增加外語練習的頻率與種類；

　　2. 為語言發展和使用創造可能性，幫助認知能力的發展，增強語言技能；

　　3. 能夠把語言與內容為主導的教學結合起來；

　　4. 能夠採用更多類型的教學資料來激發語言及其基本概念的學習；

　　5. 教師有機會掌握新的專業技能，特別是強調交流和合作的技能；

　　6. 學生有機會互相成為學習資源，在學習中充當更加積極的角色。

二、缺點分析

　　和其他語言教學法一樣，合作語言教學法雖然有很多優點，但也存在一些問題，影響了它在外語教學中的廣泛使用。

1. 學生使用母語

　　在以小組形式的活動中，學生或多或少都會使用母語討論如何完成任務。教師也會使用母語來解釋如何分組和如何完成任務，這樣就占用了使用外語的時間。

2. 語言錯誤增多

　　在合作活動中，學生產生語言錯誤的機會增加。假如學生的錯誤輸入太多，而且教師的正確輸入太少，可能導致學生掌握不正確的語言形式，產生「石化現象」，即學生繼續使用不正確的語言形式，並形成習慣。此外，過分強調學生之間的語言輸入，也會導致教師的輸入量減少。

3. 有些學生會被忽視

　　如果過分強調把不同特點的學生分成異質組，那麼，當資優生向後進生解釋各種問題時，這會影響資優生的進步，因為當他們去解釋自己已懂的東西時，就會失去學習新知識的機會，或減少學習的時間。此外，透過同伴的指導和幫助，後進生在小組學習的表現可能優於在大班學習的表現，但其他中等能力的學生由於受時間等的限制得不到指導和幫助，因而進步有限。Kagan & McGroarty（1993: 57）指出，「在完全的異質組中，並非每個學生都會得到合適的語言和學科內容的學習。」

4. 學生很難適應新角色

　　傳統教育方法影響深遠，大多數學生從小依賴教師的指導，視教師為權威和唯一的知識來源，對同伴的學習能力缺乏信任。突然的角色轉變會讓學生感到無所適從，很難完成合作任務。特別是異質分組方式，學生不會輕易接受他們的新角色。

5. 課堂紀律難以保證

　　合作語言教學法創造的學習環境相對寬鬆。假如課堂人數較多，少數自制能力差的學生就容易擾亂課堂紀律，加上課堂聲音太吵的原因，影響其他人學習。

三、產生缺點的原因

　　合作語言教學法是否適合於外語教學還有待討論。合作語言教學法源自一般教育理念，目的是培養學生的合作技能和增進學生的學科知識。它是供本族語學生使用本族語來學習的，母語或外語能力並不是其追求的教學目標。因此，合作語言教學法的設計者都在沒有考慮外語教學特點的情況下，設計出了具有合作特色的異質組學習方式（這是合作語言教學法特色，也是最大優點）。但是，當合作語言教學法用於外語教學時，異質組

學習方式就成了最大缺點。這是因為外語教學的主要目標是語言能力的培養，在活動中外語學習者要學習和使用外語，教師要對語誤進行糾正等。它不像任務型教學法那樣在活動後教師對語言困難點進行講解，對語誤進行糾正。

　　如果小組活動不採用異質分組，那麼這種活動就失去其合作學習的本質，這樣就與溝通活動和任務型教學沒有區別。

　　像合作語言教學法這樣源自一般教育理念，然後被用於外語教學的教學法還包括：默示教學法、社團語言教學法、暗示教學法和專案教學法。默示教學法的人為方法、社團語言教學法的「語碼轉換」、暗示教學法的「音樂會」，或多或少都不適合於外語教學。同樣，專案教學法的專案可在課外和校外進行，因此活動就不受教師的監控，學生可能用母語與其他同學進行溝通。即使學生使用外語，也沒有得到教師及時糾正錯誤的機會。也就是說，雖然專案的結果（如學習報告、讀書筆記）是用外語呈現，但完成專案的過程卻是使用母語，這樣的學習與用母語進行外語教學沒有兩樣。

　　借鑑外語教學法，有時並非全盤採用它們的方法，而是吸收其教學理念和原則。這些教學法的理念和原則是：教從屬於學，重視學生的情感，不要傷害學生的感情，培養合作精神，提倡發現式學習。上述的幾種教學法實施起來有困難，但教師心中有此理念並遵循其原則也是教師本身素質的呈現，同時也會指導外語教學的實踐——使用其他的溝通教學法也可呈現這些理念和原則。

第七節　合作語言教學法的教學啟示

一、注重培養合作技能

　　在教學中教師強調合作的精神，鼓勵學生透過體驗、實踐、討論、探究等方式，發展聽、說、讀、寫的綜合語言技能。當然，合作語言教學

法並非是唯一才能達到這種目的的教學法。外語教學目標體系可分為兩個部分：學術性目標（academic objectives）和合作技能目標（cooperative objectives）。在以往的教學過程中，教師通常十分重視學術性目標，而往往忽略學生合作技能的培養。現在我們認識到，培養合作技能是外語教學的一個重點。

二、面臨新的挑戰

使用合作語言教學法是對教師的一大挑戰。合作學習的成功與否，和教師的引導及參與是分不開的。在此，教師擔負更大的管理和控制職責。合作語言教學法不是教師一上課就分配小組和安排任務，剩下的時間完全由學生掌控。教師的主持和輔導作用不可忽視。教師根據教學大綱設計目標、計畫任務、安排座位、分配小組和選擇教學資料和教學時間，學生是在教師的指導下完成任務，而不是自由選擇完成任務的時間和方式。因此，除了事先宣布合作規則外，在很多情況下，教師必須對各個小組的合作學習進行現場的觀察和介入，為他們提供及時有效的指導。此外，上課前教師要準備一些彈性活動（sponge activity），讓在規定的時間前完成活動的小組進行，以免讓他們在等待其他小組時無事可做，浪費時間。

🎋 第八節　結束語

一、合作活動和常規課堂活動小組之比較

合作學習活動與其他教學法的活動，如溝通活動、任務和專案等，具有相同之處，它們都以雙人或小組形式進行。但是，合作活動更強調合作互助。在教學理念上，合作學習的倡導者們經常引用美國革命時期（the American revolution）的口號，作為合作式教學的指導思想，即團結就是力量、分裂就是失敗（Together we stand, divided we fall），並把合作式學習稱為「人人為我，我為人人學習法」（All for one and one for all）。在

小組活動方式上，它反對對抗和獨立式的學習方式，提倡相互促進方式。在小組活動成員的分配上，它強調異質性分組，即儘量使每一組的學生，具有最大的差異，無論從其能力、性別、或其他社會與心理區分，使每一組的結構類似於整個班級的結構。比如，教師把資優生和後進生分在一組，讓前者幫助後者。但是，在交流活動、任務和專案中，教師可把資優生和後進生分開，這樣水準相等的一組學生更有效率地進行語言交流。假如資優生和後進生分在一組，前者就很難與後者進行口頭交流。

常規小組活動與合作活動具有許多不同特點（表 22-2）。

表22-2　常規小組活動和合作活動的不同點

常規活動（溝通活動、任務和專案）	合作活動
組長是由教師指定。	組長的職位是共用的，每個學生都有責任完成任務。
同質分組：學生具有單一性，比如程度相同的學生分成一組。	異質分組：組員根據性別、能力、興趣、行為等來挑選，做到多樣性。
每個組員各有自己的資料，獨立完成任務。	組員互相分享資料、共同討論、共同完成任務，教師根據全組的工作成績給予獎賞。
學生的主要目的是完成任務。	學生不僅僅完成任務，還強調組員合作精神。

二、傳統教學法與合作語言教學法之比較

透過對傳統語言教學法與合作語言教學法進行比較，Zhang（2010）得出傳統語言教學法與合作語言教學法的不同特點（表 22-3）。

表22-3　傳統語言教學法與合作語言教學法的不同特點

範疇	傳統語言教學法：教師為中心	合作語言教學法：學生為中心
獨立性	無獨立性、學習是被動的	有獨立性、學習是主動的
學生角色	被動接受者、表演者	積極參與者、自主學習者
教師角色	課堂的中心，控制教學進度和方向的管理者，學生對錯的評判人，學生所需幫助、回饋、強化和支持的主要來源	小組活動的組織者和顧問、交流活動的主持人、合作技巧的訓練者
教學資料	每個學生有完整的教學資料	教學資料根據課程目標安排，通常小組共用一整套教學資料
活動類型	回憶複習資料、片語和句型練習，角色扮演、翻譯、聽力練習等	任何教學活動，主要是小組活動以促進學生交流，包括資訊分享、意義協商等
交流	學生之間少量的談話，主要以師生交流為主	學生之間的大量互動，少量的師生互動
教室安排	單獨的桌椅或者學生成對就座	以合作小組形式就座
學生的期望	衡量自己的進步和努力程度，不是成功者就是失敗者	所有的小組成員都對小組的成功做貢獻，有進步的人是成功者
師生關係	上下或者平等關係	平等合作關係

資料來源：Zhang 2010, 引自 Richards & Rodgers, 2014: 253-4.

　　可見，傳統教學法以教師為中心，而合作語言教學法以學生為中心。但 Zhang 同時也指出，在目前的外語課堂上，常見的是這兩種方法的折衷化，即教學並不完全是教師為中心，同時也採納合作語言教學法的一些教學活動。但這又不完全是合作語言教學，因為還有傳統的一些做法，例如：學生有完整的教學資料、教室的布置形式是學生成對就座等。

三、合作學習的意義遠遠超過語言學習本身

合作學習論認為，合作是一種價值（cooperation as a value），表現在合作不僅僅是一種學習方式，也是學習的內容（即學生掌握合作和溝通能力）。作為一種價值，合作應被擴展到課堂小組之外，涵蓋整個班級，乃至整個學校。在合作活動過程中，全組同學有分工、交流、合作，每個人的貢獻都對小組的最後成果產生作用。透過小組合作學習，學生達到合作能力。這種合作學習的意義，已經遠遠超過語言學習本身。

《思考題》

1. 比較傳統語言教學法、合作語言教學法有哪些特點？
2. 合作語言教學法的缺點表現在哪些方面？為什麼有這些缺點？
3. 合作活動和其他活動（如溝通活動、任務和專案）的區別特徵是什麼？如果你要使用合作活動，你會遇到什麼困難？如何克服這些困難？
4. 合作語言教學法把「不求人人成功，但求人人進步」作為教學所追求的一種境界。你認為這種觀點正確嗎？假如確實是正確的，「人人成功」和「人人進步」的教學目標有矛盾嗎？如何才能達到「人人成功」和「人人進步」兩個教學目標？
5. 當今世界充滿競爭，沒有競爭力就意味失敗。但合作教學法強調合作能力多於競爭力。你認為競爭力和合作能力哪個重要？還是兩者都重要？（思考這個問題有助於你選擇課堂教學方法）
6. 異質分組把資優生和後進生分成一組。這是否會影響資優生的學習進步？假如是的話，這是否意味後進生的進步是建立在犧牲資優生的利益上？

參考文獻

Abrami, P., Chambers, B., Poulson, C., Simone, C., d'Apollonia, S. & Howden, A. (1995). *Classroom Connections: Understanding and Using Cooperative Learning*. Toronto: Harcourt Brace.

Aronson, E., & Patnoe, S. (2011). *Cooperation in the Classroom: The Jigsaw Method* (3rd ed.). New York: Pinter & Martin Ltd.

DeAvila, A., Duncan, E., & Navarrete, J. (1987). *Finding out/Descubrimiento. Teacher's Resource Guide*. Northvale, New Jersey: Santillana Publishing Co., Inc.

Johnson, D., Johnson, R., & Holubec, E. (1994). *The New Circles of Learning: Cooperation in the Classroom and School*. Virginia: Association for Supervision and Curriculum Development.

Kagan, S. & McGroarty, M. (1993). Principles of Cooperative Learning for Language and Content Gains. In Holt, D. (ed.). *Cooperative Learning: A Response to Linguistic and Cultural Diversity.* (pp. 47-66). McHenry, IL.: Delta Systems.

Kagan, S. (1994). *Cooperative learning*. San Clemente, CA: Kagan Publications.

Kagan, S. (1995). We Can Talk: Cooperative Learning in the Elementary ESL Classroom. *Elementary Education Newsletter, 17*(2).

Larsen-Freeman, D. & Anderson M. (2011). *Techniques and Principles in Language Teaching.* (3rd edition). Oxford: Oxford University Press.

Lyman, F. (1981). *The Responsive Classroom Discussion: The Inclusion of All Students. Mainstreaming Digest.* College Park: University of Maryland Press.

McGroarty, M. (1989). The benefits of cooperative learning arrangements in second language instruction. *NABE Journal 13*(2), 127-143.

Olsen, R. & Kagan, S. (1992). About Cooperative Learning. In Kessler, C. (ed.). *Cooperative Language Learning: a Teacher's Resource Book.* (pp.1-30).

Englewood Cliffs, N.J.: Prentice Hall Regents.

Richards, J. & Rodgers, T. (2014). *Approaches and Methods in Language Teaching*. (3rdedition). Cambridge: Cambridge University Press.

Slavin, R. (1982). *Cooperative Learning: Student Teams*. Washington, D.C: National Education Association.

UNESCO. (1996). *Learning: The treasure within: A report to UNESCO of the International Commission on Education for the twenty-first century*. Paris, France: UNESCO.

Vygotsky, L. (1978). *Mind in Society: The Development of Higher Psychological Processes*. Cambridge: Harvard University Press.

第二十三章

文本教學法
Text-based Language Teaching, TLT

關鍵字

文本、文體、文本語言學

text, genre, text linguistics

The text is central to any act of linguistic communication.（Council of Europe, 2001: 98）

文本是一切語言交流的根本。

🐝 第一節　文本教學法的背景簡介

一、基本概念

文本教學法是把文本作為一個整體來教學，要求學習者從其層次結構及內容上著手，最大量地獲取和掌握文章所傳遞的資訊，同時逐步地培養其恰當使用語言的能力。

1. 文本的定義

文本指的是實際使用的語言單位。從形式上來說，文本可以表現為一個詞、一個片語、一個單句、一個複句、一個段落、乃至一篇文章。單字如 Danger! 和單句如 No Entrance！等作為揭示語也是文本。從結構上來說，文本必須具備銜接（cohesion）和連貫（coherence）的特徵，文本內的句與句之間在概念上有聯繫，在排列上符合邏輯。文本有一個論題結構或邏輯結構，句子之間有一定的邏輯聯繫，並且語義連貫。從功能上來說，它相當於一種溝通行為。總之，文本由一個以上的語段或句子組成，其中各成分之間，在形式上是銜接的，在語義上是連貫的，在功能上是溝通的。

在一篇文章中，文法方式（照應、替代、省略等）和詞彙方式〔複現（reiteration）、同現（collocation）等〕的使用，都可以表現結構上的黏著性，即結構上的銜接。銜接是文本的有形網路。連貫指的是文本中語義的關聯。連貫存在於文本的底層，透過邏輯推理來達到語義連接，它是文本的無形網路。影響連貫性的因素包括：文本中句子的排列會影響到句與

貫性。在有些現代小說中，有些句子的排列不符合邏輯這主要是為了表示人物的潛意識活動，展現人物的心理結構。而詩篇的連貫性，主要依靠讀者的聯想和想像。

2. 文本的分類

文本可分為口頭和書面兩種語式（mode）。它們按照文體（genre）還可以進一步分類。口頭文本可分為演講、報告、體育解說、求職面試、電話交談等。書面文本可分為記敘文（narrative）、描述文（description）、政論文（argumentation）、釋義文（exposition）等。這些文體又分別應用於新聞報導、廣告、法律、文書、學術論文等。

二、時代背景

在外語教學法的發展歷史中，一些主要的教學理論和方法的產生及發展，都或多或少受到當時的語言學、心理學、教育學、二語習得理論等相關學科的影響。近半個世紀以來，語言學研究對第二語言和外語教學的影響越來越明顯。比如 20 世紀 70 年代興起的溝通語言教學就是受到功能語言學和社會語言學的影響，所形成的一種語言教學方法。20 世紀 80 年代興起的文本語言學（text linguistics），對語言教學的影響尤為明顯。

文本語言學的研究內容主要有文本結構、句子排列、句間關係、句間連接、段落排列、段間關係、段間連接等。它特別關注語言形式與意義的關係、語言的使用與語境的關係、語言使用者之間的相互關係以及語言與文化和意識形態之間的關係。顯然，文本語言學的基本理論與現代語言教學的基本理念有很多不謀而合之處。也正因為如此，文本語言學引起了語言教學界的廣泛關注，而文本語言學的研究者也開始把他們的研究成果應用到外語教學的研究中。

文本教學法起源於澳洲，基於澳洲的語言家和學者 Michael Halliday（1989），Beverly Derewianka（1990），Frances Christie（2002）等提出的文本教學理念。Michael Halliday（1925-2018）於英國生長，1965 年獲聘

為倫敦大學語言學教授；1976 年到澳洲，成為雪梨大學（The University of Sydney）語言學系創系教授，在雪梨任教直至退休。他的工作包括許多不同領域的語言理論和應用研究，他特別關心如何把對語言基本原則的瞭解應用到教育的理論和實踐上，發展了對語言教與學上影響甚鉅的系統功能語言學，提出了有別於 Noam Chomsky 等形式語言學（formal linguistics）學家的語言觀，認為語言有三個互相緊扣的特色：其一是語言是社會過程；其二是語言是一個系統；其三是語言是具功能的。在 20 世紀 90 年代文本教學法也廣泛應用於紐西蘭、新加坡和加拿大等國。《歐洲語言共同參考框架》（2001）和新加坡《英語語言與語言學大綱》（2017）提出培養文本能力的教學目的。

❧第二節　文本教學法的理論基礎

一、語言本質

文本教學法以基於文本的語言觀（discourse-based view）來看待語言。

1. 語言就是文本

文本教學法認為語言就是文本（language as discourse）（McCarthy & Carter, 1994: 3）。這一語言觀與結構語言觀的區別是：結構語言觀認為語言有多個層次（如語音層次、詞彙層次、文法層次、文本層次），文本是其中的一個層次；而基於文本的語言觀認為，語言就是文本，不能把文本看作是語言多個層次中的一個。因此，語音、詞彙、句子、文法都是文本的有機組成部分，它們在組織文本結構上都發揮著重要作用，但它們都不是與文本並列的語言層次。基於這一思想，語言教學的改革並非僅僅是在傳統模式的基礎上增加一個文本層次的教學，而應該把語言當作文本來進行教學；所有教學活動要圍繞文本來進行。語言教學的主要任務是說明學習者認識到語音、詞彙、文法等語言要素是如何相互聯繫、共同組織和建構文本的。

2. 語言在不同社會語境中表達不同的意義

　　所謂社會語境（social context），指的是言語活動在一定的時間和空間裡所處的境況，包括語言交流的參與者、談話的主題、時間、地點等境況。句子表意作用和溝通功能變化的原因，主要是語境的不同。按社會語言學的經典論述就是：誰對誰在什麼時候、什麼地方說了什麼（Who Speaks What Language to Whom and When）（Fishman, 1965）。正如一個單字在不同的句子和上下文有不同的意義與不同的句法功能一樣，一個句子在不同的文本和語境中也有不同的表意作用和溝通功能。如果不把句子放到一定的語言環境中去分析考察，就無法確定其真正的意義。沒有語言的使用場合、沒有特定的語言環境，就很難確定語言項目的溝通功能，語言項目就很難充分產生溝通作用。請看下面的三段簡短對話：

對話 1：　A. Can I go out to play？

　　　　　B. It's raining.（表示拒絕）

對話 2：　A. Have you cut the grass yet？

　　　　　B. It's raining.（做出解釋）

對話 3：　A. I think I'll go out for a walk.

　　　　　B. It's raining.（表示勸告）

　　上面的第一段對話可能發生在父母和子女之間，小孩在徵求父母的同意以便出去玩，而父母的一句 "It's raining." 則產生對小孩請求表示拒絕的溝通作用。第二段對話可能發生在夫妻之間，一句 "It's raining." 則對沒有割完草做出解釋，具有原因或藉口的作用。第三段對話可能發生在朋友之間，"It's raining." 所表達的則是勸告或委婉的警告。

　　這三段對話由於對話者之間的身分和關係不同，同一句話所產生的溝通作用就不一樣。據此，語境因文本而存在，文本靠語境發揮自己的溝通功能。語言溝通不可能只有一方，單個句子難以反映溝通雙方所說的話，只有文本才能完整地表達溝通中的資訊交流。但文本存在於溝通的情境之中，其涵義必須參照上下文和使用環境才能理解。使用環境是文本所反映

的外部特徵，主要是溝通者情況和溝通的背景。孤立地看，使用環境是情景（situation）；結合文本而言，又可稱語境（context）；上下文也是語境，所以文本和語境互不可分。因此，在外語教學中應重視整體的文本教學，否則會導致只見樹木、不見森林；只能理解詞句，不能理解全文。我們在進行文本單位教學時，要用語境去詮釋文本和進行文化教學。雖然從教學活動形式看還是情境教學，而其作用已非往日的具體、直觀的情景教學（situational teaching）。

3. 文本是一切語言溝通的根本

文本是一切語言溝通的根本。不論是面對面的溝通，還是遠程溝通，文本都是聯繫語言表達者與理解者的客觀和外在的樞紐。語言活動有三種：表達、接收和互動。在這三種活動中，語言學習者及其對話者和文本的關係是不同的。

（1）語言表達活動（production）：語言表達活動的形式是學習者在遠程（非面對面）向聽眾和讀者發出聲波（即文本），接收者無須回應，如圖 23-1 所示。

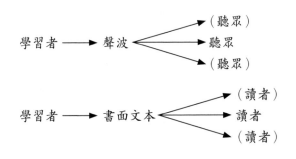

圖23-1　文本與語言表達的關係

（2）語言接收活動（reception）：語言接收活動的形式是學習者在遠程（非面對面）接收來自說話者和寫作者的文本，學習者無須回應，如圖 23-2 所示。

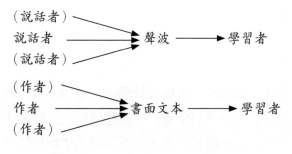

圖23-2　文本與語言接收的關係

（3）語言互動活動（interaction）：語言互動活動是學習者與對話者之間，透過多個文本進行面對面的交流。雙方既是文本的表達者，又是文本的接受者，雙方必須回應對話。其基本模式是：

學習者 ←——→ 文本運用 ←——→ 對話者

語言互動活動的形式，如圖 23-3 所示。

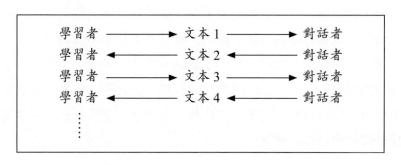

圖23-3　文本與語言互動的關係

資料來源：Council of Europe, 2001: 98.

二、教學理論

1. 文本單位教學

在直接教學法（第三章）和聽說教學法（第四章）的章節中，我們提到「語句單位教學」。它把句型看作一個教學單位，強調「整句進、整句出」，其著眼點是語言結構和句型，而不是溝通功能和使用。這些教學法也使用情景（situation），但那是將它作為直觀方式，主要目的是把語言與實物做直接聯繫來幫助釋義，並排斥對母語的依賴。因此，教師教的是詞語本身的認知意義。認知意義像詞典裡的解釋，不受語境的影響，不是文本行為的意義。文本行為的意義呈現語言的功能，存在於使用語言的環境之中。所以，語句單位教學的著眼點不是語言的溝通功能，其中心活動也不是掌握文本的語境（context）意義。

與語句單位教學相對的是文本單位教學。文本存在於溝通之中，其起初涵義受制於語境。這樣，文本單位教學就不像詞句單位教學，後者只是瞭解詞句形式、結構規律及其認知意義，即只是平面的瞭解。文本與語境不可分，文本單位教學立足於上下文、溝通背景和文化之上，三者互依互存，所以，文本教學必然是立體的。雖然文本教學也要研究句子，但這不只是研究句子結構，而是超越句子範圍，研究句子在文本中的作用和制約此作用的因素——即句子的溝通功能和相關文化對它的補充與限制。因此，教師首先要適應展開文本立體化教學的需要，這將打破依學生認知發展順序安排教學過程的傳統。

2. 整體性教學

在整體語言教學法（見第十四章）中，我們提到語言整體性的教學原則，文本教學法持相同的教學觀點。語言整體性原則反對把語言肢解成零碎的個體來教學。它認為，人們的閱讀是一種主動的「猜測—證實」的過程，是一種心理語言揣摩過程，也是一種作者與讀者相互交流的過程。讀者對文章的理解是他們的語言知識和基模（schema）相互作用的結果。所

以，讀者要辨認單字，看意思即可；要辨認字母，一般只須看單字即可，即應從較上一級的單位著手。這種認知理論強調運用讀者已有的語言、背景知識，根據閱讀資料的線索進行預測。它強調「自上而下」的宏觀模式，把閱讀理解過程作為資訊處理過程看待。

基模是認知心理學的一個重要概念，是知識表徵（knowledge representation）的一種。基模是瑞士心理學家 Jean Piaget 在研究兒童成長和認知發展過程之際提出的一個概念，後被廣泛應用到教育學、訊息處理學和傳播學研究當中。所謂基模，指的是認識或心理結構，這種結構把有機體所察覺到的事物按照一般的特性組織到「群」中去，可以把基模簡單地看作要領或類別。認知心理學家把構成特定情況的事件和行動的順序的意義單位稱作基模或框架。基模是認知構架，它使訊息有條不紊地儲存在長期的記憶中，給預測提供依據。文本理解是一個雙向的心理過程，要正確理解作者的思想，就需要運用學生自己腦子裡儲存的知識。因此，基模理論是文本教學法的認知心理學基礎；學生基模理論的不斷增加，又能促進文本的整體理解。

第三節　文本教學法的教學大綱

由於文本教學法的主要目的是培養溝通能力（見本章第四節教學目的），因此在教學大綱上所列的包括文本能力的標準。在《歐洲語言共同參考框架》中，文本能力是所有語言能力的一個重要部分。該框架列明用來評估學生做筆記，處理口語和書面文本的能力標準（表 23-1、23-2）。

表23-1　文本能力量表（做筆記）

做筆記（聽講座、上討論課等）	
C2	能領悟講話者不言而喻的言外之意，並能原原本本地記錄下來，有如記錄正常的講話。
C1	聽懂專業領域的講座，筆記詳盡，其程度可直接供他人閱讀。

（續）

做筆記（聽講座、上討論課等）	
B2	能聽懂結構完整、主題熟悉的口頭報告，並能記錄自己認爲重要的資訊，但有時會因爲偏重字詞而遺漏一些資訊。
B1	對自己感興趣的講座，並且在報告人表達清楚、結構完整的情況下，能做準確、日後可用的筆記。
	如果口頭報告用語簡單、主題熟悉、表達直接、口齒清楚，且用詞通俗，則能記錄一些發言重點。
A2	暫無具體標準。
A1	暫無具體標準。

表23-2　文本能力量表（處理文本）

處理文本（processing text）	
C2	能綜述不同來源的資訊，有理有據、結構緊湊、前後呼應。
C1	能對長篇的艱深文章進行概述。
B2	能概述絕大多數敘事性文本和故事性文本，並對它們的主題及其對立的觀點加以評論分析。 能概述新聞和訪談摘要以及一定觀點的記錄片的片斷，並就此展開討論和評論。 能概述影片或戲劇的故事情節及其演變。
B1	會核對不同來源的資訊，並能向他人概述資訊大意。
	能用原文本中的詞語和提綱，簡單複述簡短的文本。
A2	對於跟自己語言能力和生活閱歷相當的簡短文本，能節錄其中的詞、句和簡短的話語，並會重複使用。
	能抄寫手寫體的、字跡可辨認的簡短文本。
A1	能抄寫獨立的詞語或一般的簡短印刷文本。

資料來源：Council of Europe, 2001: 96.

　　新加坡教育部於 2017 年頒布的《英語語言與語言學大綱》，規定了學生要掌握的能力，這包括語音學（phonetics）、音韻學（phonology）、

形態學（morphology）、句法（syntax）、語義學（semantics）、語用學（pragmatics）和文本分析能力，而文本分析能力以關鍵問題和所涵蓋語言學概念與工具來呈現（表 23-3）。

表23-3 文本分析能力量表

	關鍵問題	涵蓋語言學概念和工具
文本分析	• 語言個體如何組織形成一個具有一系列主題和各種不同目的、聽眾、背景和文化的文本？ • 為什麼不同類型的文本，以不同的方式來組織？ • 某一類型的文體，具有哪些特色？	• 結構單位：主題、話題 • 組織單位：銜接（cohesion） • 文體（genre） • 語域（register） • 語場（field）、語式（mode）、語旨（tenor） • 對話分析 • 非言語方面的形式和功能

資料來源：Singapore Ministry of Education, 2017, 6.

在新加坡教育部大綱中有幾個文本概念，現根據 Halliday 的觀點，簡述如下：

1. 語場（field）：指發生的事或正在被談論的事，即進行的社會活動（what's going on）。語場涉及文本的主題內容，如果話題有變，語言的內容自然隨之而變化。這些變化，呈現在文法中的轉移系統（transitivity）、語態系統（voice）。

2. 語式（mode）：是文本溝通的形式（means of communication）。它主要分為兩大類：口語形式與書面形式。語式的變化主要反映在文法的主題系統（theme）、資訊結構（information unit）和各類銜接成分（cohesion）上。

3. 語旨（tenor）：語言基調，是指文本發放者的身分與接收者之間的關係（role of relationship in the situation in question），如作家與讀者。

我們可以從三方面觀察人際關係的變異對語言的影響，即地位（status, power）、接觸（contact）和感情（affective involvement）。

4. 語域（register）：語域是文本依據不同的溝通場合，為實現某一溝通目的而產生的一種功能變體。它是語場、語式和語旨綜合呈現，並不只是一種單純的文本方式變體。例如：語言使用領域的種類有很多，如新聞廣播用語、演說語言、廣告語言、課堂用語、辦公用語、家常談話、口頭自述等。在不同的領域所使用的語言，會有不同的語體。

🌿第四節　文本教學法的教學設計

一、教學目的

文本教學法主要目的是培養文本能力（discourse competence）。我們在功能—意念教學法（見第十五章）中提到，Canale & Swain 於 1980 年提出了溝通能力的概念。溝通能力由四個方面構成：文法能力、社會語言能力、文本能力和策略能力。溝通能力既不是簡單的文法知識和詞彙知識，也不僅僅是由社會語言能力和策略能力等構成的能力，它包括策略能力。這些方面的能力並不是彼此割裂的，而是完全融為一體的。

文本能力可分為文本閱讀能力和文本寫作能力。

1. 文本閱讀能力

所謂文本閱讀能力，是指理解比句子更大的語言單位能力。這包括：（1）呈現文本表層結構的文法和詞彙銜接方式；（2）使文本、語義關聯的連貫；（3）句組、段落和概念段落、文本的構成和特點；（4）句間和段間的關係，常見的這類關係有並列關係、對應關係、順序關係、分解關係、分指關係、重複關係、轉折關係、解釋關係以及因果關係。文本能力不但可以使學生釐清文本的結構、抓住主題，而且還可以說明他們已清楚作者的思路、意圖和目的。

2. 文本寫作能力

文本寫作能力指寫出通順、流暢、完整、連貫、富有表現力的作品的能力。為提高文本品質，有很多技巧和方法可供採用，如可採用文法方式，也可使用詞彙方式，但更多、更重要的是靠邏輯把各個部分連接成一個整體。

二、教師角色

1. 文本教學法對教師提出了高要求。教師要根據學生的情況和不同的教學對象、內容和進展情況精心備課，深入研究教材、學生的學習心理及語言知識的系統性。要求教師在課堂教學中要不斷注重向學生傳授各方面的知識，擴大他們的知識面。

2. 教師需要學習和瞭解文本分析的基本方法。語句單位教學的知識並不能真正滿足語言教學的需要，僅憑藉豐富的文法知識和詞彙知識，教師很難勝任文本教學的任務。

三、學生角色

1. 學生在教師的指導下學習文本規則和模式，來設計與他們的需求相關的文本。

2. 學生透過協作和指導的過程來學習，直到他們達到可以在沒有教師支援的情況下獨立運作語言的能力。

四、母語使用

文本教學法沒有強調使用母語進行教學，但對某些關鍵術語和概念，如 text, genre, discourse, cohesion, coherence 等，教師可用學生的母語解釋。

五、對待語誤

文本教學法容忍學生的語言錯誤，主張對錯誤進行分析疏導，只改主要錯誤，反對有錯必糾。閱讀課文教學中，教師消除學生對課文理解的不

確定性；訓練要準確，又要流暢，難易適度，由易到難激發興趣；製造讓學生出錯的問題進行重點講評，而非每錯必糾。

六、教材作用

教材在文本教學中具有重要的作用。文本課文，不論是口語還是書面語言，都能提供語言學習素材。文本教學資料來源廣闊，它們來自真實世界（如日常生活的表格、文件、報告）、網際網絡、媒體（如 YouTube）或學生自己的文本。教師也可以對真實文本改編，以突出特定的文本類型及其語言特徵。

🦋 第五節　文本教學法的課堂實踐

一、教學活動

文本教學法從理解整篇內容著手，運用所學語言和知識瀏覽及捕捉重要語言線索，對所讀文章獲得一個總體印象，然後分段找出中心思想（main ideas）和重要資訊，對文章進行表層理解（literal comprehension）；在此基礎上，來理解作者的意圖和立場，對文本進行深層理解（inferential comprehension）；然後學生根據作者所表達的內容，說出自己的看法、觀點，進行評價性理解（critical comprehension）。因此，教學活動圍繞這三個理解，採用以下教學活動：

1. 閱讀前活動（pre-reading）

閱讀前活動為閱讀的導入階段。在此階段主要的任務有兩個：一是背景知識的啟動，一是提前學習新詞。教師應根據學生和閱讀資料的具體情況，選擇適當的操作方式。展開閱讀前活動的主要目的是：激發學生閱讀的動機、啟動和提供必要的背景知識、引出話題、為進一步閱讀解決理解上的語言障礙。

2. 閱讀中活動（while-reading）

閱讀中活動以學生閱讀為主。為了保證閱讀的有效性，必須交待清楚閱讀的任務。該階段所設計的活動以訓練學生的閱讀技能為目標，具體可採用如下活動：

- 速讀活動：透過速讀，使學生大致掌握文章結構、涵義；回答閱讀前活動中所提的問題；對整個文本有個大致瞭解，能回答一些識記性的問題。識記是記憶的必要前提。記憶一般分為識記、保持和回憶三個過程。識記是保持和回憶的前提，回憶是識記和保持的結果和表現。學習是從識記開始。它是記的環節，它的任務是透過感知、思維、體驗和操作等活動獲得知識和經驗。
- 精讀活動：透過精讀，使學生掌握文章中所內含的深層資訊；瞭解各文本的涵義、作者寫作的意圖，對文章進行深層理解。
- 猜詞活動、給文章下標題、續文等。

3. 閱讀後活動（post-reading）

閱讀後活動的目的有兩個：一是根據閱讀內容所進行的各種思維活動，二是鼓勵學生將所閱讀的內容與自己的經歷、知識、興趣和觀點相聯繫。閱讀後活動可以透過小組討論或繼續課堂專案，讓學生複述評價或表演以加深對文章的理解，深化學生的語言應用能力，實現知識向能力轉移。具體活動包括：

- 對閱讀品質的檢查評估（可透過提問、書面檢查等形式）；
- 對學生閱讀過程表現的評估（如透過學生自我彙報的方式）；
- 對策略使用的評估（如組織學生就自己閱讀方式進行討論，也可透過問卷和寫讀書筆記的方式進行）；
- 依據所閱讀的資料進行口頭或書面的練習（如角色扮演、大意複述、採訪活動）；
- 將閱讀資訊與教材外的資訊相連（如更換角色講故事、介紹自己類似的經歷、模仿寫作等）。

二、教學步驟和實例

Klingner & Vaughn（1998）提出合作策略閱讀法（Collaborative Strategic Reading）。這種閱讀法透過讓學生與合作的活動培養閱讀理解的策略，是一種比較有效的培養閱讀理解能力、擴充詞彙、促進學生間合作的教學方式，對於水準不齊的班級尤為有效。實驗證明被試者閱讀理解能力提高，詞彙量增加，合作技巧得到發展，大大豐富了內容學習。合作策略閱讀法分為閱讀前活動、閱讀中活動、閱讀後活動和合作學習四部分組成（表23-4）。

表23-4　合作策略閱讀法

合作策略閱讀法
1. 閱讀前活動 （1）預讀 ①腦力激盪：學生瞭解有關閱讀話題的知識。 ②預測：學生自己可能讀到的內容。 閱讀活動（課文第一段） 2. 閱讀中活動 （2）細節閱讀（click and clunk） ①學生監控自己的閱讀理解，注意自己什麼地方理解，什麼地方不理解。 ②當學生確定了自己不理解的語段以後，學生可以透過下列方式說明理解： • 閱讀句子，尋找關鍵字說明理解單字。 • 閱讀上下句，尋找線索，猜測詞義。 • 尋找單字的首碼（prefix）或尾碼（suffix）。 • 拆分單字，尋找其合成部分。 （3）大意理解（get the gist） ①學生尋找段落中最主要的人物、地點、事件等。 ②學生用自己的語言介紹有關這些人物、地點、事件的最重要觀點。 閱讀活動（重複上面的「細節閱讀」和「大意理解」活動）

（續）

---

3. 閱讀後活動
（4）鞏固（wrap up）
為使學生能夠問出高層次的理解問題，教師可為學生示範各類問題的提問
方式，表示理解了課文大意。
4. 合作學習活動
合作學習以合作活動進行。

資料來源：Klingner & Vaughn, 1998.

由此可知，合作策略閱讀法結合了文本教學法和合作教學法，綜合地
使用了這兩種不同教學法的四種教學活動。這四種活動簡述如下：

1. 閱讀前活動

閱讀前活動階段的目的是：（1）使學生在盡可能短的時間內瞭解與
所要閱讀資料相關的資訊；（2）啟動有關話題的背景知識；（3）預測文中
將要涉及的內容該階段可以激發學生閱讀的興趣，為下一步的閱讀提供肇
端。

該階段由兩部分組成：（1）透過腦力激盪使學生瞭解有關閱讀話題的
知識，比如：教師可給學生一分半鐘的時間讓其寫出他們知道的所有與話
題有關的資訊，然後再給學生一分鐘的時間匯總他們的資訊；（2）預測自
己可能讀到的內容，這時同樣也可要求學生將其預測寫出來。

2. 閱讀中活動

閱讀中活動分為細節閱讀和大意理解兩個階段。細節閱讀（click and
clunk）階段的目的是訓練學生監控自己的閱讀理解，使學生注意自己什
麼地方理解，什麼地方不能理解。當學生確定了自己不理解的語段以後，
學生可以透過下列方式說明理解：

- 閱讀句子，尋找關鍵字說明理解單字；
- 閱讀上下句，尋找線索，猜測詞義；
- 尋找單字的首碼或尾碼；

- 拆分單字，尋找其合成部分。

大意理解（get the gist）階段要求學生做到兩點：（1）尋找段落中最主要的人物、地點、事件等；（2）用自己的語言介紹有關這些人物、地點、事件的最重要觀點。

在具體操作中，教師可首先提出閱讀要求，學生帶著問題閱讀，然後組織學生分組討論，總結主要意思，然後檢查小組活動情況，請一個小組報告自己所總結的中心大意；其他小組的同學進行評論，發表自己的不同意見。

3. 閱讀後活動

閱讀後活動就是鞏固（wrap up）階段。該階段用於擴充學生的知識、促進學生的理解和對所閱讀內容的記憶。操作中一般是採用組織學生，就閱讀資料進行提問的方式。為使學生能夠問出高層次的理解問題，教師可提供學生示範各類問題的提問方式，比如教師可以給學生提供問題的組織形式：

- How are _____ and _____ different?
- What do you think would happen if _____?
- What other solution can you think of for the problem of _____?
- What might have prevented the problem _____ of from happening?
- What are the strengths (or weaknesses) of _____?

以上三步旨在培養學生的閱讀策略。當學生在教師的指導下掌握了有效的理解策略之後，可以開展合作性學習。

4. 合作學習活動

合作學習活動以小組形式進行。各個合作小組可由六人組成，各自扮演不同的角色。角色如下：

- 組長（leader）：負責決定合作策略閱讀法中各階段的任務？保證合作策略閱讀法的順利進行。

- 問題專家（clunk expert）：在學生猜測詞義時，負責用問題卡片提示操作步驟。
- 監控員（announcer）：負責各個組員的參與，保證每次只有一人說話。
- 激勵者（encourager）：負責對每個組員參與活動的評估，鼓勵每個人參與，對小組下一步的活動提供建議。
- 代言人（reporter）：在教學的鞏固階段，向全班宣讀自己小組討論的結果。
- 記時員（time keeper）：負責各階段的時間跨度，提醒小組成員及時轉入下一階段。

🌿第六節　對文本教學法的評價

一、優點分析

1. 有利於培養學生文本能力

　　文本教學法從宏觀的角度出發，以文本為基本單位，立足於文本整體，對課文進行分析、理解和概括，有利於培養學生的文本能力。

2. 有利於訓練學生的學習策略

　　合作策略閱讀法強調學生的課前預習，要求學生課前，通讀全文、熟悉內容，找出自己不理解的句子，以便在課堂上與教師和同學共同磋商，以求正確地理解，這樣學生就由被動地聽變為主動地學了。長期堅持下去，學生分析問題和解決問題的能力必然會提高。

二、缺點分析

　　採用文本教學法，語言知識的轉化與獲取是以很快的速度進行的，這對初學者是一種挑戰，因為他們的基本語言能力還不是很強。

第七節　文本教學法的教學啓示

實現文本分析對教師也提出了更高的要求，教師不僅需要具有扎實的英語語言功力，還須掌握英語不同層面的語言項目在言語交流中的不同功能，善於挖掘教材中的那些含有民族文化背景知識和社會內容的語言現象，並結合這些語言現象，廣泛地向學生傳授文化、語用、認知、文體等方面的知識，這樣才有可能真正提高外語的應用能力。

第八節　結束語

以文本為單位組織教學，既重視語言形式，又重視語言的功能；同時還注重文本所涉及到的語言文化知識與相關知識，引導學生既快又準地釐清文本的整體結構與主旨大意，以及為說明該主旨大意的重要事實，進而根據上下文的邏輯關係做出合理的推論與判斷，以最大限度地獲取文本中的完整意義，文本教學法是外語教學領域中的重要教學法。

《思考題》

1. 文本（text）和文體（genre）有什麼區別？有什麼關係？
2. 文本單位教學與語句單位教學有何不同？
3. 配對練習：請在下面各個文體的括弧內，填上相應的字母：

文體（genre）	溝通目的（communicative purpose）
Narrative　（　　　）	A. Explain something
Procedural （　　　）	B. List the characteristics of something
Expository （　　　）	C. Encourage someone to do something
Hortatory　（　　　）	D. Tell about a sequence of events
Descriptive（　　　）	E. Give instructions on how to do something

4. 根據上述的合作策略閱讀法，設計一份閱讀教學計畫。

5. 下面有兩段話，其中每個句子的文法都正確。第一段讀了之後會感到不知所云，另一段話就容易理解多了。這是什麼原因？

A. Harry arranged to take golf lessons from the local professional. His dog, a cocker spaniel, was expecting pups again. Andrea had the car washed for the big wedding. She expected Harry to help her move into her new apartment. （Harry安排向當地職業運動員學打高爾夫球。他的一隻西班牙長耳狗正期待再生幼子。Andrea為舉行婚禮，把汽車送去擦洗過了。她希望Harry幫她遷入新居。）

B. John bought a cake at the bake shop. The cake was chocolate with white frosting and it read "Happy Birthday, John" in red letters. John was particularly pleased with the lettering. He brought it over to Greg's house, and together they worked on the rest of the details. （John在麵包店買了一個蛋糕。蛋糕由巧克力加白色糖霜製成，上面用紅色字母寫著「生日快樂，John」。John對這幾個字特別高興。他把蛋糕帶到Greg家，他們一起安排其他細節。）

參考文獻

Christie. F. (2002). *Classroom discourse analysis: A functional perspective*. London: Continuum.

Council of Europe. (2001). *Common European Framework of Reference for Languages: Learning, Teaching, Assessment*. Cambridge: Cambridge University Press.

Derewianka, B. (1990). *Exploring how texts work*. Sydney: Primary English Teaching Association.

Fishman, J. A. (1965). Who speaks what language to whom and when? *La*

Linguistique, 2, 7-88.

Halliday, M. (1989). *Spoken and written language.* Oxford University Press.

Klingner, J., & Vaughn, S. (1998). Using Collaborative Strategic Reading. *Teaching Exceptional Children, 30,* 32-37.

McCarthy, M. & Carter, R. (1994). *Language as Discourse: Perspectives for Language Teaching.* Longman, Harlow.

Singapore Ministry of Education. (2017). *English language and linguistics syllabus Pre-University Higher 2.* Singapore: Curriculum Planning and Development Division.

第二十四章

詞彙教學法
Lexical Approach

關鍵字

詞塊、詞彙大綱、詞彙能力

chunk, lexica syllabus, lexical competence

Language consists not of traditional grammar and vocabulary but often of multi-word prefabricated chunks.（Lewis, 1997: 3）

語言不是由傳統的文法和詞彙所構成，而是由多詞結構的預製詞塊構成的。

🐝 第一節　詞彙教學法的背景簡介

詞彙教學法是一種把詞彙作為語言教學的中心，並注重培養學生詞彙能力的教學法。

詞彙教學法是目前為止最新的一種外語教學法，也是第一個提出語言是由詞彙組成的這一重要理論的教學法。它是 20 世紀 90 年代由英國 Michael Lewis 等學者所提出的，其核心理論是對詞彙概念做了創新的闡述：語言是文法化的詞彙（grammaticalized lexis），而不是詞彙化的文法（lexicalized grammar）（Lewis, 1993）。也就是說，語言是由詞彙組成的；語言學習和使用不是依靠文法、結構、功能和意念等，而是依靠詞彙，因此詞彙教學應放在與文法教學同等重要的地位上。

一、基本概念

傳統詞彙學將單詞（word）定義為外在語音（sound）和內在意義（meaning）兩個方面。單詞是能獨立運用的音、義結合的最小單位（minimal free form）。詞彙（vocabulary）概念就是指所有單詞相加的集合或彙集。

詞彙教學法提出的詞彙概念相對於傳統意義上的詞彙概念有所區別。該法使用 lexis 而不是 vocabulary 來表示詞彙的概念。詞彙教學法倡導者認為，除了單詞之外，詞彙還包括多詞組合（multi-word combination）。在《詞彙教學法的實施》一書中，Lewis（1997）根據內部語義聯繫和句法功能，把多詞組合分為下列四種範疇：

1. 聚合詞（polyword）

聚合詞通常由兩個或兩個以上的單詞構成，其特點是構成成分固定不變，當作一個單詞來使用。例如：upside down, by the way, on the other hand.

2. 搭配語（collocation）

搭配語是指出現頻率較高的單詞組合，其搭配形式為名詞＋名詞；形容詞＋名詞；動詞＋名詞。例如：prime minister, a broken home, catch a cold.

3. 慣用語（institutionalized utterance）

慣用語是指形式固定或半固定的約定俗成的單詞組合，往往是符合文法規則並具有明確意義的完整句子。例如：I'll get it. We'll see. That'll do. If I were you...would you like a cup of tea?

4. 句子框架和引言（sentence frame and head）

句子框架和引言是形式固定或半固定的短語或句式。例如：That is not as...as you think. The fact/suggestion/problem/danger was... In this paper we explore.... Firstly...; Secondly...; Finally.... 句子框架和引言多用於書面語，作為組織文本的手段。例如：學術論文的開篇往往會用到以下的表達：

There are broadly speaking two views of _____. The more traditional, usually associated with _____ and his/her colleagues, suggests that _____, while the more progressive view, associated with _____ suggests _____. In this paper I wish to suggest a third position, which, while containing elements of the view proposed by _____ also takes account of recent developments in _____ which have produced evidence to suggest _____ and so on.（大體上講，對_____有兩種觀點。通常由_____與他／她的同事提出的傳統觀點說明_____，而由_____提出的進步觀點卻認為_____。在本文中，作者提出了第三種觀點，該觀點雖然包含_____提出的觀點，但也考慮到_____最近發展的情況，這些發展已經爲該觀點的產生提供了證據等。）（Lewis, 1997: 11）

　　詞彙教學法倡導者把上述四種多詞組合，統稱為「詞塊」或「語塊」（chunk）。也就是說，所有出現頻率較高、形式和意義較固定的、大於單詞的結構都可歸為詞塊。由於詞塊的概念突破了傳統上單詞的範圍，所以它的作用已遠遠超出了單詞搭配的範圍，擴大到片語、句子、段落，甚至文本的領域。

　　在語言學習上，「詞塊」也稱為「預製詞塊」（prefabricated chunk）。詞塊就如建築所用的預製板一樣，在英語學習中就好比語言的預製板，是語言的半成品，可以作為儲存和輸出的理想單位。心理語言學的研究發現，預製詞塊普遍存在於人腦的記憶中，而且隨著我們對記憶資料的熟悉程度而增加，預製詞塊的數量也相對增加，從而使大腦可以儲存和回憶更多的訊息。學習預製詞塊，就能使得外語學習更加容易和有效。

　　總之，詞彙教學法關於詞彙的概念，就是詞彙是所有單詞和詞塊相加的彙集，而不是像傳統詞彙學那樣，把詞彙看成是所有單詞相加的彙集。

二、時代背景

　　任何一種教學法都基於其對語言本質的看法。在本書所介紹的一些教學法都把語言看作是文法、結構、功能、意念的一種系統。與這些教學法不同的是，詞彙教學法認為語言由具有意義的詞塊組成；語言學習與溝通的最基本單位是詞塊；詞塊一旦組合在一起，就生成連貫的文本。詞彙教學法顛覆了傳統的句法中心論，主張詞塊在語言中的主導地位。

　　語料庫語言學（Corpus Linguistics）的發展史，大規模的語料統計分析成為可能，為詞彙教學法的應用提供了技術支撐。

　　心理語言學的研究結果揭示，自然語言中存在著大量的詞塊。這些模式化的結構以整體形式儲存於大腦，構成了英語中最基本的語言單位。語言產出更多的不是一個受制於句法規則的過程，而是從記憶中提取詞塊的過程。表達語言意義的方式就是把合適於各個語境的現成、零散的詞塊重新組合起來，而不是孤立地使用單個詞，也不是根據文法規則創造新的句子。對於語言的意義，學生需要依據不同語境中出現的詞塊，以及詞塊與詞塊的組合方式來加以理解。

　　非英語母語者不能一次加工包含八至十個詞以上的分句。在說這些分句時他們語速加快，說得很流利。但到了句末，語速就慢了，甚至會停頓，或許是在構築下一句。然而英語母語者在說下面這樣的多分句句子的時候，卻能說得很流利：

1. You don't want to believe everything you hear.

2. It just goes to show, you can't be too careful.

3. You can lead a horse to water, but you can't make him drink.

　　第一句共八個詞，第二句九個詞，第三句十三個詞。然而，英語母語的人在說這幾句時並無停頓。這是因為這些句子是作為詞塊整個儲存在大腦中的，不必臨時組合便可脫口而出，從而減少了大腦認知、處理訊息的負擔。只有那些使用頻繁、較為熟悉的詞塊，才能作為一個整體儲存在大腦中。不是常見的搭配，還要透過句法來生成。詞塊大都是按照一定的文法規則生成的語言單位，使用時不需要有意識地注意文法結構，縮短了從理解到產出語言訊息的時間，因而可極大提高語言使用的正確性和流利性。

　　詞彙教學法是溝通語言教學的一個分支，是溝通語言教學在詞彙教學方面的一種發展。詞彙教學法認同溝通教學的原則，強調語言的溝通功能，將外語學習看作溝通技能的學習過程，並將詞彙能力看作是溝通能力的一部分。但是，它與其他的溝通教學法也有不同，主要區別在於詞彙教

學法更加強調語言的詞塊本質及其對語言教學所產生的影響。

Lewis（2000:184）歸納了詞彙教學法的幾個基本教學特點：

（1）在多種語境中教師讓學生接觸新的詞塊，以提供認識和學習詞塊的機會；

（2）教師不僅要解釋詞塊，還要使輸入（input）的詞塊能被吸收（intake）；

（3）文法規則的解釋對詞塊的輸入和吸收產生不了作用；

（4）語言習得不是在語言規則的使用中產生，而且是在學生累積了大量詞塊後產生的。也就是說，語言的掌握是學習和累積大量詞塊的結果，而不是學習文法規則的結果。

第二節　詞彙教學法的理論基礎

一、語言本質

1. 語言是一種詞塊系統

詞彙教學法的核心觀點是：語言不是由傳統意義上的文法和詞彙所構成，而是由多詞結構的預製詞塊構成的（Lewis, 1997: 3）。詞彙教學法的倡導者認為，在傳統的外語教學中，詞塊經常被忽視了。人們以為語言的基礎是文法，掌握了文法系統就能掌握溝通能力，這是錯誤的觀點。實際上，在語言學習中詞塊是第一位的，文法只具輔助作用，語言意義的產生和理解主要是透過詞塊，而不是文法來完成。詞塊是兼有文法和單詞特徵並依附於語境的語言單位。詞塊大量地出現在口頭和書面語言資料中，是構成流暢和連貫溝通的基本要素。因此，外語教學應透過培養學生理解、累積和使用詞塊來提高學生的語言能力。

2. 詞塊具有表達意義的功能

根據詞塊所表達的功能和所處的語境，DeCarrico（2001: 296）把詞塊

分成下列三類：

（1）社會互動（social interaction）

招呼與告別：hi; how are you?; What's up? /gotta run now; see you later

禮貌用語：thanks so/very much; if you don't mind; if you please

請求：would/could you mind X?

同意：of course, sure thing; I'd be happy to; no problem（at all）

（2）必要話題（necessary topics）

語言：do you speak X?; how do you say/spell X?; I speak X（a little）

時間：when is X?; to X for a long time; a X ago; since X; it's X o'clock

地點：where is X?; across from X; next to X; how far is X?

購物：how much is X?; I want to buy/see X; it（doesn't）fit(s)

（3）文本技巧（discourse devices）

邏輯：as a result of X; nevertheless; because of X; in spite of X

時間：the day/week/month/year/before/after X; and then

限定：it depends on X; the catch here is X; it's only in X that Y

關係：on the other hand; but look at X; in addition; not only in X but Y

示例：in other words; for example; to give you an example ...

一般說來，用作社會互動的詞塊和用作文本技巧的詞塊大致上提供了文本的基本框架，而必要話題的詞塊則給溝通雙方提供了交談的內容。社會互動的詞塊可使互動得體和有效地進行。文本技巧的詞塊可說明前後訊息的關係，例如：as a result of 表示因果關係，on the other hand 表示相反關係，in addition 表示附加關係，to make a long story short 是表示總結；if you please 是表示禮貌。上述三類詞塊能夠幫助人們構建連貫的文本，從而有效、準確和得體地表達語言的功能。

3. 詞塊是帶有空格的整體

有些句式詞塊帶有「空格」（slot），學習者根據實際的需要可往

空格中填入不同的詞（即可變成分），使之成為新的句子。例如：the more..., the more... 句式有兩個空格，填入不同的詞就可表達不同的意義。帶有空格的詞塊的優點在於，學習者一旦掌握了這種詞塊，就可以不需考慮文法規則，更加流利地表達各種不同的意義。例如：當學習者多次聽到 How are you today? 後，就可把它當作招呼語使用。當後來聽到 How are you this evening? 或 How are you this fine morning? 時，學習者就開始認識到這個招呼語的基本結構是：「How are you + 可變成分」。這樣學習者就懂得，如果填入不同的時間詞或詞組，該詞塊就可產生不同的意義。由於詞塊的組成具有可變成分，學習者學到這個句式後就不需考慮文法規則，往空格中填詞即可，這樣就能更流利地表達不同的意義。

二、教學理論

1. 語言學習就是記憶大量詞塊的過程

　　詞彙教學法是從心理語言學的角度，來研究語言是如何學會的。心理語言學認為，語言學習是記憶語言現象並加以提取和使用的過程。同樣地，詞彙教學法認為每個人都有能力記憶詞塊，並有能力把詞塊當作獨立的個體來處理。人的大腦可長期儲存大量的訊息，但在說話時人們由於時間等限制，一時只能處理一小部分的訊息。為了克服這個困難，人們可以使用長期所記憶的大量訊息來補償其處理訊息能力不強這個缺陷，其方法就是記憶和儲存大量的常用詞塊。當人們需要詞塊時，可以十分容易地隨時提取出來加以使用，而無需當場考慮如何遣詞造句。這意味著在溝通時人們不需要太多的認知能力的參與，只需要記憶和儲存大量的常用詞塊即可，因為詞塊是現成的，無需太多地做加工處理的獨立單位。因此，語言學習就是記憶大量常用詞塊的過程，記憶得越多，說話就越流利。

2. 詞塊教學可使語言得到簡化

　　英語的詞塊具有「小文法」（small grammar），甚至「無文法」（no

grammar）的特點。例如：upside down, let alone, as well as, so much for 等詞塊的內部結構，很難用文法規則加以描述。教師和學習者也沒有必要去分析它們內部之間詞與詞的關係。假如教師把它們作為一個整體來教，就可以降低語言的複雜度，使教學簡單化。因此，詞彙教學法認為，由於不講文法規則，詞塊教學比較簡單，正如 Lewis（1997: 204）所指出，「我們有意識地儘量回憶並使用詞塊，而不以單詞來表達意義。我們有意識地把事情往大處考慮，而不是把語言分割得支離破碎。」

3. 可理解的詞塊輸入是必須的

英語本族語者在腦海裡似乎裝滿了大量的詞塊。非英語本族語者如何能像本族語者那樣獲得眾多的詞塊呢？Karshen（1981）認為，語言學習只有透過大量的可理解性的語言輸入，特別是透過閱讀輸入才能實現。Lewis 認同這種觀點，即大量合適的語言輸入是學習詞塊的關鍵；詞塊是習得而不是學得的結果（Lewis, 1997: 197）。但是，詞彙教學法也強調有意識的學習。Lewis（2000: 155-185）指出，詞塊教學應有意識地大量輸入語言，特別是課文中的語言。Lewis 使用「注意」（noticing）來表示有意識地學習。「注意」的作用就是幫助在頭腦裡儲存詞塊。從語言習得觀點上看，沒有教師的指導就可能失去大量有價值的東西。因此，在教師的指導下有意識地學習，其學習效果較好。

4. 先聽後說，先讀後寫

詞彙教學法採納了理解型教學流派的觀點，強調在接觸大量能夠理解的詞塊之前，學生不用急著開口說話。特別是對於語言水準較低的學生，教師更應該大量提供語言輸入，讓他們漸漸熟悉和理解詞塊，然後再要求學生表達。同樣地，寫作活動也應儘量延遲，因為口語交流是人類自然獲得語言能力的過程（Lewis, 1993: 195）。寫作，特別是大量和高效的寫作，卻是發達社會中受教育的少數人的權利。

總之，詞彙教學法認為，對詞塊方面的聽力訓練是教學的基礎；在學

生聽懂了大量詞塊後，再發展他們的表達性技能。這一點與自然教學法所提倡的先聽後說、先讀後寫的原則，基本上是一致的。

第三節　詞彙教學法的教學大綱

詞彙教學法使用詞彙大綱（lexical syllabus）（Willis, 1990）。在詞彙大綱中，除了單詞和文法項目外，還包括詞塊表，而且還在主題範圍上提供詞塊與真實的溝通相結合的語境。Willis（1990）認為，詞彙大綱應與強調語言使用的教學法相配套，因此大綱應規定詞塊及其意義，以及在自然的語境中如何使用這些詞塊。

第四節　詞彙教學法的教學設計

一、教學目的

詞彙教學法要求學生理解、記憶和運用大量的詞塊，旨在培養學生的詞彙能力（lexical competence）。詞彙能力包括以下方面：（1）能夠理解各種詞塊形式；（2）能夠理解在語境中詞塊與詞塊如何搭配的方式；（3）能夠理解不同語境中詞塊的用法和意義；（4）能夠理解詞塊的句子框架和引言在文本中的作用；（5）能夠理解詞塊的比喻用法等。

在前幾章中，我們提到 Canale & Swain 於 1980 年提出的溝通能力概念。溝通能力由四個方面構成：文法能力、社會語言能力、文本能力和策略能力。詞彙教學法的倡導者甚至提出，詞彙能力也應包括在溝通能力之中。對於詞彙能力與其他四個能力的關係，他們認為詞彙能力不是文法能力的一個成分，而是這四種能力並行的組成部分。也就是說，詞彙能力應是溝通能力的第五個組成部分，正如 DeCarrico（2001: 297）所言，「詞彙能力是溝通能力的重要組成部分，詞彙教學是語言教學的重點。」

二、教師角色

在詞彙教學法中，教師具有極為重要的作用。教師的角色包括：

1. 詞塊的提供者

Lewis（1993）指出，教師應擔任自然教學法所強調的教師角色。在教學中，給學生提供大量的語言輸入。教師語言（teacher talk）應是學生語言輸入的主要來源之一。除了要提供語言輸入外，教師還應說明如何在不同的語境中使用詞塊來表達不同的語言意義。

2. 語境創設者

教師應創設語境，讓學生有效使用詞塊，並幫助學生掌握學習方法。教師要放棄自己是知識者的觀點，而認同學生是發現者的觀點（Willis, 1990: 31）。在教師的指導下，學生理解教師所提供的詞塊，考察詞塊所處的真實語境，在此基礎上建立自己的語言系統。

3. 學習管理者

Lewis（2000: 183）指出，教師是學習管理者，其角色包括：（1）幫助學生正確地「注意」到實用的詞塊；（2）避免對學生無助益的教學活動；（3）選擇正確的教材和活動；（4）保持學生強烈的學習動機；（5）教學前教師應考慮學生的程度來選擇適當的教學方法。只有這樣，才能幫助學生掌握詞塊。

三、學生角色

學生就像數據的分析者，分析先前蒐集的語言資料，考察真實生活中的大量詞塊來建立自己的語言系統。Lewis（1993: 195）指出，學生應該有意識地注意到他們所接觸的語言，先把詞塊當作一個整體來看待，然後觀察其組成部分。

四、母語使用

當詞塊學習受到學生的母語干擾時，教師可進行翻譯或雙語對比。有些詞塊難以用英語解釋，或解釋過於冗長，或解釋反而會使學生誤解，此時，母語翻譯或兩種語言比對反而是有效的教學方式。下列幾種情況就可使用母語：（1）意義較抽象的詞塊，可用中文翻譯，例如：blue blood = 貴族；（2）中英兩種語序不同的詞塊，可進行比對，例如：sooner or later = 遲早（「遲早」英語不說 later or sooner）；（3）字面意義與實際意義不同的詞塊可用中文翻譯和解釋，例如：a fat chance 是「小機會」，不是「大機會」；（4）詞塊中用詞的搭配可用中文解釋，例如：take an exam（考試），不是 make an exam；（5）容易混淆的兩個詞塊，例如：so and so 通常指「某人」，而 such and such 通常指「某物」。

五、對待語誤

文法錯誤是學習的內在過程。教師要注重的是所表達的內容，而不是形式。Lewis（1993: 195）認為，在學生使用語言發生錯誤時，教師不必逢錯必糾，教師應注重學生所表達的內容是否正確，而不是表達形式是否正確。

六、教材作用

詞彙教學法的教材有完整的課程教學配套，例如：《Collins Cobuild 英語教程》（*Collins Cobuild English Course*）包括課文、錄音帶和教師手冊等（Willis & Willis, 1989）。

🐚 第五節　詞彙教學法的課堂實踐

一、教學活動

1. 課堂用語的詞塊

語言學習的初期教師應提供大量的詞塊，讓學生練習。例如：使用作為課堂用語的詞塊，除了可加強學生與教師之間互動外，還可擴大學生的詞彙量。

2. 利用語境教學

教師應儘量利用語境教學，讓學生從語境中領會詞塊的概念。這種方式尤其適用於抽象詞塊的意義解釋，也有助於培養學生的學習策略。在介紹方位的時候，可以利用學生對居住地環境的瞭解，讓學生理解詞塊的意義。例如：教師說：The town of A is in the west, B is in the center and to the north of B we have town C. In the east are the towns of D and E. 教師還利用居住地城鎮距離介紹 close to, not far from 等概念。教師要把所教的詞塊和某個特殊的語境結合起來，讓學生一看到該語境就想到相關的詞塊。如果場所是學校，教師就請學生想像學校的活動，如 at school, doing homework, listen to the teacher 等。教師以此方式加入故事背景讓學生聯想，並將詞塊串聯起來以形成文本。

3. 詞塊歸類

教師可把結構相同的詞塊進行歸類，尤其是具有動詞搭配的詞塊進行歸納，這樣學生容易記憶。以 tell 為例：tell a lie/the truth; tell the difference; tell of/about; tell a tale/a story。

4. 詞塊比較

教師可把諸如 borrow something from somebody 和 lend something to

somebody 等習慣搭配放在一起來比較，學生就可以避免單詞 borrow 和 lend 的選擇錯誤。

二、教學步驟

詞彙教學法的課堂教學步驟是：觀察→假設→驗證（Lewis, 2000: 178）。

1. 觀察（observe）

教師讓學生接觸並注意到新的詞塊。這點與自然教學法的教學方法基本相同，但詞彙教學法強調有意識的「注意」，而不僅僅是無意識的語言輸入。這是在特定溝通語境中運用語言和累積語言資料，並初步對所學語言資料建立感性認識的過程。

2. 假設（hypothesize）

學生對所輸入的語言判別其異同點，並給予分類。學習者在對所學語言資料進行累積、觀察、感知的基礎上，進一步在類似的溝通語境中對其進行模仿和運用，並在這基礎上對它們的組成成分進行分析。

3. 驗證（experiment）

在這個階段中，學生運用詞塊進行溝通活動。學生須注意溝通的有效性和溝通形式的正確性。假如學生認為自己的輸入是百分之百的成功，就沒有必要修改他們的中介文法。Lewis（2000: 178）認為，「學生在其中介文法（inter-grammar）基礎上，即當前最好的假設（current best hypothesis）的基礎上使用語言，以此產生新的適合語言的輸入，當這些輸入驗證了學生的假設時，語言就被掌握了。」

三、教學實例

Lewis（2000: 20-21）舉例說明，教師如何透過對學生語誤的反饋使

學生掌握詞塊。

學生 1：	I have to make an exam in the summer.
教師：	（教師用面部表情來表示這句話有錯誤）
學生 1：	I have to make an exam.
教師：	（教師把 exam 寫在黑板上）What verb do we usually use with "exam"?
學生 2：	Take.
教師：	Yes, that's right.（教師把 take 寫在黑板上）What other verbs do we use with "exam"?
學生 2：	Pass.
教師：	Yes. And the opposite?
學生 1：	Fail.
教師：	（教師把 pass 和 fail 寫在黑板上）And if you fail an exam, sometimes you can do it again. What's the verb for that?（教師等待學生回答）
學生 2：	……
教師：	No? OK. retake. You can retake an exam.（教師把 retake 寫在黑板上）If you pass an exam with no problems, what can you say? I...passed.
學生 2：	Easily.
教師：	Yes, or we often say "comfortably." I passed comfortably. What about if you get 51 and the pass mark is 50? What can you say? I ....（等待學生回答）No? I just passed. You can also just fail.

§ 本課教學評論

> 本課的教學目的是讓學生學會 take an exam, retake an exam, pass an exam, fail an exam, just pass, pass easily, pass comfortably 等詞塊。教師透過問答方式和面部表情，來引導學生瞭解哪些動詞可以與 exam 搭配。教師沒有講解文法，也沒講解為什麼要那樣搭配，而只是把 take an exam, retake an exam 等詞塊當作一個整體教給學生。本課教學體現了詞彙教學法關於「學生只有在理解和累積了詞塊的情況下，才能掌握語言」的教學理念。

第六節　對詞彙教學法的評價

一、優點分析

1. 有利於培養溝通能力

詞彙教學法對詞彙的概念提出了新的看法，認為除單詞之外，語言還富有詞塊，不僅具有整體的意義，而且具有極強的語言生成能力，可以透過替代、組合成為多種不同類型的詞塊，而不同類型詞塊的連結，就能組成句子，進而還能組成連貫的文本。學生如能充分運用這些詞塊，就能促進溝通能力的發展。

2. 有利於減低緊張情緒

DeCarrico（2001: 296-297）指出，由於詞塊是以整體方式儲存和提取的，它們給不能創造性地使用語言的學生提供了預製詞塊。這樣，水平低的學生也能減低緊張情緒，提高學習動機，增強語言表達的流利性。

二、缺點分析

　　詞彙教學法忽視文法規則和語言結構的教學。詞彙教學法認為，語言的核心是詞彙，而非文法。學生習得語言受到詞彙的限制影響，而非受文法的限制影響，文法不需獨立進行教學。這在一定程度上忽視了文法規則和結構教學。英語文法是詞性變化和遣詞造句的總和。英語有名詞、動詞、形容詞、副詞和代名詞等；動詞有時態變化；句子的類型有「主詞（subject）＋謂詞（predicate）」、「主詞＋謂詞＋受詞（object）」和「主詞＋謂詞＋受詞＋補語（complement）」等多種類型，以及陳述句（declarative sentence）、疑問句（interrogative sentence）、祈使句（imperative sentence）和感歎句（exclamatory sentence）四種類型。英語教學深受這些詞性、句子規則和結構變化的影響，需要獨立、有序地進行教學。

🐝第七節　詞彙教學法的教學啓示

　　語言的組成部分不僅只有文法、語音和單詞，而且還有詞塊。以往在外語教學方面，人們曾特別注重語音、單詞和文法的教學，而把詞塊忽略了，這使得學生所掌握的語言知識和能力不夠全面。現在我們終於認識到，語言是由詞塊組成的。因此在教學中，教師要樹立詞塊教學的意識，培養詞塊辨認和使用的能力。教師首先要向學生介紹有關詞塊的知識，讓學生瞭解詞塊的概念、分類及其對提高語言能力的重要性。在此基礎上，結合課文，引導學生對文中的詞塊進行正確辨認，增強學生的詞塊意識，使學生注意到自己和英語母語者的差距，從而努力縮小這種差距。此外，培養自主學習能力。對於常用的、重要的詞塊，從形式、功能及語境方面詳細講解，教會學生區分詞塊結構中的固定部分和可變部分，並透過造句、翻譯等形式鼓勵學生創造性地運用詞塊中的可變部分。對於較難的詞塊，鼓勵學生根據語境進行猜測，同時學會充分利用語料庫、網絡或搭

配詞典等工具。課外要求學生對課文進行詞塊標記，並對所接觸的詞塊分類整理，建立自己的詞塊學習資源庫，養成良好的學習習慣及詞塊學習策略，從而培養學生的自主學習能力。

第八節　結束語

一、為什麼詞彙教學法這麼遲才產生？

詞彙教學法是 20 世紀 90 年代產生的。在此之前的一百多年裡，各種教學法層出不窮，但它們都不重視詞塊教學。直到詞彙教學法產生後，這種情況才得以改變。其原因有如下幾個方面：

1. 20 世紀 50 年代，受美國結構主義語言學和行為主義心理學的影響，人們認為文法和結構是外語教學的起點，語言學習是一種刺激—反應的過程，所以特別重視句型練習。

2. 60 年代 Noam Chomsky 提出轉換生成語言學，對聽說教學法進行了抨擊和挑戰，但 Chomsky 的語言學重點在於語言的創造性和先天性，幾乎沒有討論詞彙在語言中的地位。

3. 70 年代美國社會語言學家 Hymes 正式提出溝通能力概念，並認為溝通能力包括四項標準：文法性、可行性、得體性和現實性。Canale & Swain 於 1980 年也提出溝通能力概念，溝通能力由四個方面所構成：文法能力、社會語言能力、文本能力和策略能力。但是，他們都沒有把詞彙能力包含在溝通能力之中。

4. 80 年代起，基於計算機技術的語言研究和語料庫語言學的發展，使大規模的語料統計分析成為可能，為詞彙教學法的應用提供了技術支撐。認知語言學和心理語言學理論的發展與研究說明：語言中存在大量重現率很高的詞塊短語。學習者從語言資料和語言溝通中蒐集詞塊，並加以分析解構，得到可再次應用於實際交流的語言單位及語言規則，並在此基礎上創造新句以使語言交流形式更加豐富，交流過程更加順利。基於此，

人們才在 20 世紀 90 年代提出了詞彙教學法，為外語教學提供了一個新的視角。

二、溝通能力新概念

詞彙教學法的倡導者提出，詞彙能力應包括在溝通能力之中。在合作語言教學法中（見第二十二章），我們也提到合作教學的目的除了溝通能力外，還有合作能力。因此，我們認為溝通能力應涵蓋六個方面，如圖 24-1 所示。

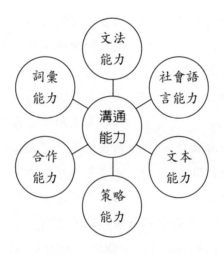

圖 24-1　溝通能力新概念

《思考題》

1. 什麼是詞彙？詞彙教學法的詞彙和傳統意義的詞彙概念有何區別？
2. 詞彙教學法是如何看待語言的？
3. 文法規則和結構能不教嗎？為什麼？
4. 語言觀與教學法的配對練習：任何一種教學法都基於其對語言本質的看法。請在下面各種教學法前面括號內，填上相應的字母：

教學法	語言觀
（A）聽說教學法	A. 語言是相互關聯的，用作表達意義的結構性系統。
（　）認知教學法	B. 語言主要是由多詞結構的詞塊所構成的。
（　）文本教學法	C. 語言是一個整體，不是語言個體的總和。
（　）任務型教學法	D. 語言是一種學習和生活的能力。
（　）能力導向教學法	E. 語言是交流過程中一系列連續的句子或語段所構成的文本。
（　）整體語言教學法	F. 語言是表達功能意義的工具。
（　）詞彙教學法	G. 語言是實現人與人之間關係和人們進行社會互動的工具。
（　）功能－意念教學法	H. 語言是受規律支配的符號體系。
（　）語言經驗教學法	I. 語言是一種解決問題的工具。
（　）參與教學法	J. 語言是表達過去語言經驗的工具。

5. 對話教學：下面的對話中有七個詞塊，分別表示六種功能，即道歉（句1）、接受道歉（句2）、邀請（句3）、請求（句4）、同意（句5）和感謝（句6和句7）。你如何就這些詞塊進行教學？

【情景】Mary 和 John 是一家公司的同事，都住在同一棟公寓裡。Mary 有事請 John 幫忙，Mary 敲了 John 房間的門。

John： Well, hello. Mary. What a surprise.

Mary： Hello, John.（1）I'm sorry I didn't call before coming over, but my phone is out of order.

John： Oh well,（2）that's OK.（3）Come on in.

> Mary：Look John, the real reason I came over is that I need a favor. I have to catch a plane to Chicago and I just discovered my car had a flat tire.（4）<u>I wonder if you would mind terribly driving me to the airport right away.</u>
>
> John：（5）<u>Sure thing</u>, Mary. I know you'd do the same for me.
>
> Mary：（6）<u>Thanks so much.</u>（7）<u>You saved my life!</u>

資料來源：Decarrico, 2001: 298.

參考文獻

DeCarrico, J. (2001). Vocabulary learning and teaching. In Celce-Murcia, M. (ed.). *Teaching English as a Second or Foreign Language*. (pp. 285-298). (3rd edition). Boston: Heinle & Heinle.

Krashen, S. (1981). *Second Language Acquisition and Second Language Learning*. Oxford: Pergamon.

Lewis, M. (1993). *The Lexical Approach: The State of ELT and a Way Forward.* Hove, England: Language Teaching Publications.

Lewis, M. (1997). *Implementing the Lexical Approach: Putting Theory into Practice.* Hove, England: Language Teaching Publications.

Lewis, M. (2000). Learning in the lexical approach. In M. Lewis (ed.). *Teaching Collocation: Further Developments in the Lexical Approach.* (pp.155-186). Hove, England: Language Teaching Publications.

Willis, D. (1990). *The Lexical Syllabus: A New Approach to Language Teaching.* London: HarperCollins.

Willis, J. & Willis, D. (1989). *Collins COBUILD English Course.* London: Collins COBUILD.

第二十五章

對教學法的總體認識
An Overall Understanding of Teaching Methodologies

關鍵字

實踐性、重要性、溝通性

practicality, significance, communication

　　以上各章從內部對各種教學法進行了探討，本章從外部對這些教學法進行總結，以形成對教學法的總體認識。對教學法的總體認識是一個十分重要的問題，它既有助於教學法科學體系的建立，又有助於教師準確有效地選用教學法以提高教學效率。本章的內容包括：教學法的特點、分類、教學大綱和教學法的意義。

第一節　教學法的特點

　　教學法的特點是由其本質所決定，並在實踐中表現出來的教學法外部特徵。一般認為，教學法具有如下幾方面特點：實踐性、多樣性、整體性和雙邊性。

一、實踐性（practicality）

　　教學法與教學實踐緊密相連，其工具性質顯而易見。教學法的教學設計和課堂實踐都是可以操作的。教學設計是編選大綱和教材、處理英語教學裡，各種矛盾（外語和母語、對待語誤的態度、教師和學生互動關係等）的指南。教學設計猶如教學裡的指揮中樞，掌握著課堂教學的方向和教學工作裡的組織，調配與抉擇，關係到教學的成敗。

　　課堂實踐是理論基礎和教學設計，在外語教學裡全面而具體的呈現。課堂上的活動和步驟，以及教師的教學過程和學生的學習進程之間的關係等，是教師在教學裡天天都會碰到並需要考慮和處理的問題。

　　教學法理論基礎的差異性，決定了課堂上教與學的活動類型。注重文法正確性的活動（如練習），顯然不同於那些專注於溝通技能的活動（如任務）。有些活動的設計專注於語言學習中心理發展的過程，它們也不同於那些練習文法以獲得語言能力的活動。以下是某些教學法所採取的不同教學活動（表 25-1）。

表25-1　教學法與課堂活動類型

教學法	活動類型
聽說教學法	對話練習、句型練習
默示教學法	使用特定圖表和彩色棒來組織學習的活動
暗示教學法	「音樂會」的活動
功能—意念教學法	溝通活動
多元智力教學法	各種發展智力的活動
任務型教學法	任務
專案教學法	專案

　　同樣的，每節課裡教師也得考慮教學步驟，例如：是採用 PPP 教學步驟（呈現→練習→表達）還是 PPP 顛倒模式（練習→表達→呈現），或其他教學步驟，這些都得考慮。

　　另一方面，教學法的實踐效果，又是檢驗其優劣的重要指標。教學的成敗是由課堂教學決定的。理論基礎和教學設計對課堂實踐具指導性作用，但課堂實踐才是決定教學成敗的關鍵。

二、多樣性（variety）

　　本書介紹的教學法是多種多樣的，組成豐富博大的「方法寶庫」，提供教師教學時優先選用。因為每種方法都有其獨特功能，可供不同的教學環境使用。只有多樣化的教學法，才能幫助教師順利達成所有教學目的。由於理論基礎、教學大綱、活動方式和步驟是多方面的，所以，教學法也是多種多樣的。因此，只瞭解經常使用的、數目有限的幾種教學法是錯誤的。

　　各種教學法的產生必定具有其創新之處，這個創新之處使它在教學法的領域中脫穎而出，並對外語教學的發展做出了貢獻。例如：文法翻譯法著重思維訓練，所培養的人才語言嚴謹、文字優美，適應文學翻譯的需求。聽說教學法重視語言的結構，強調透過正確模仿和練習形成語言習

慣，促進了學習者直接理解和運用外語，滿足了二戰期間對外語人才的大量需求。功能－意念教學法強調以溝通能力、從學生實際需求出發確定課程標準，呈現了 20 世紀末資訊社會和科技發展對英語教學的迫切需求。由於每種教學法都有創新之處，它們都值得我們借鑑和使用。由此可見，教學法的創新之處為廣大外語教師在教學實踐中，對各種教學法兼收並蓄、博採眾長提供了基礎。

三、整體性（integrity）

不同的教學法共同構成一個完整的方法體系或方法寶庫，各種具體方法彼此聯繫、密切配合、互相補充、不可分割，綜合發揮整體效能。一般而言，任何方法，不管哪一種方法，如果把它抽離其他的方法，離開整個體系，離開整個綜合影響來單獨分析的話，那就既不能認為是好的方法，也不能認為是壞的方法。個別方法的影響，可能有正面的結果，也可能有反面的結果，而互相配合的各種方法的總和才是決定性的方法。

四、雙邊性（bilateral relation）

雙邊性是指任何一種教學法都是教師指導學生學習這一雙邊活動的方法，由教師教和學生學結合而成的操作策略。自人類產生教學活動以來，「教」和「學」始終是教學的核心問題之一。教學法既包括教師的教法，也包括學生的學法。在學生學習過程中教師是主導，學生是主體。不同的教學法對教師的作用和角色做出不同的規定，教師在課堂上的角色最能反映一種教學法的特點。與教師角色緊密相關的是，學生在教學活動中所處的地位和產生的作用。可見，每一種教學法都是互相聯繫著教師與學生所執行的活動方式，而不是教師教的方法與學生學的方法之簡單相加。

不同的教師角色，導致不同的學生角色。常見的教學法以及師生對應的角色，列表如下（表 25-2）。

表25-2　教學法以及師生角色的比較

教學法	教師角色	學生角色
聽說教學法	教師是教學的中心，是示範者，是教學方向和進度的控制者	學生只對教師的批示做出反應，學生的角色是被動者和刺激反應者
情景教學法	教師是情景的設置者，文法結構的呈現者、練習指揮者、語言錯誤糾正者	學生的角色是聽教師講課，並重複所學的內容，學生不能控制所學內容和教師所用的教學法
全身反應教學法	教師是指揮者	學生是行動者
暗示教學法	教師創造情景，以學生最能接受的方式呈現語言	學生是被動者，不能控制教學內容和教學法
功能—意念教學法	教師在溝通過程中擔任助學者、溝通活動的參與者和需求分析者	學生充當積極的、溝通性質的角色，學生在活動過程中既提供資訊，也接收資訊
任務型教學法	任務設計者、學習過程的助學者、語言輸入者	任務完成者、主動學習者、活動參與者

第二節　教學法的分類

　　根據教學法之間的對應關係，我們把教學法分類為三大類：途徑與方法、理解型和表達型、A型教學法和B型教學法。

一、途徑與方法

　　在本書第一章中，已經簡單指出途徑（approach）和方法（method）的區別。20世紀70年代是分水嶺，70年代之前所產生的教學法基本上是方法，之後所產生的大都為途徑（表25-3）。

表25-3　途徑和方法的分類

範疇	產生時間	特點	教學法
方法	20世紀70年代之前	有現成和固定的課堂教學方法供教師運用	結構教學法：文法翻譯法、直接教學法、聽說教學法、情景教學法、認知教學法
			設計者教學法：全身反應教學法、默示教學法、社區語言學習法、暗示教學法
途徑	20世紀70年代之後	理論豐富；課堂教學方法可由教師自己決定	學習策略訓練法、語言經驗教學法、參與教學法、整體語言教學法、功能—意念教學法、自然教學法、內容導向教學法、能力導向教學法、任務型教學法、專案教學法、多元智力教學法、合作語言教學法、文本教學法、詞彙教學法

　　屬於途徑的教學法都有一套核心理論，但「缺乏」固定的課堂教學方法。所謂的「缺乏」是設計者故意所為，目的是讓教學實踐者在課堂中自由發揮。也就是說，途徑具有相當大的靈活性，容許教師對教學活動和步驟等做不同解釋和不同運用，而且還可不停地對其加以改進，使其以嶄新的面貌出現。這樣，教師使用教學法的創造能力就得以發揮。

　　屬於方法的教學法或多或少缺乏豐富的理論基礎。由於它們大都由專家事先設計（pre-packaged, expert-designed），所以有一整套詳細和固定的課堂教學方法。如表25-3所示，方法分成「結構教學法」（structure methods）（White, 1988）和「設計者教學法」（designer methods）（Nunan, 1989）。結構教學法就是我們常說的傳統教學法。「設計者教學法」指的是全身反應教學法、默示教學法、社區語言學習法和暗示教學法，這四種教學法的基本特點就是：它們都是由一位專家設計的；對教學活動和步驟等都做了具體的規定；教師要經過培訓才能更好地加以運用。特別是默示教學法、社區語言學習法和暗示教學法，其教學方法和過程相對地顯得死板。

　　儘管如此，與途徑相比，方法有其優點。由於途徑沒有事先規定出

一套的固定模式，這就給那些對教學法並非很瞭解與無教學經驗的教師增添了許多困難。相反地，由於方法有現成和固定的活動與步驟可供使用，教師可以全部或部分依循，這樣可減輕教師不少負擔。方法的最大缺點就是，由於有固定的方法步驟，它限制了教師創造性地使用教學法的能力。

二、理解型和表達型教學法

教學法可分成理解型（comprehension）和表達型（production）兩大流派。理解型教學法在教學初期時，注重培養接收性技能（receptive skill）；而表達型教學法注重的是表達性技能（productive skill）。

1. 理解型教學的基本觀點

（1）表達與接收是不同的兩種活動，涉及不同的思維方式。在這兩種活動中，表達是最為複雜的思維過程，因此在教學初期，訓練學生說要比聽難得多。

（2）在自然語言習得過程中，人們通常經歷一個前表達階段（pre-production）或沉默期（silent period）。經過大量的輸入後，並遵循內在的語言習得機制，他們逐漸地學會使用語言進行交流。

理解型教學的特點可歸納為，「先聽讀、後說寫」，其優點在於它可使學習者產生標準的口音，並透過接觸超過他們本身水準的有意義的語言輸入而取得進步。理解型教學法包括全身反應教學法、自然教學法和詞彙教學法等。

2. 表達型教學的基本觀點

（1）說的能力是語言的精華，學會說是語言學習的近期主要目標。透過說，學生不僅獲得正確和流利說的能力，而且在說的過程中，還獲得接收性的聽讀技能。因此，在教學的初期應強調說的訓練，鼓勵學生在理解基礎上進行語言表達。

（2）說的能力不會自然地產生於理解活動。在早期的前表達階段，

學習者並非完全不說，也並非完全都是聽。

表達型教學的特點可歸納為，「先說寫、後聽讀」，其優點是讓學生進行大量說的活動，從而使教師的說話時間減少，呈現了精講多練的原則。表達型教學法包括默示教學法、聽說教學法、社區語言教學法和任務型教學法等。

理解型和表達型兩者比對，哪一種更好？根據上述的分析，兩者都有優點，而自己的優點就是對方的缺點，因此兩者都有優缺點。但是，根據溝通教學原則，說比聽更重要。儘管在說的過程中，學生會出現語誤，但語誤是學習過程中的自然現象。強調說的典型教學法就是任務型教學法。它採取「從難著手策略」——教師一開始上課就讓學生說，以完成任務。但是，這種教學策略也有缺點，因為它不太容易被初學者接受。如果初學者都沒學過英語，英語基礎為零時，他們就很難在上課開始就能說並完成任務。

三、A型教學法和B型教學法

White（1988: 44-5）把外語教學法，分為 A 型和 B 型兩種教學方法。

1. A型教學法

A 型教學法側重於所學的內容，即語言本身。A 型教學法指的是傳統的教學法，包括文法翻譯法、直接教學法、聽說教學法、情景教學法等。White 把它們統稱為「結構教學法」。雖然結構教學法所基於的語言和學習理論有所不同，但共同特點有二：（1）忽視了溝通教學目標，所追求的學習目標是語言能力，這種語言能力只是為學生未來掌握溝通能力打下基礎；（2）忽視了學生的實際生活需要，沒有把它作為課程設計的指導方針。

2. B型教學法

與 A 型教學法相反，B 型教學法則強調語言學習的過程，即語言是

如何學成的，並把培養學生的實際能力作為近期的主要教學目標。B 型教學法是指溝通教學法，它側重於培養學生的溝通能力，而不只是語言能力。B 型教學法包括弱式和強式溝通教學法。

自從產生溝通教學法以來，就存在兩種不同的教學模式。英國語言學家 Howatt（1984: 279）把溝通教學法區分為弱式和強式。弱式溝通法的特點是強調使用英語進行交流，而強式溝通法則更重視透過交流來掌握英語。弱式溝通法強調「學語言以供將來使用」（learning to use language），即「先學後用」；而強式溝通法則強調「使用語言去學」（using language to learn it），即「在用中學」。

哪些方法是屬於弱式和強式？解答這個問題對認識和實現溝通教學有著重要的意義。Ellis（1999: 15）透過 A 型和 B 型兩種教學方法的比對，對弱式和強式溝通法做了區分（表 25-4）。

表25-4　三種類型教學法的比較

範疇	類型	教學法	教學大綱和內容	教學目標
A 型教學法	結構教學法	傳統教學法，如文法翻譯法、聽說教學法等	規定了一系列要教的文法和語言重點	語言正確性，即文法和用詞正確
	弱式溝通法	功能—意念教學法	A 型：規定了一系列要教的溝通語言功能，如打招呼、問路等	語言正確性，即表達功能的語言形式（form）正確
B 型教學法	強式溝通法	任務型教學法	規定了一系列要完成的任務，沒有規定具體的語言重點和語言功能	流利性，即注重資訊的傳遞，儘管可能出現不正確的語言形式

由此可見，弱式溝通法基於傳統的教學大綱。該大綱規定了所教的語言項目（即語言功能），並注重語言形式的正確性。弱式溝通法持語言的

功能觀（functional view），認為語言是表達功能的工具，這樣它就事先規定了教學內容是功能和意念（即功能－意念教學大綱），並以正確地使用語言為教學目的。弱式溝通法通常採用結構法的 PPP 教學步驟。因此，弱式溝通法與傳統教學法的不同之處在於教學內容，即結構法教的是文法，而弱式溝通法教的是語言功能。弱式溝通法與傳統教學法的相同之處是，它們都採用相同的教學步驟（即 PPP 教學步驟）。

強式溝通法比弱式溝通法更加激進，它採用的是任務型教學大綱。它沒有規定要教的語言項目（無論是文法還是功能），相反地，它規定了課堂教學中的一系列任務及其完成方法。任務注重的是資訊交流，而不僅是文法和功能。也就是說，除了語言能力外，任務還有一個非語言的教學目標，那就是學生使用語言流利地進行溝通。強式溝通法使用的步驟不是 PPP 教學步驟，而是 PPP 顛倒步驟（即從難著手策略）。這三種教學法區別如圖 25-1 所示。

圖25-1　傳統和溝通教學法的兩極方向圖

　　總之，A 型教學法和 B 型教學法的區別在於：（1）A 型規定了教學內容，而 B 型教學沒有規定教學內容；（2）A 型採用 PPP 步驟，而 B 型採用 PPP 顛倒步驟。另一方面，A 型教學中的結構教學法和弱式溝通法的區別在於教學內容，前者教的是文法結構，而後者教的是功能和意念，必須指出的是，文法和語言功能都是語言項目。在教學方法上，這兩種方法都採用 PPP 教學步驟。下表（表 25-5）進一步說明這三種教學法的不同之處。

表25-5　三種教學法的比較

範疇	A型教學法		B型教學法
	結構教學法	弱式溝通法	強式溝通法
語言本質	結構觀：語言是一套文法結構系統	功能觀：語言是表達溝通功能的系統	溝通觀：語言是表達意義的系統，其主要功能是交流和溝通
教學觀點	行為主義：語言是透過模仿、強化和習慣形成而掌握的	技能學習模式：技能（從部分到全體）是透過練習而掌握的	輸入和互動模式：語言是透過互動和溝通而掌握的
大綱	合成性：根據文法的難度列出語言重點（即文法和結構）	合成性：根據學習者的需要列出語言重點（即功能和意念）	分析性：列出一系列要完成的任務，但有可能沒有列出語言重點
教學目的	語言能力：文法知識	正確、得體地使用語言表達溝通功能的能力	溝通能力：文法能力、社會語言能力、話語能力和策略能力
教師角色	以教師為中心，教師控制教學內容和進度	以教師為中心，但教師也是溝通活動的組織者和學生需要的分析者	以學生為中心，教師是助學者、任務組織者和需要分析者
學生角色	知識的接受者	知識的接受者，但同時也是溝通活動的參與者	溝通者、意義溝通者
教材	以結構為綱，呈現結構	以功能／意念為綱，呈現功能和意念	以任務為綱，提供各項任務由學生完成
活動類型	機械對話、句型練習、強調記憶和模仿	先進行結構練習等活動，然後再進行功能和社會交流等活動	溝通性任務，側重於資訊的接受和傳達，使用語言的目的是完成各項任務
教學步驟	PPP 教學步驟	PPP 教學步驟	PPP 顛倒教學步驟

　　弱式溝通法除了功能—意念教學法外，還包括當代新出現的一些教學法，如自然教學法、合作教學法和內容導向語言教學法等。任務型語言教學法則是唯一的強式溝通法。由此可見，「溝通教學法」是一個「傘型」的概念，指的是一個「溝通教學方法群」，概括了兩種不同形式的溝通教學途徑（圖 25-2）。

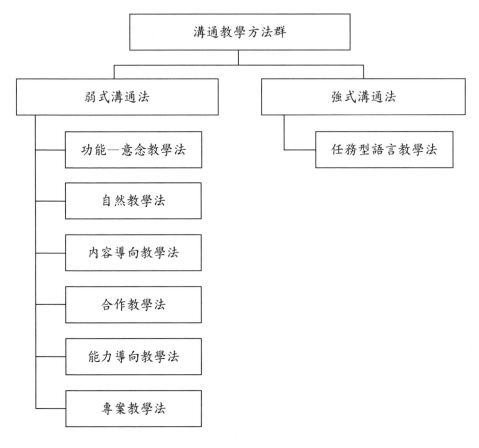

圖25-2　溝通教學法的兩種模式

　　不管什麼樣的溝通教學途經，培養學生使用語言進行溝通的能力都是其追求的主要目標之一。而傳統教學法的主要教學目標不是溝通能力，而是語言能力。

第三節　教學大綱

在第一章中，我們提到教學大綱，它是語言教學的綱要。大綱中的教學內容可包括全部或部分如下專案：語音、文法、功能、意念、話題和任務等。White（1988: 46）認為，構成語言大綱的基礎有三個要素：內容、技能和方法。根據這三個要素的側重點，就可對教學大綱進行分類：（1）側重內容的大綱：這種大綱是以語言為中心的，相應的教材和教學法重視語言重點，如語言形式、話題、情景設計和功能表達；（2）側重技能的大綱：該大綱除重視語言學習外，還注重學習技能的掌握；（3）側重方法的大綱：這種大綱是以學習為中心，關注的是語言學習的方法，相應的教材和教學突顯語言學習如何發生在完成任務過程中。根據內容、技能或方法的側重點，絕大部分的教學大綱可作如下分類（圖 25-3）：

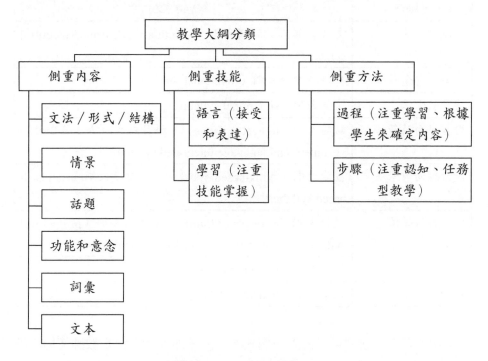

圖25-3　教學大綱分類

資料來源：White, 1988: 46.

由上圖可見，基於內容的大綱包括文法／形式／結構大綱、情景大綱、話題大綱、功能─意念大綱、詞彙大綱、文本大綱、科目和語言融合教學大綱。技能大綱包括側重聽、說、讀、寫的語言大綱和側重能力培養的學習大綱。基於方法的大綱包括「過程大綱」和「步驟大綱」，這兩種大綱都屬於任務型大綱（task-based syllabus）。顯然，基於內容和技能的大綱都是以語言項目為出發點，重視語言知識和技能的掌握，屬於綜合性大綱（synthetic syllabus）；而基於方法的大綱則是以完成任務為出發點，重視學習的過程，屬於分析性大綱（analytic syllabus）（Ur, 2012: 185）。

不同的教學法採用不同的大綱，以下是某些教學法所遵循的教學大綱（表 25-6）。

表25-6　教學法與相應大綱的分類

教學法	教學大綱
聽說教學法	文法／形式／結構大綱（grammatical/formal/structural syllabus）
功能─意念教學法	功能─意念大綱（functional -notional syllabus）
情景教學法	情景大綱（situational syllabus）
內容導向教學法	話題大綱（topical syllabus）、科目內容和語言融合大綱（content and language integrated syllabus）
能力導向教學法	技能大綱（skills-based syllabus）、標準大綱（standard-based syllabus）
任務型教學法	過程大綱（process syllabus）、步驟大綱（procedural syllabus）、任務型大綱（task-based syllabus）
文本教學法	文本大綱（text-based syllabus）
詞彙教學法	詞彙大綱（lexical syllabus）

從上表中，我們可以得到一個重要結論，即大綱在決定教師使用何種教學法時具備重要的作用。對教師來說，採用不同的教學大綱就得採用不

同的教學方法。假如教師必須使用任務型大綱，那麼他們就得採用任務型教學法。總之，教學大綱是教學環境的一個因素，它制約著教師如何選擇教學法。

第四節　教學法的意義

在教學中，比知識更重要的是方法，有方法才有成功的路徑。教學法決定著教學效率與品質。教學法是在教學過程中具有不可忽視的地位，其意義具體表現為以下幾方面：

一、教學法是實現教學任務的必要條件

如同交通工具運載人們到達目的地一樣，教學法是解決完成任務的必要條件。不解決教學法問題，教學任務的完成也要落空。教學法是教學過程最重要的組成部分之一，如果沒有運用適當的教學法，也就不可能實現教學的目的和任務，進而也就影響整個教學系統功能的實現。當確定了教學目的，並有了相應的教學內容之後，就必須有富有成效的教學法。同樣的教學內容在不同的教師那裡效果差異很大的原因，除了教師的知識水準和教學態度外，關鍵就是教學法問題。許多教師在教學工作中取得的突顯成就，大都受益於他們對教學法的創造性運用。由此可見，一節課中教學的明確性、有效性和可信性，有賴於對教學法的有效利用。

二、教學法是提高教學品質的重要保證

良好的方法可以極大地提高課堂教學的品質和效率。教學法獨具意義，沒有它，便沒有真正意義上的可操作的教學過程。運用教學法，究其實質，是把教師、學生、教學內容和教學方式等要素有效地聯合起來，使這些要素盡可能發揮各自的功能和作用，從而透過所產生的教學效果來實現教學目的。每一種方法就好像不同的交通工具一樣，效能各不相同，但都能在特定的條件下，達成預定的目標。總之，運用恰當合理的教學法，

才能讓教師高效率地教學，學生高效率地學習。運用高效率教學來引導和支持學生的高效率學習，是提高教學品質的必經之路。

三、教學法是連結教師教與學生學的重要樞紐

正是透過有效的教學法而將教師的教學活動與學生的學習活動有機地聯繫起來，成為共同實現教學目的的活動。教學是教師指導下的學生主動掌握知識、技能，發展智力與能力的過程，它具有複雜的結構體系。在這一結構體系中，教學法則是其關鍵環節之一。教學法作為無形的樞紐，維繫著教師的教和學生的學，並直接影響著教學水準的提高和教學目的的實現。

四、教學法是影響教師威信和師生關係的重要原因

學生善學、不善學與教師善教、不善教是密切聯繫的，那些因適當採用優良教學法而使教學效果不斷提升的教師，就容易在學生中贏得較高威信，師生關係也比較融洽。

總之，教學法是教師、教學內容、學生三者之間的樞紐，在整個教學過程中扮演著非常重要的角色。教學法將教師與學生、教師與教學內容、學生與教學內容聯繫起來，並使之相互作用。教學法不僅對教師展開教學具有重要作用，而且，在很大程度上影響著學生的智力和能力等各個方面的發展。教學方法運用的適當，也會產生良好的教學效果。

🌸 第五節　結束語

教學法的作用在於說明教師提升對教學法的認識，開拓思路，熟悉多種教學法、方式和手段，加速形成自己的英語教學思想，以便在前人的成就基礎上繼續前進。教學法能幫助教師工作，但不能代替教師工作。在學習和運用教學法時，要注意聯繫實際、多加思考，在自己的教學實踐裡驗

證所學的教學法，使之為自己所用。建立自己特色的教學法，是當代教學的新趨勢。

《思考題》

1. 你是如何體會教學法和教學實踐關係的？
2. 教學法具有哪些特點？
3. 傳統的結構教學法、弱式溝通法和強式溝通法三者，有何區別？
4. 簡述教學法的意義。
5. 一個教師已會教書，又受到學生的愛戴，他／她還需要學習教學法嗎？

參考文獻

Ellis, R. (1999). From communicative language teaching to developmental pedagogy. *English in Aotearoa, 38*(9), 14-22.

Howatt, A. (1984). *A History of English Language Teaching*. Oxford: Oxford University Press.

Nunan, D. (1989). *Understanding Language Classrooms: A Guide for Teacher-initiated Action*. Hemel Hempstead, Prentice-Hall International.

Ur, P. (2012). *A course in English language teaching*. (2nd edition). Cambridge University Press.

White, R. (1988). *The ELT Curriculum: Design, Innovation and Management*. Basil Blackwell.

第二十六章

教學法發展的歷史
The History of English Language Teaching

關鍵字

方法史、古典、改革、科學、溝通

method history, classical, reform, scientific,
communicative

Moving forward by looking backward.（Dale, 1946: 53）
回顧歷史、展望未來。

　　幾百年的外語教學史就是一部方法史，是一部新方法不斷湧現，又不斷更新的歷史。美國應用語言教學專家 Brown（1994: 51）將這種外語教學方法的頻繁更迭現象，稱為「物換星移」（changing winds and shifting sands）。在過去的幾百多年裡，語言學家和廣大的教育工作者在語言學、心理學、教育學、第二語言習得理論等基礎理論研究的指導下，不斷更新本學科的理論和原則，推出了一個又一個外語教學法，對外語教學的發展做出了傑出貢獻。

　　本章首先回顧外語教學法研究的發展歷史，歸納其發展特點，並展望外語教學法的發展趨勢。瞭解外語教學法的歷史演變，以及當前外語教學的發展趨勢，對教師增強自己的教學理論知識和能力有著重要的意義。

第一節　教學法發展簡史

　　外語教學起源於人們學習拉丁語，而外語真正作為一門課程在學校裡教授只有幾百年的歷史。在外語教學法發展史上出現過許多教學法，每一種教學法代表著一種教學主張，有著自己獨特的理論基礎、教學設計和教學方法。根據英國語言歷史學家 Howatt & Smith（2014）說法，外語教學史大體經歷了四個階段（表 26-1）。

表 26-1　外語教學發展的四個階段

階段	時間	代表性教學法	特點
古典教學階段	1750-1880	文法翻譯法	使用拉丁語教學的方法
教學改革階段	1880-1920	直接教學法	注重口語教學

（續）

階段	時間	代表性教學法	特點
科學發展階段	1920-1970	聽說教學法、情景教學法	教學建立在科學理論基礎上
溝通教學階段	1970-2000+	功能－意念教學法、任務型教學法	課堂教學溝通化，培養溝通能力

資料來源：Howatt & Smith, 2014: 75-95.

一、古典語言教學階段（classical persiod）（1750-1880）

　　外語教學法的研究可以追溯到 18 世紀中葉。在此之前拉丁語和希臘語是歐洲主要的外語，是當時教育、商業、宗教和政治的主要語言。直到 18 世紀中葉後，英語、法語和義大利語才逐漸取而代之，成為人們學習的外語。但由於拉丁語和希臘語在歷史上的地位和影響，學校裡的外語教學仍然沿襲著拉丁語和希臘語的傳統，一成不變地教著文法規則、詞彙、書面語言、文學名著和句子翻譯。因此，這個時期稱為「古典語言教學階段」。

　　這個時期的代表性教學法是文法翻譯法。由於它採用教授拉丁語和希臘語的方法，所以也叫古典教學法（Classical Method）。當時歐洲各國間交流還不十分頻繁，人們學習語言主要以娛樂、學術等為目的，極少考慮語言學習的溝通目的。人們運用文法翻譯法，其目的是閱讀古典文獻，口語只處於從屬地位。文法翻譯法反映了外語教學的部分規律，也適應了當時社會的需要。因此，文法翻譯法在 19 世紀末以前幾乎統治了歐洲外語教學達兩百多年之久。

二、教學改革階段（reform period）（1880-1920）

　　19 世紀末，西歐資本主義社會獲得進一步發展，國際交流日益頻繁。語言作為溝通工具，不僅要用書面溝通，口頭溝通也更加顯示出它的重要性。培養與外國人在政治、經濟、科學、文化方面的洽談、交流的口

語能力被提升到更重要地位。文法翻譯法偏重閱讀能力，忽視口語能力的培養方法，明顯地不適應資本主義社會的發展需要。為了培養通曉口語能力的人才，改革文法翻譯法勢在必行。此時，歐洲出現了外語教學改革浪潮。人們的爭論焦點是解決外語教學教什麼（what to teach）的問題，即是把教口語放在首位，還是把書面語言放在首位？要不要教文法？爭論的結果達成了一致的意見，即教學應強調口語，並把語音教學放在十分重要的位置。直接教學法就此應運而生，成了抨擊文法翻譯法的產物。由於直接教學法對文法翻譯法進行針鋒相對的抨擊，提出完全相對立的主張，所以直接教學法又叫改革法（Reform Method）。

三、科學發展階段（scientifc period）（1920-1970）

直接教學法奠定了方法的理念，並開創了外語教學的方法時代。隨後人們趨之若鶩，對教學法開始了熱烈的研究。在這一時期，人們試圖尋找最佳教學方法，解決怎麼教（how to teach）的問題。人們提出的問題包括：語言是什麼？語言是知識還是技能？人們是如何學會語言的？聽、說、讀、寫的相互關係及其學習的順序如何？美國普林斯頓大學教授Mohrmann（1961）在他的著作《歐美語言學動向》一書中回答了上述問題：（1）語言是說的話，不是寫下來的文字；（2）語言是一套習慣；（3）教語言本身，而不是教有關語言的知識；（4）語言是使用這種語言國家的人實際所說的話，而不是某個人認為他們應該怎麼說的話；（5）各種語言都不相同。

第二次世界大戰爆發，為了滿足美國對精通德語、法語、義大利語、日語、馬來語等語言人才以從事口譯、編碼室助手及翻譯工作的需求，設立一個特殊的語言培訓專案迫在眉睫。於是，美國政府委託美國的大學展開以培養軍事外語人才為目的的專案。這得到了美國的一些語言學家和教學法家如 Leonard Bloomfield 和 Charles Fries 等人的支持。這就是成立於1942 年的軍隊專業培訓專案，目標是培養學習者熟練的外語口語。在較短時期內真的培養了大量會說外語的人才，因而滿足了戰爭的需要。由於

這種方法要求的是聽和說，訓練的方法也是聽和說，聽說教學法便因此而得名。戰後，許多語言學家和外語教學法家都很重視這個成就，並推廣到普通學校的外語教學中去。

20 世紀 60 年代中葉，聽說教學法的發展達到了顛峰，流傳到世界各國，蜚聲世界外語教學界。外語教學的形式，從語音教學、直觀教學到句型教學，經過人們的努力大大豐富了教學的方法和技巧；特別是語言實驗室的出現，是外語教學的一大創新。

在聽說教學法發展達到巔峰的同時，對聽說教學法新的否定因素已經出現，這正是它走下坡的開始。人們對結構主義語言學和行為主義心理學的機械操練和反應形式，以及無休止的模仿和重複，開始感到厭倦和懷疑。人們從實踐上猛烈批評聽說教學法沒有能夠收到應有的學習效果。從理論上首先提出挑戰的是美國著名語言學家 Noam Chomsky（1957）關於轉換生成文法的理論。在外語教學方面，他喚起人們批判性地審查現行教學方法，擺脫形式主義和經驗主義，發揮人的語言獲得機制和認知過程的作用，恢復古典語言學中的理性主義。他們認為，人具有天生的語言能力，具有用口頭和書面表達思想的能力，並且把它們聯繫起來的創造性能力。學習語言絕不是單純依靠刺激—反應的結果，而是思維的過程，是靠不斷總結規則來創造新的句子。與此同時，John Caroll 的認知心理學和 Jerome Brunner 的認知學習理論與社會語言學、心理語言學先後出現。在這些理論的影響和啟迪下，出現了兩種具有代表性的教學法：（1）以批判文法結構為中心的教學體系而主張以連續情景為中心的情景教學法；（2）以批判習慣形成論而主張認知習得論的認知教學法。

在 70 年代，外語界還出現了以批判教師和課本為中心，而主張以學生為中心的人文主義教學法流派。該流派基於人本主義心理學，主張教學首先要解決教學對象的問題（whom to teach），例如：外語學習者是些什麼人？不同學習者如何學習的？他們在學習過程具有什麼心理狀態？該流派強調外語教學中學生本身因素具有很大作用。教學思想的變化重心應轉移到研究學習者的問題。

　　受到人本主義心理學的影響，外語界產生了全身反應教學法、沉默教學法、社區語言學習法和暗示教學法。這些教學法的基本特點是：（1）認為學習必須在學生毫無抗拒心理的情況下進行，這樣才能使語言輸入被學生吸收，並使吸收變成輸出；（2）強調學習過程與學生的情感、經驗、記憶、希望、激情、信念、價值、需求等聯繫；（3）除了關注語言教學本身，教師還要關注學習者因素，尤其是情感因素在語言學習過程中的作用。

　　為什麼這一時期是外語教學的科學發展階段？原因有三：

　　1. 聽說教學法的出現，第一次把語言實驗室引進外語教學中。語言實驗室在教學過程中對學生進行聽力、口語或翻譯訓練，以提升語音獨立學習的能力具有重要作用。

　　2. 聽說教學法把結構主義語言學和行為主義心理學應用於外語教學中，使外語教學法有史以來第一次建立在科學基礎上。聽說教學法的出現成為外語教學法發展史上的一個里程碑，在理論和實踐兩個方面都促進了語言教學法的發展。

　　3. Noam Chomsky 的轉換生成語言學、John Carrol 的認知心理學，已成為語言學界頗具影響的流派。社會語言學的出現，也使外語教學別開生面。在認知心理學和社會語言學理論的影響和啟迪下，一些語言學家和外語教學工作者對聽說教學法進行了抨擊和挑戰。於是，語言學家和教學法專家們開始探索新的外語教學法。

四、溝通教學階段（communicative period）（1970-2000後）

　　20 世紀 70 年代到 90 年代末，外語教學的重要發展是溝通語言教學。溝通教學階段的代表性教學法有兩種：功能－意念教學法和任務型教學法，它們分別被稱為弱式和強式溝通教學法。

1. 弱式溝通教學：功能－意念教學法

　　20 世紀 70 年代以後，隨著語言學的不斷發展，特別是人們對於語言

的溝通目的和溝通功能的認識逐漸加深，不斷進取的英國和美國應用語言學家又在探索新的教學途徑。70 年代外語教學理論是圍繞在美國語言學家 Hymes 提出的溝通能力（以與 Chomsky 提出的語言能力相區別）。Hymes 在 1972 年發表的《論溝通能力》，被認為是溝通教學方法的直接理論根據。根據 Brumfit（1986: vii）觀點，最早使用 Communicative Language Teaching 這一術語的是英國 Lancaster 大學的 C. Candlin 教授。Candlin 在 1971 年倫敦舉行的 IATEFL 研討會上，所作的報告題目就是〈社會語言學和溝通教學〉（Sociolinguistics and Communicative Language Teaching）。英國語言學家 D. Wilkins 也在 1976 年出版了《意念教學大綱》（*Notional Syllabuses*）一書，把溝通教學方法置於更可靠的基礎之上，同時催生了功能—意念教學法。

　　溝通能力含文法能力、社會語言能力、話語能力和應變能力等四個層面的內容，但集中到一點，那就是言語溝通的內在能力。從 50 年代透過機械訓練和重複培養語言能力轉到強調溝通能力這一基本概念，不能不說是一種深刻的變化，說明人們已把注意力從純方法上的研究轉移到語言學習的目的本身（溝通）、學習過程、人際關係以及大綱的總體設計。實際上，人們把多年來在教學法及其相應理論（語言學、心理學、社會學、教育學等）方面所研究的重大問題都歸結到溝通能力這一最根本的概念上，成為 80 年代各種外語教學新思想的彙聚點。

2. 強式溝通教學：任務型教學法

　　對於弱式的功能—意念教學法，許多主張強式溝通教學的語言學家還是感到不滿意，認為它還不夠「溝通」，因為它還帶有傳統教學注重語言專案的教學特點。也就是說，傳統教學法注重文法和結構的教學；而弱式的功能—意念教學法則注重功能和意念的教學，兩種方法都對語言進行分解後再教給學生，因此都具有傳統教學的特點。於是，語言學家對強式溝通法展開了研究。

　　在弱式溝通教學的基礎上，英國外語教育學者 N. Prabhu（1987）在

印度 Banglore 地區，進行了一個任務型教學的實驗。這項實驗普遍被認為是任務型教學法最早的嘗試，為後來人們創建任務型教學法提供了理論和實踐的基礎。

自從任務型教學法誕生後，國內外對任務型教學法的研究方興未艾，在 20 世紀 90 年代，任務型教學法成為外語教育的國際主流。在外語教育的刊物上，研究任務型教學法的專著和論文大量出現。進入 21 世紀，任務型教學法研究最為鼎盛。

任務型教學法是外語教學的科學思路，其生命力在於它具有廣泛的適應性和靈活的創造性，符合語言學習的規律。在教學過程中，學生之間的互動與溝通有助於學生運用語言，並最終達到掌握語言的目的。

3. 其他的教學法

20 世紀 80 年代以後，在科學技術與資訊技術的快速發展和經濟全球化的推動下，外語教學領域呈現「百花齊放」之勢。各種新的教學法出現，如整體語言教學法、多元智力法、能力導向教學法等，以及呈現溝通理念的合作語言教學法、內容導向教學法和任務型教學法等。

概括起來，這一時期的外語教學思想，主張教學首先要解決教學目的的問題（why to teach）。其特點是強調外語學習要以溝通為目的，重視培養運用語言的能力及推動學生學習外語的積極性。

溝通語言教學走過百家爭鳴的 20 世紀 80 年代，在 90 年代逐漸成為主流教學法，至今仍屹立不搖，成為全球廣為提倡，同時也是具有多方法、多理論、多種解釋的外語教學理念和方法。溝通教學法的產生，豐富了世界外語教學的理論和實踐。溝通教學法經過近四十多年的發展，已逐漸成為一種為世界語言教學界所普遍認同的教學思想和方向。

第二節　教學法的探索特點

綜觀外語教學發展史，可觀察到教學法發展的特點，即不斷探索新

型教學法。如同任何科學知識的教學一樣，外語教學也有一個方法問題。究竟什麼方法有效、簡捷、省時間，很早就被人們所重視。正如 Corder（1975: 139）在《應用語言學導論》中所說：

> 「在語言教學活動中，一旦在政治上和經濟上作出決定，即有關是否要教語言、教什麼語言和教誰語言的決定，須考慮以下的兩個概括性問題：即教什麼和如何教。這就是說，民族與民族、群體與群體，乃至個人與個人有接觸以來，就自然不可避免地遇到如何學習外語的問題。」

外語教學發展史說明，從事外語教學的專家和學者們一直在摸索著一條最好的途徑，一種能滿足國際交流需求的方法。這種執著的追求值得稱道，應加以鼓勵。掌握任何一門知識，研究任何一門學科，都有一個方法問題。方法的好壞往往直接影響學習效果，乃至成效。因此，探討外語教學法是一件非常有意義的工作。

一、從方法到途徑的探索

縱觀這兩百多年的教學法探索史，我們可以發現以下特點：從 20 世紀初到 60 年代，延伸到 70 年代中期，語言學家比較熱衷於對具體教學方法（method）的探討。在各國語言教學研究領域中，語言學家運用實驗、試驗、理論推證等多種方式，試圖為外語課堂教學開出一種對不同教學境況都有最佳效益的方法。於是，各種教學法便應運而生，與這種思維定勢相呼應，擴大教師在教學法上作了各種各樣的有益試驗，也進行了熱烈的爭辯。從 70 年代中期到 90 年代後期，語言學家把精力從方法轉移到途徑（approach）上，開始從人們從未涉及的角度思考語言教學的根本問題。語言教學在將近半個世紀的探索中，相對重視對基本理論、基本教學途徑的探討，而不規定基本方法的固定模式，語言學家更樂於由教師自己決定應當如何。

二、對溝通教學的探索

20 世紀 80 年代以後的一種趨勢，是探索溝通教學法。溝通教學法是近年來在語言教學界廣受肯定與重視的教學法，似乎所有從事外語教學工作的人士無不提出溝通對於語言學習的重要。從語言教學的目的來看，培養學生運用語言進行溝通的能力應當是語言教學的最終目的。因此，溝通能力是當代學生應當具有的最重要的語言素質。在使用語言時，學生除要遵循語言的構成規則以外，還應遵循語言的使用規則，這就需要掌握社會語言能力、策略能力和話語能力等。

對溝通教學法的探索遍布全世界，正如 Savignon（1991: 261）所指出：

> 「溝通教學法不是英國、其他歐洲國家或美國教育工作者的產物，而是當今全世界教育工作者為了滿足不同學習環境中學生的需要所做出的努力。在 20 世紀中的最後三十年裡，溝通教學法已被看作是創新的教學法，許多教材、課程和大綱都規定溝通能力是教學的主要目標。」

❀ 第三節　教學法的發展和存在

外語教學法都有各自的發展規律，各有自己產生的背景、發展的歷史、完整的特點和獨立的體系。同時，各流派之間又有著密切的關係。它們之間的對立、發展和共存關係，構成了外語教學法的互動性。這種互動性推動著教學法往前發展，外語教學法的互動性表現在對立性、繼承性和共存性三方面。

一、對立性

一種教學法為否定另一種教學法而產生，因而產生了某些教學法之間

的對立關係。在教學法歷史上，人們最先採用文法翻譯法，但最後它被認知教學法所取代。這個過程說明如下：

1. 鑑於文法翻譯法注重熟記和分析文法規則，無法習得口語能力的缺點，以及違反兒童習得第一語言的原則，直接教學法應運而生，強調要在有意義的語言學習環境中，提供以使用語言為主的密集式語言訓練。

2. 直接教學法走向沒落的原因之一，就是它沒有採用直接翻譯的方式，因此需要花費許多時間來解釋單字及句子。據此，另一流派的學者提出，語言要在語言環境中學習和掌握，這樣才能克服直接教學法的毛病。於是英國語言學家發展出情景教學法；美國語言學家發展出聽說教學法，取代了直接教學法。

3. 聽說教學法後來又遭認知教學法取而代之，原因是為了矯正聽說教學法的缺點。這個缺點就是聽說教學法把教學過程，當作刺激—反應的過程。

4. 認知教學法後來也走向沒落，取而代之的是溝通教學法。

縱觀這段時期的教學法發展史，我們可以發現新型教學法，事實上都是根植在舊有教學法之上的產物，都是針對舊方法所做出的一些修正。整個發展過程類似一種「鐘擺現象」，即在「語言用法」（usage）和「語言使用」（use）兩者之間搖擺不定。但是，一種新的教學法的產生並非回到老的教學法原點，而是在繼承中不斷發揚舊的教學法的長處，發展和創造性地建立了新的方法。

二、繼承性

教學法也和其他教育現象一樣，具有歷史繼承性。任何新的教學法也不可能從零開始，它都必然要從多方面吸收和利用以往舊傳統的教學法中一切有價值的成分。聽說教學法是在直接教學法基礎上發展的，而認知教學法是在文法翻譯法基礎上發展的。它們的特點都是後者總結了前者的不足，吸取了前者的優點，並根據當時社會的需要發展的。

　　雖然各種教學法都存在著一些缺陷，但是它們在一定程度上反映了教學的客觀規律，至今仍具生命力，值得我們認真總結、整理，並借鑑其合理的部分，有目的、有效地加以整合，以最大限度地發揮它們的優勢。在具體教學實踐中，教師必須根據變化了的時代精神、內容性質和對象特點等客觀條件，勇於開拓、推陳出新，使教學法更能適應教學的實際要求。教學法的發展，還包括對傳統教學法的挖潛（挖掘內部潛力）、改造、互相補充和綜合利用，因而它同教學法的繼承性並不矛盾。

三、共存性

　　任何一種教學法沒有因為產生了新的教學法，而自動退出歷史舞臺。現存的各種教學法也未因存在著對立面而相互兼併，各種教學法之間是共存的關係。由於教學法都有優缺點，一種教學法的產生，並不意味著原有教學法的淘汰，而是同時並存、競相發展。比如文法翻譯法，雖然是被批評為老掉牙的教學法，但它的改革模式至今仍在某些地方使用。可見，教學法之間互相學習對方的長處，使其相互發展和完善，這就是教學法發展的演變過程。

第四節　對教學法的認識

　　上面我們簡單地介紹了教學法發展過程的特點。在研究外語教學法時，對這些方法應該怎樣認識呢？一般認為，各種教學法都是歷史的產物，反映了各時代的科學文化水準。各種教學法都有優缺點，它們對外語教學的理論和實踐做出了貢獻。

一、各種教學法都是歷史的產物

　　我們應該運用歷史的觀點和發展的觀點，看待各個教學法。外語教學法不僅是學習方法的問題，也是時代的產物，與民族間交流的方式和環境有著密不可分的聯繫。它反映時代對外語教學的需要。社會需要促使人們

學習外語，學習外語的目的要求一定的外語教學方法，而教學方法又基於人們在外語教學裡的經驗。因此，各種教學法都在當時的歷史條件下，都不是憑空產生的。各個教學法都是反映不同歷史時期，社會和學生需要的產物。舉例說明如下：

1. 文法翻譯法：18世紀以前，作為外語的拉丁語、希臘語是西歐等國文化、教育著書立說的國際語言。由於拉丁語文法極其繁雜，拉丁語文法就成了訓練智慧的重要方式。文法翻譯法為適應這一閱讀、著書立說與發展智慧的社會需要，就成了西歐教授拉丁語作為外語的教學法。

2. 直接教學法：19世紀90年代西歐資本主義社會獲得進一步發展，國際交流日益頻繁。語言作為溝通工具，不僅要用書面交流，口頭交流也更加顯示出它的重要性。培養與外國人在政治、經濟、科學、文化方面的洽談、交流的口語能力，被提升到更重要的地位。為了培養通曉口語能力的人才，直接教學法就此應運而生。

3. 聽說教學法：第二次世界大戰結束前夕，美國要培養大批掌握外語口語的人才，於是制定了訓練軍隊的外語教學方案，進行外語口語強化訓練。為了適應當時形勢的需要，聽說教學法就應運而生。

4. 能力教學法：能力導向語言教學法能在澳洲普及，主要出於教育和經濟兩方面的原因。在教育方面，從20世紀60年代起澳洲政府就規定了能力學習的目標及其評估的方法，因此學校都注重達成這種目標，並把這個目標作為課程設計和評估的基礎。在經濟方面，從60年代起，澳洲就缺乏專業技術工人，這須透過移民得到緩解。面對這種狀況，澳洲政府提出了能力教育與訓練方案，以便培養高技術的勞動力，並提高勞動者的工作能力。

二、各種教學法反映各個時代的科學文化水準

每個教學法的產生都反映了各個時期的社會需要，也反映了各個時期社會的科學、文化發展和人們對外語教學問題的認識與解答。例如：聽說教學法的特點是句型練習，其理論基礎是行為主義心理學。今天我們批評

它,指出它的缺點是:(1)句型練習的機械性、重複性容易引起學生學習的枯燥乏味感覺,造成外語課堂的沉悶氣氛;(2)把語言看作是一系列刺激一反應的行為過程,忽視語言訓練和運用的創造性。但是,在20世紀50年代,行為主義心理學是當時先進的一門科學。此外,聽說教學法第一次把語言實驗室引進外語教學中,給學生提供大量的聽說機會,這也呈現了當時的科技發展水準。

今天看來,有些教學法的觀點不夠全面,但它們對外語教學發展的貢獻或歷史作用是不容否認的,因為一種教學法往往是在另一種教學法的基礎上發展起來的。沒有前人的努力,後人還得從頭摸索,不可能從現有的基礎上前進。例如:20世紀60年代,在認知心理學和社會語言學理論的影響和啟迪下,一些語言學家和外語教學工作者對聽說教學法進行了抨擊和挑戰。於是,語言學家開始探索新的外語教學法。認知教學法以及以後的溝通教學法,或多或少都在批判聽說教學法的基礎上產生的。

今後,隨著社會政治、經濟、文化和科學的迅速發展,各國人民的交流會變得日益頻繁。作為社會溝通工具的語言本身在不斷演變,與教學法相關的語言學、教育學、心理學、第二語言習得理論等科學也在發展,人們對語言的本質、教學行為和教學環境的認識在不斷深入,並提出新的學說。人們積極探索新的教學理論和方法也必將有所發現、有所前進,永遠不會停留在一個水準上。

三、各種教學法都有優缺點

除了設計者教學法外,大多數教學法都不是一個人的努力和創造,而是集中了許許多多人的經驗和智慧,其中包括有關學科的專家和學者,透過長期的累積,逐漸形成的。他們各在某一點或某幾點上觀察入微、論證充分,表現出自己的特點,也做出了自己的貢獻。各種教學法能流傳到現在,並為人們直接或間接所採用,說明它們是有價值的。但又由於認識的局限,各種教學法往往又過分強調各自的不同層面,此時不免失之片面。它們往往重視某一方面的同時,卻又忽視另一方面,出現這種局限性和片

面性也是正常的。

　　因此，在論述各個教學法時，應注意一分為二。我們這樣做的目的不是褒貶前人，而是利用和吸取他們在探索外語教學規律中的經驗和教訓，以提升我們的教學水準，更好地解決我們在教學裡所遇到的問題。

第五節　教學法的未來發展趨勢

　　兩百多年來，教學法之間的爭論貫穿始終。教學法的發展史可以說是一個爭論、發展的歷史。如果沒有分歧、沒有矛盾、沒有爭論，那麼教學法就不可能有所發展，而且也無法存在。因此，未來教學法的發展趨勢仍然是充滿爭論，並不斷發展的。每當爭論激烈的關鍵時刻，教學法的發展趨勢總會呈現兩種取向：一是繼續研究、探索更為有效的教學法；二是採取折衷與綜合的態度。

一、繼續探索有效的教學法

　　繼續探索有效的教學法，是當前外語教學法發展的主流思維和主要趨勢。一方面，語言學家和教學法專家主要從語言學的角度，探索更為有效的外語教學法體系。例如：溝通語言教學在理論與實踐上的不斷發展、完善和新的溝通語言教學法的產生、發展等。另一方面，心理學家和教學法專家主要從心理學角度探討新的外語教學法，例如：重視學生個體因素的人文主義教學法的發展、完善等。可以預見，外語教學的研究會以更大的規模和更快的速度發展。

　　一般認為，教學法的探索將受到許多因素影響。這些因素包括如下幾點：

　　1. 國家的教育政策：國家的教育政策，將影響外語教學的研究、評論、建議和改革。

　　2. 外語教學理論的研究：外語教學理論的研究，將影響教學法的開展。

3. 影響較大的理論：知名語言學家和教學法專家創建的影響較大的理論，將繼續影響和指導外語教學的研究。

4. 學科研究的成果：越來越多的學科研究，將會影響外語教學。人文社會科學的研究，已經使外語教學成為一個跨學科的領域。隨著現代科學的發展，許多自然科學的研究成果，如腦科學、生物工程學等都會給語言教學研究帶來前所未有的啟示。

5. 現代科學技術的發展：現代科學技術已經使傳統的外語教學從理念到內容和方式，都產生革命性的變化。可以預見，電腦、多媒體和網路技術會進一步促進教學模式的研究及應用。

二、採取折衷教學的態度

兩百多年的外語教學研究，給了我們很多教訓和啟發。折衷教學（eclecticism）是教學法探索的另一種趨勢。近幾十年的外語教學研究說明，至今人們還未能提供一種普遍認為萬能的教學方法；同時每一種教學法都有利弊。於是人們開始支持折衷主義觀點，主張在外語教學中權衡各種理論、途徑、方法，吸收其優點，使之能夠用於多樣化的教學環境。

在當前的外語教學法研究中，教師們普遍認為採用綜合的方法，也就是將多種教學法結合起來，取長補短，是最有效的方法之一。無論是外語教學研究者還是外語教師，都沒有理由對當前的新形勢視而不見。我們應當學習新理論、思考新理念、研究新問題，運用各種教學法，對多元化的理論和教學法流派不能持極端的全部接受（believing game）或全面否定（doubting game）的態度（Larshen-Freeman, 2011: 6-8）。我們更不能全面否定，這是因為它們是前人的智慧結晶、是教學的寶庫。我們需要思考、研究，從理論到實踐，只有這樣才能展開真正具有成效的外語教學。

第六節　結束語

對任何教學法的評價，都不能離開其使用的歷史背景、都不能回避它

的歷史作用、都不能忽視它對個人與群體的具體獨特的功效，也不能忽視它的某些獨到之處或在某些方面的優越性。一概否定或全盤肯定，都是違反歷史的、不科學的。

　　在經過了兩百多年的探索之後，教學法研究將會進入一個更成熟、更有成效的新時期。時代在前進，教育學、心理學、語言學、哲學等都在隨著時代的前進而發展。教學法作為一門學科，也在發展和前進中。今天的教學法儘管比以往的教學法，有了很大的進展，但還要繼續發展，而且要發展得更快一些。時代對外語教學提出了新的要求，人們的認識達到了新的高度，流派之間的爭鳴更推動各派不斷前進。在爭鳴當中，各家互相學習、影響、啟發和補充，形成外語教學園地裡萬紫千紅、交相輝映的情景。

《思考題》

1. 請簡述外語教學史四個階段的特點。
2. 請舉例說明溝通教學法都是歷史發展的產物。
3. 為什麼各種教學法都有優缺點？
4. 為什麼說一概否定或全盤肯定教學法都是不科學的？
5. 為什麼要對教學法採取折衷的態度？

參考文獻

Brown, H. (1994). *Principles of Language Learning and Teaching*. Englewood Cliffs, NJ: Prentice Hall.

Brumfit, C. (1986). *The Practice of Communicative Teaching (Developments in English Language Teaching)*. Macmillan Education.

Chomsky, N. (1957). *Syntactic Structures*. 's-Gravenhage: Mouton.

Corder, P. (1975). *Introducing Applied Linguistics*. Baltimore: Penguin Books.

Dale E. (1946). *Audio-Visual Methods in Teaching*. New York: Holt, Rinehart & Winston;

Howatt. A & Smith. R. (2014). The History of Teaching English as a Foreign Language, from a British and European Perspective. *Language and History*. Vol. 57, No. 1, May 2014, 75-95.

Hymes, H. (1972). On communicative competence. In Pride, J., Holmes, J. *Sociolinguistics: selected readings*. pp. 269-293. Harmondsworth: Penguin.

Larsen-Freeman, D. & Anderson M. (2011). *Techniques and Principles in Language Teaching*. (3rd edition). Oxford: Oxford University Press.

Mohrmann, C. (1961). *Trends in European and American Linguistics*, 1930-1960. The University of Michigan.

Prabhu, N. (1987). *Second Language Pedagogy*. Oxford: Oxford University Press.

Savignon, S. (1991). Communicative language teaching: start of the art. *TESOL Quarterly, 25*(2), 261-277.

Wilkins, D. (1976). *Notional Syllabuses: A Taxonomy and its Relevance to Foreign Language Curriculum Development*. Oxford: Oxford University Press.

第二十七章

綜合教學法
Integrated Approach

It appears reasonable to combine practices from different approaches where the philosophical foundations are similar.（Rodgers, 2001）

將具有相同理論基礎的不同教學方法結合起來，是合理可行的。

在本書的末章，我們提出基於折衷主義的綜合教學途徑，目的是探討教學法的最優化問題，即如何借鑑教學法，提高教學品質。我們先簡單介紹折衷主義教學思想，然後討論教學環境對選擇和運用各種不同的教學法的制約影響，最後探討具有原則的綜合教學模式和方法。

第一節　綜合教學法的概念

綜合教學法是指博採眾長、兼收並蓄，使各種教學流派均能為我所用，從而形成具有自己特色的教學法。

綜合教學法雖然冠之以「法」，但它並不是本書第一章中所定義的教學法，因而同本書所介紹的任何一種具體的教學法都有所不同，它是一種吸納百家、博採眾長的教學途徑或理念。其基本理念認為，任何一種教學法（包括理念基礎、教學設計和課堂實踐方法）並沒有好壞之分，在具體教學過程中，不排斥任何一種教學法。根據特定的教學目的，哪些方法最有效，最適合具體的教學環境，最能滿足教學的需要，就可以採用哪些方法。因此，綜合教學法要求教師在教學中根據教學內容、教學階段、教學對象等實際情境，創造性地運用最合適的教學法，以達到最理想的教學效果。

綜合教學法的最大優點就是教師可以根據教學的具體情況，靈活選擇運用不同的教學法，不受某種特定教學法的約束，而且能對流行的教學法採取審慎求實的態度，在眾多的教學法面前擇優選用，從而形成具有自己特色的教學法。

🐝 第二節　綜合教學法的理論基礎

一、折衷主義（eclecticism）

綜合教學法的理論基礎是折衷主義。在哲學上，折衷主義是指把各種不同的，甚至是根本對立的觀點結合在一起，在其他領域中則指不拘於一種觀點或風格，對不同理論觀點擇其所愛或擇優的做法。

折衷教學思想在外語教學界起源於 20 世紀 80 年代。折衷是現代外語教學的一個潮流和趨勢，許多專家和學者都強調了這一點。根據 Mellow（2002），折衷主義有多種不同的名稱，這說明許多專家和學者對折衷教學相當重視：

- 有效折衷（effective eclecticism）
- 啟發性折衷（enlightened eclecticism）
- 有見識的折衷（informed or well-informed eclecticism）
- 綜合折衷（integrative eclecticism）
- 新式折衷（new eclecticism）
- 計畫性折衷（planned eclecticism）
- 系統性折衷（systematic eclecticism）
- 技術性折衷（technical eclecticism）
- 基於相同理論的折衷（disciplined eclecticism）（Rodgers, 2001）

折衷教學法的主要支持者 Rivers（1981: 54）給折衷主義教學理念的定義是，不局限某一種教學法，而是嘗試吸收所有已知的語言教學法的優點，並將它們融入課堂教學過程中。其核心在於綜合選擇性，同時強調所選擇的教學法應具備有效性和適宜性，即應該能夠滿足某一教學環節的需要，適宜教學對象、教材及實際教學需要。

二、有原則的折衷選擇（principled eclecticism）

面對眾多的教學法流派，通常有兩種選擇傾向：絕對選擇和有原則的折衷選擇。絕對選擇（absolutism）是指在各種教學環境中，運用相同一

種教學法。其基本理念是，最佳的教學法只有一種，可用於各種不同的教學環境。這種傾向不僅不能改善外語教學，反而會影響教學品質的提升。

綜合教學法堅持的是有原則的折衷選擇。Brown（1994: 74）指出，「沒有原則的折衷主義可能會陷入任意性的狀態」。有原則的折衷選擇具有下列特點：

1. 優越性（superiority）

優越性是指綜合教學法必須是克服了每種類型方法的局限性，而在其功能、效果、方法等方面呈現出綜合化特點的教學法。因為它綜合了各種方法的優點和長處，所以才能發揮出整體最優的功能。優越性是衡量一種綜合教學法是否最優的首要條件。

2. 一致性（coherence）

一致性是指教師必須基於協調一致的原則，不能無理念和無原則地隨意亂選。

3. 多元性（pluralism）

多元性是指教師必須基於多元的觀點看待各種不同的教學法，從中選擇合適的教學法。

4. 環境性（contextualization）

環境性是指教師重視教學環境對教學的制約力，並充分考慮各種環境因素及其異同性。

5. 創造性（creativity）

創造性是指教師必須創造出自己的教學法，表現出教學智慧。綜合教學法不是面面俱到，而是「集優化」；也不是優點的簡單相加，而是經過優化組合之新的整體。

6. 認同性（recognition）

綜合教學法能否被學生認同，直接影響到其作用能否具有成效地發揮。如果一種綜合教學法既能使學生在理智方面認同，又能使其在情感方面認同，則說明它是一種優化的教學法。否則，就難以保證教學法的實效。

7. 有效性（efficiency）

有效性是指綜合教學法既要能取得最佳效果，又要能達到最高效率，是高效果與高效率的統一。優質高效、省時低耗，應當是教師追求的根本目標。

Celce-Murcia（2014: 12）引用同事 Clifford Drator 教授一句發人深省的話，來概括教師對教學法應持的態度：Adapt: don't adopt.（創造性地使用教學法，不要依循）。adapt 是指順應需要而修改，而 adopt 卻是全盤採納。總之，選擇教學法時教師要根據自己的理念，考慮到教學環境，將各種教學法有機地綜合起來，創造出自己的教學法。

第三節　綜合教學法的教學環境

一、教學環境的概念

教學環境（teaching and learning context）是教學活動的一個基本因素，也是綜合教學研究的一個重要課題。任何教學活動都是在一定的教學環境中進行的。如果說教師和學生是教學活動的主角，那麼教學環境就好比是他們活動的舞臺。缺乏這樣一個舞臺，教學活動就失去了依託。因此，重視教學環境的制約因素，對於教學活動的順利進行具有重要意義。

教學環境有外部與內部之分。外部環境包括教育制度、科學技術、社會經濟、文化環境、大眾生活環境、民族心理環境、家庭條件、親朋鄰里等，這些因素在一定程度上制約著教學活動的成效。外部環境發生的任何

變化，都可能成為影響或改變教學方法的客觀力量。內部環境主要指學校教學活動的場所、各種教學設施、校風、班風和師生人際關係等，這些因素在一定程度上制約著教學方法的成效。

二、教學環境的制約作用

為什麼教學環境對教學方法的成效產生制約作用？主要原因有二：

1. 教學法不是萬能的

各種教學法都是根據特定的理論制定的。在這種情況下，「教學法的創建者只管該教學法是什麼、教師怎麼教、為什麼那樣教；可是卻不管教學的對象是誰、教師應何時何地使用該教學法」（Larsen-Freeman, 2000: 181）。因此，在實際使用的時候，每一種教學法都受到教師、學生、教學條件、社會情景等因素的影響。

2. 教師往往服從於環境因素

教學法的選擇只是整個相互關聯的課程發展活動的一個環節，而所處的環境通常會影響到語言課程的設計和發展。McDonough & Shaw（1993: 3-5）說明了環境是如何影響教學法的選擇（圖 27-1）。

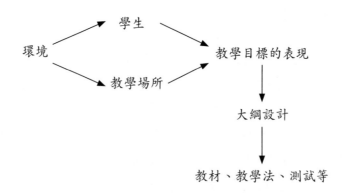

圖27-1　環境對教學法選擇的影響

資料來源：McDonough & Shaw, 1993: 3-5.

　　環境因素的影響力超出教師的控制能力，因此在環境因素與教學法選用發生衝突時，教師往往服從於環境因素。在本書第二版附錄四〈實施溝通教學法的不利因素〉一文中，我們提到有利因素和不利因素的概念。有利因素是指促使教師使用某一教學法的因素，例如：學生需求、教學目標和教學大綱等就是指導教師運用何種教學法的有利因素。不利因素就是妨害使用某一教學法的因素。在 20 世紀 90 年代，在某些以英語為外語的國家或地區中，雖然教師喜歡溝通教學法，但卻無法在課堂中充分運用。Genesee & Upshur（1996）指出，不利因素具有影響外語教學的強大力量。教師難以控制它們，更難以改變它們，因此，假如不利因素與課堂教學產生衝突，教師必須改變課堂教學以求得兩者的和諧。假如不利因素使既定的教學計畫難以實現，那麼課堂教學就會與教學計畫衝突。因此，即使偏愛溝通法，教師也無法在課堂上使用。

　　班級規模是一個影響教學活動的不可忽視的重要因素。班級規模主要指一個班級內學生人數的多少。在一個人數較少、規模適宜的班級內，教師就容易讓學生進行諸如合作學習活動和溝通活動，這樣每個學生都有機會參與討論，與其他同學展開正常的交流活動等。而在一個人數過多、規模膨脹的班級內，教師就難以讓學生進行這些活動，這時教師就容易傾向於「一言堂」的教學方式。由此看來，班級規模所影響的不僅僅是教學法的選擇，也影響學生參與課堂活動的機會和程度。

三、考慮環境因素的方法

　　大量的教育實踐活動也說明，教學如果缺少了適合教學環境的教學法，教學效果就差、教學任務就很難完成。可見，教師正確地選擇和不斷地改進教學法，都是教學過程中至關重要的事情。選用與探索最優化的綜合教學法，是教學實踐取得最優效果的重要保證。那麼，如何才能在教學實踐中恰如其分地選定最佳的教學法呢？

1. 需要分析（needs analysis）

在選擇教學法前，教師要先評估教學所在的環境因素，也就是進行需要分析。需要分析的工作完成後，再去研究哪一種教學方法最為有效，並根據需要從多種教學法中選擇最有效、最合適的教學原則和教學技巧。需要分析提出的問題很多，比如：

（1）教學目的是什麼？是文法能力還是溝通能力？比如，學生想學習溝通能力以便與外籍人士溝通，還是學習文法能力為將來進一步學習打下基礎；

（2）學生的口語水準如何？學生的學習態度和方式如何。學生要學什麼？哪一種教育程度的學生需要聽、說的訓練？又有哪一種教育程度的學生需要更多的讀、寫練習？

（3）教學時間如何？（如每學期共有幾週、每週要上幾天課、每天要上幾個小時等）、班級人數多少？

（4）教材的使用是否有利於提升教學效果？

（5）考試的內容形式是什麼？學生要參加文法考試，還是參加溝通測試？

2. 綜合選擇的依據

需要分析完成後，教師還需要注意依據以下幾方面進行慎重選擇、正確決策。

（1）根據教學內容的性質和特點：教學目的和任務是透過教學內容來實現的，教學內容的性質和特點不同，就應選用不同的教學法。只有選用的教學法與教學內容的性質和特點相符合，才能使教學內容發揮更大的效益。以下是教學法及其所傳授的教學內容：

- 文法翻譯法：文法
- 直接教學法：結構、句型
- 聽說教學法：結構、句型

- 情景教學法：結構、句型
- 認知教學法：文法
- 學習策略訓練法：學習策略
- 功能─意念教學法：功能和意念
- 文本教學法：文本
- 詞彙教學法：詞彙

（2）根據教學的目的和任務：教學法是實現教學目的和完成教學任務的方法，不同的教學目的和任務，要求運用不同的教學法。任何教學法都是為一定的教學目的和任務服務的。教師必須注意選用與教學目的和任務相適應，並能實現教學目的和任務的教學法。以下是教學法及其所培養的能力：

- 聽說教學法：聽、說、讀、寫能力
- 功能─意念教學法：使用語言功能進行溝通的能力
- 任務型教學法：使用準確、複雜和流利的語言進行溝通的能力
- 能力導向教學法：應付日常生活的能力
- 文本教學法：文本能力
- 詞彙教學法：詞彙能力

（3）根據教學對象的實際情況：教學對象的年齡、性別、經歷、性格、思維類型等的不同，也對教學法提出不同的要求。只有選用與此相適應的教學法，才能真正有效地提高學生的知識能力和語言水準，促進其健康向上的發展。一般認為，全身反應教學法和語言經驗教學法最適用於初級階段的兒童語言教學，除此之外的教學法都適用於各種不同的教學環境。其中，文本教學法和詞彙教學法都適用於語言程度較高的學習者。

根據教學對象、目標及需求，可對某一類學生同時採取幾種相應的教學法，以優化教學模式、提升教學效率。比如，對於兒童和成人的教學，可採取共時性教學模式（表 27-1）。

表27-1　共時性教學模式

對象	教學內容	前期教學法	後期教學法
兒童	聽說教學	兒童的模仿能力強，樂於開口，不恥於語誤，但自身監控能力低。因此對他們不宜採取文法翻譯法，但採取句型練習為主的直接教學法、聽說教學法、情景教學法、全身反應教學法較為理想。	在學習了一系列相關句子後，學生們就可以透過同伴之間進行對話的方式來鞏固所學內容直至掌握，這時可以輔以溝通教學法來培養口語溝通能力。
成人	閱讀教學	成年人邏輯思維能力強，願意探究語言本身的規律，可採用文法分析和翻譯的方法，同時輔之以認知教學法，對所出現的語言現象有計畫、有針對性地給予文法上的解釋和說明。	在學習了一系列相關語言知識後，可輔以溝通法來培養書面溝通能力，比如就現實生活中的一件事進行交流，或進行溝通活動等。

　　（4）根據教師自身素養及所具備的條件：教師自身的素養條件和領導能力，直接關係到選用的教學法能否發揮其應有的作用。在介紹任務型語言教學法時（參見第十九章），我們提到在所有的教學法中，文法翻譯法使用最方便，不需要什麼教具和設備，只要教師掌握了外語的基本知識，就可以拿著外語課本教外語。相反的，任務型語言教學法最難使用，原因在於「從難著手策略」。因此，教師應對自身素養及所具備的條件實事求是進行分析，根據其特點和條件選用恰當的教學法，以揚長避短。

　　（5）根據教學法的特點：每種教學法都具有不同的特點，教師應認清各種教學法的優缺點，把握其適應性和局限性，或有所側重地使用，或進行最佳化組合，不可盲目地選用教學法。

　　（6）根據階段性的特點：根據教學過程的階段性和層次性等特點，教師對教學法的使用應有動態的發展，使各種教學法的優點在不同階段得以呈現。在不同的階段，學生的母語和外語水準、認知能力、心理因素

等是極不相同的，這就要求在不同的階段採用不同的教學法。比如，從小學、中學到大學階段的教學可採取歷時性教學模式（表27-2）。

表27-2　歷時性教學模式

階段	學生的特點	教學法	教學目標
小學	語言水準、認知能力和思維能力有限	直接教學法、聽說教學法、情景教學法、全身反應教學法、默示教學法、自然教學法等	為培養學生使用語言進行交流所奠定的語言基礎
中學	已具有一定的語言水準，同時也具有相當的認知能力	文法翻譯法、認知教學法、整體語言教學法、功能—意念教學法、智力教學法等	透過對語言知識的傳授，教給學生必備的語言知識，為培養學生的溝通能力所奠定的語言基礎
大學	已具有相當的語言水準，具備一定的能力。同時，又產生了交流的心理和社會需求	自然教學法、合作語言教學法、內容導向語言教學法、能力教學法、任務型教學法、詞彙教學法等	全面培養學生的口語、書寫溝通能力、生活能力、合作能力等

　　總之，綜合教學法要求教師遵循博採眾長、靈活有效、保證教學品質的原則，建構具有原則的綜合教學模式。教學法的選擇與使用，呈現著教師的智慧，標誌著其教學藝術水準的高低。

第四節　口語綜合教學示例

　　以下內容來自本書第二版刊載的一篇文章，題目是〈資訊差距在溝通教學中的運用〉。本篇文章的目的是說明如何綜合運用傳統的教學法和溝通教學法，把傳統的句型練習過渡到溝通活動。

在傳統課堂中,英語教師經常提出答案明瞭的問題。例如:教師指著椅子上的鋼筆和桌子旁的椅子問:Where's the pen? Where's the chair? 或者問一個手持鋼筆的學生:Do you have a pen? 甚至問學生:Are you a student? Do you sleep every day? Can you walk? 這種明知故問的提問方式,就是缺乏「資訊差距」(information gap)的一種表現。

一、非溝通活動

從溝通的觀點看,這種毫無資訊差距的提問方式缺乏溝通特點:

1. 毫無溝通需要:由於所提問題的答案都是事先已知的,因此明知故問在真實的日常生活中絕少發生。明知某資訊,何必再問?像上面的對話只能在法庭聽到,被人稱為「法庭語言」(courtroom language),是培養法官和律師的語言。學生學得再好也不需要。

2. 缺乏溝通功能:在溝通中,人們必須兼懂語言形式和溝通功能,因為形式和功能並不相等。如果只懂 Why don't you close the door? 的意義,而不懂其表達「祈使」的功能就會導致溝通失敗。明知故問教學法只說明形式和意義,沒有訓練溝通功能和使用場合,因此,其語言即使有使用的「需要」,學生也不一定懂得使用。例如:學生懂得 Where are you going? 和 Have you eaten your meal? 的說法和意義,但不知其功能是尋求資訊的提問,結果作為招呼到處亂問,鬧出笑話。

3. 沒有即席創造:溝通是在毫無準備的情況下,利用已知的語言進行創造性的使用,而不是背誦課堂對話,否則溝通便成為「背誦對話的回音」(echo of memorized dialogue)。由於明知故問已有答案,而且只有一種正確答案,因此學生沒有思考和創造的餘地,更談不上創造力的培養。

4. 不符合社會規範:在溝通時,人們要考慮的原則是:什麼人在什麼情況下對什麼人講什麼話。這樣說話才能符合社會規範,避免冒犯對方。但明知故問只教授句子的意義,沒有說明如何遵守溝通原則,結果學生說話不得體。例如:學生問 Excuse me, kind sir. I wonder if you would

be so kind as to direct me to the railway station? 以為很有禮貌，但還是不得體，因為人們在日常生活中不會這樣問路的。

總之，缺乏資訊差距的明知故問「假溝通」，屬於機械性的低級練習，只是透過情景把句意予以闡明而已。

二、改進方法

為了使它朝向具有溝通特徵的高級練習發展，教師必須注意以下幾個問題：

1. 使用溝通資訊的語言

Stubbs（1983）觀察到人們在日常生活中，經常使用某些語言來溝通資訊。如 If we do this, then _____. We may/might/could _____. What do you mean? I don't understand. What I mean is _____. What you mean to say is _____. 等。為了減少明知故問，並使課堂接近於日常生活情景，教師在課堂上應多使用這些句子，或類似的句子如：Please explain. I don't understand. Please summarize what you mean. Can you sum up this dialogue? Do you agree? Why or why not? 等。這樣就會激發學生積極思考，使他們即席性和創造性地使用語言。教師還要把這些語言教給學生，並鼓勵他們多加使用。

2. 改進提問方式

教師應儘量少說 Can you walk? Do you sleep everyday? 等，而應改說 Can you walk on the ice? When do you sleep? 當知道學生已理過髮，就不問 Have you had your hair cut? 而問 Where did you have your hair cut? 或 How often do you have your hair cut? 這樣就消滅了資訊差距。

3. 向溝通練習過渡

如果為了闡明句意或訓練某種結構而必須進行明知故問式的練習，

那麼練習完後應立即向具有資訊差距的溝通練習過渡。這種過渡被 Rivers 稱為「向溝通的巨大飛躍」。它已脫離機械性練習，向溝通練習前進了一大步，為進行溝通活動打下基礎。本文開頭的對話都可以進行過渡：

【例 1】做完 Where's...? It's... 機械性練習後，教師要求學生模仿陌生人在街上問路，而另一位學生根據地圖給予回答：

S1: Excuse me, where's the post office?

S2: It's opposite the theater.

S1: Excuse me, where's the bank?

S2: It's next to the cinema.

這種對話具有資訊差距，因為 S1 在 S2 回答之前不知道郵局在哪裡；它接近日常生活情景，也符合「溝通需要」的原則。

【例 2】在訓練 Do you have a ...? 等句型時，在使用實物進行對話後，立即改用圖片對話，因為實物可看見是什麼，而圖片卻不同，當背對學生時圖上內容不得而知，因此產生資訊差距。這種活動稱作溝通性猜測遊戲，具體做法如：教師拿出十二張動物圖片，複習完這些動物的名稱後，全部放進一個口袋中。請 Student 1 從中抽出一張，但不讓其他學生看出圖片上的動物，然後學生們用 yes/no question 來提問圖片上是什麼動物。

第一輪：S1 回答 Do you have a ...? 的提問。

第二輪：S2 走上臺配合和幫助 S1，並由 S2 提問 Does he have a ...?

第三輪：S3 走上臺配合和幫助 S1 與 S2，並由 S3 提問 Do they have a ...?

第四輪：雙人活動，讓每位學生在紙上畫一隻動物，然後翻過來放在桌上，不暴露圖上內容，另一位學生用 Do you have a ...? 來提問，直到猜對為止。

【例 3】在進行 My father is a teacher. Is my father a teacher? 或在進行由學生用教師提供的各種職業名稱來做 My father is a teacher. 替換練習後，教師應立即補充提問 What's your father? 等，要求學生根據自己父母的真實職業來回答。

【例 4】教進行式時態時，在教師「邊走、邊說、邊問」的練習後，可以立即轉入真實提問。假如課堂較吵，教師可問 What are you doing? Are you listening? Why are you not listening? 要求學生即席如實回答。這樣師生之間就消滅了資訊差距。

4. 進行溝通活動

根據 Littlewood（1981）的觀點，溝通練習不是溝通活動，而是「前溝通活動」或溝通練習活動，它只是訓練溝通的「部分技能」，為進入「全技能」的溝通活動作準備。因此，僅僅進行「前溝通活動」是不夠的，還必須向溝通活動過渡。如果在課堂上增加溝通活動，就必然減少明知故問。溝通能力是透過溝通活動來培養的。

在溝通活動中，學生根據情景將所學的語言進行重新創造，即席並得體的使用它們來表達溝通功能，做到具有創造性而不是背誦對話。這樣，學生才真正學會使用英語進行溝通。

Littlewood 把溝通活動分為功能溝通活動和社會互動活動。功能溝通活動是學生透過溝通方式完成一項任務或解決一個難題。成功的標準是表達功能的有效性。例如：下面這個難題解決的活動：

A man is standing by a bend in a river. He wishes to cross the river, but he has only two planks of wood. He can't use them as a raft or a boat, and the two planks aren't long enough to form a bridge. Decide how he can use the piece of wood to get across the river without getting his feet wet.

學生事先不知道答案，因此必須根據「提示」尋求解決的方法。在討論中，學生要做到形式和功能兼顧。例如：學生請求對方進一步解釋時說 "I don't understand your solution." 對方要知道其意義和功能並做出反應。

社會互動活動增加了學生將來會遇到的社會情景，在這個情景中考慮

如何說以符合社會規範。除成功且標準的表達功能的有效性外，還要看說話是否得體。如下面這個角色扮演：

Student A	Student B
You like dancing and going to discos. Suggest to your partner that you go out this evening. Try to persuade him/her to go where you prefer.	You don't like dancing and going to discos. You prefer going to the cinema or to a concert. Try to persuade your partner to go where you prefer.

這時學生除要兼顧形式和功能外，還要考慮說話得體。比如學生 B 在拒絕對方的邀請並提出自己的意願時，要考慮如何說話以避免得罪對方。

三、結論

明知故問的活動可以使用「新語言」、「新提問」方式加以避免，也可以向高級練習過渡，提升到創造性地使用語言來進行即席和得體交流這個水準，把語言課上成溝通課。

第五節　閱讀綜合教學模式和實例

一、互動閱讀模式

在整體語言教學法一章中，我們曾提到整體語言教學法和自然發音法之爭。雖然整體語言教學法倡導者們正確地批判了自下而上的微觀閱讀法（bottom-up model）見樹不見林的弊端，但他們提出的自上而下的宏觀閱讀法（top-down model）完全摒棄解讀詞彙與句法的片面看法，也不符合閱讀理解的實際過程。在外語閱讀教學中，如果學生連字都不認識，什麼語法知識也沒有，即使有很強的猜測與分析推斷能力，他們也看不懂一篇文章。因此，過分強調「整體」而忽視了組成整體的「個體」，是從一個

極端走向另一個極端。

　　許多科研成果說明，外語閱讀理解是一個涉及多方面因素的複雜的心理過程。只有全面分析閱讀的各種要素，避免顧此失彼和從一個極端走向另一個極端，才能科學地認識閱讀的本質。對於整體語言教學法和自然發音法之爭，不應該是一個全盤肯定和全盤否定的問題，也不應該是此對彼錯、相互抵觸的問題，而應該是一個如何揚長避短、優勢互補的問題。

　　20 世紀 80 年代後，在認知心理學互動派的影響下，外語教學領域出現了綜合使用微觀閱讀法與宏觀閱讀法的觀點，避免了兩者的片面性，在心理語言學與應用語言學界得到越來越多人的認同。

　　20 世紀 90 年代，W. Grabe 等學者提出了「互動閱讀模式」（interactive reading model），主張閱讀是讀者（reader）與所讀語言資料（text）互相溝通，以及微觀閱讀法與宏觀閱讀法互相作用的過程。但它不是兩種互動簡單的相加，而是兩者所包括的多種因素互相影響、共同運作的結果。Grabe（1991）總結了多年來的實驗與研究，指出外語閱讀包括下列六方面要素：

　　1. 自動認知技能（automatic recognition skills）；

　　2. 詞彙與語言結構知識（vocabulary and structure knowledge）；

　　3. 文本結構知識（formal discourse structure knowledge）；

　　4. 社會與文化背景知識（social and cultural background knowledge）；

　　5. 分析、綜合與評價技能與策略（synthesis and evaluation skills/strategies）；

　　6. 監控閱讀的後設認知知識與技能（metacognitive knowledge and skills monitoring reading）。

二、互動閱讀教學模式

　　綜合上述觀點，互動閱讀模式的教學方法是對閱讀教學採取「個體」和「整體」兼顧，綜合使用微觀閱讀法與宏觀閱讀法的一種折衷教學模式（圖 27-2）。

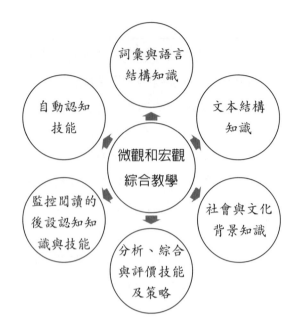

圖27-2　微觀和宏觀綜合閱讀教學模式

　　圖中的六種知識、技能與策略在外語閱讀過程中缺一不可，因為它們既有明確的分工，又不各自為政，而是互相聯繫與配合的一個整體。當某一方面要素比較薄弱時，另一要素會設法彌補它的不足。如果學生在閱讀中對某一詞彙感到陌生，其他知識與技能（如社會文化知識、分析與綜合技能）等會提供線索予以協助，這就使根據上下文猜測詞義成為可能。

三、互動閱讀教學模式實例

　　高筱芳（2013）以《牛津初中英語》第六單元的 Memory 為實例，從具體操作層面探討如何把整體語言教學法的理念融入到初中英語閱讀課堂，目的是試圖改變一直以來中學英語閱讀教學獨自強調語言重點的教學模式。嘗試引導學生在真實語境中體驗、感受、領悟英語，潛移默化地瞭解英語國家的文化背景和價值取向，激發自主思考探索的綜合能力。

　　本堂課占用一節課時間。教學資料由五段與 Memory 有關的閱讀資料

組成，這五小段的主題一致但內容相互獨立。課文中需要解決的詞彙有：memorize, along-term memory, a short-term memory, lose one's memory；片語和結構包括：link...with..., be connected with... 等。

教學目標如下：

語言目標	1. 透過閱讀資料提供的語境學習，能聽、說、讀和使用新的單字片語。 2. 能在課堂模擬的真實情境中，使用新學的片語 link...with... 和 be connected with 表達個人的想法和觀點。
能力及情感目標	1. 學習應用一定的閱讀技巧，其中包括略讀、細讀以及嘗試尋找主題句和例子之間的邏輯關係。 2. 學習透過語境和詞根猜測詞義。 3. 嘗試主動探索不同的記憶英語單字的方法，發展自主解決問題的能力，從而提高學習的自主性，並把課堂所學和生活實際相聯繫。 4. 透過探究式的活動，意識到在語言學習中，處處蘊藏著文化差異。 5. 發揮團隊精神，能在交流中得到靈感，找出解決問題的方法。

本課的教學步驟是：閱讀活動前的情境導入、整體閱讀活動和基於閱讀的擴展性探索。

1. 閱讀活動前的情境導入

教師透過和學生就其精彩的課前熱身英語說唱表演的交流，快速引入本課話題 Memory。再利用學生真實的生活經驗探討 long-term memory 和 short-term memory 的異同，以及 lose one's memory 的情況，從而初步建立本堂課的討論氛圍。

2. 整體閱讀活動

由於本篇課文篇幅較長，因此課文被分為兩個部分學習：一、二、三

段為第一部分，四、五段為第二部分。

（1）課文正式閱讀前準備階段

- 學生憑藉自己對 Memory 的現有理解，判斷一些和記憶有關說法的正確性，而其中那些正確的表述即為課文前三段的主題句。這一環節為學生稍後的正式閱讀做好鋪陳。

- 學生被要求從四個例子（改編自課文中原有的例子）中，找出三個能支援上述主題句的例子，並分別與主題句配對。

（2）課文的正式閱讀環節

- 在閱讀課文前三段之後，學生經過討論，補上一段與課文內容有關的新對話。這個活動旨在展示學生對課文內容的理解程度，並鍛鍊其組織語言、自主表達的能力。在學生充分理解課文第一部分關於記憶的闡述之後，教師透過兩組記憶測試激發學生的好勝心，使學生的思維更加活躍，同時引起學生對尋找提升記憶方法的探究興趣，達到承上啟下的作用。在第二部分的閱讀中，先請學生在第四段中快速略讀，找出該段文字介紹的記憶方法 the link method，然後根據學生對文章的理解導入單字 link 以及 link...with... 結構。

- 再讓學生細讀此段，並分別朗讀作者對 the link method 的解釋和具體例子。接著，透過 the link method 的分析，導入 be connected with 結構，再透過提問 "What else can our memory be connected with?" 順利的轉向語段五的閱讀。這個環節既有閱讀技巧（略讀、細讀）的訓練，又在語境中實現了有意義的詞彙教學，還透過提問，引發學生對探尋有效記憶方法的思考。

- 第五段的閱讀。在學生閱讀文章之後，教師透過對 spider 這個例子的分析，引導學生自己分析 "Why can most people member where they were when they heard about the death of President Kennedy?" 這個環節旨在引領學生發展對事物的自主分析能力。

3. 基於閱讀的擴展性探索

在本堂課的最後一個環節中，學生以小組為單位，根據教師所提出的單字和片語，尋找適合自己的記憶規律，並進一步討論探究可行的英語詞彙記憶方法。由於教師所給的單字組合具有一定的指向性，學生經過觀察討論可以從中找到隱含的文化背景差異，以及一些英語習慣用語的特殊用法等。此外，還能讓學生自由使用新學到的片語 link...with... 和 be connected with。

§ 本課教學評論

本課教師設定了語言和能力及情感兩個目標：（1）學習 link...with... 和 be connected with 等片語，以及學習透過語境和詞根猜測詞義的能力；（2）學習應用閱讀技巧，其中包括略讀、細讀以及嘗試尋找主題句和例子之間的邏輯關係等。為此，教師採取如下方法：

1. 在情境導入階段，教師利用學生的生活經驗，設計貼近生活的真實語境。

2. 課文正式閱讀前準備階段，教師不僅能使學生在閱讀語段前對文章內容有大致的瞭解，而且能使他們認識到主題句和例子之間的邏輯關係，這一環節設計滲透了閱讀技巧的培養。

3. 在閱讀環節的教學中，語境始終是所有活動的前提，也是本課教學設計上整體性原則的呈現。此外，除了閱讀技巧和詞彙學習這兩個常規的閱讀課教學目標之外，自主分析、自主探索的能力培養也要貫穿始終。

4. 在閱讀擴展環節中，教師讓學生透過自己的思考，發現隱藏在語言背後的跨文化內涵，並激發學生主動探究尋找有效記憶英語單字的方法，從而培養學生自主探索高效學習的能力和自主解決問題的能力。此外，學生還能在團隊合作中互相啟迪，發揮合作精神。

🦋 第六節　關於最佳的教學法

在本書介紹的所有教學法中，有沒有萬能、最佳、較佳和較差的教學法？這是所有教師最關心的問題。一旦回答了這個問題，教師就可以有選擇教學法的方法，形成自己有特色的教學法體系。

一、沒有萬能的教學法

萬能教學法是指放之四海而皆準的方法。如果要找一種可以適用各種不同教學環境或符合各種教學條件的方法，那麼，這種萬能的教學法是不存在的。其原因是：一種教學法只是部分的適用於某種教學環境。對某一班級而言的最好教學法，用在另一班級可能就是一大敗筆。根據 Decco（2001）的觀點，一種新的教學法在實驗中取得成功的條件是：（1）這種教學法由專業的教學法專家創建和設計；（2）在商業化的學校進行示範；（3）由多才多藝的教師使用；（4）學生積極配合；（5）小班教學。因此，假如把這種新方法搬到不夠理想的地方使用，比如學生人數多、學生不配合等，那麼成功率是不會很高的。這樣，示範性的成果就很難推廣到普通的情景中。

二、最佳、較佳、較差教學法

如果排除教學環境和教師因素，而就所有的教學法之間進行比較，那麼我們可以把教學法分為最佳、較佳、較差三類（表 27-3）。

表27-3　最佳、較佳、較差的教學法

範疇	概念	判定方法	教學法
最佳教學法	政府認可，廣泛使用，專家推薦	與所有其他的教學法比較	政府認可：能力導向教學法 廣泛使用：內容導向教學法 專家推薦：任務型語言教學法

（續）

範疇	概念	判定方法	教學法
較佳教學法	沒有政府認可，但專家推薦，使用範圍較廣	與最佳教學法比較	傳統教學法流派：文法翻譯法、直接教學法、聽說教學法、情景教學法、認知教學法
			溝通教學法流派：學習策略訓練法、語言經驗教學法、參與教學法、整體語言教學法、功能—意念教學法、專案教學法、多元智力教學法、合作語言教學法、文本教學法、詞彙教學法等
較差教學法	沒有政府認可，沒有許多專家的推薦，使用範圍較小	與較佳教學法比較	設計者教學法：默示教學法、社團語言教學法、暗示教學法

1. 最佳教學法

　　當某種教學法同時符合下列三個標準時，它就是最佳教學法：（1）適合各種教學環境；（2）比其他教學法常用；（3）得到政府認可，或在世界各國教育機構被廣泛使用，或受到廣大語言學家和教學法專家的推薦。符合上述三個標準的教學法是：能力導向教學法、內容導向教學法和任務型語言教學法。

　　（1）政府認可的能力導向教學法：由於強調教學目標明確化和等級化，能力導向教學法已被認定為最先進的教學方法之一，受到了世界各國政府和外語教師的大力宣導。可以說，它是所有教學法體系中最受政府教育部門關注的教學法。世界多數國家包括歐盟的四十多個成員國，都建立了基於能力教學理念的課程標準，用來指導外語教學和評估。能力導向教學法被美國應用語言學中心專家學者們，讚譽為「成人外語教學方法中最重要的突破」，並被美國政府政策制定者和課程設計者認定為「最先進的

成人外語教學法」（參見第十八章能力導向教學法）。

（2）廣泛運用的內容導向教學法：內容導向教學法在世界各地廣泛的運用。內容導向教學法沒有單一的教學模式。根據實際使用的情況，它有五種常見的運用模式：完全沉浸、部分沉浸、分班模式、同步模式和主題模式。內容導向教學法可以更佳地反映學習者學習外語的需要。凡是有外國留學生的地方，就有內容導向教學法。例如：對於到美國大學學習並想取得學位的留學生來說，學科內容教學（如分班模式、同步模式）可以讓他們儘快的接觸到他們所需要學習的學科內容，而不需要專門在語言學習上耗費更長時間，達到省時、省錢的目的。因此，內容導向教學法普遍存在於美國的中學和大學中。同樣的，這種現象也普遍存在於講日語、德語、法語等語言的世界各個國家和地區中（參見第十七章內容導向語言教學法）。

（3）受教學法專家推薦的任務型教學法：任務型語言教學法繼承了溝通語言教學的基本理念，尤其是溝通的語言觀以及對語言溝通能力的探索和認識，同時又朝著強式溝通語言教學的方向以任務為中心，把溝通語言教學推向一個嶄新的階段。任務型語言教學法是溝通語言教學中，唯一的強式溝通教學形式。自從任務型語言教學法產生後，任務型語言教學法已成為英語教育的國際主流方法（參見第十九章任務型語言教學法）。

2. 較佳教學法

有些教學法雖然沒有政府教育部門出面給予肯定，但它們得到教學法專家的推薦，使用範圍也較廣。教學法中的大部分教學法，都屬於這一類型。

3. 較差教學法

較差教學法就是所稱的「設計者教學法」，即默示教學法、社團語言教學法和暗示教學法。之所以較差，是因為它們很少被用到。

（1）默示教學法強調人為的教學方式，學生必須專注於那些獨特的

教具。這種人為的教學不利於學生掌握溝通能力，因此，現在很少有人再使用這種教學方法。

（2）社團語言教學法使用語碼轉換的教學方式，這需要精通雙語的教師，這就增加了使用該法的難度。

（3）暗示教學法要求的教學條件過高。它把教室布置得像音樂會那樣優雅，並在古典音樂伴奏下為學生講解課文，這在現實生活中是不可能辦到的。

這些方法之所以很少被運用，是因為其他的方法（比如溝通教學方法）比它們更先進，更符合溝通教學原則，使用起來也更方便。必須指出的是，雖然這些設計者教學法不常用，但是，它們所強調的一些教學原則和理念（如人文主義教學原則）值得借鑑。也就是說，這些方法不可行，但教學原則可借鑑。

最後，必須指出以下幾點：

（1）雖然古老的文法翻譯法受到猛烈和廣泛的批評，但它卻不是最差的教學法。人們至今還用它來教授文法規則和翻譯技能。假如現在有人要學古典的拉丁語，教師非用它不可。因此，是否被廣泛使用，這是衡量一種教學法優劣的一個標準。

（2）上述對最佳、較佳、較差教學法的比較和判斷，都排除教學環境和教師因素。某種教學法成功與否受到環境因素的影響，同時也有賴於教師所下的功夫。教師對教學法的認識和信念，是教學成敗的關鍵。教學法絕不是單純的技巧問題，它實質上反映著教師的教學思想和能力水準。能力指的主要是在各種情況下，選用各種具體的教學法、方式和手段的水準。英語教學的目的和任務、教材的內容和組織、安排聽、說、讀、寫能力的培養和考查方法、教學和複習方法、課堂教學和課外活動的組織形式、教具的種類和使用等，這些選用是否得當，全在於教師對具體情況和對教學法的瞭解與運用。

（3）區分教學法有助於教師運用教學法。當我們強調折衷和綜合教

學時，採用什麼樣的教學法進行折衷和綜合就顯得十分重要。如果教師認可上述三種區分方法和結果，那麼他們就很容易運用教學法進行折衷和綜合。折衷和綜合的方法之一是：以最佳教學法為核心，吸收較佳的教學法，同時吸取設計者教學法的教學原則，以形成自己特色的教學法體系。

第七節　建立自己特色的教學法

一、建立具有自己特色的教學法（personal approach）

具有自己特色的綜合教學法，包括如下四個特點：

1. 綜合性（integrated）

綜合教學法的核心是要博採眾長、兼收並蓄，使各種教學流派均能為我所用，從而形成具有自己特色的教學方法，力求教學的最佳效果。只要能達到預期的目的，任何方法都是可取的。

2. 創造性（creative）

綜合教學法的活動和步驟完全由教師自己根據需要決定，而不是像設計者教學法那樣，明確規定教師應該做什麼和如何做，從而束縛了教師的創造力，限制了教學的靈活性。

3. 個人性（personal）

綜合教學法具有典型的個人色彩。由於教學法要受到環境因素和教師因素的影響，因此以何種方法為核心，再輔以什麼方法是因人而異的。但不管是怎樣的個人色彩，建立自己特色的教學法的做法就是：以一種教學法為核心，兼收並蓄其他常用的教學法，同時吸收有效的教學原則，以形成自己特色的教學法體系。

4. 動態性（dynamic）

綜合教學法只是途徑，即是一套與折衷主義有關的理念。但是，途徑是核心，朝著綜合教學法的途徑，因時、因地、因人的從各個外語教學法中選擇最適合的教學法和技巧，不失為明智有效的選擇。因此，綜合教學法不是一個固定的模式，也不是一種一成不變的規則，而是靈活可塑、因人而異、因環境而異、因時代而異的外語教學途徑。

二、具有自己特色的綜合教學法示例

根據最佳、較佳、較差的教學法性質（表 27-3），我們可以建立具有自己特色的綜合教學法，其方法之一是：以最佳教學法為核心，兼收並蓄其他的溝通教學法和傳統教學法的優點，同時吸收設計者教學法的人文主義教學原則，形成一種具有個人特色的綜合教學法（圖 27-3）。

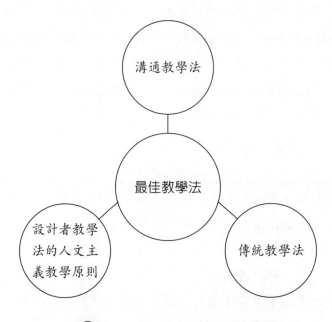

圖27-3　綜合教學法的內部結構

必須指出的是，上述的綜合教學法只是一種設想的模式。由於綜合教學法具有個人性和創造性的特點，教師可以根據這個模式創造出各種具有自己特色的綜合教學法。

第八節　結束語

教學的成功取決於教師的個人知識和能力，而不是教學法。因此，掌握個人實踐知識（personal practical knowledge）是十分重要的。英語教學品質的提高，除了創造性的使用教學法外，關鍵還在於教師。有了高品質的教師，才能保證高品質的教學水準。個人實踐知識能使教師做到如下幾點：（1）在語言觀點和教學理論的指導下，發揮個人的聰明才智；（2）緊緊抓住外語教學裡的主要矛盾，明確基本的教學原則；（3）瞭解並掌握在不同情況下，可供選用的多種常用教學方法和方式；（4）透過教學實踐，即基本訓練，練就一身教學本領或基本功，掌握教學原則、方法和手段的用法；（5）理解教學法對教師的要求。例如：有些教學法需要現成資料、固定資料；有些教學法則要求只有受過特殊訓練和教學水準高的教師；（6）深入研究各種教學法的長處和不足，取各流派之長、避免各流派之短，結合實際建構自己特色的教學法。

《思考題》

1. 請簡述你如何就下面要求進行綜合教學？
   - 如何綜合使用文法翻譯法和溝通教學方法？
   - 如何綜合使用任務型語言教學法與內容導向教學法？
   - 如何在大班上使用溝通教學法？
2. 為什麼教學環境對教學方法的成效產生制約作用？在選擇教學法之前，如何考慮環境因素？
3. 你認為有萬能教學法和最佳教學法嗎？為什麼？

4. 你有自己特色的教學法體系嗎？這是什麼樣的一種體系？

5. 根據Littlewood（1981），從前溝通活動過渡到溝通活動是一個從教師的控制減少到學生的創造性增加的過程，如圖27-4所示。

control
（控制）
　　　　　　　performing memorized dialogues（背誦對話）
　　　　　　　contextualised drills（情景練習）
　　　　　　　cued dialogues（提示性對話）
（創造）　　　role-playing（角色扮演）
creativity　　improvisation（即席性活動）

圖27-4　從控制性活動到創造性活動的過程

在上圖的五種活動中，教師對活動的控制和學生對活動的創造程度不同。在「對話背誦」活動中，教師控制最多，學生創造最少，這是傳統的教學練習；而「即席性活動」是具有最多創造性特點的溝通活動。請問：什麼叫控制性活動和創造性活動？從控制性活動過渡到創造性活動這個過程，是否體現了折衷和綜合的教學原則？

參考文獻

Brown D. (1994). *Teaching by Principles: An Interactive Approach to Language Pedagogy*. NJ: Prentice Hall, Regends.

Celce-Murcia, M. (2014). An overview of language teaching methods and approaches. In Celce-Murcia, M; Brinton, D. & Snow, M. (Eds.), *Teaching English as a second or foreign language* (4th edition) (pp. 2-14). Boston, MA: National Geographic Learning.

Decco, W. (2001). On the mortality of language learning methods. Online: http://

www.didascalia.be/mortality.htm

Genesee, F. & Upshur, J. (1996). *Classroom-based Evaluation in Second Language Education*. Cambridge: Cambridge University Press.

Grabe, W. (1991). Current developments in second language reading research. *TESOL Quarterly 25*(3). pp. 375-406.

Larsen-Freeman, D. (2000). *Techniques and Principles in Language Teaching*. (2nd edition). Oxford: Oxford University Press.

Littlewood, W. (1981). *Communicative Language Teaching: An Introduction*. Cambridge: Cambridge University Press.

McDonough, J. & Shaw, C. (1993). *Materials and Methods in ELT: A Teacher's Guide*. Oxford: Blackwell.

Mellow, D. (2002). Toward Principled Eclecticism in Language Teaching: The Two-Dimensional Model and the Centring Principle. *TESL-EJ*, v5 n4. On-line: http: //tesl-ej.org/ej20/a1.html

Rivers, W. (1981). *Teaching Foreign Language Skills*. (2nd edition). Chicago: University of Chicago Press.

Rodgers, T. (2001). *Language teaching methodology (ERIC Issue Paper)*. Washington, DC: ERIC Clearinghouse on Languages and Linguistics.

Stubbs, M. (1983). *Language, Schools and Classrooms*. (2nd edition). London: Methuen.

高筱芳（2013）。整體語言教學法在初中英語閱讀教學中的應用與研究——以《牛津初中英語》9A Chapter 6 Memory為例。學園，第23期，第103-105頁。雲南省昆明市。

附 錄

教學法一覽表
（A List of Teaching Methodologies）

教學法	理論基礎	教學特點	教學目的	可借鑑的原則
文法翻譯法	基於官能心理學，強調思維訓練	用母語教授英語，在教學過程中母語與英語經常並用和互譯	培養學生思維能力	思維訓練
直接教學法	語言主要是口語，而非書面語言；仿照幼兒自然學習母語的過程和方法來教學	排除用母語作為中介，用外語與客觀事物建立直接聯繫	培養學生口語能力	直接學習、直接理解、直接應用
聽說教學法	語言是一套結構系統，基於行為主義──反覆操練，直至熟練掌握，形成習慣	句型練習	培養口語能力	語言正確習慣的養成
情景教學法	學習外語只有在情景中，才能理解和表達意義	課堂上的語言呈現，對話和練習等都在真實情景中進行	培養口語能力	在真實情景中進行語言教學
認知教學法	基於認知心理學──強調知覺與理解在學習中的重要性	有意義的學語言；避免記憶式的學習；文法觀念的理解	培養聽、說、讀、寫能力	語言要有意義的學習

（續）

教學法	理論基礎	教學特點	教學目的	可借鑑的原則
全身反應教學法	學習外語與嬰兒習得母語的過程相似	透過語言與行動的協調來教授語言	培養聽力	透過行動學習語言
默示教學法	學習外語不等同於母語習得；外語應透過人為的方法學習	教師保持沉默，讓學生多開口	培養學生表達能力	精講多練
社團語言學習法	學生和教師的關係等同諮詢者和輔導員	將學生當作全人來看待	培養聽、說能力	顧及學生的感受與情緒
暗示教學法	輕鬆的環境及專心致志，有助於學習者潛意識的運作	讓學生發揮更多的心靈力量，排除學生帶進學習中的心理障礙	培養聽、說能力	消除學生的心理障礙
學習策略訓練法	優秀的語言學習者都採用良好的學習策略；學習策略可提高學習成效	教導學生有效的學習策略	培養學生使用有效的學習策略	策略訓練
語言經驗教學法	學生的個人經驗可提升其學習效果	學生談自己的生活經歷和興趣愛好，教師編成故事，作為語言學習的閱讀資料	培養聽、說、讀、寫能力	以學生本身的經驗與興趣為教學主題

（續）

教學法	理論基礎	教學特點	教學目的	可借鑑的原則
參與教學法	教學活動應深根於社會之中，教師應幫助學生解決實際問題	教師帶領學生討論問題，最後讓學生提出解決的方法	培養聽、說、讀、寫能力和解決問題能力	教學與學生的實際需求緊密相關
整體語言教學法	語言是一個整體，不能將語言拆成單字、文法、語音等個體	自上而下的宏觀教學模式	培養聽、說、讀、寫能力	整體的教學語言
功能—意念教學法	語言是表達溝通功能的工具	教師在課堂上設計情景，讓學生進行交流活動	培養學生使用語言功能，進行溝通的能力	溝通活動
自然教學法	語言要像兒童發展母語能力般的被自然習得，語言的輸入必須讓學生能夠理解	創造低焦慮的學習情景，提供學生聽和讀能被理解的內容	培養聽、說能力	強調可理解的語言輸入，建立低焦慮的學習情景
內容導向教學法	語言是科目學習的媒介，語言與科目內容密切相關	外語與科目內容結合起來教學	語言能力和學科知識	主題教學模式
能力導向教學法	語言是社會交流和生活的工具	偏重能力、行為或實際表現，將教學目標明確化	培養「能夠做事」的能力	注重生活和學術能力的教學

（續）

教學法	理論基礎	教學特點	教學目的	可借鑑的原則
任務型語言教學法	外語教學應具有互動，學生應有語言輸入和輸出的機會	以任務爲核心單位來計畫和組織語言教學	培養溝通能力	任務
專案教學法	實用主義教育理論——主張發現式學習和課程的實際應用	以專案爲核心單位來計畫和組織語言教學	培養溝通能力和動手的能力	專案
多元智力教學法	多元智力理論——人們具有八種智力，注重整體性，強調差異教學	配合學生的智慧因素，取多維模式的上課方式	開發和發展學生的八種智力	差異教學，因材施教
合作語言教學法	合作學習活動可培養學生合作的精神	課堂活動、教材、課程目標都用合作的觀點重新規劃	聽、說、讀、寫能力和合作能力	合作活動，互相學習、共同進步
文本教學法	語言就是文本，文本是一切語言溝通的根本	把文本作爲一個整體來教學	培養學生的文本能力	文本教學
詞彙教學法	語言是由詞彙組成的，教學的重點應是詞彙，而不是文法規則	以教學詞彙爲主	培養學生的詞彙能力	詞彙教學

國家圖書館出版品預行編目資料

英語教學法／廖曉青著. -- 三版. -- 臺北
　市：五南圖書出版股份有限公司, 2018.10
　　面；　公分
　　ISBN 978-957-11-9913-9（平裝）

1.英語教學

805.103　　　　　　　　　　107014461

1ILF

英語教學法

作　　者 ― 廖曉青（333.5）

發 行 人 ― 楊榮川

總 經 理 ― 楊士清

總 編 輯 ― 楊秀麗

副總編輯 ― 黃文瓊

責任編輯 ― 陳俐君　李敏華

封面設計 ― 王麗娟

出 版 者 ― 五南圖書出版股份有限公司

地　　址：106台北市大安區和平東路二段339號4樓

電　　話：(02)2705-5066　　傳　　真：(02)2706-6100

網　　址：https://www.wunan.com.tw

電子郵件：wunan@wunan.com.tw

劃撥帳號：01068953

戶　　名：五南圖書出版股份有限公司

法律顧問　林勝安律師事務所　林勝安律師

出版日期　2002年12月初版一刷
　　　　　2004年 8 月二版一刷（共六刷）
　　　　　2018年10月三版一刷
　　　　　2021年12月三版二刷

定　　價　新臺幣700元

經典永恆・名著常在

五十週年的獻禮 —— 經典名著文庫

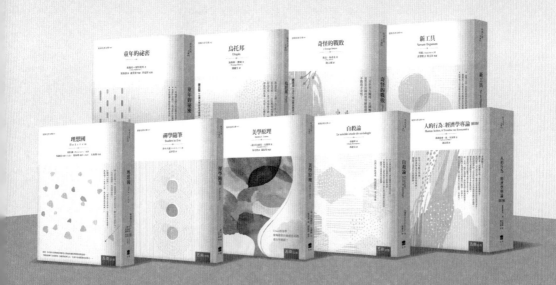

五南，五十年了，半個世紀，人生旅程的一大半，走過來了。

思索著，邁向百年的未來歷程，能為知識界、文化學術界作些什麼？

在速食文化的生態下，有什麼值得讓人雋永品味的？

歷代經典・當今名著，經過時間的洗禮，千錘百鍊，流傳至今，光芒耀人；

不僅使我們能領悟前人的智慧，同時也增深加廣我們思考的深度與視野。

我們決心投入巨資，有計畫的系統梳選，成立「經典名著文庫」，

希望收入古今中外思想性的、充滿睿智與獨見的經典、名著。

這是一項理想性的、永續性的巨大出版工程。

不在意讀者的眾寡，只考慮它的學術價值，力求完整展現先哲思想的軌跡；

為知識界開啟一片智慧之窗，營造一座百花綻放的世界文明公園，

任君遨遊、取菁吸蜜、嘉惠學子！